陳柱 著

中國散文史

貴州出版集團
貴州人民出版社

圖書在版編目（CIP）數據

中國散文史 / 陳柱著 . -- 貴陽 : 貴州人民出版社 ,
2024. 9. -- ISBN 978-7-221-18603-4

Ⅰ . I207.6

中國國家版本館 CIP 數據核字第 2024PJ2936 號

中國散文史

陳　柱　著

出 版 人　朱文迅
責任編輯　馮應清
裝幀設計　采薇閣
責任印製　衆信科技

出版發行　貴州出版集團　貴州人民出版社
地　　址　貴陽市觀山湖區中天會展城會展東路 SOHO 辦公區 A 座
印　　刷　三河市金兆印刷裝訂有限公司
版　　次　2024 年 9 月第 1 版
印　　次　2024 年 9 月第 1 次印刷
開　　本　710 毫米 ×1000 毫米　1/16
印　　張　21.25
字　　數　128 千字
書　　號　ISBN 978-7-221-18603-4
定　　價　88.00 元

出版説明

《近代學術著作叢刊》選取近代學人學術著作共九十種，編例如次：

一、本叢刊遴選之近代學人均屬于晚清民國時期，卒于一九一二年以後，一九七五年之前。

二、本叢刊遴選之近代學術著作涵蓋哲學、語言文字學、文學、史學、政治學、社會學、目録學、藝術學、法學、生物學、建築學、地理學等，在相關學術領域均具有代表性，在學術研究方法上體現了新舊交融的時代特色。

三、本叢刊遴選之近代學術著作的文獻形態包括傳統古籍與現代排印本，爲避免重新排印時出錯，本叢刊據原本原貌影印出版。原書字體字號、排版格式均未作大的改變，原書之序跋、附注皆予保留。

四、本叢刊爲每種著作編排現代目録，保留原書頁碼。

五、少數學術著作原書内容有些許破損之處，编者以不改變版本内容爲前提，稍加修補，難以修復之處保留原貌。

六、原版書中個别錯訛之處，皆照原樣影印，未作修改。

由于叢刊規模較大，不足之處，懇請讀者不吝指正。

中國散文史

中國文化史叢書

第二輯

中國散文史

陳柱著

主編者

王雲五

傅緯平

商務印書館發行

張菊生先生致力文化事業三十餘年，其躬自校勘之古籍，蜚聲士林，流播至廣，對於我國文化之闡揚，厥功尤偉。中國文化史叢書之編印，實受　張先生之影響與指導。第一集發行之始，適當　張先生七十生日。謹以此獻於　張先生，用誌紀念。

商務印書館謹識

序

吾國文學就文體而論，可分爲六時代。一曰、駢散未分之時代，自虞夏以至秦漢之際是也。二曰、駢文漸成時代，兩漢是也。三曰、駢文漸盛時代，漢魏之際是也。四曰、駢文極盛時代，六朝初唐之際是也。五曰、古文極盛時代，唐韓柳宋六家之時代是也。六曰、八股文極盛時代，明清之世是也。自無駢散之分以至於有駢散之分，以至於駢散互相角勝，以至於變而爲四六，再變而爲八股。散文雖欲純乎散，而不能不受駢文之影響。駢文雖欲純乎駢，而亦不能不受散文之影響。以至乎四六專家，八股時代，凡爲散文駢文者，皆不能不受其影響。此文學各體分立之後，不能不各互受其影響者也。

復次，文學者治化學術之華實也。吾國之文學，又可分爲七時代。一曰、爲治化而文學之時代，由夏商以至周初是也。二曰、由治化時代而漸變爲學術時代，春秋之世是也。三曰、爲學術而文學時代，戰國是也。四曰、反文化時代，嬴秦是也。五曰、由學術時代而漸變爲文學時代，兩漢是也。六曰、爲文學而文學時代，漢魏以後是也。七曰、以八股爲文學時代，明清是也。凡天下之物，不能有偶而無奇，亦不能有奇而無偶。凡文之自然者亦莫不如是。此秦以前之文，爲治化學術而文學，所以奇偶皆備而不能分也。迨後則人力之巧漸加，天然之妙漸減。兩漢之世，則已漸趨尚文學，故駢儷之文漸多，而奇樸之氣日少矣。漢魏之際，子桓兄弟以文學提倡於上。子桓且言文章爲經國之大業，不朽之盛事。故自茲以往，士人遂皆專重文學，而駢文遂如日之中天。至唐韓柳輩出，提倡文學改革，去六朝之今體，復秦漢之古文。然其意亦爲文學而文學，非復秦漢以前爲學術而文學矣。自隋以後，不外駢散二體之角勝。若八股則駢散二體之合者也。自八股興，則舉世且爲八股而文學矣。爲文學而文學，故文學之體則甚飾，而文學之質乃日衰矣。何謂文學之質？學術是也。若爲八股而文學，則文學亦卑矣。

吾嘗以謂文字者語言之符號也。然語言隨口而出，難以緣飾雕修；文字筆之於書，可以從容潤色。言語不畏詳繁，文字宜求簡要。故文字與言語，不能離之太遠；亦不能合之太近。離之太遠則爲古典，駢文是也。爲艱深辭賦如班楊，古文如蘇綽樊宗師，是也。合之太近則爲方言，爲別字，如殷之盤庚，晚周之墨子，是也。是二者皆不足以行遠，均有違乎辭達之恉。得其中者惟春秋戰國，自墨子而外，其文詞語氣大抵相類，雖間用一二方言，爲數亦僅，度當時方言之異，決不如是之簡也。諸子爲文，當亦力去鄙俗，以求其近雅而易識矣。今夫方言之不一，省與省殊，縣與縣殊，鄉與鄉殊，而古之與今又殊，倘必令文字與言語爲一，以方言入於文字，則異地異時，孰能識之哉？是直隔吾國爲千百國，且復使後代之人不能讀前代之書，而使此千百國者又胥爲無文化之國而後已也。夫方言之不統一，方將力求所以統一之道。今於既統一之文字，獨奈何必從而分裂之，隔絕之邪？吾觀數千年來之文學史，雖駢散奇偶，淺深難易，互相角勝，以要以不與言語相離太遠與相合太近者爲能通流。民國二十五年十一月北流陳柱柱尊自序。

一、所述各人履歷，多據史傳，並書明某傳，然亦有節省太多者，則書名從略。

二、文學史最重闡明源流，本書有因源以及流者，亦有因流而溯源者。

三、所論各家之文，貴有例證，而例證尤忌割截，古之美文一經割截，則其美全失，如割截美人之口鼻以論其美也，故本篇除篇幅太長不得不節錄者外，所錄皆全篇文字。

四、所書諸人姓名別字，均隨行文之便，並不畫一，誠以吾國各籍稱謂原不一致，強而一之，背年讀他書，一遇異稱，反多不能識也。

目錄

中國散文史

第一編　駢散未分時代之散文

夏商周秦

第一章　總論

駢文散文兩名，至清而始盛，近年尤甚。求之於古，則唯宋羅大經鶴林玉露，引周益公「四六特拘對耳，其立意措詞貴渾融有味，與散文同」之言。自此以前則未之見也。夏敬觀云：「駢文義本柳宗元駢四儷六一語，顧未以名文也。說文駕二馬爲駢，莊子駢拇與枝指對舉，於義皆未徵。大抵唐以後，韓柳之學大倡，承其流者各囿門戶之私，務標異以示軒輊，治偶文者又苟習庸濫，取便箋奏，不能求端往古，以尊其體，而駢義之非，遂無辯之者。李商隱且以四六詠其集，其僨尤甚。清李兆洛言復古，能選漢六朝文樹之圭臬而不悟立名之誤。」(劉厂文稿序)夏氏以駢文一名於義無當，是也。吾謂散文一名，尤爲不通。莊子人間世有散木一名，與文木相對。郭象曰：「不在可用之數曰散木，可用之木爲文木。」荀子勸學篇有散儒一名，與法士相對。楊倞注「散謂不自檢束，莊子以不材木爲散木也。」夫無用之木爲散木，無用之儒爲散儒，則散文云者豈非無用之文邪？說文肉部「𢿱，雜肉也。」說文林部，「㪔，分離也。」散文與駢文相對，其本字當爲㪔，蓋取離散之義，與駢合相反也。然文體而取義於離散何邪？故有正名者出，駢文散文二名，必在所當去矣。原散文一名，淸之駢文家最喜用之，孔廣森答朱滄湄書云：「六朝文無非駢體，但縱橫開闔，一與散文同。」袁枚胡稚威駢體文序云：「散文可蹈空，駢文必徵實。」至淸末羅惇曧文學源流云：「文之既立，何殊駢散？西漢以前渾樸敦雅，駢不慮雜，散不病野。」又云：「西京鉅子溯兩司馬，子長源出左國，俊宕其神；長卿系出詩騷，麗密其體。別其外貌，未能強同，要以材力冠絕，通宏相徵，一爲散體之家，一爲駢文之祖。」又云：「周秦逮於漢初，駢散不分之代也。西漢衍乎東漢，駢散角出之代也。魏晉歷六朝至唐，駢文極盛之代也。古文挺起於中唐，策論靡然於趙宋，散文興而駢文蹶之代也。宋四六，駢文之餘波也。元明二代，駢散並衰，而散力終勝於駢。明末迄乎國朝，(指清)駢散並興，而駢勢差強於散。」羅氏之言，皆以駢散對舉。詳其意誼，蓋散文亦不過古文之別名耳。而現代所用散文之名，則大抵與韻文對立，其領域則凡有韻之詩賦詞曲，與有聲律之駢文，皆不得入內；與昔之誼同古文，得包辭賦頌贊之類，其廣狹不侔矣。

吾以謂駢散二名實不能成立，不如以尙麗藻者名爲文家言，重質朴者名爲質家言，或省之曰文言，曰質言。而文質二體之中，又各分有韻文與無韻文二種。如此則比之六代文筆之分，與近代駢散之別，尤爲辨章矣。吾今於本書所論之領域，則仍沿用近日散文之誼，而論文筆之駢散，則多用奇偶之誼，讀者隨文觀之可也。

天地生物不能有奇而無偶，亦不能有偶而無奇。人之一身奇也，而二手二足則偶矣。手足之指各五，奇也，而二手二足各合而爲十，則偶矣。首奇也，而兩耳兩目，則偶矣；一鼻一口又奇矣。且鼻有二孔，則偶矣。且一奇與一偶相對，則有爲偶矣。推之植物之花葉，最爲吾人之美觀者，何莫非奇偶之相雜。易曰：「地之可觀者莫如木，」以其花葉之奇偶相雜最顯著也。李兆洛云：『天地之道陰陽而已。奇偶也，方圓也，皆是也。陰陽相並俱生，故奇偶不能相離，方圓必相爲用。道奇而物偶，氣奇而形偶，神奇而識偶。孔子曰：「道有變動故曰爻，爻有等故曰物，物相雜故曰文。」又曰：「分陰分陽，迭用柔剛，」故易六位而成章，相雜而迭用。文章之用，其盡於此乎？六經之文，班班具存。」（駢體文鈔序）斯可見古人之文，原不能有奇而無偶，亦不能有偶而無奇；不能分其何篇爲駢文，何篇爲散文也。梁昭明太子文選序曰：「若夫姬公之籍，孔氏之書，與日月俱懸，鬼神爭奧，孝敬之準式，人倫之師友，豈可重以芟夷，加之剪截，老莊之作，管孟之流，蓋以立意爲宗，不以能文爲本，今之所撰，又以略諸，」此雖區周孔與諸子爲二，實則夏商之文，與周孔之作，皆爲治化而作，諸子之作，皆爲學術而作，皆非爲文而作文也。惟其不爲文而作文，故其書不以能文爲宗，而以布治化鳴學術爲主。夫然，故其文辭一任治化與學術之驅遣，而或奇或偶，均發乎天籟之自然。故論文學史者，應以夏商至周秦爲駢散文體未分之時代：而自夏商至春秋，則爲爲治化而文學時代；自春秋以至周秦諸子，則爲學術而文學時代，而孔子則承上起下之大師也。

第二章　爲治化而文學時代之散文

自夏商至春秋

第一節　總論

爲文學史者，或多溯原上古，始自羲軒。吾則以謂文獻無徵，不如從略。孔子刪書，斷自唐虞，而堯典皋陶謨兩篇，大書「粵若稽古」四字，則其文經孔氏刪述，不得視爲唐虞時代之文矣。故今之所述，始自有夏。

漢書藝文志曰：「古之王者，世有史官，君舉必書，所以愼言行，昭法式也。左史記言，右史記事。事爲春秋，言爲尙書，帝王靡不同之。」蓋三代之盛，聖賢在位，其學問皆見諸治化，不尙空言，其史官觀其治化之跡，紀爲實錄，故其文莫非史也，其史莫非治化也。章學誠曰：「六經皆史也。古人不著書，古人未嘗離事而言理，六經皆先王之政典也。」（文史通義易教上）夏商周三代之治化，於今可考者，莫尙於六藝。而六藝之中，莫要於尙書。陳石遺先生石遺室論文曰：「尙書爲中國第一部古史，亦卽中國第一部古文。以史學論，後世之天官書律曆志本於堯典上半篇；職官志本於堯典之命官，輿服志，樂書本於臯陶謨下半篇（孔氏分爲益稷篇）若地理志河渠書之本禹貢，本紀之本堯典，其尤顯著者矣。以文學論。曾湘鄉之雜抄，分記載告語著述詞賦四類。竊以爲記載告語二類，爲用最廣，尙書之典謨，則傳狀碑誌所自昉。禹貢金縢顧命，皆記事體。召誥洛誥，雖中多告語，而首尾實記事體。顧命惟韓昌黎曾學之。金縢則開後世紀事本末之體。奏議爲下告上之言，本於臯陶謨，洪範，無逸，召洛二誥，而臯陶謨實開徐樂嚴安二列傳之體，徐嚴二傳只載上書一篇，別無他事。贈序爲同輩相告語之言，始於回路之相贈，而實本若奭。蓋共處一地而贈言者。若鄭子家晉叔向之與書，則隔異地而相與言，亦其類也。序跋昉於易十翼，書序，詩序，射義，冠義，昏義，鄉飲酒義。祭文昉於武城，金縢之祝詞。魯公之誄貢父，哀公之誄孔子，皆見於檀弓。而周禮大祝作六辭，六曰誄，則周初已有之矣。」觀此可知後代文體，皆原於六經，而尙書爲尤備矣。非古人好爲如此之文，故發明如此之文體也。實治化所有，故遂不得不有此等之文體耳。

第二節　夏代散文

孔子祖述堯舜；稱堯之爲君，「唯天爲大，煥乎其有文章。」又稱「巍巍乎舜禹之天下也，而不與焉。」堯舜治化之盛可知矣。惜堯典皐陶謨，非當代之文字，不能論列耳。至禹之治水，則治化益隆。林傳甲云「禹之治化，東漸於海，西被於流沙，朔南暨聲教訖於四海。漢唐之盛，其版圖不過如是也。雍州球琳琅玕之產，實出于闐，（自注汪士鐸之說如此）故貢道浮於積石焉。（自注今青海地）合黎若水，今爲居延，南海黑水，今爲瀾滄。（自注鄒氏伯奇之說如此）蒙古，青海，西域，衛，藏，緬，越諸地，皆禹跡所至也。李文貞按天度以計里，以蒲坂爲樞，則禹貢荒服東起遼東朝鮮，南至閩粵，西訖瀾滄，北至克魯倫河，爲鄒徵君禹貢五服地圖所本。紀曉嵐譏文貞爲閩人，不自外於禹域，則好爲奇論，而不曉度數也。嗚呼，槃槃大陸，禹甸如此其廓也，沿江海，達淮泗，禹不但以治河爲事，且發明航海之學焉，三苗之代，爲漢族拓殖民地也。」（中國文學史）大禹治水之功，諸子百家所共稱，必非無稽之談。至當時版圖如此之廣者，蓋古代對於國家之疆域，非如後世之固定；其所歸化者，亦非如後世之統一。故古代之國字爲「或」字。易曰「或之者疑之也。」故引申之爲或此或彼之或。明古代之國界，或大或小，或東或西，不如後世之塙定也。禹貢版圖，疑卽禹治水所至各地部落，皆歸化臣服者耳。自疑古者以大禹爲蟲，古無大禹其人之說出，而虞夏之世乃無文化之可言。於大禹治水之事，古代諸子百家所共稱者，皆不足信，而獨可取決數千年後一二人之私智矣。於禹貢一書，自西漢以前人皆信爲夏書者，今乃爲戰國時人不經之書矣。斯學者所不當盲從者也。

左史記言，右史記事。古代治化之文，不外記事記言二科。夏代之文，記事之最工者，莫如禹貢；記言之工者，莫如甘誓。

禹貢

禹敷土·隨山栞木·奠高山大川·冀州·既載壺口·治梁及岐·既脩太原·至于岳陽·覃懷底績·至于衡漳·厥土惟白壤·厥賦惟上上錯·厥田惟中中·恆衛既從·大陸既作·島夷皮服·夾右碣石·入于河··濟河惟兖州·九河既道·雷夏既澤·灉沮會同·桑土既蠶·是降丘宅土·厥土黑墳·厥草惟繇·厥木惟條·厥田惟中下·厥賦貞·作十有三載乃同·厥貢漆絲·厥篚織文·浮于濟漯·達于河··海岱惟青州·嵎夷既略·濰淄其道·厥土白墳·海濱廣斥·厥田惟上下·厥賦中上··厥貢鹽絺·海物惟錯·岱畎絲枲鉛松怪石·萊夷作牧·厥篚檿絲·浮于汶·達于濟·海岱及淮惟徐州··淮沂其乂·蒙羽其藝·大野既豬·東原底平·厥土赤埴墳·草木漸包·厥田惟上中··厥賦

中中・厥貢惟土五色・羽畎夏翟・嶧陽孤桐・泗濱浮磬・淮夷蠙珠暨魚・厥篚玄纖縞・浮于淮泗・達于河・淮海惟揚州・彭蠡既豬・陽鳥攸居・三江既入・震澤底定・篠簜既敷・厥草惟夭・厥木惟喬・厥土惟塗泥・厥田惟下下・厥賦下上上錯・厥貢惟金三品・瑤琨篠簜・齒革羽旄・惟木・鳥夷卉服・厥篚織貝・厥包橘柚錫貢・沿于江海・達于淮泗・荊及衡陽惟荊州・江漢朝宗于海・九江孔殷・沱潛既道・雲土夢作乂・厥土惟塗泥・厥田惟下中・厥賦上下・厥貢羽旄齒革・惟金三品・杶榦栝柏・礪砥砮丹・惟箘簵楛・三邦底貢・厥名・包匭菁茅・厥篚玄纁璣組・九江納錫大龜・浮于江沱・潛于漢・逾于雒・至于南河・荊河惟豫州・伊雒瀍澗・既入于河・滎波既豬・導菏澤・被孟豬・厥土惟壤・下土墳壚・厥田惟中上・厥賦錯上中・厥貢漆枲絺紵・厥篚織纊・錫貢磬錯・浮于雒・達于河・華陽黑水惟梁州・岷嶓既藝・沱潛既道・蔡蒙旅平・和夷底績・厥土青黎・厥田惟下上・厥賦下中三錯・厥貢璆鐵銀鏤砮磬・熊羆狐貍・織皮西傾・因桓是來・浮于潛・逾于沔・入于渭・亂于河・黑水西河惟雍州・弱水既西・涇屬渭汭・漆沮既從・灃水攸同・荊岐既旅・終南惇物・至于鳥鼠・原隰底績・至于豬野・三危既宅・三苗丕敘・厥土惟黃壤・厥田惟上上・厥賦中下・厥貢惟璆琳琅玕・浮于積石・至于龍門西河・會于渭汭・織皮崑崙・析支渠搜・西戎即敘・道岍及岐・至于荊山・逾于河・壺口雷首・至于太岳・底柱析城・至于王屋・太行恆山・至于碣石・入于海・西傾朱圉鳥鼠・至于太華・熊耳外方桐柏・至于陪尾・導嶓冢・至于荊山・內方至于大別・岷山之陽・至于衡山・過九江・至于敷淺原・道弱水・至于合黎・餘波入于流沙・導黑水・至于三危・入于南海・導河積石・至于龍門・南至于華陰・東至于底柱・又東至于孟津・東過雒汭・至于大伾・北過降水・至于大陸・又北播為九河・同為逆河・入于海・嶓冢道漾・東流為漢・又東為滄浪之水・過三澨・至于大別・南入于江・東匯澤為彭蠡・東為北江・入于海・岷山道江・東別為沱・又東至于醴・過九江・至于東陵・東迆・北會于匯・東為中江・入于海・導沇水・東流為濟・入于河・溢為滎・東出于陶丘北・又東至于菏・又東北會于汶・又北東入

于海・道淮自桐柏・東會于泗沂・東入于海・道渭自鳥鼠同穴・東會于灃・又東會于涇・又東過漆沮・入于河・道雒自熊耳・東北會于澗瀍・又東會于伊・又東北入于河・九州攸同・四奧既宅・九山栞旅・九川滌源・九澤既陂・四海會同・六府孔脩・庶土交正・底慎財賦・咸則三壤・成賦・中邦錫土姓・祗台德先・不距朕行・五百里甸服・百里賦納總・二百里納銍・三百里納秸服・四百里粟・五百里米・五百里侯服・百里采・二百里男邦・三百里諸侯・五百里綏服・三百里揆文教・二百里奮武衛・五百里要服・三百里夷・二百里蔡・五百里荒服・三百里蠻・二百里流・東漸于海・西被于流沙・朔南暨・聲教訖于四海・禹錫玄圭・告厥成功・

此實一篇紀水之文，其文字於極參差不齊之中，寓有極整齊排偶之筆。如起云：「禹敷土，隨山栞木，奠高山大川，」奇筆也。結云「禹錫玄圭，告厥成功，」亦奇筆也。及篇中「作十有三歲乃同」等句，皆奇筆也。而每州之起則云：

冀州

濟河惟兗州。

海岱惟青州。

海岱及淮惟徐州。

淮海惟揚州。

荊及衡陽惟荊州。
荊河惟豫州。
華陽黑水惟梁州。
黑水西河惟雍州。

其每州之末則云：

夾右碣石入于河。
浮于濟漯，達于河。
浮于汶，達于濟。
浮于淮泗，達于河。
浮于江海，達于淮泗。
浮于江沱潛于漢，逾于雒，至于河。
浮于雒，達于河。

浮于潛，逾于沔，入于渭，亂于河。

浮于積石，至于龍門西河。

其每段中用厥字之排句者如云：

厥土惟白壤，厥田惟上上錯，厥田惟中中。冀州

厥土黑墳，厥草惟夭，厥木惟條，厥田惟中下。

厥賦貞，作十有三歲乃同，厥貢漆絲，厥篚織文。兗州

厥土白墳，海濱廣斥，厥田惟上下，厥賦中上，厥貢鹽絺，海物惟錯，岱畎絲枲，鉛松怪石，萊夷作牧，厥篚檿絲。青州

厥土赤埴墳，草木漸包，厥田惟上中，厥賦中中，厥貢惟土五色，羽畎夏翟，嶧陽孤桐，泗濱浮磬，惟夷蠙珠暨魚，厥篚玄纖縞。徐州

厥草惟夭，厥木惟條，厥土惟塗泥，厥田惟上下，厥賦下上上錯，厥貢惟金三品，瑤琨篠簜，齒革羽毛惟木，島夷卉服，厥篚織貝，厥包橘柚錫貢。揚州

厥土惟塗泥，厥田惟下中，厥賦上下，厥貢羽毛齒革，惟金三品，杶榦栝柏，礪砥砮丹，惟箘簵楛，三邦底貢厥名，包匭菁茅，厥篚玄纁璣組，九江納錫大龜。荆州

厥土惟壤，下土墳壚，厥田惟中上，厥賦錯上中，厥貢漆枲絺紵，厥篚纖纊，錫貢磬錯。豫州

厥土青黎，厥田惟上下，厥賦下中三錯，厥貢璆鐵銀鏤砮磬，熊羆狐狸織皮。梁州

厥土惟黃壤，厥田惟上上，厥賦中下，厥貢惟璆琳琅玕，雍州

凡若此類，可謂極參差，亦可謂極齊整；有奇句，亦有對句。倘古文家而選經也，固不可遺此篇；倘駢文家而選經也，亦不可遺此篇矣。此篇稱禹，不稱禹爲帝，是在禹未爲帝時，唐虞之史所記也。然則此篇其唐虞最古之文歟。石遺室論文曰：『古人文字雖簡質，然有骨必有肉，無單純用骨者。禹貢爲地理書，如今人之水道提綱，可矣。青州則曰「海物惟錯」，曰「鉛松怪石」；徐州則曰「惟土五色」，曰「羽畎夏翟，嶧陽孤桐」，曰「泗濱浮磬，蠙珠暨魚」；揚州曰「陽鳥攸居」，曰「篠簜既敷」，曰「厥貢包橘柚錫貢」；荆州則曰「九江納錫大龜」；雍州則曰「終南惇物，至於鳥鼠」。雖主貢品，然多不急之務，可以不寶遠物者。但以前民用，以開民智，可資博物，不比僞託之山海經也。後世水經

注一書，桑經只言水道，酈注則於湘水言「帆隨湘傳，望衡九面；」於沔水言「龐士元司馬德操所居望衡對宇；」於河水言「過子夏石室；」皆不肯過於枯寂，亦其理也。」

杜謂禹貢一篇，實後世一切地理書水道志之所本，而未有及其工麗者。惟周禮職方氏倣其文而變化之，雖不能謂相伯仲，庶幾善繼而善變者焉。今錄之以相比較，且以見文章之源流焉。

周禮職方氏

職方氏·掌天下之圖·以掌天下之地·辨其邦國都鄙·四夷八蠻·七閩九貉·五戎六狄之人民·與其財用·九穀六畜之數·要周知其利害·乃辨九州之國·使同貫利·東南曰揚州·其山鎮曰會稽·其澤藪曰具區·其川三江·其浸五湖·其利金錫竹箭·其民二男五女·其畜宜鳥獸·其穀宜稻·正南曰荊州·其山鎮曰衡山·其澤藪曰雲夢·其川江漢·其浸潁湛·其利丹銀齒革·其民一男二女·其畜宜鳥獸·其穀宜稻·河南曰豫州·其山鎮曰華山·其澤藪曰圃田·其川滎雒·其浸波溠·其利林漆絲枲·其民二男三女·其畜宜六擾·其穀宜五種·正東曰青州·其山鎮曰沂山·其澤藪曰望諸·其川淮泗·其浸沂沭·其利蒲魚·其民二男二女·其畜宜雞狗·其穀宜稻麥·河東曰兗州·其山鎮曰岱山·其澤藪曰大野·其川河泲·其浸盧維·其利蒲魚·其民二男三女·其畜宜六擾·其穀宜四種·正西曰雍州·其山鎮曰嶽山·其澤藪曰弦蒲·其川涇汭·其浸渭洛·其利玉石·其民三男二女·其畜宜牛馬·其穀宜黍稷·東北曰幽州·其山鎮曰醫無閭·其澤藪曰貕養·其川河泲·其浸菑時·其利魚鹽·其民一男三女·其畜宜四擾·其穀宜三種·河內曰冀州·其山鎮曰霍山·其澤藪曰楊紆·其川漳·其浸汾潞·其利松柏·其民五男三女·其畜宜牛羊·其穀宜黍稷·正北曰并州·其山鎮曰恒

山・其澤藪曰昭餘祁・其川虖池嘔夷・其浸淶易・其利布帛・其民二男三女・其畜宜五擾・其穀宜五種・乃辨九服之邦國・方千里曰王畿・其外方五百里曰侯服・又其外方五百里曰甸服・又其外方五百里曰男服・又其外方五百里曰采服・又其外方五百里曰衛服・又其外方五百里曰蠻服・又其外方五百里曰夷服・又其外方五百里曰鎮服・又其外方五百里曰藩服・凡邦國・千里封公・以方五百里則四公・方四百里則六侯・方三百里則七伯・方二百里則二十五子・方百里則百男以周知天下・

禹貢多用厥字爲排句，職方氏則專用其字爲排句；禹貢每州長短參差，職方氏則每州長短極齊整矣。然若有選文者，則禹貢駢散均可入選，而職方則惟宜入於散文矣。

甘誓

大戰于甘・乃召六卿・王曰嗟！六事之人・予誓告女・有扈氏・威侮五行・怠棄三正・天用勦絕其命・今予惟共行天之罰・左不攻于左・女不共命・右不攻于右・女不共命・御非其馬之正・女不共命・用命賞于祖・不用命戮于社・予則孥戮女・

此文爲後世誓師文之祖。史記夏本紀云：「啓遂即天子之位，是爲夏后帝啓。有扈氏不服，啓伐之，大戰于甘。將戰作甘誓。」則甘誓眞當日誓師之詞，而夏史錄存之者也。其文奇偶互用，簡而有法，後人爲之千百言，遜其嚴肅矣。

其後湯之伐夏作湯誓，武王伐紂作牧誓，均效其體。今附錄於後，既以見文章之流變；亦以見文體既同。雖古之聖人亦不能禁其相似也。

湯誓

王曰•格爾眾庶•悉聽朕言•非台小子•敢行稱亂•有夏多罪•天命殛之•今爾有眾•女曰•我后不恤我眾•舍我穡事•而割正夏•予惟聞女眾言•夏氏有罪•予畏上帝•不敢不正•今女其曰•夏罪其如台•夏王率遏眾力•率割夏邑•有眾率怠弗協•曰•時日曷喪•予及女皆亡•夏德若茲•今朕必往•爾尚輔予一人•致天之罰•予其大賚女•爾無不信•朕不食言•爾不從誓言•予則孥戮女•罔有攸赦•

牧誓

時甲子昧爽•王朝至于商郊牧野•乃誓•王左杖黃鉞•右秉白旄以麾•曰•逖矣西土之人•王曰•嗟我友邦冢君•御事•司徒•司馬•司空•亞旅•師氏•千夫長•百夫長•及庸蜀羌髳微盧彭濮人•稱爾戈•比爾干•立爾矛•予其誓•王曰•古人有言曰•牝雞無晨•牝雞之晨•惟家之索•今商王受惟婦言是用•昏棄厥肆祀弗答•昏棄厥遺王父母弟不迪•乃惟四方之多罪逋逃•是崇是長•是信是使•是以為大夫卿士•俾暴虐于百姓•以姦宄于商邑•今予發惟恭行天之罰•今日之事•不愆于六步七步•乃止齊焉•夫子勗哉•不愆于四伐五伐六伐七伐•乃止齊焉•勗哉夫子•尚桓桓•如虎如貔•如熊如羆•于商郊•弗迓克奔•以役西土•勗哉夫子•爾所弗勗•其于爾躬有戮•

大戴禮有夏小正一篇，爲記歲時之書，當亦傳自夏代者，古代陰陽家文之僅存者也。文繁今不錄。

要而論之。孔子之稱禹曰：「禹吾無間然矣，非飲食而致孝乎鬼神，惡衣服而致美乎黻冕，卑宮室而盡力乎溝洫」（泰伯篇）墨子稱道曰：「昔者禹之湮洪水，決江河而通四夷九州也，名山三百，支川三千，小者無數。禹親自操橐耜，而九雜天下之川，腓無胈，脛無毛，沐甚雨，櫛疾風，置萬國。」（莊子天下篇）此禹勤苦之精神，犧牲一己之幸福，以求國家與民族之安全，其功績最爲偉大，故禹貢一篇，遂爲千古最偉大之文章焉。

第三節　殷代散文

林傳甲曰：『湯之盤銘曰：「苟日新，日日新，又日新。」遲任有言曰：「人惟求舊，器非求舊惟新。」夏邑不綱，治化不行，湯之弔伐，既異於堯舜讓善，亦異於禹啓傳家，爲王者受命之創例。殷商新政，必有可觀。商人尙質，記載多略。』杜謂殷之記載，見於史記殷本紀者，有湯征，女鳩，女房，湯誓，典寶，夏社，中𦊨，作誥，湯誥，咸有一德，明居，伊訓，肆命，徂后，太甲訓，沃丁，咸艾，太戊，原命，盤庚，高宗訓等。連尙書所載微子等篇，數實不少。惜所存者今惟尙書湯誓一篇，盤庚三篇，高宗肜日一篇，西伯戡黎一篇，微子一篇，共七篇而已。史公作殷本紀，全專以書名爲章法，亦可見殷文之盛也。

盤庚上

盤庚遷于殷・民不適有居・率籲衆慼・出矢言・曰・我王來・既爰宅于茲・重我民・無盡劉・不能胥匡以生・卜稽曰其如台・先王有服・恪謹天命・茲猶不常寧・不常厥邑・于今五邦・今不承于古・罔知天之斷命・矧曰其克從先王之烈・若顛木之有由蘖・天其永我命于茲新邑・紹復先王之大業・厎綏四方・盤庚斅于民・由乃在位・以常舊服正法度・曰・無或敢伏小人之攸箴・王命衆悉至于庭・王若曰・格汝衆・予告汝訓・汝猷黜乃心・無傲從康・古我先王・亦惟圖任舊人共政・王播告之修・不匿厥指・王用丕欽・罔有逸言・民用丕變・今汝聒聒・起信險膚・予弗知乃所訟・非予自荒茲德・惟汝含德・不惕予一人・予若觀火・予亦拙謀作乃逸・若網在綱・有條而不紊・若農服田力穡・乃亦有秋・汝克黜乃心・施實德于民・至于婚友・丕乃敢大言汝有積德・乃不畏戎毒于遠邇・惰農自安・不昏作勞・不服田畝・越其罔有黍稷・汝不和吉言于百姓・惟汝自生毒・乃敗禍姦宄・以自災于厥身・乃既先惡于民・乃奉其恫・汝悔身何及・相時憸民・猶胥顧于箴言・其發有逸口・矧予制乃短長之命・汝曷弗告朕・而胥動以浮言・恐沈于衆・若火之燎于原・不可嚮邇・其猶可撲滅・則惟汝衆自作弗靖・非予有咎・遲任有言曰・人惟求舊・器非求舊惟新・古我先王・暨乃祖乃父・胥及逸勤・予敢動用非罰・世選爾勞・予不掩爾善・茲予大享・于先王・爾祖其從與享之・作福作災・予亦不敢動用非德・予告汝于難・若射之有志・汝無老侮成人・無弱孤有幼・各長于厥居・勉出乃力・聽予一人之作猷・無有遠邇・用罪伐厥死・用德彰厥善・邦之臧・惟汝衆・邦之不臧・惟予一人有佚罰・凡爾衆・其惟致告・自今至于後日・各恭爾事・齊乃位・度乃口・罰及爾身弗可悔・

史記殷本紀云：『帝盤庚之時，殷已都河北，盤庚渡河南，復居成湯之故居，迺五遷，無定處，殷民咨胥皆怨，不欲徙。盤庚乃告諭諸大臣曰：「昔高后成湯，與爾之先祖，俱定天下，法則可修，舍而弗施，何以成德？」乃遂涉河南治亳，行湯之政，然後百姓由寧，殷道復興，諸侯來朝，以其成遵成湯之德也。帝盤庚崩，弟小辛立，是爲帝小辛。帝小辛立，殷復衰，百姓思盤庚，迺作盤庚三篇，』據此則盤庚三篇，乃盤庚死後其臣木於國史所書追而述之，以諷時王及民衆之辭。

韓昌黎進學解云：「周誥殷盤，詰屈聱牙，」盤庚三篇之難讀，蓋自古已然矣。吾師唐蔚芝文治先生云：「首四節爲民之矢言，一篇總冒（據江魏姚三家說爲正，或作盤庚言者非，）第五節集衆於庭，爲一篇筋骨。六節王若曰以下，乃盤庚代陽甲之辭。篇中以古我先王雙提，至爲鄭重。以下文勢已乃益開展，復用汝爾予三字盤旋作線索，文氣乃益緊。古書中善譬喩當以此篇爲權輿。曰「若顛木，」「若觀火，」「若網在綱，」「若農服田，」「若火之燎於原，」「若射之有志，」六若字極分明。而「惰農自安」數句穿插其中，更有趣味。

柞按原盤庚三篇之所以難讀，實以多用方言及通假字之故。由此可見今人主張方言白話及別字爲文之不足以行遠也。說文敍曰：諸侯力政，不統於王，惡禮樂之害己，而皆去其典籍，分爲七國，田疇異晦，車涂異軌，律令異法，衣冠異制，言語異聲，文字異形，秦始皇帝初兼天下，丞相李斯乃奏而同之，罷其不與秦文合者。」嘗謂秦之罪雖大，其統一中國，統一文字，厥功實最偉。漢後所用之字，雖非李斯之小篆，然亦多由小篆而變也。今吾國各省州縣之方音，蜚然不同，儼如異國，識者正患之，欲提倡國語以統一語言，而方歎其收功之晚。然語言雖異，其所賴以收統一之功者，幸有文字之統一耳。今若以方言白話及別字入文，則彼邑一方言，此邑一方言；甲書一別字，乙書一別字；若是其勢不特各省異文，各縣異文，且將人人異文而後已。是他日分裂中國爲無數不同文字之小國者，必自提倡方言別字之說始矣。謂余不信，則盤庚三篇其小小之例證也。今盤庚三篇雖存，能讀之者幾人乎？

尙書所載殷文之外，漢書藝文志，道家有伊尹五十一篇，小說家有伊尹說二十七篇，天乙三篇，然皆已亡，疑皆當爲散文。其小說家之伊尹二十一篇，天乙三篇，又疑皆後人所假託也。

第四節　周初散文

記曰：「夏尙忠，殷尙質，周尙文。」觀上二章所述質忠之世，其文已如此，況周代尙文之世乎？孔子曰：「周監於二代，郁郁乎文哉，吾從周」又曰：「文王旣沒，文不在玆乎？」周代治化之尙文，可知也。然則周代文學之盛，殆基於周初矣。文王之文，易彖辭外鮮有足徵者。彖辭爲韵文，今亦不論。若周公之著，則尙書之中，先儒所指以爲周公所作者，曰牧誓，曰金縢，曰大誥，曰多士，曰無逸，曰立政，曰康誥，曰梓材，曰召誥，曰洛誥，凡十篇。唐蔚芝師則以金縢爲册祝之辭，並非周公所自作，以其無自譽之理也。至於大誥、康誥、無逸、立政諸篇，則謂其忠厚懇摯，至誠感人，所以靖一時之變亂，垂八百年之丕基，胥在於此。則其情文之盛可知矣。師又謂大學引康誥之辭最多，曰「克明德，」曰「作新民，」曰「如保赤子，」曰「惟命不於常，」雖未賅康誥全篇之誼，可見康誥篇爲古聖賢所常誦之書。今錄之如下。

康誥

惟三月．哉生魄．周公初基作新大邑于東國雒．四方民大和會．侯甸男邦采衛．百工播民．和見士于周．周公咸勤．乃洪大誥治．王若曰．孟侯．朕其弟．小子封．惟乃丕顯考文王．克明德愼罰．不敢侮鰥寡．庸庸．祗祗．威威顯民．用肇造我區夏．越我一二邦．以脩我西土．惟時怙冒聞于上帝．帝休．天乃大命文王．殪戎殷．誕受厥命．越厥邦厥民•惟時敘•乃寡兄勖•肆女小子封•在茲東土•王曰•烏呼•封女念哉•今民將在祗•遹乃文考•紹聞衣德言•往敷求于殷先哲王•用保乂民•女丕遠惟商耇成人宅心知訓•別求聞由古先哲王•用康保民•弘于天若德•裕乃身•不廢在王命•王曰•烏呼•小子封•恫瘝乃身•敬哉•天畏棐忱•民情大可見•小人難保•往盡乃心•無康好逸豫•乃其乂民•我聞曰•怨不在大•亦不在小•惠不惠•懋不懋•已•汝惟小子•乃服惟弘•王應保殷民•亦惟助王宅天命作新民•王曰•烏呼•封•敬明乃罰•人有小罪•非眚•乃惟終•自作不典•式爾•有厥罪小•乃不可不殺•乃有大罪•非•終•乃惟眚烖適爾•既道極厥辜•時乃不可殺•王曰烏呼•封•有敘時•乃大明服•惟民其勑懋和•若有疾•惟民其畢棄咎•若保赤子•惟民其康乂•非女封刑人殺人•無或刑人殺人•非女封•又曰劓刵人•無或劓刵人•王曰•外事•女陳時臬•司師茲殷罰有倫•又曰要囚•服念五六日至于旬時•丕蔽要囚•王曰•女陳時臬•事罰•蔽殷彝•用其義刑義殺•勿庸以次女封•乃女盡遜•曰時敘•惟曰未有遜事•已女惟小子•未其有若女封之心•朕心朕德•惟乃知•凡民自得罪•寇攘姦宄•殺越人于貨•暋不畏死•罔不憝•王曰•封•元惡大憝•矧惟不孝不友•子弗祗服厥父事•大傷厥考心•于父不能字厥子•乃疾厥子•于弟弗念天顯•乃弗克恭厥兄•兄亦不念鞠子哀•大不友于弟•惟弔茲•不于我政人得罪•天惟與我民彝大泯亂•曰•乃其速由•文王作罰•刑茲無赦•不率大戛•矧惟外庶子訓人•惟厥正人•越小臣•諸節•乃別播敷•造民大譽•弗念弗庸•瘝厥君•時乃引惡•惟朕憝•已•女乃其速由•茲義率殺•亦惟君惟長•不能厥家人•越厥小臣外正•惟威惟虐•大放王命•乃非德用乂•女亦罔不克敬典•乃由裕民•惟文王之敬忌•乃裕民•曰•我惟有及•則予一人以懌•王曰•封•爽惟民•迪吉康•我時其惟•殷先哲王德•用康乂民作求•矧今民罔迪不適•不迪•則罔政在厥邦•王曰•封•予惟不可監•告女德之說于罰之行•今惟民不靜•未戾厥心•迪屢未同•爽惟天其罰殛我•我其不怨•惟厥罪•無在大•亦無在多•矧曰其尚顯聞于天•王曰•烏呼•封•敬哉•無作怨•勿用非謀非彝•蔽時忱•丕

則・敏德・用康乃心・顧乃德・遠乃猷裕・乃以民寧・不女瑕殄・王曰・烏呼・肆女小子
封・惟命不于常・女念哉・無我殄享・明乃服命・高乃聽・用康乂民・王若曰・往哉
・封・勿替敬・典聽朕誥・女乃以殷民世享・

此文气象宏闊，緯絡萬千。全篇以天命民三字爲樞紐，意以謂天之所命，卽在於民，實爲儒家之保民政治哲學之所本。惟篇首四十八字，當從吳汝綸說，定爲大誥篇末之錯簡耳。

此外儀禮周禮，先儒亦以爲周公之書。儀禮一書，自韓昌黎已苦其難讀，然亦賞其奇辭奧旨。周禮一書，文旣整麗，尤多奇字，玆以限於篇幅，不復錄焉。

周禮至漢，缺冬官一篇，漢儒以攷工記補之，最爲得宜。陳澧云：「考工記實可補經，何必割裂五宮乎。作記者以一人而盡諳衆工之事，此人甚奇特。且所記皆有用之物，不可卑視之。惟其卑視工事，一任賤工爲之，以致中國之物，不如外國，此所關者甚大也。」杜謂由攷工記觀之，可知周初以前甚重工業，史官多精此學。不然執筆者必不能爲此文也。

石遺室論文云：「攷工記爲古今奇文，種種工作，不離乎數目字，而審曲面勢，說來但覺其造句巧妙，絕不覺數目字多，數目字之重複。廬人匠人每節用凡字提起，有接至六七者。樂記亦然。㡳氏疊用而某之而某之至於六七。梓人爲筍簴，先五疊某者某者，後又六疊以某鳴者以某鳴者。皆文理之各種結構處。最後弓人一職，尤爲精微，」杜按此言是也。而杜最喜輪人爲輪一類。

輪人節錄

輪人爲輪·斬三材必以其時··三材既具·巧者和之·轂也者以爲利轉也··輻也者以爲直指也·牙也者以爲固抱也··輪敝·三材不失職·謂之完·望而眂其輪·欲其幎爾而下迆也·進而眂之·欲其微至也·無所取之·取諸圜也·望其輻·欲其掣爾而纖也·進而眂之·欲其肉稱也·無所取之·取諸易直也·望其轂·欲其眼也·進而眂之·欲其幬之廉也··無所取之·取諸急也·眂其綆·欲其蚤之正也··察其菑蚤不齵·則輪雖敝不匡··

此記制輪之事，爲最機械，最無情之事，而寫出工人之爲，欲其器之工之情，躍躍如見。可見題材有文學情緒與否，實視作文者主觀而異。古今之文人，多不知機械之學，故以機械爲無情；而究機械之學者，又無文學之情緒，彼自視其身亦無異於機械也。故機械之爲物，遂似終與文學牴牾耳。今若使文學家能精究機械之學，則其視機械之軋軋而鳴，豈遽不如秋蟲之唧唧而鳴，足以入詩人之吟詠哉，觀攷工之記制器，情文俱至，可爲例證矣。

周初散文存於古文尚書者，尚有大誓、武城、洪範、旅獒、君奭、多方、顧命、康王之誥等，文皆美茂。若漢書藝文志道家尚有太公二百三十篇，辛甲二十九篇，鬻子二十二篇。墨家有尹佚二篇。小說家有鬻子說十九篇。其書皆已亡。鬻子說疑亦後人所託。

要而論之。周之四誥酒誥召誥雒誥康誥，文體詰詘，實傚自殷之盤庚；而周禮五官及考工記之整飭，實又本於虞夏之禹貢，此文體之嬗變，尚可攷者也。

第三章　由治化時代漸變爲學術時代之散文

春秋時代

第一節　總論

春秋時代之文學，要以孔子老子左邱明三人爲大宗師。而孔子尤爲前後之樞紐。蓋春秋以前，治化之文莫盛於六藝，而孔子實刪訂之。是集春秋以前治化之文之大成也。孔子贊周易，爲作十翼，多精微之哲學。（今之十翼雖未盡爲孔子原本，然亦必多出於孔子。）論語一書爲孔子弟子記孔子與門弟子及時人問答之言，皆多鼓吹學術之說。孔子之文言，老子之五千言，尤多駢偶之筆，已爲後人駢文之先河。其有學無位，不能見諸治化，專以闡明學術爲務，又爲春秋戰國諸子爲學術而文學之先河。孔子作春秋，左邱明据魯史作傳，又爲後世史家之先河。此三人者，其文學皆承前啓後，於吾國之學術與文學，最有關係者也。

第二節　學術大師孔老之散文

孔老之學，同本於易。易言天地陰陽吉凶禍福，皆兩端相對者。孔子則執其兩端而用其中，老子則審其兩端而用其反。孔子曰：「執其兩端，用其中於民。」老子曰：「反者道之動。」又曰：「與道反矣，乃至大順。」孔子最重禮，曾問禮於老子，則老子之深於禮可知。深於禮而薄禮，正其用反之道。其少言禮，正孔子罕言命與仁之比也。

孔子　史記孔子世家，「孔子生魯昌平鄉陬邑，其先宋人也。魯襄公二十二年而生孔子。生而首上圩頂，故因名曰丘云。字仲尼，姓孔氏。孔子長九尺有六寸，人皆謂謂之長人而異之。孔子之時，周室微而禮樂廢，詩書缺，追迹三代之禮，序書傳，上紀唐虞之際，下至秦繆，編次其事。曰：「夏禮吾能言之，杞不足徵也；殷禮吾能言之，宋不足徵也；足則吾能徵之矣。」觀殷夏所損益，曰：「雖百世可知也。」以一文一質，「周監二代，郁郁乎文哉，吾從周。」故書傳禮記自孔子。孔子語魯大師：「樂其可知也，始作翕如，縱之純如，皦如，繹如也以成。」「吾自衛反魯，然後樂正，雅頌各得其所。」古者詩三百篇，及至孔子，其重，取可施於禮義，上采契后稷，中述殷周之盛，至幽厲之缺，始於衽席，故曰：關雎之亂，以爲風始，鹿鳴爲小雅始，文王爲大雅始，淸廟爲頌始。三百五篇，孔子皆弦歌之，以求合韶武雅頌之音，禮樂自此可得而述，以備王道，成六藝。孔子晚而喜易，序彖繫象說卦文言，讀易韋編三絕，曰，假我數年，若是我於易彬彬矣。」

文言 節錄

潛龍勿用・陽氣潛藏・見龍在田・天下文明・終日乾乾・與時偕行・或躍在淵・乾道乃革・飛龍在天・乃位乎天德・亢龍有悔・與時偕極・乾元用九・乃見天則・乾元者始而亨者也・利貞者・性情也・乾始能以美利利天下・不言所利・大矣哉・大哉乾乎・剛健中正純粹・精也・六爻發揮旁通・情也・時乘六龍・以御天也・雲行雨施・天下平也・君子以成德爲行・日可見之行也・潛之爲言也・隱而未見・行而未成・是以君子弗用也・君子學以聚之・問以辨之・寬以居之・仁以行之・易曰・見龍在田・利見大人・君德也・九三重剛而不中・上不在天・下不在田・故乾乾因其時而惕・雖危无咎矣・九四重剛而不中・上不在天・下不在田・中不在人・故或之・或之者・疑之也・故无咎・夫大人者・與天地合其德・與日月合其明・與四時合其序・與鬼神合其吉凶・先天而天弗違・後天而奉天時・天且弗違・而況於人乎・況於鬼神乎・亢之爲言也・知進而不知退・知存而不知亡・知得而不知喪・其惟聖人乎・知進退存亡而不失其正者・其唯聖人乎・

此文時用韻語，且多偶句。阮元据之作文韵說及文言說。大旨謂必用韵用偶而後可以謂之文。

其說蓋因後世古文家屏駢儷之文爲不足以語於古文，故務爲力反其說也。

孔子之著作，以春秋最爲重要。史記孔子世家，『子曰：「弗弗乎，君子病沒世而名不稱焉。吾道不行矣，吾何以自見於後世哉！」乃因史記作春秋，上至隱公，下訖哀公十四年，十二公，據魯親周，約其文辭而旨博。故吳楚之君自稱王，而春秋貶之曰子；踐土之會實召周天子，而春秋諱之曰天王狩於河陽。推此類以繩當世，貶損之義，後有王者舉而開之，春秋之義行，則天下亂臣賊子懼焉。孔子在位，聽訟文辭有可與人共者，弗獨有也。至於爲春秋，筆則筆，削則削，游夏之徒，不能贊一辭。弟子受春秋，孔子曰：後世知丘者以春秋，而罪丘者亦以春秋。』

蓋春秋之書，正名之書也。孔子曰：「名不正則言不順，言不順則事不成，事不成則禮樂不興，禮樂不興則刑罰不中，刑罰不中則民無所措手足。」子路篇春秋正名之要，於此知之矣。大之倫類之大名，小之則物類之先後，無所不愼。僖十六年經曰：

春王正月，戊申朔，隕石于宋五。是月，六鷁退飛，過宋都。

穀梁傳曰：

先隕而後石・何也・隕而後石也・六鷁退飛過宋都・聚辭也・目治也・子曰・石無知之物・鷁微有知之物・石無知故月之・鷁微有知・故月之・君子之於物 無所苟而已・石鷁且猶盡其辭・而況於人乎・

公羊傳曰：

曷爲先言霣而後言石・霣石記聞・聞其磌然・視之則石・察之則五・曷爲先言六而後言鷁・六鷁退飛・記見也・視之則六・察之則鷁・徐而察之則退飛・

其於言之無所苟如此。故太史公曰：「有國者不可以不知春秋，前有讒而弗見，後有賊而不知；爲人臣者不可以不知春秋，守經事而不知其宜，遭變事而不知其權；爲人君父而不通於春秋之義者，必蒙首惡之名；爲人臣子而不通於春秋之義者必陷篡弒之誅，死罪之名。其實皆以爲善爲之，不知其義，被之空言而不敢辭。」漢大儒之重視春秋如此。

然世之古文家以反對公穀之故，遂倡言孔子不修春秋。孔子之春秋無微言大義。不過一本魯史舊文而已。不知孟子曰：「晉之乘，楚之檮杌，魯之春秋，一也。其事則齊桓晉文，其文則史。孔子曰：「其義則丘竊取之矣。」」此明謂孔子未修之春秋，則與晉乘楚檮杌相類。孔子修之則有微言大義矣。荀子曰：「春秋約而不速。」夫春秋既約矣，而何以不速？非以微言大義之難通而何？

春秋最重攘夷狄與大復仇之義。自春秋之學不講，而夷夏失防，認賊作父，幾不復知人間有羞恥事矣。宋之岳飛文天祥，皆精春秋之學。故攘夷之決心最烈。此不可不知也。

老子　史記老子傳：老子者楚苦縣厲鄉曲仁里人也，姓李氏，名耳，字聃，周守藏室之史也。居周久之，見周之衰，迺遂去至關，關令尹喜曰：子將隱矣，彊爲我著書。於是老子乃著書上下篇，言道德之意，五千餘言而去，莫知其所終。

太史談六家要旨論道家云：「其事易爲，其辭難知。」此最可以爲老子書之定評。「其事易爲」，謂秉要執中，無爲而無不爲也。「其辭難知」，則謂其辭涵義宏博，非可以一說盡也。

第一章

道可道•非常道•名可名•非常名•無名天地之始•有名萬物之母•故常無欲以觀其妙•常有欲以觀其徼•此兩者同出而異名•同謂之玄•玄之又玄•衆妙之門•

第二十八章

知其雄•守其雌•爲天下谿•爲天下谿•常德不離•復歸於嬰兒••知其白•守其黑•爲天下式•爲天下式•常德不忒•復歸於無極•知其榮•守其辱••爲天下谷•爲天下谷•常德乃足••復歸於樸••樸散則爲器••聖人用之••則爲官長••故大制不割••

世之讀老子者只知其守雌一句，而忘卻其知雄一句，故由其說遂爲積弱之國也。不知老子知雄則必努力自求爲雄，而所以守雌者不自以爲雄而自以爲雌耳。又如大智若愚，世之讀者但以爲眞求愚而已，而不知注意一若字。若注意一若字，則當知老子之必力求爲大智，愈智而愈不以智自居，故曰若愚也。

老子全書對偶最多，此豈有意作對仗哉？以其學理本如此耳。

文言與老子多對句矣，多韵語矣，然仍不可便謂之韵文，便謂之駢文也，謂爲駢文之祖可耳。至於用韵則諸子之論文亦往往有之，亦仍不得卽謂爲韵文也。

第三節　史傳家左邱明之散文

漢書藝文志云：「古之王者必有史官，所以愼言行，昭法式也。左史記言，右史記事，事爲春秋，言爲尚書。帝王靡不同之。周室既微，載籍殘缺，仲尼思存前賢之業，乃稱曰：「夏禮吾能言之，杞不足徵也；殷禮吾能言之，宋不足徵也。文獻不足故也。足則吾能徵之矣。」以魯周公之國，禮文備物，史官有法，故與左邱明觀其史記，据行事，仍人道，因興以立功，就敗以成罰，假日月以定數，藉朝聘以正禮樂，有所褒諱貶損，不可以書見，口授弟子。弟子退而異言，丘明恐弟子各安其意，以失其眞，故論本事而作傳，明夫子不以空言說經也。春秋所貶損大人當世君臣有威權執力，其事實皆形於傳，是以隱其書而不宣，所以免時難也。及末世口說流行，故有公羊穀梁鄒夾之書。四家之中，公羊穀梁立於學官，鄒氏無師，夾氏未有書。」由此觀之，孔子之春秋，爲繼前古之史，而左氏之傳，又孔子春秋之本事也。公穀二傳爲專解經之文，左氏傳則解經之外，並以史證經，解經而兼爲史者也。邱明既爲春秋作傳，稱爲內傳；又分周魯齊晉鄭楚吳越八國事，起穆王終於魯悼，別爲國語，世稱外傳。唐劉知幾分史體爲六家，一尚書家，二春秋家，三左傳家，四國語家，五史記家，六漢書家，六家中左氏占二家，則左氏之文體，其關係於文化，爲何如邪？

唐蔚芝師云：「左傳稱曰內傳。國語稱曰外傳。顧亭林先生謂左氏采列國之史而作，非出於一人之手。余疑內傳爲邱明所編輯，外傳則采自列國，未加刪削者也。夙好以左氏傳與公穀二傳互相比較，如左氏鄭伯克段于鄢一段，宜與穀梁傳對較；晉獻公欲以驪姬爲夫人一段，宜與穀梁傳晉殺其大夫里克對較：晉靈公不君一段，宜與公羊傳對較。悟其文法之各異，而文思文境，乃可日進。又好以內傳與外傳參考，如外傳管子論軌里連鄉之法，敬姜論勞逸，優施教驪姬夜半而泣諸篇，皆為內傳所不載；而一則波瀾壯闊，一則豐裁嚴整，一則細語喁喁，委婉入聽，均各擅其勝。又如晉文請隧，襄王不許，內傳曰：王章也，未有代德而有二王，亦叔父之所惡也。僅三語，懍乎其不可犯；而外傳則衍成數百言，負聲振采，琅琅錚錚，有令人不厭百回讀者矣。惟吳越語氣體句調均屬委薾，疑與內傳未載智伯事相同，為後人附益。司馬子長曰：「邱明懼弟子人人異端，各安其意，失其真，故因孔子史記具論其語，成左氏春秋。」又曰：「左邱失明，厥有國語。」然則二書之當並重無疑。」

杜謂左傳體奇而變，其流為太史公書；國語體整而方，其流為班氏之漢書。今錄僖公二十三年左傳記晉公子重耳出亡事與國語晉語所記為比較如左：

左傳	晉公子重耳之及於難也・晉人伐諸蒲城・蒲城人欲戰・重耳不可・曰・保君父之命・而享其生祿・於是乎得人・有人而校・罪莫大焉・吾其奔也・遂奔狄・從者狐偃・
國語	文公在狄十二年・狐偃曰・日吾來此也・非以狄為榮可以成事也・吾曰奔而易達也・困而有資・休以擇利・可以戾也・今戾久矣・戾久將底・底著滯淫・誰能興之・盍

趙衰顛頡魏武子司空季子・狄人伐廧咎如・獲其二女・叔隗季隗・納諸公子・公子取季隗・生伯鯈叔劉・以叔隗妻趙衰・生盾・將適齊・謂季隗曰・待我二十五年不來而後嫁・對曰・我二十五年矣・又如是而嫁・則就木焉・請待子處狄十二年而行・過衛・衛文公不禮焉・出於五鹿・乞食於野人・野人與之塊・公子怒・欲鞭之・子犯曰・天賜也・稽首受而載之・

及齊・齊桓公妻之・有馬二十乘・公子安之・從者以爲不可・將行・謀於桑下・蠶妾在其上・以告姜氏・姜氏殺之・而謂公子曰・子有四方之志・其聞之者吾殺之矣・公子曰・無之・姜曰・行也・懷與安・實敗名・公子不可・姜與子犯謀・醉而遣之・醒以戈逐子犯・

遠行乎・吾不適齊楚・避其遠也・蓄力一紀・可以遠矣・齊侯長矣・而欲親晉・管仲歿矣・多讒在側・謀而無正・衷而思始・夫必追擇前言・求善以終・饜邇逐遠・遠人入服・不爲郵矣・會其季年可也・茲可以親・皆以爲然・乃行過五鹿・乞食於野人・野人舉塊以與之・公子怒・將鞭之・子犯曰・天賜也・民以土服・又何求焉・天事必象・十有二必獲此土・二三子志之・歲在壽星及鶉尾・其有此土乎・天以命矣・復於壽星・必獲諸侯・天之道也・由是始之・有此其以戊申乎・所以申土也・再拜稽首・受而載之・遂適齊・齊侯妻之・甚善焉・有馬二十乘・將死於齊而已矣・曰・民生安樂・誰知其他・桓公卒・孝公卽位・諸侯叛齊・子犯知齊之不可以動・而知文公之安齊而有終焉之志也・欲行而患之・與從者謀於桑下・蠶妾在焉・莫知其在也・妾告姜氏・姜氏殺之・而言於公子曰・從者將以子行・其聞之者・吾以除之矣・子必從之・不可以貳・

貳無成命•詩云•上帝臨女•無貳爾心•先王其知之矣•貳將可乎•子去晉難而極於此•自子之行•晉無寧歲•民無成君•天未喪晉•無異公子•有晉國者•非子而誰•子其勉之•上帝臨子•貳必有咎•公子曰•吾不動矣•必死於此•姜曰•不然•周詩曰•莘莘征夫•每懷靡及•夙夜征行•不遑啓處•猶懼無及•況其順身縱欲懷安•將何及矣•人不求及•其能及乎•日月不處•人誰獲安•西方之書有之曰•懷與安實疚大事•鄭詩云•仲可懷也•人之多言•亦可畏也•昔管敬仲有言•小妾聞之•曰•畏威如疾•民之上也•從懷如流•民之下也•見懷思威•民之中也•畏威如疾•乃能威民•威在民上•弗畏有刑•從懷如流•去威遠矣•故謂之下•其在辟也•吾從中也•鄭詩之言•吾其從之•此大夫管仲之所以紀綱齊國•裨輔先君而成霸者也•子而棄之•不亦難乎•齊國之政敗矣•晉之無道久矣•從者之謀忠矣•時日及矣•公子幾矣•君國可以濟百姓•而釋之者非人也•敗不可處•時不可失•忠不可棄•懷不可從•子必速行•吾聞晉之始封也•歲在大火•閼伯之星也•實紀

商人・商之饗國・三十一王・瞽史之紀曰・唐叔之世・將如商數・今未半也・亂不長世・公子唯子・子必有晉・若何懷安・公子弗聽・姜與子犯謀醉而載之以行・醒・以戈逐子犯・曰・若無所濟・吾食舅氏之肉・其知饜乎・舅犯走且對曰・若無所濟・余未知死所・誰能與豺狼爭食・若克有成・公子無亦晉之柔嘉・是以甘食・偃之肉腥臊・將焉用之・遂行・

過衛・衛文公有邢狄之虞・不能禮焉・甯莊子言於公曰・夫禮國之紀也・親民之結也・善德之建也・國無紀不可以終・民無結不可以固・德無建不可以立・此三者君之所慎也・今君棄之・無乃不可乎・晉公子善人也・而衛親也・君不禮焉・棄三德矣・臣故云君其圖之・康叔文之昭也・唐叔武之穆也・周之大功在武・天祚將在武族・苟姬未絕周室而俾守天聚者・必武族也・武族唯晉實昌・晉胤公子實德・晉仍無道・天祚有德・晉之守祀・必公子也・若復而修其德・鎮撫其民・必獲諸侯・以討無禮・君弗蚤圖・衛而在討・小人是懼・敢不盡心・公弗聽・

及曹・曹共公聞其駢脅・欲觀其裸浴・薄
而觀之・僖負羈之妻曰・吾觀晉公子之從
者皆足以相國・若以相・夫子必反其國・
反其國・必得志於諸侯・得志於諸侯而誅
無禮・曹其首也・子盍蚤自貳焉・
乃饋盤飧・寘璧焉・公子受飧反璧・

自衛過曹・曹共公亦不禮焉・聞其駢脅・
欲觀其狀・止其舍・諜其將浴・設微薄而
觀之・僖負羈之妻言於負羈曰・吾觀晉公
子賢人也・其從者皆國相也・以相一人・
必得晉國・得晉國而討無禮・曹其首誅也
・子盍蚤自貳焉・僖負羈饋寘璧焉・公子
受飧反璧・負羈言於曹伯曰・夫晉公子在
此・君之匹也・不亦禮焉・曹伯曰・諸侯
之亡公子其多矣・誰不過此・亡者皆無禮
者也・余焉能盡禮焉・對曰・臣聞之・愛
親明賢・政之幹也・禮賓矜窮・禮之宗也
・禮以紀政・國之常也・失常不立・君所
知也・國君無親・以國爲親・先君叔振・
出自文王・晉祖唐叔・出自武王・文武之
功・實建諸姬・故二王之嗣・世不廢親・
今君棄之・不愛親也・晉公子生十七年而
亡・卿材三人從之・可謂賢矣・而君蔑之
・是不明賢也・謂晉公子之亡・不可不憐
也・比之賓客・不可不禮也・失此二者・
是不禮賓・不憐窮也・守天之聚・將施於
宜・宜而不施・聚必有闕・玉帛酒食・猶
糞土也・愛糞土以毀五常・失位而闕聚・
是之不難・無乃不可乎・
・君其圖之・公弗聽・

及宋・宋襄公贈之以馬・二十乘・

及鄭・鄭文公亦不禮焉・叔詹諫曰・臣聞天之所啓・人弗及也・晉公子有三焉・天其或者將建諸・君其禮焉・男女同姓・其生不蕃・晉公子・姬出也・而至于今・一也・離外之患・而天不靖晉國・殆將啓之・二也・有三士・足以上人・而從之・三也・晉鄭同儕・其過子弟・固將禮焉・況天之所啓乎・弗聽・

公子過宋・與司馬公孫固相善・公孫固言於襄公曰・晉公子亡長幼矣・而好善不厭・父事狐偃・師事趙衰而長事賈佗・狐偃其舅也・而忠以有謀・趙衰其先君之戎御・趙夙之弟也・而文以忠貞・賈佗公族也・而多識以恭敬・此三人者・實左右之・公子居則下之・動則諮焉・成幼而不倦，殆有禮矣・樹於有禮・必有艾・商頌曰・湯降不遲・聖敬日躋・降有禮之謂也・君其圖之・襄公從之・贈以馬二十乘・

公子過鄭・鄭文公亦不禮焉・叔詹諫曰・臣聞之・親有天・用前訓・禮兄弟・資窮困・天所福也・今晉公子有三祚焉・天將啓之・同姓不婚・惡不殖也・狐氏出自唐叔・狐姬伯行之子也・實生重耳・成而雋才離違而得所・久約而無釁・一也・同出九人・唯重耳在・離外之患・而晉國不靖・二也・晉侯日載其怨・外內棄之・重耳日載其德・狐趙謀之・三也・在周頌曰・天作高山・大王荒之・荒大之也・大天所作・可謂親有天矣・晉鄭元弟也・吾先君武公與晉文侯戮力一心・股肱周室・夾輔平王・平王勞而德之・而賜之盟質・曰・世相起也・若親有天・獲天祚者・可謂大

及楚・楚子饗之・曰・公子若反晉國・則
何以報不穀・對曰・子女玉帛・則君有之
・羽毛齒革・則君地生焉・其波及晉國者
・君之餘也・其何以報君・曰・雖然何以
報我・對曰・若以君之靈・得反晉國・晉
楚治兵・遇於中原・其辟君三舍・若不獲
命・其左執鞭弭・右屬櫜鞬・以與君周旋
・子玉請殺之・楚子曰・晉公子廣而儉・
文而有禮・其從者肅而寬・忠而能力・晉
侯無親・外內惡之・吾聞姬姓唐叔之後・
其後衰者也・其將由晉公子乎・天將興之
・誰能廢之・違天必有大咎・乃送諸秦・

天・若用前訓・文侯之功・武公之業・可
謂前訓・若禮兄弟・晉鄭之親・王之遺命
・可謂兄弟・若資窮困・亡在長幼・還軫
諸侯・可謂窮困・棄此四者・以徵天禍・
無乃不可乎・君其圖之・弗聽・叔詹曰・
若不禮焉・則請殺之・諺曰・黍稷無成・
不能爲榮・黍不爲黍・不能蕃廡・稷不爲
稷・不能蕃殖・所生不疑・唯德之基・公
弗
聽・
遂如楚・楚成王以周禮享之・九獻・庭實
旅百・公子欲辭・子犯曰・天命也・君其
饗之・亡人而國薦之・非敵而君設之・非
天誰啓之心・既饗・楚子問於公子曰・子
若克復晉國・何以報我・公子再拜稽首對
曰・子女玉帛・則君有之・羽旄齒革・則
君地生焉・其波及晉國者・君之餘也・又
何以報・王曰・雖然・不穀願聞之・對曰・
若以君之靈・得復晉國・晉楚治兵・會于
中原・其避君三舍・若不獲命・其左執弭
・右屬櫜鞬・以與君周旋・令尹子玉曰・
請殺晉公子・弗殺而反晉國・必懼楚師・
王曰・不可・楚師之懼・我不修也・我之
不德・殺之何爲・天之祚楚・誰能懼之・

四〇

秦伯納女五人・懷嬴與焉・奉匜沃盥・既而揮之・怒曰・秦晉匹也・何以卑我・公子懼・降服而囚・他日・公享之・子犯曰・吾不如衰之文也・請使衰從・公子賦河水・公賦六月・趙衰曰・重耳拜賜・公子降拜稽首・公降一級而辭焉・衰曰・君稱所以佐天子者命重耳・重耳敢不拜・

楚不可詐・冀州之士・其無令君乎・且晉公子敏而有文・約而不詔・三材侍之・天祚之矣・天之所興・誰能廢之・子玉曰・然則請止狐偃・王曰・不可・曾詩曰・彼已之子・不遂其媾・鄭之也・夫鄭而效之・鄭又甚焉・效鄭非福也・於是懷公自秦逃歸・秦伯召公子於楚・楚子厚幣以送公子于秦・・秦伯歸女五人・懷嬴與焉・公子使奉匜沃盥・既而揮之・怒曰・秦晉匹也・何以卑我・公子懼・降服囚命・秦伯見公子曰・寡人之適此爲才・子圉之・辱備嬪嬙焉・欲以成婚而懼離其惡名・非此則無故・不敢以禮致之・懼懼之故也・公子有辱・寡人之罪也・唯命是聽・公子欲辭・司空季子曰・同姓爲兄弟・黃帝之子二十五人・其同姓者二人而已・唯青陽與夷鼓皆爲已姓・青陽方雷氏之甥也・夷鼓彤魚氏之甥也・其同生而異姓・四母之子・別爲十二姓・凡黃帝之子・二十五宗・其得姓者十四人・爲十二姓・姬酉祁己滕箴任荀僖姞儇依是也・唯青陽與蒼林氏同于黃帝・故皆爲姬姓・同德之難也如是・昔少典娶于有蟜氏・生黃帝・炎帝・黃帝以姬水成・炎

帝以姜水成·成而異德·故黃帝爲姬·炎帝爲姜·二帝用師以相濟也·異德之故也·異姓則異德·異德則異類·異類雖近·男女相及·以生民也·同姓則同德·同德則同心·同心則同志·同志雖遠、男女不相及·畏黷敬也·黷則生怨·怨亂毓災·災毓滅姓·是故娶妻避其同姓·畏亂災也·故異德合姓·同德合義·義以導利·利以阜姓·姓利相更·成而不遷·乃能攜固·保其土房·今子於子圉·道路之人也·取其所棄·以濟大事·不亦可乎·公子謂子犯曰·何如·對曰·將奪其國·何有於妻·唯秦所命從也·謂子餘曰·何如·對曰·禮志有之曰·將有請於人·必先有入焉·欲人之愛已也·必先愛人·欲人之從已也·必先從人·無德於人·而求用於人·罪也·今將婚媾以從秦·受好以愛之·聽從以德之·其永可也·又何疑焉·乃歸女而納幣·且逆之·他日·秦伯將享公子·公子使子犯從·子犯曰·吾不如衰之文也·請使衰從··使子餘從·秦伯享公子如享國君之禮··子餘相如賓·卒事·秦伯謂其大夫曰·爲禮而不終·恥也·中不勝貌·恥也·華而不實·恥也·不度而施

·恥也·施而不濟·恥也·恥門不閉·不可以封也·非此用師·則無所矣·二三子敢不
予明日宴·秦伯賦采菽·子餘使公子降拜··秦伯降辭·子餘曰·君以天子之命服
命重耳·敢有安志·敢不降拜·成拜卒登·子餘使公子賦黍苗·子餘曰·重耳之仰
君也·若黍苗之仰陰雨也·若君實庇廕膏澤之·使能成嘉穀·薦在宗廟·君之力也
·君若昭先君之榮·東行濟河·整師以復疆周室·重耳之望也·重耳若獲集德而歸
載·使主晉民·成封國·其何實不從·君若忿志以用重耳·四方諸侯·其誰不惕惕
以從命·秦伯嘆曰·是子將有焉·豈專在寡人乎·秦伯賦鳩飛·公子賦河水·秦伯
賦六月·子餘使公子降拜·秦伯降辭·子餘曰·君稱所以佐天子匡王國者以命重耳
·重耳敢有惰心·敢不從德·

內外傳文體繁簡之異，觀此可略覩一斑矣。近世今文家或有以左傳爲劉歆本國語而編次以附於春秋者，不知左氏文體，翦裁嚴密，尙有非司馬氏所及者，何論子峻？

第四章　爲學術而文學時代之散文

戰國

第一節　總論

春秋以前之文，皆治化之文也。何也？其治化卽學術，學術卽治化也。凡傳於今之文，皆左史右史之遺也，皆當時治化之跡也。故曰六經皆史也。自孔老以後，學術始由官守而散於於學者。於是戰國諸子，始各以其學術鳴。其所爲文莫非鼓吹學術之作。卽屈平之離騷「上稱帝嚳，下道齊桓，中述湯武，以刺世事；明道德之廣崇，治亂之條貫，靡不畢見」亦思以其學術救時者也。故此時代之文學，可謂爲學術而文學，非爲文學而文學者也。昭明所謂以立意爲宗，不以能文爲本也。然文學者學術之華實也。有諸中者形諸外。故此一時代爲吾國學術最發達時代，而亦爲吾國文學最燦爛時代。

論諸子之學之所以興者有三：一曰：本乎古學，二曰：原乎官守，三曰：因乎時勢。莊子天下篇云：

「不侈於後世，不靡於萬物，不暉於度數，而備世之患，古之道術有在於於是者，墨翟禽滑釐聞其風而悅之。不累於俗，不飾於物，不拘於人，不忮於衆，願天下之安寧，以活民命，人我之養畢足而止，以此白心。古之道術，有在於是者，宋鈃尹文聞而風而悅之。公而不當，易而無私，決然無主，趣物而不兩，不顧於慮，不謀於知，於物無擇，與之俱往。古之道術有在於是者，彭蒙田駢愼到聞其風而悅之。以本爲精、以物爲粗、以有積爲不足、澹然獨與神明居。古之道術有在於是者，關尹老聃聞而風而悅之。芴漠無形，變化無常，死與生與？天地竝與？神明往與？芒乎何之？忽乎何適？萬物畢羅，莫足以歸。古之道術有在於是者，莊周聞其風悅之。」此本乎古學之說也。漢書藝文志云：「儒家者流、蓋出於司徒之官。道家者流、蓋出於史官。陰陽家者流，蓋出於羲和之官。法家者流，蓋出於理官。墨家者流，蓋出於淸廟之守。從橫家者流、蓋出於行人之官。雜家者流、蓋出於議官。農家者流、蓋出於農稷之官。小說家者流、蓋出於稗官。」此原於官守之說也。淮南子要略云：「文王之時，紂爲天子，賦斂無度，殺戮無止，康梁沉湎，宮中成市，作爲炮烙之刑，刳諫者，剔孕婦，天下同心而苦之。文王四世纍善，修德行義，處岐周之間，地方不過百里，天下二垂歸之，文王欲以卑弱制強暴，以爲天下去殘除賊而成王道，故太公之謀生焉。

文王業之而不卒，武王繼文王之業，用太公之謀，悉索薄賦，躬擐甲冑，以伐無道而討不義，誓師牧野，以踐天子之位。天下未定，海內未輯，武王欲昭文王之命德，使夷狄各以其賄來貢，遼遠未能至，故治三年之喪，殯文王於兩楹之間，以俟遠方。武王立三年而崩，成王在襁褓之中，未能用事，蔡叔管叔輔公子祿父而欲爲亂，周公繼文王之業，持天子之政，以股肱周室，輔翼成王，懼爭道之不塞，臣下之危上也，故縱馬華山，放牛桃林，敗鼓折枹，搢笏而朝，以寧靜王室，鎮撫諸侯。成王旣壯，能從政事，周公受封於魯，以此移風易俗。孔子脩成康之道，述周公之訓，以教七十子，使服其衣冠，脩其篇籍，故儒者之學生焉。墨子學儒者之業，受孔子之術，以爲其禮煩擾而不說，厚葬靡財而貧民，久服傷生而害事，故背周道而用夏政。禹之時，天下大水，禹身執虆垂，以爲民先，剔河而道九岐，鑿江而通九路，辟五湖而定東海。當此之時，燒不暇撌，濡不給扢，死陵者葬陵，死澤者葬澤，故節財薄葬閑服生焉。齊桓公之時，天子卑弱，諸侯力征，南夷北狄交伐中國，中國之不絕如線。齊國之地，東負海而北障河，地狹田少，而民多智巧。桓公憂中國之患，苦夷狄之亂，欲以存亡繼絕，崇天子之位，廣文武之業，故管子之書生焉。齊景公內好聲色，外好狗馬，獵射亡歸，好色無辯，作爲路寢之臺，族鑄大鐘，撞之庭下，郊雉皆呴，一朝用三千鍾贛。梁丘據子家噲導於左右。故晏子之諫生焉。晚世之時，六國諸侯，谿異谷別，水絕山隔，各自治其境內，守其分地，握其權柄，擅其政令，下無五伯，上無天子，力征爭權，勝者爲右，恃連與國，約重致，剖信符，結遠援，以守其國家，持其社稷，故縱橫修短生焉。申子者，韓昭釐之佐，韓晉別國也，地墽民險，而介於大國之間。晉國之故禮未滅，韓國之新法重出；先君之令未收，後君之命又下；新故相反，前後相繆，百官背亂，不知所用，故刑名之書生焉。秦國之俗，貪狼強力，寡義而趨利，可威以刑，而不可化以善，可勸以賞，而不可厲以名，被險而帶河，四塞以爲固，地利形便，畜積殷富，孝公欲以虎狼之勢，而吞諸侯，故商鞅之法生焉。」此因乎時勢之說也。合此三者，其言乃備。而近人或專主時勢之說，而非官守之言，然漢志又云「諸子十家，其可觀者九家而已，皆起於王道既微，諸侯力政，時君世主，好惡殊方，是以九家之說，蠭出竝作，各引一端，崇其所善；以此馳說取合諸侯。」則諸子之學，關於時勢，班氏亦非不知之，而必原於官守者，古學在於官守，諸子之學，不能無其原也。

闡班氏時勢之說者，有劉師培，其言曰：『班氏之言曰：「時君世主，好惡無方，是以九家之說，蠭起竝出。」由班志所言觀之，則諸家學術，悉隨時勢爲轉移。昔春秋時，世卿擅權，諸侯力征，故孔子譏世卿，惡征伐；墨子明尚賢，著非攻；皆救時之要術，而濟世之良模也。雖然，孔墨者悲天憫人之學也，殆其說不行，有心人目擊世風日下，由是閔世之義，易爲樂天，如莊、列、楊、朱之學是也。及舉世渾濁，世變愈危，憂時之士，知治世之不可期，由是樂天之義，易爲厭世，如屈宋之流是也。而要之皆周末時勢激之使然，雖然此皆學術之憑虛者也。有憑虛之學，卽有徵實之學。戰國之時，諸侯以併吞爲務，非兵不能守國，由是有兵家之學。非得鄰國之援助，則國勢日孤，由是有縱橫家之學。非務農積粟，不能進攻，由是有農家之學。是則戰國諸子，皆隨時俗之好尚，以擇術立言。儒學不能行於戰國，時爲之也。法家兵家縱橫家行於戰國，亦時爲之也。古人謂學術可以觀時變，豈不然哉？」—國學發微

諸子之學，雖出於官守，亦自不能盡同於官守。章學誠曰：「諸子之書，多周官之舊典，劉班敍九流之源，每云出於某官，或云某某之守，是也。古者治學未分，官師合一，故法具於官，而官守其書。然世世師傳講習討論，則有具於書而不必盡於書者，猶今官司掌故，習見常行，不必轉注傳授，繁言曲解，其一端也。又有精微奧義，可意會而難以文字傳者，猶今百司執事，隱微利弊，惟親其事者知之，而非文案簿書所具，又一端也。至於周末治學既分，禮失官廢，諸子思以其學用世，莫不於人官物曲之中，

求其道而通之，將以其道易天下，而非欲以文辭見也。故其所著之書，則有官守舊文，與夫相傳遺言，雖不能無失，然不可謂全無所受也。故諸子之書雖極偏駁，而其中實有先王政教之遺，惟所存有多寡純駁之不同，而其著書之旨，則又各以私意爲之。蓋不肯自爲一官一曲之長，而皆欲即其一端以易天下，故莊生謂耳目口鼻，不能相通，是也。」駁汪中墨子序

論諸子之文者，則以劉彥和爲最簡當。其言曰：「洽聞之士，宜撮綱要，覽華而食實，棄邪而採正，極睇參差，亦學家之壯觀也。研夫孟荀所述，理懿而辭雅；管晏屬篇，事覈而言練；列御寇之書，氣偉而采奇；鄒子之說，心奢而辭壯；墨翟隨巢，意顯而語質；尸佼尉繚，術通而文鈍；鶡冠緜緜，亟發深言；鬼谷眇眇，每環奧義；情辨以澤，文子擅其能；辭約而精，尹文得其要；慎到析密理之巧；韓非著博喻之富；呂氏鑒遠而體周；淮南汎採而文麗；斯則得百氏之華采，而辭氣之大略也。」文心雕龍諸子篇

諸子之文，原於六藝，故班氏曰：「今異家者，各推所長，窮知究慮，以明其旨，雖有蔽短，合其要歸，亦六經之支與流裔也。」然諸子之文，其原既遠，其流亦長。漢之董仲舒、劉向，儒家兼陰陽家之文也。晁錯、趙充國，法家兼兵家之文也。司馬談遷父子，道家兼史家之文也。徐樂、嚴安，從衡家之文也。楊王

孫，墨家之文也。淮南子，雜家之文也。劉師培曰：「韓李之文，正誼明道，排斥異端，歐曾繼之，以文載道，儒家之文也。子厚之文，善言事物之情，出以形容之詞，而知人論世，復能探原立論，核覈刻深，名家之文也。明允之文，最喜論兵，謀深慮遠，排兀雄奇，兵家之文也。子瞻之文，以粲花之舌，運捭闔之詞，往復卷舒，一如意中所欲出，而屬詞比事，翻空易奇，縱橫家之文也。介甫之文，修言法制，因時制宜，而文辭奇峭，推闡入深，法家之文也。立言不朽，此之謂與。近代以還，文儒蔚出。望溪姬傳，文祖韓歐，闡明義理，趨步宋儒，此儒家之支派也。叔子崑繩，洞明兵法，推論古今之成敗，疊陳九土之險夷，落筆千言，縱橫奔肆，此兵家之支派也。子居之文，取法半山，安吳之文，洞陳時弊，兵農刑政，酌古準今，不諱功利之談，爰立後王之法，此法家之支派也。朝宗之文，詞源橫溢，簡齋之作，還博矜奇，若決江河，一瀉千里，此縱橫家之支派也。雍齋于庭之文，雜糅讖緯，靡麗瑰奇，此陰陽家之支派也。大紳台山之文，妙善玄言，析理精微，此道家之支派也。維崧甌北之文，體雜俳優，涉筆成趣，此小說家之支派也。旨歸既別，夫豈強同，即古文所謂文章流別也。惟詩亦然。子建之詩，温柔敦厚，近於儒家。淵明之詩，澹雅冲泊，近於道家。康樂之詩，琢磨研鍊，近於名家。太冲之詩，雄健英奇，近於縱橫家。蓋在心爲志，發言爲詩，諷詠篇章，可以察前人之志矣。隋唐以下，詩家專集，浩如淵海，然詩格既判，詩心亦殊。少陵之詩，惓懷君父，希心稷契，是爲儒家之詩。太白之詩，超然飛騰，不愧仙才，是爲縱橫家之詩。襄陽之詩，逸韻天成；子瞻之詩，清言霏屑，是爲道家之詩。儲王之詩，備陳穡事，追擬豳風，是爲農家之詩。山谷之詩，峻厲倔強，爲西江之冠，是爲法家之詩。由是言之，辨章學術，詩與文同矣。要而論之，西漢之時，治學之士，侈言災異五行，故西漢之文多陰陽家言。東漢之末，法學盛昌，故漢魏之文，多法家言。六朝之士，崇尙老莊，故六朝之文，多道家言。隋唐以來，以詩賦爲取士之具，故唐代之文，多小說家言。宋代之儒以講學相矜，故宋代之文多儒家言。明末之時，學士大夫多抱雄才偉略，故明末之文，多縱橫家言。近代之儒，溺於箋注訓故之學，故近代之文，多名家言。雖集部之書，不克與子書齊列，然因集部之目錄，以推論其派別源流，知集部出於子部，則後儒有作，必有反集爲子者，是亦區別學述之一助也。」論文雜記

第二節　陰陽家之散文

漢書藝文志云：「陰陽家者流，蓋出於羲和之官，敬順昊天，歷象日月星辰，敬授民時，此其所長

也。及拘者爲之，則牽於禁忌，泥於小數，舍人事而任鬼神。」司馬談論六家要旨云：「嘗竊觀陰陽之術大祥，而衆忌諱，使人拘而多所畏。然其序四時之大順，不可失也。」又云：「夫陰陽四時八位十二度二十四節，各有教令，順之者昌，逆之者不死則亡，未必然也。故曰，使人拘而多畏。夫春生夏長，秋收冬藏，此天道之大經也，弗順則無以爲天下綱紀。故曰，四時之大順，不可失也。」司馬氏謂不可失者卽羲和官守之學也，是陰陽家之原也。司馬氏謂使人拘而多所畏者，卽班氏所謂拘者之學也，是陰陽家之流也。尙書堯典敍羲和一節，卽古史記陰陽家之學者也，陰陽家最古之文也。莊周曰：「易以道陰陽。」然則易者本陰陽家之學也，孔子贊之，爲作十翼，則以倫理說易，由陰陽家之神道設教，一改而爲儒家之人道設教矣。故今之周易，乃孔子之易，非陰陽家之易矣。連山歸藏，今不傳，斯其陰陽家之易乎？漢書藝文志所列陰陽家之書，如宋司星子韋，公檮生終始之類，今皆不傳。然大戴禮之夏小正，小戴禮之月令，疑皆古代羲和官守之學，陰陽家正宗也。太史公書之天官書，漢書之五行志，之類，其皆陰陽家之流派乎？茲節錄月令及天官書於後，以見一斑焉。

月令節錄孟春之月

小戴禮

孟春之月•日在營室•昏參中•旦尾中•其日甲乙•其帝大皡•其神句芒•其蟲鱗•其音角•律中大簇•其數八•其味酸•其臭羶•其祀戶•祭先脾•東風解凍•蟄蟲始振•魚上冰•獺祭魚•鴻鴈來•天子居青陽左个•乘鸞路•駕倉龍•載青旂•衣青衣•服倉玉•食麥與羊•其器疏以達•是月也以立春•先立春三日大史謁之天子曰•某日立春•盛德在木•天子乃齊•立春之日•天子親帥三公九卿•諸侯大夫以迎春於東郊•還反•賞公卿諸侯大夫於朝•命相布德和令•行慶施惠下及兆民•慶賜遂行•毋有不當•乃命大史守典•奉法司天•日月星辰之行•宿離不貸•毋失經紀•以初爲常•是月也天子乃以元日祈穀於上帝•乃擇元辰•天子親載耒耜•措之于參保•介之御閒•帥三公九卿諸侯大夫•躬耕帝藉•天子三推•三公五推•卿諸侯九推•反執爵于大寢•三公九卿諸侯大夫皆御•命曰勞酒•是月也•天氣下降•地氣上騰•天地和同•草木萌動•王命布農事•命田舍東郊•皆修封疆•審端徑術•善相邱陵阪險原隰土地所宜•五穀所殖•以教道民•必躬親之•田事既飭•先定準直農乃不惑•是月也•命樂正入學習舞•乃修祭典•命祀山林川澤•犧牲毋用牝•禁止伐木•毋覆巢•毋殺孩蟲胎夭飛鳥•毋麛毋卵•毋聚大衆•毋置城郭•掩骼埋胔•是月也•不可以稱兵•稱兵必天殃•兵戎不起•不可從我始•毋變天之道•毋絕地之理•毋亂人之紀•孟春行夏令則雨水不時•草木蚤落•國時有恐•行秋令則其民大疫•猋風暴雨總至•藜莠蓬蒿並興•行冬令則水潦爲敗•雪霜大摯•首種不入•

天官書節錄

史記

察日月之行•以揆歲星順逆•曰東方木主春•曰甲乙•義失者罰出歲星•歲星贏縮•以其舍命國•所在國不可伐•可以罰人•其趨舍而前曰贏•退舍曰縮•贏其國有兵不復•縮其國有憂將亡•國傾敗•其所在•五星皆從而聚於一舍•其下之國•可以義致天下•以攝提格歲•歲陰左行在寅•歲星右轉居丑•正月與斗牽牛晨•出東方•名曰

監德•色蒼蒼有光•其失次有應•見柳•歲早水•晚旱•歲星出•東行十二度•百日
而止•反逆行•逆行八度•百日•復東行•歲行三十度十六分度之七•率日行十二分
度之一•十二歲而周天•出常東方•以晨•入於西方•用昏•單閼歲•歲陰在卯•星
居子•以二月與婺女虛危晨出•曰降入•大有光•其失次有應•見張•名曰降入•其
歲大水•執徐歲•歲陰在辰•星居亥•以三月居與營室東璧晨出•曰青章•青青甚章
•其失次有應•見軫•曰青章•歲早旱•晚水•大荒駱歲•歲陰在巳•星居戌•以四
月與奎婁胃昴晨出曰跰踵•熊熊赤色•有光•其失次有應見亢•敦牂歲•歲陰在午•
星居酉•以五月與胃昴畢晨出•曰開明•炎炎有光•偃兵•唯利公王•不利治兵•其
失次有應•見房•歲早旱•晚水•叶洽歲•歲陰在未•星居申•以六月與觜觿參晨出
•曰長列•昭昭有光•利行兵•其失次有應•見箕•涒灘歲•歲陰在申•星居未•以
七月與東井與鬼晨出•曰天音•昭昭白•其失次有應•見牽牛•作鄂歲•歲陰在酉•
星居午•以八月與柳七星張晨出•曰爲長王•作作有芒•國其昌•熱穀•其失次有應
•見危•曰大章•有旱而昌•有女喪•民疾•閹茂歲•歲陰在戌•星居巳•以九月與
翼軫晨出•曰天睢•白色大明•其失次有應•見東壁•歲水•女喪•大淵獻歲•歲陰
在亥•星居辰•以十月與角亢晨出•曰大章•蒼蒼然星若躍•而陰出旦•是謂正平•
起師旅•其率必武•其國有德•將有四海•其失次有應•見婁•困敦歲•歲陰在子•
星居卯•以十一月氐房心晨出•曰天泉•玄色甚明•江池其昌•不利起兵•其失次有
應•在昴•赤奮若歲•歲陰在丑•星居寅•以十二月與尾箕晨出曰天皓•黫然黑色甚
明•其失次有應•見參•當居不居•居之又左右搖•未當去•去之與他星會•其國凶
•所居久•國有德厚•其角動•乍小乍大•若色數變•人主有憂•其失次舍以下•進而
東北•三月•生天棓•長四尺•末兌•進而東南•三月•生彗星•長二丈•類彗•退
而西北•三月•生天攙•長四丈•末兌•退而西南•三月•生天槍•長數丈•兩頭兌
•諸視其所見之國•不可舉事用兵•其出如浮如沈•其國有土功•如沈如浮•其野亡
•色赤而有角•其所居國昌•迎角而戰者不勝•星色赤黃而沈•所居野大穰•色青白

而赤灰。所居野有憂。歲星入月。其野有逐相。與太白鬭。其野有破軍。歲星一曰攝提。曰重華。曰應星。曰紀星。營室爲清廟。歲星廟也。

天官書雖成於司馬談父子，然其所采疑本於司星子韋之徒者也。其紀天空之光景，眞千古奇文。今日天文學之發明已大非昔比，倘有能文者爲記述，其文章之彪炳陸離，更當何如邪？

第三節　墨家墨子之散文

史記孟子荀卿列傳云：「墨翟宋之大夫，善守禦，爲節用，或曰並孔子時，或曰在其後。」莊子天下篇云：「不侈於後世，不靡於萬物，不暉於數度，以繩墨自矯，而備世之急。古之道術有在於是者，墨翟禽滑釐聞其風而說之。爲之大過，己之大循，作爲非樂，命之曰節用，生不歌，死无服。墨子汎愛兼利而非鬭，其道不怒；又好學而博不異，不與先王同，毀古之禮樂。黃帝有咸池，堯有大章，舜有大韶，禹有大夏，湯有大濩，文王有辟雍之樂，武王周公作武。古之喪禮，貴賤有儀，上下有等，天子棺槨七重，諸侯五重，大夫三重，士再重。今墨子獨生不歌，死不服，桐棺三寸而无槨，以爲法式。以此教人，恐不愛人；以此自行，固不愛己。未敗墨子道。雖然歌而非歌，哭而非哭，樂而非樂，是果類乎？其生也勤，其死也薄，其道大觳，使人憂，使人悲。其行難爲也，恐其不可以爲聖人之道，反天下之心，天下不堪；墨子雖能獨任，奈天下何？離於天下，其去王也遠矣。墨子稱道曰：昔者禹之湮洪水，決江河而通四夷九州也，名山三百，支川三千，小者無數，禹親自操橐耜而九雜天下之川，腓无胈，脛无毛，沐甚雨，櫛疾風，置萬國。禹大聖也，而形勞天下也如此，使後世之墨者多以裘褐爲衣，以跂蹻爲服，日夜不休，以自苦爲極，曰，不能如此，非禹之道也，不足謂墨。相里勤之弟子，五侯之徒，南方之墨者，苦獲已齒鄧陵子之屬，俱誦墨經，而倍譎不同，相謂別墨，以堅白同異之辯相訾，以觭偶不仵之辭相應，以巨子爲聖人，皆願爲之尸，冀得爲其後世，至今不決。墨翟禽滑釐之意則是，其行則非也。將使後世之墨者必自苦以腓无胈脛无毛，相進而已矣。亂之上也，治之下也。雖然墨子眞天下之好也，將求之不得也，雖枯槁不舍也，才士也夫！」此墨子文之內含也。若其外式，則最注重名學，與公孫一派專以名家著名者相爲敵論，蓋彼欲藉正名實以離名實，離名實以破名者也；而墨則反是，其目的乃欲正名實者也。故名家者流之名學，玄學之名學也；墨家者流之名學，實用之名學也。今錄小取篇於後：

小取篇

夫辭者將以明是非之分・審治亂之紀・明同異之處・察名實之理・處利害・決嫌疑・焉摹略萬物之然・論求羣言之比・以名舉實・以辭抒意・以說出故・以類取・以類予・有諸己不非諸人・無諸己不求諸人・︵第一章︶

或也者不盡也・假者今不然也・效者爲之法也・所效者所以爲之法也・故中效則是也・不中效則非也・此效也・辟也者舉他物而以明之也・侔也者比辭而俱行也・援也者曰子然我奚獨不可以然也・推也者以其所不取之同於其所取者予之也・是猶謂也者同也・吾豈謂也者異也・︵第二章︶

夫物有以同而不率遂同・辭之侔也・有所至而止・其然也有所以然也・其然也同・其所以然不必同・其取之也有所以取之・其取之也同・其所以取之不必同・是故辟侔援推之辭・行而異・轉而危・流而離本・則不可不審也・不可常用也・故言多方殊類異故・則不可偏觀也・︵第三章︶

夫物或乃是而然・或是而不然・或一周而一不周・或一是而一非也・白馬・馬也・乘白馬・乘馬也・驪馬・馬也・乘驪馬・乘馬也・獲・人也・愛獲・愛人也・臧・人也・愛臧・愛人也・此乃是而然者也・獲之親・人也・獲事其親・非事人也・其弟・美人也・愛弟・非愛美人也・車・木也・乘車・非乘木也・船・木也・入船・非入木也・盜・人也・多盜・非多人也・無盜・非無人也・奚以明之・惡多盜・非惡多人也・欲無盜・非欲無人也・世相與共是之・若若是・則雖盜・人也・愛盜・非愛人也・不愛盜・非不愛人也・殺盜・非殺人也・無無難矣・此與彼同類・世有彼而不自非也・墨者有比而非之・無也故焉・所謂內膠外閉與・此乃是而不然者也・且讀書・非讀書也・好讀書・好書也・且鬬雞・非鬬雞也・好鬬雞・好雞也・且入井・非入井也・止且入井・止入井也・且出門・非出門也・止且出門・止出門也・若若是・且天・非天也・壽・非天也・有命・非命也・非執有命・非命也・無難矣・此與彼同類・世有彼而不自非也・墨者有此而衆非之・無也故焉・所謂內膠外閉與・此乃是而不然者也・愛

人•待周愛人而後爲愛人•不愛人•不待周不愛人•不周愛因爲•不愛人矣•乘馬不待周乘馬然後爲乘馬也•有乘於馬•因爲乘馬矣•逮至不乘馬•待周不乘馬而後爲不乘馬•此一周而一不周者也•居於國則爲居國•有一宅於國而不爲有國•桃之實•桃也•棘之實•非棘也•問人之病•問人也•惡人之病•非惡人也•人之鬼•非人也•兄之鬼•兄也•祭人之鬼•非祭人也•祭兄之鬼•乃祭兄也•之馬之目眇•則爲之馬眇•之馬之目大•而不謂之馬大•之牛之毛黃•則謂之牛黃•之牛之毛衆•而不謂之牛衆•一馬•馬也•二馬馬也•馬四足者一馬而四足也•非兩馬而四足也•白馬•馬也•馬或白者二馬而或白也•非一馬而或白•此乃一是而一非者也•（第四章）

此篇分爲四章，第一章總論辯，第二章論論式之組織，第三章論辟侔援推四物常偏不常偏之理，第四章專論侔辭以爲辯之應用。譚戒甫所謂前三章多論術爲始條理之事，後一章多論學爲終條理之事也。

由小取篇以觀墨子之辯學，可謂已窺一斑。通此以讀墨子之書，奧者如墨經已得其門徑，衍者如天志兼愛諸論，亦已得立論之主旨矣。漢志墨子書七十一篇，今存者五十三篇而已。墨經大爲近世所重，然章炳麟云：「孔子正名之術，即荀子正名篇所說，領錄大體，而未嘗瑣細分辨也。墨經上下，雖與惠施公孫龍以辯服人之口者異意。然不論制名之則，而專以義定名。夫散名之施于人事物理者，其義無涯。墨經上下約二百條，既不周偏，又無部類，是何瑣碎之甚？且如云：「平同高也。圜，一中同長也。方柱隅四讙也。端體之無序而最前者也。纑閒虛也。臨鑑而立，景到，景不徙，景到在午有端與景長。」若斯之類，今人謂與形學物理學合。然圜方觚橢句股亭錐之屬，爲形衆多，物理亦不可殫說。今但掎摭數事，孑然不周，秖見其淩雜耳。于制名之樞要蓋絕未一窺也。按三朝記小辨篇「公曰：寡人欲學小辨以觀於政，其可乎？子曰：不可，夫小辨破言，小言破義，小義破道，道小不通，通道必簡。是故循弦以觀於樂，足以辨風矣；爾雅以觀於古，足以辨言矣；傳言以象，反舌皆至，可謂簡矣。夫奕固十棊之變，猶不可旣也，而況天下之言乎？」墨經之說，正當時所謂小辨者。墨去哀公未久，又是魯人，蓋承用其說，加以補綴耳。莊生云「騈於辯者纍瓦結繩竄句游心於堅白異同之閒，楊墨是已。」然則楊朱亦學小辨，非獨墨氏也。墨家至漢不傳，然後漢季宋諸賢，行過乎儉，其道大觳，則墨亦幷入于儒矣。其尊天敬鬼之義，散在黃巾道士，劉根作墨子枕中記，神仙傳封衡有墨子隱形法一篇，孫博劉政皆治墨術，能使身成火，沒入石壁，隱三軍爲林木，流爲幻師矣。」

第四節　儒家孟荀之散文

繼孔子之後，於戰國之世爲儒家之大作家者，當以孟荀二氏爲最。史記孟子荀卿列傳云：「孟軻，鄒人也，受業子思之門人。王劭本衍人字道既通，游事齊宣王，宣王不能用。適梁，梁惠王不果所言，則見以爲迂遠而闊於事情。當是時，秦用商君，富國強兵；楚魏用吳起，戰勝弱敵；齊威王宣王用孫子田忌之徒，而諸侯東面朝齊：天下方務於合從連衡，以攻伐爲賢，而孟軻乃述唐虞三代之德，是以所如者不合；退而與萬章之徒，序詩書，述仲尼之意，作孟子七篇。」據此則孟子之書，本孟子與萬章之徒合作，非無孟子之文，而亦非盡孟子之文，雖非盡爲孟子之文，而亦不能不謂爲孟子之書也。

淸人吳敏樹云：「余讀孟子之書，竊窺其所學，大要以性善踐形爲本，以集義養氣爲功。其推而出之爲先王不忍人之政，本末終始，條列秩然。其於當時縱橫形勢之說，堅白破碎之辨，皆未暇詰難，獨闢楊墨以正人心，黜言利好戰之徒而崇王道。其言皆關萬世之患，愈久遠而益信。然使以孟子之道，而他人爲之書，將不勝其迂苦拘閡，深眇奧極，而天下後世卒莫知其所指也。今而讀孟子之書，如家人常語然，豈不以其文之善乎？然則所謂文以明道者，必如孟子而可焉。不然，吾恐道之未足以明而或且幽之也。其不然乎？其不然乎？自孟子外，荀卿之書最善，然文繁而理寡，去孟子固遠矣，微獨其

七四

道之多疵也。余喜學古文。古文之道由韓子。韓子推原孟子。故余於孟子之文尤盡心焉。然自宋以來儒者益尊孟子，而近代用以課文造士，學者講而熟之，且急於諸經，以是愈不知讀孟子。余懼乎是。故別鈔爲書而時省誦焉。其章句合并數處微有異。章首孟子曰字皆置去不在錄，意其舊當然。」——孟子別鈔後

吳氏之說，誠有卓識。

孟子之文下開韓昌黎，而上則實承論語，如論語云：

子貢問曰·鄉人皆好之何如·子曰·未可也·鄉人皆惡之何如·子曰未可也·不如鄉人之善者好之·其不善者惡之·子路篇

孟子本之則云：

左右皆曰賢·未可也·諸大夫皆曰賢·未可也·國人皆曰賢·然後察之·見賢焉·然後用之·左右皆曰不可·勿聽·諸大夫皆曰不可·勿聽·國人皆曰不可·然後察之·見不可焉·然後去之·左右皆曰可殺·勿聽·諸大夫皆曰可殺·勿聽·國人皆曰可殺·然後察之·見可殺焉·然後殺之·故曰國人殺之也·如此然後可以爲民父母·

又如論語云：

逸民伯夷叔齊虞仲夷逸朱張柳下惠少連·子曰·不降其志·不辱其身·伯夷叔齊與·謂柳下惠少連降志辱身矣·言中倫·行中慮·其斯而已矣·謂虞仲夷逸·隱居放言·身中清·廢中權·我則異於是·無可無不可·微子

七六

而孟子本之則云：

孟子曰•伯夷目不視惡色•耳不聽惡聲•非其君不事•非其民不使•治則進•亂則退•橫政之所出•橫民之所止•不忍居也•思與鄉人處•如以朝衣朝冠坐於塗炭也•當紂之時•居北海之濱•以待天下之清也•故聞伯夷之風者•頑夫廉•懦夫有立志•伊尹曰•何事非君•何使非民•治亦進•亂亦進•曰•天之生斯民也•使先知覺後知•使先覺覺後覺•予天民之先覺者也•予將以此道覺此民也•思天下之民•匹夫匹婦•有不與被堯舜之澤者•若已推而內之溝中•其自任以天下之重也•柳下惠不羞汙君•不辭小官•進不隱賢•必以其道•遺佚而不怨•阨窮而不憫•與鄉人處•由由然不忍去也•爾爲爾•我爲我•雖袒裼裸裎於我側•爾焉能浼我哉•故聞柳下惠之風者•鄙夫寬•薄夫敦•孔子之去齊•接淅而行•去魯曰•遲遲吾行也•去父母國之道也•可以速而速•可以久而久•可以處而處•可以仕而仕•孔子也•萬章篇•

又云：

孟子曰•伯夷聖之清者也•伊尹聖之任者也•柳下惠聖之和者也•孔子聖之時者也•孔子之謂集大成•集大成也者•金聲而玉振之也•金聲也者•始條理也•玉振之也者•終條理也•始條理者•智之事也•終條理者•聖之事也•智譬則巧也•聖譬則力也•由射於百步之外也•其至•爾力也•其中•非爾力也•萬章篇

史記孟子荀卿列傳云：「荀卿趙人，年五十，始來游學於齊。田駢之屬皆已死齊襄王時，而荀卿最爲老師。齊尚脩列大夫之缺，而荀卿三爲祭酒焉。齊人或讒荀卿，荀卿乃適楚，而春申君以爲蘭陵令。春申君死而荀卿廢，因家蘭陵。李斯嘗爲弟子，已而相秦。荀卿嫉濁世之政，亡國亂君相屬，不遂大道而營於巫祝，信禨祥鄙儒小拘；如莊周等，又滑稽亂俗。於是推儒墨道德之行事興壞，序列著數萬言而卒。」史公於論荀卿著書，提出一疾字，而於孟子則否，此荀卿文之所以異於孟子者也。漢志荀卿三十三篇，王應麟考證謂當作三十二篇。

荀卿之文下開李斯韓非，而亦上承論語，如論語云：

> 學而時習之，不亦說乎。有朋自遠方來，不亦樂乎。人不知而不慍，不亦君子乎。（學而篇）

又云：

> 古之學者爲己，今之學者爲人。（憲問）

又云：

> 博學於文，約之以禮。（雍也）

而荀子首篇爲勸學篇則云：

> 君子曰：學不可以已。青取之於藍，而青於藍。冰，水爲之，而寒於水。木直中繩，輮以爲輪，其曲中規，雖有槁暴，不復挺者，輮使之然也。故木受繩則直，金就礪則利，君子博學而日參省乎己，則知明而行無過矣。故不登高山，不知天之高也；不臨深谿，不知地之厚也；不聞先王之遺言，不知學問之大也。干越夷貉之子，生而同聲，長而異俗

•教使之然也•詩曰•嗟爾君子•無恆安息•靖共爾位•好是正直•神之聽之•介爾景福•神莫大於化道•福莫長於無禍•吾嘗終日而思矣•不如須臾之所學也•吾嘗跂而望矣•不如登高之博見也•登高而招•臂非加長也•而見者遠•順風而呼•聲非加疾也•而聞者彰•假輿馬者非利足也•而致千里•假舟楫者非能水也•而絕江河•君子生非異也•善假於物也•南方有鳥焉•名曰蒙鳩•以羽爲巢•而編之以髮•繫之葦苕•風至苕折•卵破子死•巢非不完也•所繫者然也•西方有木焉•名曰射干•莖長四寸•生於高山之上•而臨百仞之淵•木莖非能長也•所立者然也•蓬生麻中•不扶而直•蘭槐之根是爲芷•其漸之滫•君子不近•庶人不服•其質非不美也•所漸者然也•故君子居必擇鄉•遊必就士•所以防邪僻而近中正也•物類之起•必有所始•榮辱之來•必象其德•肉腐出蟲•魚枯生蠹•怠慢忘身•禍災乃作•強自取柱•柔自取束•邪穢在身•怨之所構•施薪若一•火就燥也•平地若一•水就溼也•草木疇生•禽獸羣焉•物各從其類也•故質的張而弓矢至焉•林木茂而斧斤至焉•成蔭而衆鳥息焉•醯酸而蜹聚焉•故言有召禍也•行有招辱也•君子慎其所立乎•積土成山•風雨興焉•積水成淵•蛟龍生焉•積善成德•而神明自得•聖心備焉•故不積蹞步•無以至千里•不積小流•無以成江海•騏驥一躍•不能十步•駑馬十駕•功在不舍•鍥而舍之•朽木不折•鍥而不舍•金石可鏤•螾無爪牙之利•筋骨之強•上食埃土•下飲黃泉•用心一也•蟹六跪而二螯•非蛇蟺之穴無可寄託者•用心躁也•是故無冥冥之志者•無昭昭之明•無惛惛之事者無赫赫之功•行衢道者不至事兩君者不容•目不能兩視而明•耳不能兩聽而聰•螣蛇無足而飛•鼫鼠五技而窮•詩曰尸鳩在桑•其子七兮•淑人君子•其儀一兮•其儀一兮•心如結兮•故君子結於一也•昔者瓠巴鼓瑟而流魚出聽•伯牙鼓琴•而六馬仰秣•故聲無小而不聞•行無隱而不形•玉在山而草木潤•淵生珠而崖不枯•爲善不積邪•安有不聞者乎•學惡乎始•惡乎終•曰其數則始乎誦經•終乎讀禮•其義則始乎爲士•終乎爲聖人•真積力久則入•學至乎沒而後止也•故學數有終•若其義則不可須臾舍也•爲之人也•舍之禽獸也•故書者政事之紀也

•詩者•中聲之所止也•禮者法之大分•類之綱紀也•故學至乎禮而止矣•夫是之謂道德之極•禮之敬文也•樂之中和也•詩書之博也•春秋之微也•在天地之間者畢矣•君子之學也•入乎耳•箸乎心•布乎四體•形乎動靜•端而言•蝡而動•一可以爲法則•小人之學也•入乎耳•出乎口•口耳之間則四寸耳•曷足以美七尺之軀哉•古之學者爲己•今之學者爲人•君子之學也以美其身•小人之學也以爲禽犢•

荀子此文自首至「所立者然也，」言「學不可以已，」卽發揮「學而時習」之義；自「蓬生麻中」至「君子愼其所立乎，」卽發揮有朋之義；又「無冥冥之志者無昭昭之明」及「古之學者爲己」等語，卽發揮「人不知而不慍」之旨；「其數則始乎誦經終乎讀禮」等語，卽發揮「博文約禮」之旨。又如論語云：

言忠信•行篤敬•雖蠻貊之邦行矣•言不忠信•行不篤敬•雖州里•行乎哉•衞靈公篇

而荀子本之則云：

體恭敬而心忠信•術禮義而情愛人•橫行天下•雖困四夷•人莫不貴•勞苦之事則爭先•饒樂之事則能讓•端愨誠信•拘守而詳•橫行天下•雖困四夷•人莫不任•體倨固而心埶詐•術順墨而精雜汙•橫行天下•雖達四方•人莫不賤•勞苦之事則偷儒轉脫•饒樂之事則佞兌而不曲•辟違而不愨•程役而不錄•橫行天下•雖達四方•人莫不棄•（脩身篇）

要之，孟子之文富有古文化，為後世之古文家之祖；荀卿之文富有駢文化，為後世駢文家之祖。韓昌黎之抑揚頓挫學孟子，而句奇語重則法荀卿。

第五節　道家莊周之散文

史記老子韓非列傳云：「莊子者蒙人也，名周。周嘗為蒙漆園吏，與梁惠王齊宣王同時，其學無所不闚，然其要本歸於老子之言，故其著書十餘萬言，大抵率寓言也；作漁父盜跖胠篋以詆訿孔子之徒，以明老子之術；畏累虛亢桑子之屬，皆空語無事實；然善屬書離辭，指事類情，用剽剝儒墨，雖當世宿學不能自解免也。其言洸洋自恣以適己，故自王公大人不能器之。」漢志，莊子五十二篇，郭象注存三十三篇。

莊子天下篇云：「芴漠无形，變化无常。死與生與？天地並與？神明往與？芒乎何之？忽乎何適？萬物畢羅，莫足以歸。古之道術有在於是者，莊周聞其風而悅之。以謬悠之說，荒唐之言，无端崖之辭，時恣縱而不儻，不以觭見之也；以天下為沈濁，不可與莊語；以巵言為曼衍；以重言為真；以寓言為廣；獨與天地精神往來，而不敖倪於萬物；不譴是非，以與世俗處；其書雖瓌瑋而連犿无傷也；其辭雖參差，而諔詭可觀；彼其充實不可以已，上與造物者遊，下與外死生无終始者爲友；其於本也宏大而辟，深閎而肆；其於宗也可謂稠適而上遂矣。雖然，其應於化而解於物也，其理不竭，其來不蛻。芒乎昧乎！未之盡者！」

由以上兩節觀之，莊子之文體可以見矣。莊子之文，說理至精而尤善設譬；如首篇逍遙游篇有鯤鵬蜩學之喻，有姑射神人之喻，有大瓠大樹之喻，第二篇齊物論有人籟地籟之喻，第三篇養生主有庖丁解牛之喻，均以至淺之設譬，說至精之哲理者也。

齊物論（節錄）

南郭子綦·隱几而坐·仰天而噓·答焉似喪其耦·顏成子游立侍乎前·曰·何居乎·形固可使如槁木·而心固可使如死灰乎·今之隱几者非昔之隱几者也·子綦曰·偃不亦善乎而問之也·今者吾喪我·汝知之乎·汝聞人籟而未聞地籟·女聞地籟而未聞天籟夫·子游曰·敢問其方·子綦曰·夫大塊噫氣·其名爲風·是唯无作·作則萬竅怒號·而獨不聞之翏翏乎·山林之畏佳·大木百圍之竅穴·似鼻似口似耳似枅似圈似臼似洼者似污者激者謞者叱者吸者叫者譹者突者咬者·前者唱于而隨者唱喁·泠風則小和·飄風則大和·厲風濟則衆竅爲虛·而獨不見之調調之刁刁乎·子游曰·地籟則衆竅是已·人籟則比竹是已·敢問天籟·子綦曰·夫吹萬不同·而使其自已也·咸其自

取・怒者其誰邪・

此節涵義最深，玆略說之以見其文誼之妙。

人籟如簫管，地籟如衆竅，以喻物各有是非；天籟則視之而不見其孔竅，聽之而不聞其聲音，以喻天人之無是非也。 人籟因乎人事，地籟因乎風生；然所以爲聲，亦豈能外乎自然。自然者天籟也。天不自有一天，合人地一切諸物以爲天。然指人以爲天，不可也；指地以爲天，亦不可也。天不自有一天，則天籟亦不自有一籟，乃合人籟地籟以爲天籟耳。然指羣籟之一竅以爲天籟亦不可也。以喻人心之各有是非，亦猶人籟地籟之各有孔竅，均各由乎自己，稟乎天籟之所生耳。是非所稟之天籟，亦非別有一籟也。乃合衆心衆口以爲天籟耳。指一家一人之是非以爲天籟，亦不可也。必合衆口衆心而後可以謂之天籟，是齊物論之旨也。然則齊物論者，各還各之是非而不相強焉。各是其所是而非其所非，猶人籟地籟各竅之各因其大小之自然，自鳴其聲而已。而天人之心之口，則如天籟然，不別爲一心一口也。此節眞誼，世之讀者鮮能明之，故其贊歎莊子此文之妙者，皆強不知以爲知者耳。爰特爲釋之。

莊子文之美者不可勝舉，茲節錄養生主篇以見一斑。

庖丁解牛

庖丁爲文惠君解牛．手之所觸．肩之所倚．足之所履．膝之所踦．砉然嚮然．奏刀騞然．莫不中音．合於桑林之舞．乃中經首之會．文惠君曰．譆善哉．技蓋至此乎．庖丁釋刀對曰．臣之所好者道也．進乎技矣．始臣之解牛之時．所見无非牛者．三年之後．未嘗見全牛也．方今之時．臣以神遇而不以目視．官知止而神欲行．依乎天理．批大卻．道大窾．因其固然．技經肯綮之未嘗．而況大軱乎．良庖歲更刀．割也．族庖月更刀．折也．今臣之刀十九年矣．所解數千牛矣．而刀刃若新發於硎．彼節者有間．而刀刃者无厚．以无厚入有間．恢恢乎其於遊刃必有餘地矣．是以十九年而刀刃若新發於硎．雖然．每至於族．吾見其難爲．怵然爲戒．視爲止．行爲遲．動刀甚微．謋然已解．如土委地．提刀而立．爲之四顧．爲之躊躇滿志．善刀而藏之．文惠君曰．善哉．吾聞庖丁之言．得養生焉．

林傳甲云：「莊子之學出於老子，而文尤奇警；猶孟子之學出於孔子，而文尤奇警也。戰國之文恢譎雄偉，雖儒家之純實，道家之淸淨，猶不免爲習俗所移。莊周識見高妙，性情滑稽，騁其筆鋒，神奇變化，匪常情所能測。荀子解蔽篇謂莊子蔽於天而不知人，洵爲定論。然莊子之文，亦不一致。閩南鄭氏井觀瑣言曰：古史謂莊子讓王、盜跖、說劍、諸篇，皆後人攙入者。今考其文字體製，信然。如盜跖之文，非惟不類先秦文字，亦不類西漢文字。然自太史公以前卽有之，則有不可曉者。嘗觀馬蹄胠篋諸篇，文意亦凡近，視逍遙遊，大宗師等篇殊不相侔。閩中族人自西仲氏作莊子因，仲懿氏作南華本義，皆分段加評，逐句加注。西仲之書尤爲塾師所重，然近世名臣孫文定竹文正皆嗜莊子之文，文定南華通亦評其起承轉合，提掇呼應，使人易曉。世人忌西仲之書通行海內，多詆其淺陋，不知蒙學課本以淺顯爲主，固萬國所同也。」

爲老子之學而前於莊周者有列禦寇，漢志列子八篇注云：「名圄寇先莊子。莊子稱之。」唯今所傳列子，蓋非漢人所見本矣，故略而不論。然柳宗元謂觀其辭亦可以通知古今多異術，學者亦不可不讀也。後世學莊子之文者，唯蘇子瞻最得其旨，如赤壁賦，超然臺記等是也；近世之張裕釗，亦力追之。

第六節　法家韓非之文

漢書藝文志云：『法家者流，蓋出於理官；信賞必罰，以輔禮制。易曰：「先王以明罰飭法。」此其其所長也。及刻者爲之，則無教化，去仁愛，專任刑法而欲以致治；至於殘害至親，傷恩薄厚。』此所謂劾者，商鞅韓非足以當之。

史記韓非列傳云：「韓非者，韓之諸公子也，喜刑名法術之學，而其歸本於黃老。非爲人口吃，不能道說，而善著書，與李斯俱事荀卿，斯自以爲不如非。非見韓之削弱，數以書諫韓王，韓王不能用。於是韓非疾治國不務修明其法制，執契以御其臣下，富國彊兵而以求人任賢，反舉浮淫之蠹而加之於功實之上；以爲儒者用文亂法，而俠者以武犯禁；寬則寵名譽之人，急則用介胄之士；今者所養非所用，所用非所養；悲廉直不容於邪枉之臣；觀往者得失之變，故作孤憤、五蠹、內外儲、說林、說難十餘萬言。然韓非知說之難，爲說難，書甚具，終死於秦，不能自脫。」史公於非之著書之故，一則曰疾，再則曰悲，可見韓非著書之動機，與其師荀卿之著書原出於發憤如一轍也。漢志，韓子五十五篇。

林傳甲云：「申韓之學，本於黃老，蓋變本而加厲也。申不害之書不傳，觀韓非子定法篇，似舉申不害公孫鞅二家之法術合而一之，皆以爲未善也。韓非子謂舜之救敗，是堯之失；賢舜則去堯之明察，聖堯則去舜之德化，不可兩得也。此老吏斷獄深文致罪之辭，韓非子敢施之堯舜，亦奇矣哉。然可以破古人矛楯之說，亦千古之特識也。韓非子八說篇，凡仁人君子有行有俠之待民者，皆以爲匹夫之私譽，人主之大敗。實啓秦政坑儒臣殺功臣之端，而韓非子亦不能自免也。歷朝黨禁，竭天子之力以與匹夫爭，彼執法之臣，不得不柔媚以事上，苛察以制下，而刑律因以日繁。韓非之言曰：孔墨不耕耨則國何得焉？曾史不戰攻則國何利焉？韓非子欲息文學而明法度，苟得其志，將盡天下之異己者而誅鋤之矣。吾讀韓非子之文，吾幸韓非子之不用也。」

又曰：「韓非子文之工整而深中事理者，如安危篇曰：安危在是非，不在強弱；存亡在虛實，不在衆寡。外儲篇云：利之所在民歸之，名之所彰士死之。韓非子指惡文學之士，其言曰：今脩文學習言談，則無耕之勞而有富之實，無戰之危而有貴之尊數語，亦對伏工整。其譬喻之精妙者，如以肉去蟻而蟻愈多，以魚驅蠅而蠅愈至。其駢語之古奧者，如椎鍛平夷榜檠矯直之類是也。又曰椎鍛者所以平不夷也；榜檠者所以矯不直也。後世作駢文者於四字句删除虛字，自覺簡古矣。韓非之文，如云發囷倉而賑貧窮者是賞無功也；論囹圄而出薄罪者，是不誅過也。則深刻而不近情矣。內外儲說，實連珠體所昉，淮南子說山即出於此；漢班固以後，遂遞相摹仿矣。」

杜按韓非子雖爲反對文學之人，而其文章實幾已無體不備矣。其文之美者不可勝舉，五蠹一篇可謂洋海大觀，難勢一篇可謂壁立千仞。今錄其較短者難勢一篇於後：

難勢

愼子曰・飛龍乘雲・騰蛇遊霧・雲罷霧霽・而龍蛇與螾螘同矣・則失其所乘也・賢人而詘於不肖者・則權輕位卑也・不肖而能服於賢者・則權重位尊也・堯爲匹夫・不能治三人・而桀爲天子・能亂天下・吾以此知勢位之足恃而賢智之不足慕也・夫弩弱而矢高者激於風也・身不肖而令行者・得助於衆也・堯教於隸屬而民不聽・至於南面而王天下・令則行・禁則止・由此觀之・賢智未足以服衆・而勢位足以詘賢者也・

應愼子曰・飛龍乘雲・騰蛇遊霧・吾不以龍蛇爲不託於雲霧之勢也・雖然・夫擇賢而專任勢・足以爲治乎・則吾未得見也・夫有雲霧之勢而能乘遊之者・龍蛇之材美之也・今雲盛而螾弗能乘也・霧醲而螘不能遊也・夫有盛雲醲霧之勢而不能乘遊者・螾螘之材薄也・今桀紂南面而王天下・以天子之威爲之雲霧・而天下不免乎大亂者・桀紂之材薄也・且其人以堯之勢治天下何以異桀之勢亂天下者也・夫勢者非能必使賢者用已而不肖者不用已也・賢者用之則天下治・不肖者用之則天下亂・人之情性・賢者寡而不肖者衆・而以威勢之利濟亂世之不肖人・則是以勢亂天下者多矣・以勢治天下者寡矣・夫勢者便治而利亂者也・故周書曰・毋爲虎傅翼・將飛入邑・擇人而食之・夫乘不肖人於勢・是爲虎傅翼也・桀紂爲高臺深池以盡民力・爲炮烙以傷民性・桀紂得乘勢肆行者南面之威爲之翼也・使桀紂爲匹夫・未始行一而身在刑戮矣・勢者・養虎狼之心・而成暴亂之事者也・此天下之大患也・勢之於治亂・本未有位也・而語專言勢之足以治天下者・則其智之所至者淺矣・夫良馬固車・使臧獲御之・則爲人笑・王良御之・而日取千里・車馬非異也・或至乎千里・或爲人笑・則巧拙相去遠矣・今以國位爲車・以勢爲馬・以號令爲轡・以刑罰爲鞭筴・使堯舜御之則天下治・桀紂御之則天

下亂·則賢不肯相去遠矣·夫欲追速致遠不知任王良·欲進利除害不知任賢能·此則不知類之患也·夫堯舜亦治民之王良也·復應之曰·其人以勢爲足恃以治官·客曰必待賢乃治·則不然矣·夫勢者名一而變無數者也·勢必於自然·則無爲言於勢矣·吾所爲言勢者·言人之所設也·今曰堯舜得勢而治·桀得勢而亂·吾非以堯桀爲不然也·雖然非一人之所得設也·夫堯舜生而在上位·雖有十桀紂·不能亂者·則勢治也·桀紂亦生而在上位·雖有十堯舜·而亦不能治者·則勢亂也·故曰勢治者則不可亂·而勢亂者則不可治也·此自然之勢也·非人之所得設也·若吾所言·謂人之所得設也·勢也而已矣·賢何事焉·何以明其然也·客曰·人有鬻矛與楯者·譽其楯之堅·物莫能陷也··俄而又譽其矛曰·吾矛之利·物無不陷也·人應之曰·以子之矛·陷子之楯·何如·其人弗能應也·以爲不可陷之楯·與無不陷之矛·爲名不可兩立也·夫賢之爲勢不可禁·而勢之爲道也無不禁·以不可禁之勢·與無不禁之道·此矛楯之說也·夫賢勢之不相容亦明矣·且夫堯舜桀紂·千世而一出·非比肩隨踵而生也·世之治者不絕於中·吾所以爲言勢者中也·中者上不及堯舜·而下亦不爲桀紂·抱法處勢則治·背法去勢則亂·今廢勢背法而待堯舜·堯舜至乃治·是千世亂而一治也·抱法處勢而待桀紂·桀紂至乃亂·是千世治而一亂也·且夫治千而亂一·與治一而亂千也·是猶乘驥駬而分馳也·相去亦遠矣·夫棄隱栝之法·去度量之數·使奚仲爲車不能成一輪·無慶賞之勸·刑罰之威·釋勢委法·堯舜戶說而人辯之·不能治三家·夫勢之足用亦明矣·而曰必待賢則亦不然矣·且夫百日不食·以待粱肉·餓者不活·今待堯舜之賢·乃治當世之民·是猶待粱肉而救餓之說也·夫曰良馬固車·臧獲御之則爲人笑·王良御之則日取乎千里·吾不以爲然·夫待越人之善海遊者以救中國之溺人·越人善遊矣·而溺者不濟矣·夫待古之王良以馭今之馬·亦猶越人救溺之說也·不可亦明矣·夫良馬固車·五十里而一置·使中手御之·追速致遠·可以及也·而千里可日致也·何必待古之王良乎·且御非使王良也·則必使臧獲敗之·治非使堯舜也·則必使桀紂亂之·此味非飴蜜也·必苦菜亭藶

也。此則積辯累辭，離理失術，兩未之議也。奚可以難夫道理之言乎哉，客議未及此論也。

此篇分三大段，第一段引慎子論勢之說，第二段設客難慎子之說，第三段爲韓非駁客難而申明慎子之說，段落最爲明白。而梁啓超先秦思想史，乃以客難爲韓非之言，連第二段與第三段爲第一段，卽合兩家反對之論以爲一人之言，而不知其矛盾也。

後世古文家學法家之文最著名者爲柳宗元、王安石，淸之吳汝綸亦其次也。

第七節　名家公孫龍子之散文

漢書藝文志云：『名家者流，蓋出於禮官。古者名位不同，禮亦異數。孔子曰：「必也正名乎！名不正則言不順，言不順則事不成。」此其所長也。及警者爲之，則苟鉤鈲析亂而已。』此所謂警者，惠施公孫龍之足以當之。

莊子天下篇云：『惠施多方，其書五車，其道舛駁，其言也不中。歷物之意曰：「至大无外，謂之大一；至小无內，謂之小一；无厚不可積也，其大千里；天與地卑，山與澤平；日方中方睨，物方生方死；大同而與小同異，此之謂小同異；萬物畢同畢異，此之謂大同異；南方无窮而有窮；今日適越而昔來；連環可解也；我知天下之中央，燕之北，越之南，是也；氾愛萬物，天地一體也。」惠施以此為大觀於天下而曉辯者，天下之辯者相與樂之。「卵有毛；雞三足；郢有天下；犬可以為羊；馬有卵；丁子有尾；火不熱；山出口；輪不蹍地；目不見；指不至，至不絕；龜長於蛇；矩不方，規不可以為圓；鑿不圍枘；飛鳥之景未嘗動也，鏃矢之疾，而有不行不止之時；狗非犬；黃馬驪牛三；白狗黑；孤駒未嘗有母；一尺之捶，日取其半，萬世不竭。」辯者以此與惠施相應，終身无窮。桓團公孫龍辯者之徒，飾人之心，易人之意，能勝人之口，不能服人之心，辯者之囿也。惠施日以其知與人之辯，特與天下之辯者為怪，此其柢也。然惠施之口談自以為最賢。曰：天地其壯乎？施存雄而无術。南方有倚人焉，曰黃繚，問天地所以不墜不陷，風雨雷霆之故。惠施不辭而應，不慮而對，徧為萬物說，說而不休，多而无已，猶以為寡，益之以怪。以反人為實，而欲以勝人為名。是以與衆不適也。弱於德，陳於物，其塗隩矣。由天地之道觀惠施之能，其猶一蚉一虻之勞者也。其於物也何庸？夫充一尚可，曰愈貴道，幾矣。惠施不能以此自寧，散於萬物而不厭，卒以善辯為名。惜乎惠施之才，駘蕩而不得，逐萬物而不反，是窮響以聲，形與影競走也，悲夫！」此可以見惠施公孫龍等文體之內容矣。惜乎惠施之書，今已不傳。漢志公孫龍子十四篇，今唯存六篇而已。其跡府一篇又爲後人所爲之傳略，實存白馬論、指物論、通變論、堅白論、名實論共五篇而已。

林傳甲云：「論語言正名，中庸言明辨，衰周諸子鄧析、尹文、惠施、公孫龍遂成名學一家之言。嚴子幾道譯穆勒名學，即同此家數，同此文體。今鄧析尹文皆非原書。惟公孫龍之書較爲完備。其書大指疾名器乖實，乃假指物以混是非，借白馬而齊物我，冀時君有悟而正名實。淮南子謂公孫龍粲於辭而貿名。楊子法言亦稱公孫龍詭辭數萬。蓋其持論雄贍，實足以與莊列談空者抗。陳振孫以淺陋迂僻譏之，未允也。其堅白論曰：堅白石三可乎？曰：不可。二可乎？曰：可。謂目視石但見其白不見其堅則謂之白石；手觸石乃知其堅而不知其白則謂之堅石；是堅白終不可合爲一也。其明辨大抵如此。」公孫龍之文，最爲明辯而瘦削，五篇之文絕無華辭，然偶語卻甚不少，可見無純粹散而不駢之散文也。今錄白馬論一篇於後：

白馬論

白馬非馬可乎•曰可•曰何哉•曰馬者所以命形也•白者所以命色也•命色者非命形也•故曰白馬非馬•曰有白馬不可謂無馬也•不可謂無馬者非馬也•有白馬爲有馬•

白之非馬・何也・曰求馬・黃黑馬皆可致・求白馬・黃黑馬不可致・使白馬乃馬也・是所求一也・所求一者・白者不異馬也・所求不異・如黃黑馬・有可有不可・何也・可與不可・其相非明・故黃黑馬一也・而可以應有馬・而不可以應有白馬・是白馬之非馬審矣・曰以馬之有色爲非馬・天下非有無色之馬也・天下無馬可乎・曰馬固有色故有白馬・使馬無色・有馬如已耳・安取白馬・故白者非馬也・白馬者馬與白也・馬與白馬也・故曰白馬非馬也・曰・馬未與白爲馬・白未與馬爲白・合馬與白・復名白馬・是相與以不相與爲名未可・故曰白馬非馬未可・曰・以有白馬爲有馬・謂有白馬爲有黃馬可乎・曰未可・曰以有馬爲異有黃馬・是異黃馬於馬也・異黃馬於馬・是以黃馬爲非馬・以黃馬爲非馬・而以白馬爲有馬・此飛者入池而棺槨異處・此天下之悖言亂辭也・曰・有白馬不可謂無馬者・離白之謂也・不離者有白馬不可謂有馬也・故所以爲有馬者・獨以馬爲有馬耳・非有白馬爲有馬・故其爲有馬也・不可以謂馬馬也・曰・白者不定所白・忘之而可也・白馬者言白定所白也・定所白者非白也・馬者無去取於色・故黃黑皆所以應・白馬者有去取於色・黃黑馬皆所以色去・故唯白馬獨可以應耳・無去者非有去也・故白馬非馬・

公孫龍子之書最爲難讀，故學其文者絕少，惟六朝范縝沈約等之論難神滅，最爲上首。

第八節　雜家之散文

漢書藝文志云：「雜家者流，蓋出於議官，兼儒墨，合名法，知國體之有此，見王治之無不貫，此其所長也。及盪者爲之，則漫羡而無所歸心。」張爾田申論之曰：「雜家者宰相論經邦之術，亦史之支裔也。古代宰相，實維三公。鄭康成注尙書大傳曰：「坐而論道，謂之三公，通職名，無正官名。」漢百官表曰：「太師太傅太保，是爲三公。」蓋參天子坐而議政，無不總統，不以一職爲官名。惟其無正官名，而又職司議政，故漢隋兩志均稱之爲議官。議官之道，上以佐理天子，知國體之有此；下則總統百官，見王治之無不冠。道家爲天子南面之術。儒墨名法爲百官典守之遺。是故雜家無不歸本於道家，又無不兼儒墨合名法。昔高誘序呂氏春秋曰：「此書所尙以道德爲標的，以無爲爲綱紀，以忠義爲品式，以公方爲檢格，與孟軻孫卿淮南楊雄相表裏也。」而序淮南則曰：「其旨近老子，淡泊無爲，蹈虛守靜，出入經道。言其大也則燾天載地，說其細也則淪於無垠，及古今治亂存亡禍福，世間詭異瓌奇之事，其義也著，其文也富，物事之類無所不載。然其大較歸之於道。」是則雜家之宗旨，古人已先我論定矣。（中略）然則雜家之爲術也，範圍天地之化而不過，曲成萬物而不遺，進退百家以放之乎道德之域，與宰相之所以論道經邦者也。豈後世子鈔子纂之流，同類而等視哉？彼以集衆修書，雜糅不純爲雜家，蓋失之矣。」（史微原雜）然則雜家之文體，蓋雜合衆議而折衷於道家君人南面之術者也。古雜家之書，惟呂氏春秋最爲完備；在漢有淮南子，皆招致賓客辨士所作者也。

史記呂不韋列傳：「呂不韋者，陽翟大賈也，往來販賤賣貴，家累千金。莊襄元年，以呂不韋為丞相，封為文信侯。莊襄王卽位三年薨，太子政立為王，尊呂不韋為相國，號稱「仲父」。是時有諸侯多辨士，如荀卿之徒著書布天下。呂不韋乃使其客人著所聞，集論以為八覽六論十二紀，二十餘萬言，以為備天下萬物古今之事，號曰呂氏春秋，布咸陽市門，縣千金其上，延諸侯游士賓客有能增損一字者予千金。」漢志，呂氏春秋二十六篇，謂十二紀八覽六論也。沈欽韓云：「十二紀紀各五篇，八覽覽各八篇，六論論各六篇，凡百六十篇，第一覽少一篇。」茲錄呂氏春秋一篇，以見文體焉。

貴生

聖人深慮天下·莫貴於生·夫耳目鼻口·生之役也·耳雖欲聲·目雖欲色·鼻雖欲芬香·口雖欲滋味·害於生則止·在四官者不欲·利於生者則弗爲·由此觀之·耳目鼻口不得擅行·必有所制·譬之若官職·不得擅爲·必有所制·此貴生之術也·堯以天下讓於子州支父·子州支父對曰·以我爲天子猶可也·雖然·我適有幽憂之病·方將治之·未暇在天下也·天下重物也·而不以害其生·又況於它物乎·惟不以天下害其生者也·可以託天下·越人三世殺其君·王子搜患之·逃乎丹穴·越國無君·求王子搜而不得·從之丹穴·王子搜不肯出·越人薰之以艾·乘之以王輿·王子搜援綏登車·仰天而呼曰·君乎獨不可以舍我乎·王子搜非惡爲君也·惡爲君之患也·若王子搜者可謂不以國傷其生矣·此固越人之所欲得而爲君也·魯君聞顏闔得道之人也·使人以幣先焉·顏闔守閭·鹿布之衣·而自飯牛·魯君之使者至·顏闔自對之·使者曰·

此顏闔之家邪・顏闔對曰・此闔之家也・使者致幣・顏闔對曰・恐聽繆而遺使者罪・不若審之・使者還反審之・復來求之・則不得已・故若顏闔者・非惡富貴也・由重生惡・之也・世之人主・多以富貴驕得道之人・其不相知・豈不悲哉・故曰・道之眞以持身・其緒餘以爲國家・其土苴以治天下・由此觀之・帝王之功・聖人之餘事也・非所以完身養生之道也・今世俗之君子・危身棄生以徇物・彼且奚以此之也・彼且奚以此爲也・凡聖人之動作也・必察其所以之與其所以爲・今有人於此・以隨侯之珠・彈千仞之雀・世必笑之・是何也・所用重所要輕也・夫生豈特隨侯珠之重也哉・子華子曰・全生爲上・虧生次之・死次之・迫生爲下・故所謂尊生者全生之謂・所謂全生者六欲皆得其宜也・所謂虧生者六欲分得其宜也・虧生則於其尊之者薄矣・其虧彌甚者也・其尊彌薄・所謂死者無有所以知復其未生也・所謂迫生者六欲莫得其宜也・皆獲其所甚惡者・服是也・辱是也・辱莫大於不義・故不義迫生也・而迫生非獨不義也・故曰・迫生不若死・奚以知其然也・耳聞所惡・不若無聞・目見所惡・不若無見・故雷則掩耳・電則掩目・此其比也・凡六欲者皆知其所甚惡・而必不得免・不若無有所以知・無有所以知者死之謂也・故迫生不若死・嗜肉者非腐鼠之謂也・嗜酒者非敗酒之謂也・尊生者非迫生之謂也・

此蓋衍道家貴生之旨者也。包世臣云：「文之奇宕至韓非，平實至呂覽，斯極天下能事矣。其源皆出於荀子。蓋韓子親受業而呂子集論諸儒多荀子之徒也。荀子外平實而內奇宕，其平實過孟子，而奇宕不減孫武。然甚難學。不如二子之門徑分而塗轍可循也。蒯通賈生出於韓，晁錯趙充國出於呂。至劉子政乃合二子而變其體勢，以上追荀子，外奇宕而內平實，遂爲文家鼻祖。蓋文與子分，自子政始也。（中略）夫韓非囚秦，說難孤憤，不韋遷蜀，世傳呂覽，史公次之易象春秋，引以自方，其愛而重之至矣。史公推勘事理，與酣韻流，多近韓；序述話言，如聞如見，則入呂尤多；淄澠之辨，固非後世撦規撫者所能與已。子厚封建論，永叔朋黨論，推演呂覽數語，遂以雄視千秋。」包氏可謂能讀呂氏書者矣。漢之淮南，體例同呂，而文辭益雄麗矣。

第九節　縱衡家蘇張之散文

淮南子要略云「晚世之時，六國諸侯，谿異谷別，水絕山隔，各自治其境內，守其分地，握其權柄，擅其政令，下無方伯，上無天子，力征爭權，勝者爲右，恃連與國，約重致，剖信符，結遠援以守其國家，持其社稷，故縱橫修短生焉。」漢書藝文志云「從橫家者流，蓋出於行人之官。孔子曰「誦詩三百，使於四方，不能專對，雖多亦奚以爲？」又曰「使乎使乎！」言當權事制宜，受命而不受辭。此其所長也。及邪人爲之，則上詐諼而棄其信。」

班氏推原從橫家出於古行人之官，是也。古行人之官，必通詩。章學誠曰：「比興之旨，諷喻之義，固行人之所肆也。縱橫者流，推而衍之，是以委折而入事情，婉微而善諷也。」（詩教上）從橫之詞既本於詩，而賦者又古詩之流也，故從橫家之言實多可謂無韻之賦。章學誠曰「京都諸賦，蘇張縱橫，六國侈談形勢之遺也；上林羽獵，安陵之從田，龍陽之同釣也。」（詩教上）其言可謂有見。姚惜抱古文辭類纂，以國策淳于髡諷齊威王，楚人以弋說頃襄王，莊辛說襄王三篇選入辭賦類。姚氏云：「辭賦固當有韻，然古人亦有無韵者，以義在託諷，亦謂之賦耳。」（古文類纂序）由章姚二氏之言觀之，從橫家之文，蓋與辭賦極相近。無韻之辭賦，即後世駢文家之所自出，則從橫家之散文，與駢文關係之深，可略知矣。

戰代從橫家之列於漢志者，有蘇子三十一篇，張子十篇，龐煖二篇，闕子一篇，國筮子十七篇，秦零陵令信一篇，蒯子五篇，今皆不傳。然今所傳戰國策，疑皆戰國時從橫家之講稿也。

從橫家之鉅子，當推蘇秦張儀，其言存於戰國策者尤衆。

史記蘇秦列傳云：「蘇秦者東周雒陽人也，東事師於齊，而習之於鬼谷先生，出游數載，大困而歸。兄弟嫂妹妻妾皆笑之曰：周人之俗，治產業，力工商，逐什二以為務；今子釋本而事口舌，困不亦宜乎？蘇秦聞之而慙自傷。於是得周書陰符伏而讀之，期年以出揣摩，曰：此可以說當世之君矣。」

張儀傳云：「張儀者魏人也，始嘗與蘇秦俱事鬼谷先生，學術，蘇秦自以爲不及張儀。張儀已學而游說諸侯，嘗從楚相飲，已而楚相亡璧，門下意張儀，曰：儀貧無行，必此盜相君之璧，共執張儀掠笞數百，醳之。其妻曰：嘻！子毋讀書游說，安得此辱乎？張儀謂其妻曰：視吾舌尚在不？其妻笑曰：舌在也。儀曰：足矣。」

蘇秦張儀二人行事大抵相類，而張儀尤無恥。然蘇秦之言，其於六國亦實有足采者，今節錄韓策蘇秦爲楚合從說韓王之文如下：

蘇秦說韓王

蘇秦爲楚合從說韓王曰．韓北有鞏洛成皐之固．西有宜陽常阪之塞．東有宛穰洧水．南有陘山．地方千里．帶甲數十萬．天下之強弓勁弩．皆自韓出．谿子少府時力距來皆射六百步之外．韓卒超足而射．百發不暇止．遠者達胸．近者掩心．韓卒之劍戟皆出於冥山棠谿墨陽合伯膊鄧師宛馮龍淵大阿．皆陸斷馬牛．水擊鵠鴈．當敵即斬．堅甲盾鞮鍪鐵幕革抉㕘芮無不畢具．以韓卒之勇．被堅甲．蹠勁弩．帶利劍．一人當百．不足言也．夫以韓之勁與大王之賢．乃欲西面事秦．稱東藩．築帝宮．受冠帶．祠春秋．交臂而服焉．夫羞社稷而爲天下笑．無過此者矣．是故願大王之熟計之也．大王事秦．秦必求宜陽成皐．今茲效之．明年又益求割地．與之．即無地以給之．不與．則

之求・此所謂市怨而買禍者也・不戰而地已削矣・臣聞鄙語曰・寧爲雞口・無爲牛後・今大王西面交臂而臣事秦・何以異於牛後乎・夫以大王之賢・挾強韓之兵・而有牛後之名・臣竊爲大王羞之・韓王忿然作色・攘臂按劍・仰天太息・曰・寡人雖死・必不能事秦・今主君以楚王之教詔之・敬奉社稷以從・

此文寫東西南北之形勝，實爲兩都二京之所本。而其言韓之割地與秦云：「今茲效之，明年又復求割地：與則無地以給之，不與則棄前功而受後禍。且大王之地有盡，而秦之求無已。以有盡之地而逆無已之求，此所謂市怨結禍者也。不戰而地已削矣。」倘六國之君，皆能明蘇秦此語，而不以地與秦，則六國之亡，當不若是之速也。爲強鄰所侵而割地以求苟安者，不可不讀此言。

張儀說韓王

張儀爲秦連橫說韓王曰・韓地險惡山居・五穀所生・非麥而豆・民之所食・大抵豆飯藿羹・一歲不收・民不饜糟糠・地方不滿九百里・無二歲之所食・料大王之卒・悉之不過三十萬・而廝徒負養在其中矣・爲除守徼亭鄣塞・見卒不過二十萬而已矣・秦帶甲百餘萬・車千乘・騎萬匹・虎摯之士・跿跔科頭・貫頤奮戟者・至不可勝計也・秦馬之良・戎兵之衆・探前趹後・蹄間三尋者・不可稱數也・山東之卒・被甲冒胄以會戰・秦人捐甲徒程以趨敵・左挈人頭・右挾生虜・夫秦卒之與山東之卒也・猶孟賁之與怯夫也・以重力相壓・猶烏獲之與嬰兒也・夫戰孟賁烏獲之士・以攻不服之弱國・無以異於墮千鈞之重・集於鳥卵之上・必無幸矣・諸侯不料兵之弱・食之寡・而聽從人之

甘言好辭．比周以相飾也．皆言曰．聽吾計則可以強霸天下．夫不順社稷之長利而聽須臾之說．詿誤人主者．無過於此者矣．大王不事秦．秦下甲．據宜陽．斷絕韓之上地．東取成皋宜陽．則鴻臺之宮．桑林之苑．非王之有已．夫塞成皋．絕上地．則王之國分矣．先事秦則安矣．不事秦則危矣．過禍而求福．計淺而怨深．逆秦而順楚．雖欲無亡．不可得也．故為大王計．莫如事秦．秦之所欲．莫如弱楚．而能弱楚者．莫如韓．非以韓能強於楚也．其地勢然也．今王西面而事秦以攻楚．為敝邑．秦王必喜．夫攻楚而私其地．轉禍而說秦．計無便於此者也．是故秦王使使臣獻書大王御史．須以決事．韓王曰．客幸而教之．請比郡縣．築帝宮．祠春秋．稱東藩．效宜陽．

以蘇秦與張儀之言兩相比讀，則蘇秦為理直氣壯矣。而六國之君，竟不能久行秦之言而為張儀所賣，則人之不智，狃於目前之安樂，而忽於將來之巨禍，豈不哀哉？

第十節　鐘鼎文學家之散文

凡研究古代金石文字之學，謂之金石學。研究古代金石文字之學者，謂之金石學家。是二名者後世始有，周秦之前無有也。然古之為金石文者，必有其專家之學。故周秦間之金石文，與諸家之文絕異。卽以李斯而論，頌秦功德之作，與諫逐客書論督責等文迴殊，幾判若二人之作焉。則其文體之不同，自為專家之學明矣。今諡為鐘鼎文者曰鐘鼎文學家。

鐘鼎文類多有韵，故多可謂之韵文；然亦時有不韵者，故亦有可謂爲散文者，今擇其近於散文者論之。

鐘鼎文之有韵者，當與詩之頌體爲一類，其長篇時韵時不韵者可稱散文，可與尚書爲一類。吾嘗謂尚書堯典皋陶謨兩篇篇首皆著粵若稽古四字，明爲孔子本古史所删述，中庸所謂祖述堯舜者也。其餘如大誥康誥之類，多詰詘聱牙，與後世所傳古代鐘鼎文極相似，皆當時史氏之文也。

吾嘗選漢以後之詩爲續風續雅；又嘗歎古尚書百篇，今只存二十九篇，亡佚者如是之多，既失而不可復得，爰欲選古代鐘鼎文之佳者爲續尚書，先拓其原文，後爲釋文。則孔壁之古文尚書雖不可見，而得此一篇，亦正無異乎見其昆弟矣？孔子曰：質勝文則野，文勝質則史。周尚文則周史之文可知。然吾謂周史記等，史之質者也；鐘鼎文辭，則史之文者也。

後世論古文最重義法，文之義法實從史法而生。史漢以上之史法，尚書而外見於今者蓋罕矣。其多而足考者則莫如金石文。嘗謂周秦諸子皆爲學術而文學，非爲文學而文學也；爲文學而文學者，鐘鼎文學家而已。而向來之論文者尠及焉，則亦其疏也。

自周初以至秦，各國皆有鐘鼎文。文字既不盡同，作風尤多派別。大別之則可分南北兩派，大氐北派多肅勁，南派多奇麗。

毛公鼎

王若曰·父厝·丕顯文武·皇天弘厭厥德·配我有周·膺受大命·率懷不庭方·無不閈于文武之耿光·唯庸集厥命·亦唯先正器嬖厥辟·警勤大命·肆皇天無斁·臨保我有周·丕巩先王配命·愍天疾畏·司余小子弗及邦·庸害吉嗣·嗣四方大從不靜·烏虖懼余小子家湛于囏·永恐先王·王曰·父厝·余唯辥經先王命·命汝辥我邦我家·內外愍于小大政·甹朕位·虩虩許許·上下若否·雩四方死毋動·余一人在位·弘唯乃智·余非率乂昏·汝毋敢荒寧·虔夙夜·惠我一人·雍我邦小大猷·毋折緘·告余先王若德·用印昭皇天·𤕌圝大命·康能四國·欲我弗作先王憂·王曰·父厝·雩之庶出入事·于出敷命·政執小大胥賦·無唯正昏·弘其唯王智·迺唯是喪我國·歷自今出入敷命于外·厥非先告父厝·父厝舍命·毋有敢惷敷命于外·王曰·父厝·今唯𤕌先王命·命汝極一方·弘我邦我家·毋顧于政·勿雝建光口害·毋敢龔橐·迺敄鰥寡·善效乃友正·毋敢湎于酒·汝毋敢隊·在乃服圝夙夜·虔念王畏不賜·汝毋敢勿帥用先王作明刑·欲汝弗以乃辟陷于艱·王曰·父厝·已·曰及茲卿事寮·大史寮·于父即尹·命汝備司公族·雩參有司·小子師氏虎臣·雩朕褻事·以乃族敔王身·取賦卅鋝·錫汝鬱鬯一卣·鄭圭瓚寶·朱韍蔥衡·玉環玉鍺·金車賁縟較·朱鞹靳幬·虎裘纁裏·右厄·畫䡊畫輯·金甬錯衡·金踵金柅·飾簟·金簟弗·魚箙·馬四匹·鋈勒·金𩍐金膺·朱旂二鈴·錫汝玄兵·用歲用征·毛公厝·對揚天子皇休·用作尊鼎·子子孫孫永寶用·

黄公渚云「此成王册命毛公之辭，從文武開基及周召諸先正同心翊輔說起，轉到守成不易，匡濟需才，然後入題分三扇鋪敘。大氏命汝雙我邦我家以下，敘公爲卿士之事。自命汝極一方以下，敘公爲諸侯之事。命汝備司公族以下，敘公爲司馬之事。毛公蓋諸侯入爲王正卿者。通篇以先王文武爲標榜，以命字爲線索。文之委曲周詳，無過於此。末敘頒賜諸物，亦莫多於此。全篇凡四百九十七字，鐘鼎之中之巨製也。據左傳毛爲文王之子封國，通鑑武王封庶弟叔鄭於毛，是厝爲叔鄭之後。吳氏窓齋謂毛公厝即左傳之毛聃，合二國爲一，未知孰是？庸害吉士二句，必有所指，殆指周公爲流言所傷，三叔及淮夷叛亂之事，辭意與周頌小毖相似。」

彔公鐘

唯王四月·辰在庚寅·品勛美陵春公之孫·綿叔之子·作朕乙祖楚彔公寶道·以追孝
皇祖彔公·皇妣彔姒·錫綿公曰·汝及余師于異·東邦人屘奪爲敵·陳餘䕌野·汝楚
忠惠·䜌征鬩旅·戮伐龔師·攻戰無敵·用綏保利儱·資艾文武休命·黹勛辟宗册益
·許牧輿誓·信率孵虢·迺衆錫秬鬯相稱·匡寇韋·古祖拜䭫首·受玄袞赤韍琱戈鑾
勦·佩出·皇祖假大寇唯捐之率·皇妣共貞淑·車從聖齊·呼師民·用保衛邦之宴·
迺禾酬攻㞢·獲從公郊祭·恢祭廣富·人𧈅執豆·宗姬雛筧·旅人賓醴·祝洒內饋·
史顡作册·郎事用章·䋣猶羌濮·撫鄉卹善·吉國明瘧·酒及君無告毋虎·嬖載道東
·奉奎胤廣·考公殷格·厥夜顯慶命·用嘶侯氏永富·作其餘鐘·庶休揚丕顯·綏福

我後飤眉壽，世世子孫永以爲寶。

黃公渚云「此孫爲祖作器，中述天子册命，用以彰彔公武烈之美。然亦不盡是册命原文。大抵自諸牧以下，已將册命化作論譔。皇妣以下，美彔姒從公助祭岐周之事。文如雅頌，竟可作雅頌讀也。此篇駢散皆具，文勢起伏，如龍蟠虎躍，不可捉摸；細案之則敍次不紊，章法井然，金文中之傑作也。秬鬯言錫，袞韍言受，首尾自相銜接，呼應一氣。敍錫秬鬯，帶出諸牧會師克襲一事；敍受袞韍，帶出公平匡寇一事。史傳非數百字不了者，金文以十數字了之。此其所以超絕也。通篇簡練矜嚴，無一泛語。後半淸辭麗句，絡繹而來，雋采殊尤。此楚器南派文字，別具一種豐韻，不與其他諸作同，讀者當自辨之。」

此等文或有韵或無韵，然其體仍當屬散文，不能以其有用韵之語句，遂謂其非散文也。猶周秦諸子之文，亦時有韻語，而不得以其爲韵文也。

第五章　反文化時代之散文

秦

第一節　總論

秦自古僻近西戎。自繆公時，戎王使由余於秦。由余其先晉人也，亡入戎，能晉言，聞繆公賢，故使由余觀秦。秦繆公示以宮室積聚。由余曰：使鬼爲之則勞神矣，使人爲之，亦苦民矣。繆公怪之，問曰：中國以詩書禮樂法度爲政，然尙時亂；今戎狄無此，何以爲治？不亦難乎？由余曰：此乃中國所以亂也。夫自上聖黃帝作爲禮樂法度，身以先之，僅以小治；及其後世，日以驕淫，阻法度之威以責督於下，下罷極則以仁義怨望于上。上下交爭怨而相篡弒，至於滅宗，皆以此類也。夫戎夷不然，上含淳德以遇其下；下懷信以事其上；一國之政，猶一身之治，不知所以治，此眞聖人之治也。於是繆公退而問內史廖曰：孤聞鄰國有聖人，敵國之憂也。今由余賢，寡人之害，將奈之何？內史廖曰：戎王處辟匿，未聞中國之聲，君試遺其女樂以奪其志，爲由余請以疏其間，留而莫遣以失其期。戎王怪之，必疑由余。君臣有間，乃可虜也。且戎王好樂，必怠於政。繆公曰：善。因與由余曲席而坐，傳器而食，問其地形與其兵勢，盡詧，而後令內史廖以女樂二八遺戎王，戎王受而說之，終年不還。於是秦乃歸由余。由余數諫不聽。繆公又數使人間要由余。由余遂去降秦。繆公以客禮禮之，問伐戎之形。（史記秦本紀）由余反對教化與文學如此，而繆公以爲賢而禮之，則秦之反文學自繆公時已始基之矣。秦本紀曰：「孝公之時，周室微，諸侯力政，爭相併，秦僻在雍州，不與中國諸侯之會盟，夷翟遇之。」是秦古無文化，向爲中國所忽視也。及孝公用商鞅變法令，反對禮教文學益甚矣。商君書農戰篇云：「豪傑務學詩書，隨從外權，要靡事商賈，爲技藝，皆以避農戰，民以此爲教，則粟焉得無少？而兵焉得無弱也？」又云：「國力摶者強，國好言談者削，故曰：農戰之民千人，而有詩書辯慧者一人焉，千人者皆怠於農戰矣；農戰之民百人而有技藝者一人焉，百人者皆怠於農戰矣。」其惡詩書文學如此。故韓非之書，謂商君教孝公焚書也。及秦始皇之時，韓非祖述商君之學，益嫉文學。五蠹篇曰：「工文學者非所用，用之則亂法。」又曰：「今修文學習言談則無耕之勞而有富之實；無戰之危而有貴之尊；則人孰不爲也？」六反篇亦曰：「學道立方離法之民也，而世主尊之曰文學之士。」韓非雖不用於秦，然其說實用於秦。史記韓非傳云：「喜刑名法術之學，而歸本於黃老，與李斯俱事荀卿，斯自以爲不如非。」又云：「人或傳其書至秦，秦王見孤憤五蠹之書，曰：嗟乎，寡人得見此人與之游，死不恨矣！」韓非之書爲秦王所傾倒如此，蓋深合其國性也。非死於秦後，李斯治秦實多本於韓非之學者，觀李斯之論督責，殆莫不一本於韓非之言，斷可知矣。

孔子曰：「周監於二代，郁郁乎文哉。」周本尚文，故周末之文大盛。韓子曰：「儒以文亂法。」故秦一反周之所尚而極端反文焉。物極則必反，豈不然歟？

第二節　反文學者李斯之散文

李斯爲佐秦始皇焚詩書坑儒之功臣，蓋反對文學最力之人也。然其人實最擅長文學。史記李斯傳曰：「李斯者楚上蔡人也，年少時爲郡小吏，見吏舍廁中鼠食不潔，近人犬，數驚恐之；斯入倉，觀倉中鼠食積粟，居大廡之下，不見人犬之憂：於是李斯乃歎曰：人之賢不肖，譬如鼠矣！在所自處耳。乃從荀卿學帝王之術。」李斯既學荀卿帝王之術，而荀卿擅長文學，工辭賦，其散文亦多對偶，爲後世駢文之祖。故李斯之文辭亦甚華麗，爲後世駢文之宗。其諫逐客書曰：

臣聞吏議逐客・竊以爲過矣・昔繆公求士・西取由余於戎・東得百里奚於宛・迎蹇叔於宋・來丕豹公孫支於晉・此五子者・不產於秦・而繆公用之・并國二十・遂霸西戎・孝公用商鞅之法・移風易俗・民以殷盛・國以富彊・百姓樂用・諸侯親服・獲楚魏之師・舉地千里・至今治彊・惠王用張儀之計・拔三川之地・西并巴蜀・北收上郡・南取漢中・包九夷・制鄢郢・東據成皋之險・割膏腴之壤・遂散六國之從・使之西面事秦・功施到今・昭王得范睢・廢穰侯・逐華陽・彊公室・杜私門・蠶食諸侯・使秦成帝業・此四君者・皆以客之功・由此觀之・客何負於秦哉・向使四君卻客而不內・疏士而不用・是使國無富利之實・而秦無彊大之名也・今陛下致昆山之玉・有隨和之寶・垂明月之珠・服太阿之劍・乘纖離之馬・建翠鳳之旗・樹靈鼉之鼓・此數寶者・秦不生一・而陛下說之・何也・必秦國之所生・然後可・則是夜光之璧不飾朝廷・犀象之器不爲玩好・鄭衛之女不充後宮・而駿良駃騠不實外廄・江南金錫不爲用・西蜀丹青不爲采・所以飾後宮充下陳娛心意說耳目者・必出於秦然後可・則是宛珠之簪・傅璣之珥・阿縞之衣・錦繡之飾不進於前・而隨俗雅化・佳冶窈窕・趙女不立於側也・夫擊甕叩缶・彈箏搏髀・而歌呼嗚嗚・快耳目者・眞秦之聲也・鄭衛桑閒・昭虞武象者・異國之樂也・今棄擊甕叩缶而就鄭衛・退彈箏而取昭虞・若是者何也・快意當前・適觀而已矣・今取人則不然・不問可否・不論曲直・非秦者去・爲客者逐・然則是所重者在乎色樂珠玉・而所輕者在乎人民也・此非所以跨海內制諸侯之術也・臣聞地廣者粟多・國大者人衆・兵彊則士勇・是以太山不讓土壤・故能成其大・河海不擇細流・故能就其深・王者不卻衆庶・故能明其德・是以地無四方・民無異國・四時充美・鬼神降福・此五帝三王之所以無敵也・今乃棄黔首以資敵國・卻賓客以業諸侯・使天下之士退而不敢西向

・裹足不入秦・此所謂藉寇兵而齎盜糧者也・夫物不產於秦・可寶者多・士不產於秦・而願忠者衆・今逐客以資敵國・損民以益讎・內自虛而外樹怨於諸侯・求國無危・不可得也・

此文自今陛下致崑山之玉至快意當前適觀而已一段，何等華麗？或乃識其非對君上之言，而不知此乃戰代策士游說之長技。故卒能使秦王除逐客之令，復其官，用其言以統一天下也。然李斯此時身雖在秦，而秦尚未統一天下，故斯之文學猶是楚國之作風也；及至相秦，一統天下，而其文體遂大變矣。不特散文瘦削，無往日之華麗，即所為韻文，亦極瘦削不尚辭采矣。

秦琅邪臺刻石

維二十六年・皇帝作始・端平灋度・萬國之紀・以明人事・合同父子・聖智仁義・顯白道理・東撫東土・以省卒士・事已大畢・乃臨于海・皇帝之功・勸勞本事・上農除末・黔首是富・普天之下・摶心揖志・器械一量・同書文字・日月所照・舟輿所載・皆終・其命・莫不得意・應時動事・是維皇帝・匡飭異俗・陵水經地・憂恤黔首・朝夕不懈・除疑定灋・咸知所辟・方伯分職・諸治經易・舉錯必當・莫不如畫・皇帝之明・臨察四方・尊卑貴賤・不踰次行・姦邪不容・皆務貞良・細大盡力・莫敢怠荒・遠邇辟隱・專務肅莊・端直敦忠・事業有常・皇帝之德・存定四極・誅亂除害・興利致福・節事以時・諸產繁殖・黔首安寧・不用兵革・六親相保・終無寇賊・驩欣奉教・盡知灋式・六合之內・皇帝之土・西涉流沙・南盡北戶・東有東海・北過大夏・人迹所至・無不臣者・功蓋五帝・澤及牛馬・莫不受德・各安其宇・維秦皇兼有天下・立

名爲皇帝・乃撫東土・至於琅邪・列侯武成侯王離・列侯通武侯王賁・倫侯建成侯趙亥・倫侯昌武侯成・倫侯武信侯毋擇・丞相隗林・丞相王綰・卿李斯・卿王戊・五大夫趙嬰・五大夫楊樛・・從與議於海上・曰・古之帝者・地不過千里・諸侯各守其封域・或朝或否・相侵暴亂・・殘伐不止・猶刻金石・以自爲紀・古之五帝三王・知教不同・灋度不明・假威鬼神・以欺遠方・實不稱名・故不久長・其身未沒・諸侯倍叛・灋令不行・今皇帝并一海內・以爲郡縣・天下和平・昭明宗廟・體道行德・尊號大成・羣臣相與誦皇帝功德・刻于金石・以爲表經・

此篇自首至各「安其宇」爲頌詩，韵文也。自「維秦皇兼有天下」至末爲敍文，乃散文也。然頌詩與敍文皆甚朴質。李兆洛謂秦相他文無不詼麗，頌德立石，一變爲渾樸，知體要也。斯言固然。然李斯至此時受秦反文之風氣，習染已深，異日焚書坑儒，使民以吏爲師，而此則先以法令爲文辭也。

至二世時李斯有論督責書云：

夫賢主者・必且能全道而行督責之術者也・督責之則臣不敢不竭能以徇其主矣・此臣主之分定・上下之義明・則天下賢不肖莫敢不盡力竭任以徇其君矣・是故主獨制於天下而無所制也・能窮樂之極矣・賢明之主也・可不察焉・故申子曰・有天下而不恣睢・命之曰以天下爲桎梏者無他焉・不能督責・而顧以其身勞於天下之民・若堯禹然・故謂之桎梏也・夫不能修申韓之明術・行督責之道・專以天下自適也・而徒務苦形勞神・以身徇百姓・則是黔首之役・非畜天下者也・何足貴哉・夫以人徇已・則已貴而人賤・以已徇人・則已賤而人貴・故徇人者賤・而人所徇者貴・・自古及今・未有不然者也・凡古之所爲尊賢者爲其貴也・而所爲惡不肖者爲其賤也・・而堯禹以身徇天下者也

．因隨而尊之．則亦失所爲尊賢之心矣．夫可謂大繆矣．謂之爲桎梏不亦宜乎．不能督責之過也．故韓子曰．慈母有敗子而嚴家無格虜者．何也．則能罰之加焉必也．故商君之法．刑棄灰於道者．夫棄灰．薄罪也．而被刑．重罰也．彼惟明主爲能深督輕罪．夫罪輕且督深．而況有重罪乎．故民不敢犯也．是故韓子曰．布帛尋常．庸人不釋．鑠金百溢．盜跖不搏者．非庸人之心重．尋常之利深．而盜跖之欲淺也．又不以盜跖之行．爲輕百溢之重也．搏必隨手刑．則盜跖不搏百溢．而罰不必行也則庸人不釋尋常．是故城高五丈．而樓季不輕犯也．泰山之高百仞．而跛牂牧其上．夫樓季也而難五丈之限．豈跛牂也而易百仞之高哉．陗塹之勢異也．明主聖王之所以能久處尊位．長執重勢．而獨擅天下之利者．非有異道也．能獨斷而審督責．必深罰．故天下不敢犯也．今不務所以不犯．而事慈母之所以敗子也．則亦不察於聖人之論矣．夫不能行聖人之術則舍爲天下役何事哉．可不哀邪．且夫儉節仁義之人立於朝．則荒肆之樂輟矣．諫說論理之臣閒於側．則流漫之志詘矣．烈士死節之行顯於世．則淫康之虞廢矣．故明主能外此三者．而獨操主術．以制聽從之臣．而修其明法．故身尊而勢重也．凡賢主者．必將能拂世摩俗．而廢其所惡．立其所欲．故生則有尊重之勢．死則有賢明之謚也．是以明君獨斷．故權不在臣也．然後能滅仁義之塗．掩馳說之口．困烈士之行．塞聰掩明．內獨視聽．故外不可傾以仁義烈士之行．而內不可奪以諫說忿爭之辯．故能犖然獨行恣睢之心而莫之敢逆．若此然後可謂能明申韓之術．而脩商君之法．法脩術明而天下亂者未之聞也．故曰王道約而易操也惟明主爲能行之．若此則謂督責之誠．則臣無邪．臣無邪則天下安．天下安則主嚴尊．主嚴尊則督責必．督責必則所求得．所求得則國家富．國家富則君樂豐．故督責之術設則所欲無不得矣．羣臣百姓救過不給．何變之敢圖．若此則帝道備．而可謂能明君臣之術矣．雖申韓復生．不能加也．

此文與諫逐客書比較，一華美，一朴質，相去幾如天淵矣。而中間實多本於韓非之言，以是知韓非之學，爲李斯用之於秦，既以強秦，亦以亡秦也。國無禮教與文學之不足立國，於秦可覩矣。

第二編　駢文漸成時代之散文

兩漢三國

第一章　總論

漢繼秦反文之治而爲崇文之國，雖漢高祖馬上得天下，薄儒生，溺儒冠，而大風一歌，實爲開國之至文。厥後楚元王學詩，惠帝除挾書之律，文帝使鼂錯受尚書，使博士作王制，又置爾雅孝經孟子博士。漢書藝文志云：「迄於孝武，書缺簡脫，禮壞樂崩，聖上喟然而稱曰：朕甚閔焉。於是建藏書之策，置寫書之官，下及諸子傳說，皆充祕府。至成帝時以書頗散亡，使謁者陳農求遺書於天下，」故自孝武以來，益彬彬多文學之士矣。

漢之文學淵源於戰國者爲最多，辭賦既原於屈宋荀卿，而京都一類，侈陳形勢，亦本於蘇秦張儀之游說。凡此韵文之屬，今姑勿論。若漢之散文，則莫盛於書疏。此亦本於戰國策之書說。姚姬傳古文辭類纂，於奏議類列楚莫敖子華對威王，張儀司馬錯議伐蜀，蘇子說齊閔王，虞卿議割六城與秦，中旗說秦昭王，信陵君諫與秦攻韓，李斯諫逐客書諸篇，於賈山至言賈誼陳政事疏之上；於書說類列陳軫爲齊說昭陽，及蘇秦蘇代淳於髡游說諸篇與范睢獻書昭王，樂毅報惠王書，汗明說春申君等篇，於鄒陽諫吳王書，獄中上梁王書，枚叔說吳王書，司馬子長報任安書之上：可謂明文體之源流者矣。

漢人最重辭賦。班固兩都賦序曰：「或曰賦者古詩之流也。昔成康沒而頌聲寢，王澤竭而詩不作。大漢初定，日不暇給。至於武宣之世，乃崇禮官，考文章，內設金馬石渠之署，外興樂府協律之事，以興廢繼絕，潤色鴻業。是以衆庶悅豫，福應尤盛，白麟赤雁芝房寶鼎之歌，薦於郊廟；神雀五鳳甘露黃龍之瑞，以爲年紀。故言語侍從之臣，若司馬相如、虞丘壽王、東方朔、枚皋、王襃、劉向之屬，朝夕論思，日月獻納。而公卿大臣御史大夫倪寬、太常孔臧、太中大夫董仲舒、宗正劉德、太子太傅蕭望之等，時時間作。或以抒下情而通諷諭，或以宣上德而盡忠孝，雍容揄揚，著於後嗣，抑亦雅頌之亞也。故孝成之世，論而錄之，蓋奏御者千有餘篇，而後大漢之文章，炳焉與三代同風。」此以文章二字專指辭賦而言則漢人之重視辭賦可知矣。楚辭原於三百篇，漢賦又原於楚辭，而漢人之散文，實皆多受辭賦化。柳宗元西漢文類序曰：「殷周以前，其文簡而野。魏晉以降，則盪而靡。得其中者漢氏。漢氏之東，則既衰矣。當文帝時始得賈生明儒術，武帝尤好焉，而公孫宏董仲舒司馬遷相如之徒作，風雅益盛，敷施天下。自天子至公卿大夫士庶人，咸通焉。於是宣於詔策，達於奏議，諷於辭賦，傳於歌謠。由高帝以訖於哀平王莽之誅，四方文章，蓋爛然矣。」此言西漢文章之盛而文質得中也。其所以如此者，蓋不特辭賦爲漢文之特色，爲受楚辭之影響而已；即其書疏等散文，亦莫不漸受辭賦之影響，而日趨於富麗，如賈生司馬相如之徒之所爲是也。故西漢之散文，爲李兆洛駢體文鈔所選者，如漢景帝後六年令二千石修職詔，漢武帝元朔元年議不舉孝廉者罪詔，元狩二年報李廣詔，賈山至言，賈生過秦論，枚叔上書諫吳王，鄒陽獄中上書吳王，獄中上書自明，司馬長卿上書諫獵，難蜀父老，喻巴蜀檄，鼂錯對賢良文學策，公孫宏對賢良文學策，司馬子長報任安書，劉子政上災異封事，訟陳湯疏，劉子駿移太常博士等篇，雖不能卽謂爲駢文，然而不能不謂爲已將成駢文之體勢者也。由西漢而漸進至東漢，由東漢而漸進至於三國，若子桓子建兄弟，遂爲六朝駢體之宗師矣。

西漢武帝時代之散文已有與駢文無異者，今錄鄒陽枚乘各一篇如下：

鄒陽獄中上書

臣聞忠無不報・信無不疑・臣常以爲然・徒虛語耳・昔荊軻慕燕丹之義・白虹貫日・太子畏之・衛先生爲秦畫長平之事・太白蝕昴・昭王疑之・夫精誠變天地・而信不諭兩主・豈不哀哉・今臣盡忠竭誠・畢議願知・左右不明・卒從吏訊・爲世所疑・是使荊軻衛先生復起而燕秦不悟也・願大王熟察之・昔玉人獻寶・楚王誅之・李斯極忠・胡亥極刑・是以箕子佯狂・接輿避世・恐遭此患也・願大王察玉人李斯之意・而後楚王胡亥之聽・無使臣爲箕子接輿所笑・臣聞比干剖心・子胥鴟夷・臣始不信・今乃知之・願大王熟察・少加憐焉・語曰・白頭如新・傾蓋如故・何則・知與不知也・故樊於期逃秦之燕・藉荊軻首以奉丹之事・王奢去齊之魏・臨城自剄・以卻齊存魏・夫王奢樊於期・非新於齊秦而故於燕魏也・所以去二國而死兩君者・行合於志・而慕義無窮也・是以蘇秦不信於天下・而爲燕尾生・白圭戰亡六城・爲魏取中山・何則・誠有以相知也・蘇秦相燕・人惡之於燕王・燕王按劍而怒・食以駃騠・白圭顯於中山・人惡之於魏文侯・文侯賜以夜光之璧・何則・兩主二臣・剖心析肝相信・豈移於浮辭哉・故女無美惡・入宮見妒・士無賢不肖・入朝見嫉・昔司馬喜臏腳於宋・卒相中山・范雎摺脅折齒於魏・卒爲應侯・此二人者・皆信必然之畫・捐朋黨之私・挾孤獨之交・故不能自免於嫉妒之人也・是以申徒狄蹈雍之河・徐衍負石入海・不容身於世・義不苟取比周於朝以移人主之心・故百里奚乞食於道路・繆公委之以政・甯戚飯牛於車下・桓公任之以國・此二人者・豈素宦於朝・借譽於左右・然後二主用之哉・感於心・合於意・堅如膠漆・昆弟不能離・豈惑於衆口哉・故偏聽生奸・獨任成亂・昔魯聽季孫之說逐孔子・宋信子冉之計囚墨翟・夫以孔墨之辯不能自免於讒諛而二國以危・何則・衆口鑠金・積毀銷骨也・秦用戎人由余而霸中國・齊用越人子臧而彊威宣・此二國

豈拘於俗·牽於世·繫奇偏之浮辭哉·故公聽並觀·垂明當世·故意合則胡越爲兄弟·由余子臧是矣·不合·則骨肉爲讎敵·朱·象管蔡是矣·今人主誠能用齊秦之明·後宋魯之聽·則五伯不足侔·而三王易爲比矣·是以聖主覺悟·捐子之之心·而不說田常之賢·封比干之後·修孕婦之墓·故功業覆於天下·何則·欲善無厭也·夫晉文公親其讎而彊霸諸侯·齊桓用其仇而一匡天下·何則·慈仁殷勤·誠加於心·不可以虛辭借也·至夫秦用商鞅之法·東弱韓魏·立彊天下·而卒車裂之·越用大夫種之謀·禽勁吳而霸中國·遂誅其身·是以孫叔敖三去相而不悔·於陵子仲辭三公爲人灌園·今人主誠能去驕傲之心·懷可報之意·披心腹·見情素·墮肝膽·施德厚·終與之窮達·無愛於士·則桀之犬可使吠堯·而跖之客可使刺由·何況因萬乘之權·假聖王之資乎·然則荆軻沈七族·要離燔妻子·豈足爲大王道哉·臣聞明月之珠·夜光之璧·以暗投人於道·衆莫不按劍相眄者·何則·無因而至前也·蟠木根柢·輪囷離奇·而爲萬乘器者·何則·以左右先爲之容也·故無因而至前·雖出隋珠和璧·祗結怨而不見德·故有人先游·則枯木朽株·封德而不忘·今夫天下布衣窮居之士·身在貧賤·雖蒙堯舜之術·挾伊管之辯·懷龍逢比干之意·而素無根柢之容·雖竭精神·欲開忠於當世之君·則人主必襲按劍相眄之跡矣·是使布衣之士·不得爲枯木朽株之資也·是以聖王制世御俗·獨化於陶鈞之上·而不牽乎卑亂之語·不奪乎衆多之口·故秦皇帝任中庶子蒙嘉之言·以信荆軻而匕首竊發·周文王獵涇渭·載呂尚歸以王天下·秦信左右而亡·周用烏集而王·何則·以其能越拘攣之語·馳域外之議·獨觀於昭曠之道也·今人主沈諂諛之詞·牽帷牆之制·使不羈之士·與牛驥同阜·此鮑焦所以憤於世也·臣聞盛飾入朝者·不以私汚義·砥礪名號者·不以利傷行·故里名勝母·曾子不入·邑號朝歌·墨子迴車·今欲使天下寥廓之士·籠於威重之權·脅於位勢之貴·回面汙行·以奉諂諛之人·而求親近於左右·則士有伏死堀穴巖藪之中耳·安有盡忠信而趨闕下者哉·

枚乘諫吳王書

臣聞得全者全昌・失全者全亡・舜無立錐之地以有天下・禹無十戶之聚以王諸侯・湯武之士不過百里・上不絕三光之明・下不傷百姓之心者・有王術也・故父子之道・天性也・忠臣不避重誅以直諫・則事無遺策・功流萬世・臣乘願披腹心而效愚忠・惟大王少加・意念惻怛之心於臣乘言・夫以一縷之任・係千鈞之重・上懸無極之高・下垂不測之淵・雖甚愚之人・猶知哀其將絕也・馬方駭鼓而驚之・係方絕又重鎮之・係絕於天不可復結・墜入深淵・難以復出・其出不出・間不容髮・能聽忠臣之言・百舉必脫・必若所欲為・危於累卵・難於上天・變所欲為・易於反掌・安於泰山・今欲極天命之壽・敝無窮之樂・究萬乘之勢・不出反掌之易・以居泰山之安・而欲乘累卵之危・走上天之難・此愚臣之所以為大惑也・人性有畏其景而惡其跡者・卻背而走・跡愈多・景愈疾・不知就陰而止・景滅跡絕・欲人勿聞・莫若勿言・欲人勿知・莫若勿為・欲湯之滄・一人炊之・百人揚之・無益也・不如絕薪止火而已・・不絕之於彼・而救之於此・譬猶抱薪而救火也・養由基・楚之善射者也・去楊葉百步・百發百中・楊葉之大・加百中為・可謂善射矣・然其所止・乃百步之內耳・比於臣乘・未知操弓持矢也・・福生有基・禍生有胎・納其基・絕其胎・禍何自來・泰山之霤穿石・單極之綆斷幹・水非石之鑽・索非木之鋸・漸靡使之然也・夫銖銖而稱之・・至石必差・寸寸而度之・至丈必過・石稱丈量・徑而寡失・夫十圍之木・始生如蘗・・足可搔而絕・手可擢而拔・據其未生・先其未形也・磨礱底厲・不見其損・有時而盡・種樹畜養・不見其益・有時而大・積德累行・不知其善・有時而用・棄義背理・不知其惡・有時而亡・臣願大王熟計而身行之・此百世不易之道也・

此二篇比物連類，雖後世極麗之駢文，何以過之？故曰：兩漢之世為駢文漸成之時代也。至於三國，遂幾於駢文時代文。

第二章　由學術時代而漸變爲文學時代之散文

兩漢

第一節　總論

自春秋以上之諸史，皆爲治化而爲文；周秦諸子，則皆爲學術而爲文；無專以文爲事者。屈平宋玉爲韵文專家，似專以文爲事矣；而實亦本於憂時怨生而作，亦不能謂專以文爲事者也；蓋其不欲以文見者其素志也；其不得不專以文名者其不幸也。至漢之賈誼，擅長奏疏，而不得行其志，始爲賦以弔屈原，又自傷壽不得長，爲鵩鳥賦，是爲漢代辭賦開山之大家；然揣其始志，亦未嘗欲以賦家名於世也；不得已而爲勞者之自歌耳。故太史公書以誼與屈原同傳，均不幸而以辭賦名者也。至枚乘司馬相如之徒出，始專以辭賦爲務。承其流者有枚皋、王褒、楊雄之徒，刻意摹擬，均專欲以文爭勝。太史公作司馬相如列傳，盡錄其子虛上林諸賦；班孟堅作楊雄傳，盡錄其羽獵反離騷等文；蓋卽後世文苑傳之所自仿，而文學與學術離而爲二之所由起也。又太史公傳儒林，胥以文學與儒者同稱。及班固兩都賦序，乃專以文章屬辭賦。且班氏所稱諸家如司馬相如虞丘壽王東方朔枚皐王褒劉向倪寬孔臧董仲舒劉德蕭望之等，今諸人之賦，皆多殘亡，唯司馬相如劉向之賦，尙有存者，劉向之九歎，亦不爲世所重。疑此輩皆多以經術家追逐時好而作辭賦，諒非其長，故不能工，而不能傳於後世。唯司馬相如史不稱其精湛他學，唯以辭賦見稱，實爲文學家與學術家分家之始祖。自是而後，漢之學者，乃有專爲文學而文學者矣。

後漢書文苑傳，自杜篤王烈凡二十二人，皆專以文學名者。范蔚宗贊之曰「情志既動，篇章爲貴；抽心呈貌，非雕非蔚；殊狀共體，同聲異氣；言觀麗則，永監淫費。」蓋彼等皆純粹之文士矣。

第二節　辭賦家之散文

漢代辭賦家可謂至衆，不可殫述，茲擇最著者二人以略見一斑焉：曰賈誼、曰司馬相如。其他如楊雄、班固、張衡之倫，其所爲散文，亦莫不受辭賦影響，不能具論焉。史記賈生列傳云：「賈生名誼，雒陽人也，年十八，以能誦詩屬書聞於郡中。吳廷尉爲河南守，聞其秀才，召置門下，甚幸愛。孝文皇帝初立，聞河南守吳公治平爲天下第一，故與李斯同邑而常學事焉，乃徵爲廷尉。廷尉乃言賈生年少，頗通諸子百家之書。文帝召以爲博士。是時賈生年二十餘，最少，每詔令議下，諸老先生不能言，賈生盡爲之對，人人各如其意所欲出，諸生乃自以爲不能及也。孝文帝說之，超遷，一歲至太中大夫。賈生以爲漢興至孝文二十餘年，天下和洽，而固當改正朔，易服色，法制度，定官名。乃悉草具其事儀法，色尚黃，數用五，爲官名，悉更秦之法。孝文帝初卽位，謙讓未遑也。諸律令所更定，及列侯悉就國，其說皆自賈生發之。於是天子議以爲賈生任公卿之佐。絳灌東陽侯馮敬之屬盡害之，乃短賈生曰：雒陽之人，年少初學，專欲擅權，紛亂諸事。於是天子後亦疏之，不用其議，乃以賈生爲長沙王太傅。賈生旣辭往行，聞長沙卑溼，自以爲壽不得長，又以適去，意不自得，及度湘水，爲賦以弔屈原，其辭云云。賈生爲長沙王太傅三年，有鵩飛入賈生舍，止於坐隅，楚人命鵩曰服，賈生旣以適居長沙，長沙卑溼，自以爲壽不得長，傷悼之，乃爲賦以自廣，其辭曰云云。」賈生實爲漢代最早之賦家。其辭賦作品，可謂追踪屈宋，縮長篇爲短章，雖祖述屈宋而不蹈襲屈宋。漢之賦家如司馬楊班雖以富麗勝，而論氣格則未能或之先也。然賈生之散文亦爲漢代之冠。張溥輯一百三家有賈長沙集一卷，今選錄其過秦論上篇如下：

過秦論

秦孝公據殽函之固·擁雍州之地·君臣固守·以窺周室·有席卷天下·包擧宇內·囊括四海之意·并吞八荒之心·當是時·商君佐之·內立法度·務耕織·修守戰之備·外連衡而鬬諸侯·於是秦人拱手而取西河之外·孝公旣沒·惠文武昭襄·蒙故業·因遺策·南取漢中·西擧巴蜀·東割膏腴之地·收要害之郡·諸侯恐懼·會盟而謀弱秦·不愛珍器重寶肥饒之地·以致天下之士·合從締交·相與爲一·當此之時·齊有孟嘗·趙有平原·楚有春申·魏有信陵·此四君者·皆明智而忠信·寬厚愛人·尊賢重士·約從離衡·兼韓魏燕趙齊楚宋衛中山之衆·於是六國之士·有甯越徐尙蘇秦杜赫之屬爲之謀·齊明周最陳軫昭滑樓緩翟景蘇厲樂毅之徒通其意·吳起孫臏帶佗兒良王廖田忌廉頗趙奢之倫制其兵·嘗以十倍之地·百萬之衆·叩關而攻秦·秦人開關延敵·九國之師逡巡遁逃而不敢進·秦無亡矢遺鏃之費·而天下諸侯已困矣·於是從散約解·爭割地而奉秦·秦有餘力而制其敝·追亡逐北·伏尸百萬·流血漂鹵·因利乘便·宰割天下·分裂河山·彊國請服·弱國入朝·延及孝文王·莊襄王·享國日淺·國家無事·及至秦王·奮六世之餘烈·振長策而馭宇內·吞二周而亡諸侯·履至尊而制六合·執棰拊以鞭笞天下·威振四海·南取百越之地·以爲桂林象郡·百越之君俛首係頸·委命下吏·乃使蒙恬北築長城而守藩籬·卻匈奴七百餘里·胡人不敢南下而牧馬·士不敢彎弓而報怨·於是廢先王之道·焚百家之言·以愚黔首·墮名城·殺豪傑·收天下之兵·聚之咸陽·銷鋒鑄鐻·以爲金人十二·以弱天下之民·然後踐華爲城·因河爲池·據億丈之城·臨不測之淵·以爲固·良將勁弩·守要害之處·信臣精卒·陳

利兵而誰何・天下已定・秦王之心・自以為關中之固・金城千里・子孫帝王萬世之業也・秦王既沒・餘威震於殊俗・陳涉甕牖繩樞之子・甿隸之人・而遷徙之徒也・才能不及中人・非有仲尼墨翟之賢・陶朱猗頓之富・躡足行伍之間・而倔起什伯之中・率罷散之卒・將數百之衆・轉而攻秦・斬木為兵・揭竿為旗・天下雲集響應・贏糧而景從・山東豪俊・遂並起而亡秦族矣・且夫天下非小弱也・雍州之地・殽函之固・自若也・陳涉之位・非尊於齊楚燕趙韓魏宋衛中山之君・鋤櫌棘矜・非銛於鉤戟長鎩也・謫戍之衆・非抗於九國之師・深謀遠慮・行軍用兵之道・非及曩時之士也・然而成敗異變・功業相反也・試使山東之國與陳涉度長絜大・比權量力・則不可同年而語矣・然秦以區區之地・致萬乘之權・招八州而朝同列・百有餘年矣・然後以六合為家・殽函為宮・一夫作難・而七廟墮・身死人手・為天下笑者何也・仁義不施・而攻守之勢異也・

此文排比敷張，實有辭賦色采，自「且夫天下非小弱也」至末即為班固東都賦末一段所本。

其文云：

且夫僻界西戎・險阻四塞・修其防禦・孰與處乎土中・平夷洞達・萬方輻湊・秦嶺九嵕・涇渭之川・曷若四瀆五嶽・帶河泝洛・圖書之淵・建章甘泉・館御列仙・孰與靈臺明堂・統和天人・太液昆明・鳥獸之囿・曷若辟雍海流・道德之富・游俠踰侈・犯義侵禮・孰與同履法度・翼翼濟濟也・子徒習阿房之造天・而不覩京洛之有制也・識函谷之可關・而不知王者之無外也・

陳石遺先生云：「論辨一類，古今以賈誼過秦論為稱首。其名為過秦，始見於新書，太史引作秦始皇本紀論贊，本只一篇，後人分作三篇。首篇過秦始皇，次篇過二世，三篇過子嬰。其實如此巨製無他妙巧，不外開合擒縱而已。縱之愈遠，擒之愈見有力也。首篇首言秦之數世種種強盛，次言六國之謀臣策士合從併力而無如秦何。又次言秦盛六國益復種種強盛，天下益無如之何矣。皆開也，縱也。而陳涉以匹夫亡之，然僅比一合一擒，未免過于簡單。故又用且夫一段推開，將陳涉與六國層層比較，山之峯巒迴抱，水之港汊瀠洄矣。」

賈生之奏議，有陳政事疏，爲漢人奏議中第一長篇文字，實爲後世萬言書之祖。其文亦最多排偶，今以文長不錄。

史記司馬相如列傳云：「司馬相如者，蜀郡成都人也，字長卿。少時好讀書，學擊劍，故其親名之曰犬子。相如既學，慕藺相如之爲人，更名相如。以貲爲郎。事孝景帝，爲武騎常侍，非其好也。會景帝不好辭賦，是時梁孝王來朝，從游說之士齊人鄒陽、淮陰枚乘、吳莊忌夫子之徒，相如見而說之。因病免客游梁。梁孝王令與諸生同舍，相如得與諸生游士居數歲，乃著子虛之賦。」又云：「蜀人楊得意爲狗監，侍上，上讀子虛賦而善之，曰：朕獨不得與斯人同時哉？得意曰：臣邑人司馬相如自言爲此賦。上驚，乃召問相如。相如曰：有是，然此乃諸侯之事，未足觀也；請爲天子游獵賦。賦成，奏之，上許，令上書給筆札。相如以子虛，虛言也，爲楚稱；烏有先生者，烏有此事也，爲齊難；無是公者，無是人也，明天子之義。故空籍此三人爲辭，以推天子諸侯之苑囿，其卒章歸之節儉，因以風諫。奏之天子，天子大說。」是爲漢賦第一篇富麗之作，實亦原本宋玉之高唐也。一百三家集有司馬文園集一卷。相如旣爲辭賦大家，故擅長辭令，雍容嫻雅，茲錄其諭巴蜀檄如下：

諭巴蜀檄

告巴蜀太守・蠻夷自擅不討之日久矣・時侵犯邊境・勞士大夫・陛下即位・存撫天下・輯安中國・然後興師出兵・北征匈奴・單于怖駭・交臂受事・詘膝請和・康居西城・重譯請朝・稽首來享・移師東指・閩越相誅・右弔番禺・太子入朝・南夷之君・西僰之長・常效貢職・不敢怠墮・延頸舉踵・喁喁然皆爭歸義・欲爲臣妾・道里遼遠・山川阻深・不能自致・夫不順者已誅・而爲善者未賞・故遣中郎將往賓之・發巴蜀士民各五百人・以奉幣帛・衛使者不然・靡有兵革之事・戰鬪之患・今聞其乃發軍興制・驚懼子弟・憂患長老・郡又擅爲轉粟運輸・皆非陛下之意也・當行者或亡逃自賊殺・亦非人臣之節也・夫邊郡之士・聞烽舉燧燔・皆攝弓而馳・荷兵而走・流汗相屬・唯恐居後・觸白刃・冒流矢・義不反顧・計不旋踵・人懷怒心・如報私讎・彼豈樂死惡生・非編列之民・而與巴蜀異主哉・計深慮遠・急國家之難・而樂盡人臣之道也・有剖符之封・析珪而爵・位爲通侯・居列東第・終則遺顯號於後世・傳土地於子孫・行事甚忠敬・居位甚安佚・名聲施於無窮・功烈著而不滅・是以賢人君子・肝腦塗中

原•膏液潤野草而不辭也•今奉幣役至南夷•即自賊殺•或亡逃抵誅•身死無名•謚爲至愚•恥及父母•爲天下笑•人之度量相越•豈不遠哉•然此非獨行者之罪也•父兄之教不先•子弟之率不謹•寡廉鮮恥而俗不長厚也•其被刑戮•不亦宜乎•陛下患使者有司之若彼•悼不肖愚民之如此•故遣信使曉喻百姓•以發卒之事•因數之以不忠死亡之罪•讓三老孝弟以不教誨之過•方今田時•重煩百姓•已親見近縣•恐遠所谿谷山澤之民•不徧聞•檄到•亟下縣道•使咸知陛下之意•唯毋忽也•

其文亦甚多排偶，賈生以氣勝，長卿以韵勝也。石遺室論文云：「史記陸賈傳載賈說南越王趙佗說，司馬相如本之以爲諭巴蜀檄。檄之北征匈奴，單于怖駭，交臂受事，屈膝請和云云，卽陸賈之鞭笞天下，刼略諸侯云云也。檄之攝弓而馳，荷戈而走，人懷怒心，如報私讎云云，卽陸賈之將欲移兵云云也。檄之陛下患使者有司之若彼，悼不肖愚民之若此，卽陸賈之天子憐百姓云云也。檄之發軍興制，驚懼子弟云云，卽陸賈之以新造未成之越屈彊于此云云也。檄之身死無名謚爲至愚云云，卽陸賈之掘燒先人冢夷滅宗族云云也。但陸說尤質直耳。」師說可謂深悉文章嬗變之跡。今錄史記陸賈傳賈說南越王佗原文如下，俾得參照。

陸賈者楚人也•以客從高祖定天下•名爲有口辯士•居左右•常使諸侯•及高祖時•中國初定•尉他平南越•因王之•高祖使陸賈賜尉他印•爲南越王•陸生至•尉他魋結•箕倨見陸生•陸生因進說他曰•足下中國人•親戚昆弟•墳墓在眞定•今足下反天性•棄冠帶•欲以區區之越•與天子抗衡爲敵國•禍且及身矣•且夫秦失其政•諸

侯豪傑並起・唯漢王先入關・據咸陽・項羽倍約・自立爲西楚霸王・諸侯皆屬・可謂至彊・然漢王起巴蜀・鞭笞天下・劫略諸侯・遂誅項羽・滅之・五年之間・海內平定・此非人力・天之所建也・天子聞君王王南越・不助天下誅暴逆・將相欲移兵而誅王・天子憐百姓新勞苦・故且休之・遣臣授君王印・剖符通使・君王宜郊迎・北面稱臣・過欲以新造未集之越・屈彊於此・漢誠聞之・掘燒王先人冢・夷滅宗族・使一偏將將十萬衆臨越・則越殺王降漢・如反覆手耳・於是尉他迺蹶然起坐・謝陸生曰・居蠻夷中久・殊失禮義・因問陸生曰・我孰與蕭何曹參韓信賢・陸生曰・王似賢・復曰・我孰與皇帝賢・陸生曰・皇帝起豐沛・討暴秦・誅彊楚・爲天下興利除害・繼五帝三皇之業・統理中國・中國之人以億計・地方萬里・居天下之膏腴・人衆車輿・萬物殷富・政由一家・自天地剖泮・未始有也・今王衆不過數十萬・皆蠻夷・崎嶇山海間・譬若漢一郡・王何迺比於漢・尉他大笑曰・吾不起中國・故王此・使我居中國・何渠不若漢・迺大說陸生・留與飲數月・曰・越中無足與語・至生來・令我日聞所不聞・賜陸生橐中裝直千金・他送亦千金・陸生卒拜尉他爲越王・令稱臣・奉漢約・歸報・高祖大悅・

第三節　經世家之散文

漢人書疏，傳於今者幾盡爲經世之學。就中文之尤工者爲賈誼、鼂錯、趙充國、賈讓、劉向之徒。賈文前已論及，劉文容後言之。今略論鼂趙二家焉。

漢書鼂錯傳曰：「鼂錯，潁川人也，學申商刑名於軹張恢生所。錯爲人陗直刻深。孝文時天下亡治尚書者，獨聞齊有伏生，故秦博士，治尚書，年九十餘，老不可徵。迺詔太常使人受之。太常遣錯受書伏生所。還因上書稱說，詔以爲太子舍人門大夫，遷博士，拜爲太子家令，以其辯得幸太子，太子家號曰智囊，是時匈奴彊盛，數寇邊，上發兵以禦之，錯上言兵事。」玆錄其文如下；

上言兵事書

臣聞漢興以來·胡虜數入邊境·小入則小利·大入則大利·高后時再入隴西·攻城屠邑·毆略畜產·其後復入隴西·殺吏卒·大寇盜·竊聞戰勝之威·民氣百倍·敗兵之卒·沒世不復·自高后以來·隴西三困於匈奴矣·民氣破傷·亡有勝意·今之隴西之吏·賴社稷之神靈·奉陛下之明詔·和輯士卒·底厲其節·起破傷之民·以當乘勝之匈奴·用少擊眾·殺一王·敗其眾·而大有利·非隴西之民有勇怯·迺將吏之制巧拙異也·故兵法曰·有必勝之將·無必勝之民·繇此觀之·安邊境·立功名·在於良將·不可不擇也·臣又聞用兵臨戰合刃之急者三·一曰得地形·二曰卒服習·三曰器用利·兵法曰丈五之溝·漸車之水·山林積石·經川邱阜·草木所在·此步兵之地也·車騎二不當一·土山邱陵·曼衍相屬·平原廣野·此車騎之地也·步兵十不當一·平陵相遠·川谷居間·仰高臨下·此弓弩之地也·短兵百不當一·兩陳相近·平地淺草·可前可後·此長戟之地也·劍楯三不當一·萑葦竹蕭·草木蒙蘢·支葉茂接·此矛鋋之地也·長戟二不當一·曲道相伏·險阸相薄·此劍楯之地也·弓弩三不當一·士不選練·卒不服習·起居不精·動靜不集·趨利弗及·避難不畢·前擊後解·與金鼓之音相失·此不習勒卒之過也·百不當十·兵不完利·與空手同·甲不堅密·與袒裼同·弩不可以及遠·與短兵同·射不能中·與亡矢同·中不能入·與亡鏃同·此將不省兵之禍也·五不當一·故兵法曰·器械不利·以其卒予敵也·卒不可用·以其將予敵

也・將不知兵・以其主予敵也・君不擇將・以其國予敵也・四者兵之至要也・臣又聞大小異形・強弱異勢・險易異備・夫卑身以事強・小國之形也・合小以攻大・敵國之形也・以蠻夷攻蠻夷・中國之形也・今匈奴地形技藝與中國異・上下山阪・出入溪澗・中國之馬弗與也・險道傾仄・且馳且射・中國之騎弗與也・風雨罷勞・飢渴不困・中國之人弗與也・此匈奴之長技也・若夫平原易地・輕車突騎・則匈奴之衆易撓亂也・勁弩長戟・射疏及遠・則匈奴之弓弗能格也・堅甲利刃・長短相雜・遊弩往來・什伍俱前・則匈奴之兵弗能當也・材官騶發・矢道同的・則匈奴之革笥木薦弗能支也・下馬地鬭・劍戟相接・去就相薄・則匈奴之足弗能給也・此中國之長技也・以此觀之・匈奴之長技三・中國之長技五・陛下又興數十萬之衆・以誅數萬之匈奴・衆寡之計・以十擊一之術也・雖然兵凶器・戰危事也・以大爲小・以強爲弱・在俛仰之間耳・夫以人之死爭勝・跌而不振・則悔之無及也・帝王之道・出於萬全・今降胡義渠蠻之屬來歸誼者其衆數千・飲食長技與匈奴同・可賜之堅甲絮衣・勁弓利矢・益以邊郡之良騎・令明將能知其習俗和輯其心者・以陛下之明約將之・卽有險阻・以此當之・平地通道・則以輕車材官制之・兩軍相爲表裏・各用其長技・衡加之以衆・此萬全之術也・傳曰・狂夫之言・而明主擇焉・臣錯愚陋昧・死上狂言・惟陛下財擇・

石遺室論文云：「景帝時鼂錯號智囊，平日於兵刑錢穀諸要務，大概無不簡練揣摩。其所讀必不出孫吳兵法，管子，商君諸書。故其言兵事一篇，文字與孫子第二編第六篇第七篇第九篇，商君之算地、戰法、兵守、徠民、境內各篇甚爲相似。不但立說用意之有所本已也。凡人學問，於何等書用功最深，一旦下筆，不必字摹句仿，自有不覺相似之處，似在神理也。錯尚有募民徙塞下論守邊備塞二篇，亦多與管子作內政寄軍令之言相近。」

又云，「其筆意與鼂家令相近者，有趙充國。充國有陳兵利害書，不過尋常奏議體。其屯田奏三首，則皆斬釘截鐵，無一躲閃語，無一支蔓語；然亦時有約束照顧，使閱者易於明白，斯為本色文字。」

其說甚是，今將趙充國上屯田奏第二編錄後：

上屯田奏二

臣聞帝王之兵•以全取勝•是以貴謀而賤戰•戰而百勝•非善之善者也•故先爲不可勝•以待敵之可勝•蠻夷習俗•雖殊於禮義之國•然其欲避害就利•愛親戚•畏死亡•一也•今虜亡其美地薦草•愁於寄託遠遁•骨肉離心•人有畔志•而明主般師罷兵•萬人留田•順天時•因地利•以待可勝之虜•雖未即伏辜•兵決可期月而望•羌虜瓦解•前後降者萬七百餘人•及受言去者凡七十輩•此坐支解羌虜之具也•臣謹條不出兵留田便宜十二事•步兵九校•吏士萬人•留屯以爲武備•因田致穀•威德並行•一也•又因排折羌虜•令不得歸肥饒之地•貧破其衆•以成羌虜相畔之漸•二也•居民得並田作•不失農業•三也•軍馬一月之食•度支田士一歲•罷騎兵以省大費••四也•至春省甲士卒•循河湟漕穀•至臨羌•以示羌虜•揚威武•傳世折衝之具•五也•以閒暇時•下所伐材•繕治郵亭•充入金城•六也••兵出•乘危徼幸•不出•令反畔之虜•竄於風寒之地•離霜露疾疫瘃墮之患•坐得必勝之道•七也•亡經阻遠追死傷之害••八也•內不損威武之重•外不令虜得乘間之勢•九也•又亡驚動河南大开小开•使生它之變•十也•治湟陿中道橋•令可至鮮水•以制西域•信威千里•從枕席過師••十一也•大費既省•繇役豫息•以戒不虞•十二也•留屯田得十二便•出兵失十二利•

•臣充國材下•犬馬齒衰•不識長冊•惟明詔博詳公卿議臣採擇•

漢書趙充國傳云：「趙充國字翁孫，隴西上邽人也，復徙金城令居，始爲騎士，以六郡良家子善騎射，補羽林，爲人沈勇有大略，少好將帥之節，通知四夷事，」翁孫之文，削除支葉，嚴潔峻勁，宋王荊公之三經義序，卽從此出而稍變其體。

第四節　史學家之散文

兩漢史學家以馬班爲鉅子。史記太史公自序云：「談爲太史公。太史公學天官於唐都，受易於楊何，習道論於黃子。太史公仕於建元元封之間，愍學者之不達其意而師悖，乃論六家之要旨。太史公既掌天官，不治民，有子曰遷。遷生龍門，耕牧河山之陽，年十歲則誦古文，二十而南游江淮，上會稽，探禹穴，闚九疑，游於沅湘，北涉汶泗，講業齊魯之都，觀孔子之遺風，鄉射鄒嶧，戹困鄱薛彭城，過梁楚以歸。於是遷仕爲郎中，奉使西征巴蜀以南，南略邛笮昆明，還報命。是歲天子始建漢家之封，而太史公留滯周南，不得與從事，故發憤且卒；而子遷適使反，見父于河洛之間，太史公執遷手而泣曰：余先周室之太史也。自上世常顯功名於虞夏，典天官事；後世中衰，絕於予乎？汝復爲太史，則續吾祖矣。今天子接千歲之統，封泰山而予不得從行，是命也夫，命也夫！余死，汝必爲太史；爲太史，無忘吾所欲論著矣。且夫孝始於事親，中於事君，終於立身，揚名於後世，以顯父母，此孝之大者。夫天下稱頌周公，言其能論歌文武之德，宣周召之風，達太王王季之思慮，爰及公劉，以尊后稷也。幽厲之後，王道缺，禮樂衰。孔子修舊起廢，論詩書，作春秋，則學者至今則之。自獲麟以來四有餘歲，而諸侯相兼，史記放絕。今漢興，海內一統，明主賢君，忠臣死義之士，余爲太史而弗論載，廢天下之史文，余甚懼焉！汝其念哉！遷俯首流涕曰：小子不敏，請悉論先人所次舊聞，弗敢闕。卒三歲，遷爲太史令。七年而太史公遭李陵之禍，幽於縲紲，乃喟然而歎曰：是余之罪也。夫是余之惡也夫！身毀不用矣！退而深惟曰：夫詩書隱約者，欲遂其志之思也。昔西伯拘羑里，演周易；孔子戹陳蔡，作春秋；屈原放逐，著離騷；左丘失明，厥有國語；孫子臏腳，而論兵法；不韋遷蜀，世傳呂覽；韓非囚秦，說難孤憤；詩三百篇，大概賢聖發憤之所爲作也。此人皆意有所鬱結，不得通其道也。故述往事，思來者。於是卒陶唐以來，至於麟止，自黃帝始。」

後漢書班彪傳云：「班彪字叔皮，扶風安陵人也。彪性沈重好古，才高而好述作，遂專心史籍之聞。武帝時司馬遷著史記，自太初以後，闕而不錄，後好事者頗或綴集時事，然多鄙俗不足以踵繼其書。彪乃繼採前史遺事，傍貫異聞，作後傳數十篇。」

又云：「固字孟堅，年九歲能屬文誦詩賦；及長遂博貫載籍，九流百家之言無不窮究；所學無常師，不爲章句，舉大義而已；性寬和容衆，不以才能高人，諸儒以此慕之。父彪卒，歸鄉里，固以彪所續前史未詳，乃潛精研思，欲就其業；既而有人上書顯宗，告固私改作國史者，有詔下郡，收固繫京兆獄，盡取其家書。先是扶風人蘇朗僞言圖讖事，下獄死。固弟超恐固爲郡所覈考，不能自明，乃馳詣闕上書，得召見，具言固所著述意。而郡亦上其書，顯宗甚奇之，召詣校書部，除蘭臺令史，與前睢陽令陳宗，長陵令尹敏，司隸從事孟異，共成世祖本紀。遷爲郎，典校祕書，固又撰功臣平林新市公孫述事，作列傳載記二十八篇奏之。帝乃復使終成前所著書。固以爲漢紹堯運，以建帝業，至於六世史臣，乃追述功德，私作本紀，編於百王之末，廁於秦項之列，太初以後，闕而不錄，故探撰前記綴集所聞以爲漢書。起元高祖，終於孝平王莽之誅，十有二世，二百三十年，綜其行事，傍貫五經，上下洽通，爲春秋考紀表志傳，凡百篇。固自永平中始受詔，潛精積思，二十餘年，至建初中乃成。當世甚重其書，學者莫不諷誦焉。」

杜嘗著馬班異同論，以司馬氏父子本春秋之義，發明通史之例；班氏父子，本尚書之義，發明斷代史之例。其本紀紀大綱，列傳爲細目，後人合之爲鋼鑑編年體之史，於吾國史學實爲最大貢獻。大抵司馬氏尚奇，班氏尚正；司馬氏文體近散，班氏文體近駢。習駢文者必宗班，故昭明文選選班氏之文獨多，選司馬氏之文只一篇而已。學古文者宗司馬氏，故古文家韓愈數漢代能文者屢稱司馬而不及班氏也。今各錄其敍文一篇，以見異同。

史記游俠列傳序

韓子曰・儒以文亂法・而俠以武犯禁・二者皆譏・而學士多稱於世云・至如以術取宰相卿大夫・輔翼其世主・功名俱著於春秋・固無可言者・及若季次原憲・閭巷人也・讀書懷獨行君子之德・義不苟合當世・當世亦笑之・故季次原憲・終身空室蓬戶・褐衣疏食・不厭・死而已・四百餘年而弟子志之不倦・今游俠・其行・雖不軌於正義・然其言必信・其行必果・已諾必誠・不愛其軀・赴士之阨困・既已存亡死生矣・而不矜其能・羞伐其德・蓋亦有足多者焉・且緩急人之所時有也・太史公曰・昔者虞舜窘於井廩・伊尹負於鼎俎・傅說匿於傅險・呂尚困於棘津・夷吾桎梏・百里飯牛・仲尼畏匡・菜色陳蔡・此皆學士所謂有道仁人也・猶然遭此菑・況以中材而涉亂世之末流乎・其遇害何可勝道哉・鄙人有言曰・何知仁義・已饗其利者・為有德・故伯夷醜周・餓死首陽山・而文武不以其故貶王・跖蹻暴戾・其徒誦義無窮・由此觀之・竊鉤者誅・

竊國者侯•侯之門仁義存•非虛言也•今拘學或抱咫尺之義•久孤於世•豈若卑論儕俗•與世沈浮•而取榮名哉•而布衣之徒•設取予然諾•千里誦義•爲死不顧世•此亦有所長•非苟而已也•故士窮窘而得委命•此豈非人之所謂賢豪間者邪•誠使鄉曲之俠•予季次原憲•比權量力•效功於當世•不同日而論矣•要以功見言信•俠客之義•又曷可少哉•古布衣之俠•靡得而聞已•近世延陵孟嘗春申平原信陵之徒•皆因王者親屬•藉於有土卿相之富厚•招天下賢者•顯名諸侯•不可謂不賢者矣•此如順風而呼•聲非加疾•其勢激也•至如閭巷之俠•修行砥名•聲施於天下•莫不稱賢•是爲難耳•然儒墨皆排擯不載•自秦以前•匹夫之俠•湮滅不見•余甚恨之•以余所聞•漢興有朱家田仲王公劇孟郭解之徒•雖時扞當世之文罔•然其私義廉潔退讓•有足稱者•名不虛立•士不虛附•至如朋黨宗彊比周•設財役貧•豪暴侵淩孤弱•恣欲自快•游俠亦醜之•余悲世俗不察其意•而猥以朱家郭解等•令與暴豪之徒同類而共笑之也•

漢書游俠列傳敍

古者天子建國•諸侯立家•自卿大夫以至於庶人•各有等差•是以民服事其上•而下無覬覦•孔子曰•天下有道•政不在大夫•百官有司•奉法承令•以修所職•失職有誅•侵官有罰•夫然故上下相順•而庶事理焉•周室既微•禮樂征伐•自諸侯出•桓文之後•大夫世權•陪臣執命•陵夷至於戰國•合從連衡•力政爭彊•繇是列國公子•魏有信陵•趙有平原•齊有孟嘗•楚有春申•皆藉王公之勢•競爲游俠•雞鳴狗盜•無不賓禮•而趙相虞卿•棄國捐君•以周窮交魏齊之厄•信陵無忌•竊符矯命•戮將專師•以赴平原之急•皆以取重諸侯•顯名天下•搤掔而游談者以四豪爲稱首•於是背公死黨之議成•守職奉上之義廢矣•及至漢興•禁網疏闊•未之匡改也•是故代相陳豨•從車千乘•而吳濞淮南•皆招賓客以千數•外戚大臣魏其武安之屬•競逐於京師•布衣游俠劇孟郭解之徒•馳騖於閭閻•權行州城•力折公侯•衆庶榮其名迹•覬

而‧墓之‧雖昭於刑辟‧自與殺身成名‧若季路仇牧‧死而不悔也‧故曾子曰‧上失其道‧民散久矣‧非明王在上‧視之以好惡‧齊之以禮法‧民曷由知禁而反正乎‧古之正法‧五伯三王之罪人也‧而六國五伯之罪人也‧夫四豪者又六國之罪人也‧況於郭解之倫‧以匹夫之細‧竊殺生之權‧其罪已不容於誅矣‧觀其溫良泛愛‧振窮周急‧謙讓不伐‧亦皆有絕異之姿‧惜乎不入於道德‧苟放縱於末流‧殺身亡宗‧非不幸也‧自魏其武安淮南之後‧天子切齒‧衛霍改節‧然郡國豪桀處處各有‧京師親戚‧冠蓋相望‧亦古今常道‧莫足言者‧唯成帝時外家王氏‧賓客為盛‧而樓護為帥‧及王莽時‧諸公之間‧陳遵為雄‧閭里之俠‧原涉為魁‧

兩家思想文派之不同如此。至敍事之文，雖各有不同，然孟堅生子長之後，亦未嘗不步趨太史氏也。石遺室論文云：「漢書李廣傳後之李陵傳，即欲繼美太史公之李廣傳也。中敍陵苦戰一大段，直逼史記淮陰侯傳，項羽本紀。傳末悽惋處，直兼伍子胥屠岸賈二事情景。」

又云：「千古傷心人無如伍子胥，李陵。子胥猶得報仇洩憤，李陵則長此終古，非得班孟堅奇文傳之，其事亦淹沒不彰。惟于別蘇武詩稍寄悲慨之一二而已。文選有李陵答蘇武書，端係六朝人贋作，即今本班書李陵傳翻演成者，東坡嗤為齊梁小兒之言，不誣也，昭明選之，可謂無識矣。以中國有名人而降外國，李陵外有庾信哥舒翰其最著者也。然其冤慘皆不如陵。陵名家子，其將才可以大破匈奴，立功塞外，徒以自恃太過，一誤（以不願屬貳師不得騎）再誤，（不聽軍吏言敗後求道徑還歸一致身敗家族，致足悲矣。孟堅漢書，原不必爲陵特立佳傳，然難得此好題目，可與史遷競勝，又代史遷發一大牢騷，故爲特附一傳于李廣傳後。孟堅平日於史遷文字自已爛熟胸中，如伍子胥之父兄被誅，倉皇亡命，百計復仇；趙氏之族滅于屠岸賈，程嬰公孫杵臼生死存孤：皆極人世傷心之故。但事情各異，只能得其嘻噓悲慟神情。獨有項籍，百戰百勝，而垓下被圍之後，以寡敵衆，終至敗亡。羽之力戰至死，與陵之力戰以至于降，情景極爲相似。故陵以步兵五千人，敵單于八萬餘騎，猶羽麾下壯士騎從者僅八百餘人，而騎將灌嬰以五千騎追之也。陵麾下及成安侯校各八百人爲前行，猶羽渡淮騎能屬者僅百餘人也。陵與韓延年俱上馬，壯士從者十餘人，胡騎數千追之；猶羽至東城廼有二十八騎，漢騎追者數千人也。陵便衣獨步出營，猶項羽夜起飲帳中也。陵太息曰：兵敗死矣，曰天明坐受縛矣；猶羽自度不得脫也。軍使言將軍威振匈奴，天命不遂；猶羽自言身七十餘戰，所當者破，所擊者服，未嘗敗北，今卒困于此，此天之亡我也。軍吏勸陵求道徑還歸，陵曰公止，吾不死，非壯士也，及無面目報陛下云云；猶烏江亭長勸羽渡江，羽曰天之亡我，我何渡爲，且籍與江東子弟八千人渡江而西，今無一人還，縱江東父兄憐而王我，我何面目見之云云也。陵抵大澤葭葦中，猶羽至陰陵迷失道陷大澤中也。其尤似者力戰之勇，孟堅敍陵以少繫衆曰擊殺千人，曰斬首三千餘級，曰復殺千人，曰復傷殺虜二千餘人，皆陵五千人所手刃；猶史公敍羽曰，大呼馳下，漢軍皆披靡，遂斬漢一將，曰復斬漢一都尉，殺數十百人，曰獨籍所殺漢軍數百人。羽令騎下馬步行，持短兵接戰；陵則徒斬車輻而持之，軍吏持尺刀。羽謂其騎曰吾爲公取彼一將；陵則止左右毋隨我，大丈夫一取單于耳。羽有美人名虞，悲歌慷慨；陵則軍中有女子，鼓聲不起。其他管敢具告陵軍無後救，射矢且盡，單于大喜；似韓信使人間覘陳餘，知不用廣武君策，信大喜。陵居谷中，虜在山上，一段，似孫臏引龐涓入馬陵道時。陵縱火自救，發連弩射單于，單于遮道攻陵，四面矢如雨下，疾呼曰，李陵韓延年趣降；龐涓追孫臏時亦言舉火，言萬弩夾道而伏，言萬弩俱發，言斬樹白而書之曰龐涓死於此樹之下，又其不僅以項羽本紀者矣。」

又云：「班孟堅王貢兩龔鮑傳，首先歷舉古來自潔之士，次歷舉當時清名之士，以爲王吉龔發端，傳中插入邴漢邴曼容等傳，末復旁及諸淸名之士，此班書之規模史記孟荀列傳者。」

一四〇

第五節　經學家之散文

漢自武帝崇尚儒術，通經之士日衆，漢之能文者幾于無不通經，今論其犖犖大者董仲舒劉向二人，以爲代表焉。

漢書董仲舒傳，「董仲舒，廣川人也。少治春秋。孝景時爲博士。下帷講誦，弟子傳以久次相授業，或莫見其面，蓋三年不窺田園，其勤如此。進退容止，非禮不行，學士皆師尊之。武帝即位，舉賢良文學之士，前後百數，而仲舒對賢良策焉。」一百三家集有董膠西集一卷。

賢良策對一

制曰•朕獲承至尊休德•傳之亡窮•而施之罔極•任大而守重•是以夙夜不皇康寧•永惟萬事之統•猶懼有闕•故廣延四方之豪俊•郡國諸侯•公選賢良修絜博習之士•欲聞大道之要•至論之極•今子大夫褎然爲舉首•朕甚嘉之•子大夫其精心致思•朕垂聽而問焉•蓋聞五帝三王之道•改制作樂•而天下洽和•百王同之•當虞氏之樂•莫盛於韶•於周莫盛於勺•聖王已沒•鐘鼓筦弦之聲未衰•而大道微缺•陵夷至虖桀紂之行•王道大壞矣•夫五百年之間•守文之君•當塗之士•欲則先王之法•以戴翼其世者甚衆•然猶不能反•日以仆滅•至後王而後止•豈其所持操或誖繆而失其統與•固天降命不可復反•必推之於大衰而後息與•烏虖•凡所爲屑屑夙興夜寐•務法上

古者又將無補與．三代受命．其符安在．災異之變．何緣而起．性命之情．或夭或壽
．或仁或鄙．習聞其號．未燭厥理．伊欲風流而令行．刑輕而姦改．百姓和樂．政事
宣昭．何修何飭而膏露降．百穀登．德潤四海．澤臻草木．三光全．寒暑平．受天之祜
．享鬼神之靈．德澤洋溢．施虖方外．延及羣生．子大夫明先聖之業．習俗化之變．終
始之序．講聞高誼之日久矣．其明以諭朕．科別其條．勿猥勿并．取之於術．愼其所
出．迺其不正不直．不忠不極．枉於執事．書之不洩．興於朕躬．毋悼後害．子大夫
其盡心．靡有所隱
．朕將親覽焉．

仲舒對曰．陛下發德音．下明詔．求天命與情性．皆非愚臣之所能及也．臣謹案春秋
之中．視前世已行之事．以觀天人相與之際．甚可畏也．國家將有失道之敗．而天迺
先出災害以譴告之．不知自省．又出怪異以警懼之．尚不知變．而傷敗迺至．以此
見天心之仁愛人君而欲止其亂也．自非大亡道之世者．天盡欲扶持而全安之．事在
彊勉而已矣．彊勉學問．則聞見博而知益明．彊勉行道．則德日起而大有功．此皆可使還
至而立有效者也．詩曰．夙夜匪解．書云．茂哉茂哉．皆彊勉之謂也．道者所繇適於
治之路也．仁義禮樂皆其具也．故聖王已沒．而子孫長久．安寧數百歲．此皆禮樂教
化之功也．王者未作樂之時．迺用先王之樂宜於世者．而以深入教化於民．教化之情
不得．雅頌之樂不成．故王者功成作樂．樂其德也．樂者所以變民風．化民俗也．其變
民也易．其化人也著．故聲發於和而本於情．接於肌膚．臧於骨髓．故王道微缺．而筦
弦之聲未衰也．夫虞氏之不為政久矣．然而樂頌遺風．猶有存者．是以孔子在齊．而
聞韶也．夫人君莫不欲安存而惡危亡．然而政亂國危者甚衆．所任者非其人．而所繇
者非其道．是以政日以仆滅也．夫周道衰於幽厲．非道亡也．幽厲不繇也．至於宣王
思昔先王之德．興滯補弊．明文武之功業．周道粲然復興．詩人美之而作．上天祐之．
為生賢佐．後世稱誦．至今不絕．此夙夜不解行善之所致也．孔子曰．人能弘道．非
道弘人也．故治亂廢興在於已．非天降命不可得反．其所操持誖謬．失其統也．臣

聞天之所大奉使之王者·必有非人力所能致·而自至者·此受命之符也·天下之人同
心歸之·若歸父母·故天瑞應誠而至·書曰白魚入於王舟·有火復於王屋·流爲烏·此
蓋受命之符也·周公曰·復哉復哉·孔子曰·德不孤·必有鄰·皆積善累德之效也·
及至後世·淫佚衰微·不能統理羣生·諸侯背畔·殘賊良民·以爭壤土·廢德教而任刑
罰·刑罰不中·則生邪氣·邪氣積於下·怨惡畜於上·上下不和·則陰陽繆盭·而妖
孽生矣·此災異所緣而起也·臣聞命者天之令也·性者生之質也·情者人之欲也·或
天或壽·或仁或鄙·陶冶而成之·不能粹美·有治亂之所生·故不齊也·孔子曰·君
子之德風也·小人之德草也·草上之風必偃·故堯舜行德·則民仁壽·桀紂行暴則民
鄙夭·夫上之化下·下之從上·猶泥之在鈞·惟甄者之所爲·猶金之在鎔·惟冶者之
所鑄·綏之斯俫·動之斯和·此之謂也·臣謹案春秋之文·求王道之端·得之於正·
正次王·王次春·春者天·之所爲也·正者王之所爲也·其意曰·上承天之所爲·而
下以正其所爲正·正道之端云爾·然則王者欲有所爲·宜求其端於天·天道之大者在
陰陽·陽爲德·陰爲刑·刑主殺而德主生·是故陽常居大夏而以生育養長爲事·陰常
居大冬而積於空虛不用之處·以此見天之任德不任刑也·天使陽出布施於上而主歲功
·使陰入伏於下而時出佐陽·陽不得陰之助亦不能獨成歲終·陽以成歲爲名·此天意
也·王者承天意以從事·故任德教而不任刑·刑者不可任以治世·猶陰之不可任以成
歲也·爲政而任刑不順於天·故先王莫之肯爲也·今廢先王德教之官·而獨任執法之
吏治民·毋迺任刑之意與·孔子曰·不教而誅謂之虐·虐政用於下·而欲德教之被四
海·故難成也·臣謹案春秋謂一元之意·一者萬物之所從始也·元者辭之所謂大也·
謂一爲元者·視大始而欲正本也·春秋深探其本·而反自貴者始·故爲人君者正心以
正朝廷·正朝廷以正百官·正百官以正萬民·正萬民以正四方·四方正·遠近莫敢不
壹於正·而亡有邪氣奸其間者·是以陰陽調而風雨時·羣生和而萬民殖·五穀孰而草
木茂·天地之間被潤澤而大豐美·四海之內·聞盛德而皆徠臣·諸福之物·可致之祥
·莫不畢至·而王道終矣·孔子曰·鳳鳥不至·河不出圖·吾已矣夫·自悲可致此物

而身卑賤不得致也·今陛下貴為天子·富有四海·居得致之位·操可致之勢·又有能致之資·行高而恩厚·知明而意美·愛民而好士·可謂誼主矣·然而天地未應·而美祥莫至者·何也·凡以教化不立·而萬民不正也·夫萬民之從利也·如水之走下·不以教化隄防之·不能止也·是故教化立而姦邪皆止者·其隄防完也·教化廢而姦邪並出·刑罰不能勝者·其隄防壞也·古之王者明於此·是故南面而治天下·莫不以教化為大務·立太學以教於國·設庠序以化於邑·漸民以仁·摩民以誼·節民以禮·故其刑罰甚輕·而禁不犯者·教化行而習俗美也·聖王之繼亂世也·播除其迹而悉去之·復修教化而崇起之·教化已明·習俗已成·子孫循之·行五六百歲尚未敗也·至周之末世·大為亡道·以失天下·秦繼其後·獨不能改·又益甚之·重禁文學·不得挾書·棄捐禮誼·而惡聞之·其心欲盡滅先聖之道·而顓為自恣苟簡之治·故立為天子十四歲而國破亡矣·自古以來·未嘗有以亂濟亂·大敗天下之民·如秦者也·其遺毒餘烈·至今未滅·使習俗薄惡·人民嚚頑·抵冒殊扞·熟爛如此之甚者也·孔子曰·腐朽之木不可彫也·糞土之牆不可圬也·今漢繼秦之後·如朽木糞牆矣·雖欲善治之·亡可奈何·法出而姦生·令下而詐起·如以湯止沸·抱薪救火·愈甚亡益也·竊譬之琴瑟不調·甚者必解而更張之·迺可鼓也·為政而不行·甚者必變而更化之·迺可理也·當更張而不更張·雖有良工·不能善調也·當更化而不更化·雖有大賢不能善治也·故漢得天下以來·常欲善治而至今不可善治者·失之於當更化而不更化也·古人有言曰·臨淵羨魚·不如退而結網·今臨政而願治·七十餘歲矣·不如退更化·更化則可善治·善治則災害日去·福祿日來·詩云·宜民宜人·受祿於天·為政而宜於民者·固當受祿於天·夫仁義禮知信·五常之道·王者所當修飭也·五者修飭·故受天之祐·而享鬼神之靈·德施於方外·延及羣生也·

陳澧東塾讀書記云：「董生之學，深邃者在春秋及陰陽之說，其大有功於世者，則班固所云切當世，施朝廷者也。班氏云：自武帝初立，魏其武安侯爲相，而隆儒矣，及仲舒對策，推明孔氏，抑黜百家，立學校之言，州郡舉茂材孝廉，皆仲舒發之。澧謂孔子孟子，不能行其道於天下，至董生乃能施之發之。」

石遺室論文云：「漢代文章，世稱賈茂董醇。茂盛也，卽樹木枝葉暢茂之意，賈生之策論，根本盛大，枝葉扶疏，茂不難解也。董之醇在何處乎？均是此意此言，在他人言之透露，而董言之含蓄；他人言之激烈，而董言之委婉，不肯求其簡捷。三策原以災異作主，而第一篇開口曰以觀天人相與之際，曰天盡欲扶持而安全之，曰事在彊勉而已矣，曰可使還至而立有效者也，皆說得親切近情。曰非道亡也，幽厲不繇也，曰非天降命不可得反其所操持誖謬失其統也，委婉中又說得鄭重，視天難諶命靡常者較親切矣。曰刑罰不中，則生邪氣云云，曰天任德不任刑，曰陽不得陰之助云云，曰故先王不肯爲也，皆頗有至理。曰四方正遠近莫敢不一於正而亡有邪氣奸其間者，則煞句頗峭，以其上正心以正朝廷各句已堂堂正正說之，此處正收太平，故反足一句；又足以陰陽調，風雨時，至王道終矣一段，以鼓舞修德之心，文氣可謂厚矣；又反足以鳳鳥不至，至不得致也數句，厚之至也。曰自古以來未嘗有以亂濟亂大敗天下之民如秦者也，文氣已足矣；又重之曰，其遺毒餘烈，至今未滅，使習俗薄惡，人民囂頑抵冒殊扞熟爛如此之甚者也，皆文氣之厚處；又肯說多餘話，而說來不討厭，使人動聽，如人君莫不欲安存而惡危亡云云是也。」

漢書楚元王傳云：向字子政，本名更生，年十二，以父德任爲郞。旣冠，以行修飭擢爲諫大夫。一百三家集有劉子政集一卷。今錄其諫起昌陵疏如下：

諫起昌陵疏

臣聞易曰・安不忘危・存不忘亡・是以身安而國家可保也・故賢聖之君・博觀終始・窮極事情・而是非分明・王者必通三統・明天命所授者博・非獨一姓也・孔子論詩・至於殷士膚敏・祼將于京・喟然歎曰・大哉・天命・善不可不傳于子孫・是以富貴無常・不如是則王公其何以戒愼・民萌何以勸勉・蓋傷微子之事周・而痛殷之亡也・雖有堯舜之聖・不能化丹朱之子・雖有禹湯之德・不能訓末孫之桀紂・自古及今・未有不亡之國也・・昔高皇帝既滅秦・將都雒陽・感寤劉敬之言・自以德不及周・而賢于秦・遂徙都關中・依周之德・因秦之阻・世之長短以德爲效・故常戰慄・不敢諱亡・孔子所謂富貴無常・蓋謂此也・・孝文皇帝居霸陵・北臨廁・意悽愴悲懷・顧謂羣臣曰・嗟乎・以北山石爲槨・用紵絮斮陳・漆其間・豈可動哉・張釋之進曰・使其中有可欲・雖錮南山猶有隙・使其中無可欲・雖無石槨・又何慼焉・夫死者無終極・而國家有廢興・故釋之之言爲無窮計也・孝文寤焉・遂薄葬不起山墳・易曰・古之葬者厚衣之以薪・藏之中野・不封不樹・後世聖人易之以棺槨・棺槨之作・自黃帝始・黃帝葬於橋山・堯

帝濟陰・邱隴皆小・葬具甚微・舜葬蒼梧・二妃不從・禹葬會稽・不改其列・殷湯無葬處・文武周公葬于畢・秦穆公葬于雍橐泉宮祈年館下・樗里子葬于武庫・皆無邱隴之處・此聖帝明王賢君智士遠覽獨慮無窮之計也・其賢臣孝子亦承命順意而薄葬之・此誠奉安君父忠孝之至也・夫周公武王弟也・葬兄甚微・孔子葬母于防・稱古墓而不墳・曰丘東西南北之人也・不可不識也・爲四尺墳・遇雨而崩・弟子修之・以告孔子・孔子流涕曰・吾聞之古者不修墓・蓋非之也・延陵季子適齊而反・其子死・葬于嬴博之間・穿不及泉・斂以時服・封墳掩坎・其高可隱・而號曰・骨肉歸復于土・命也・魂氣則無不之也・夫嬴博去吳・千有餘里・季子不歸葬・孔子往觀曰・延陵季子于禮合矣・故仲尼孝子・而延陵慈父・舜禹忠臣・周公弟弟・其葬君親骨肉皆微薄矣・非苟爲儉・誠便于體也・宋桓司馬爲石槨・仲尼曰・不如速朽・秦相呂不韋集知略之士・而造春秋・亦言薄葬之義・皆明于事情者也・逮至吳王闔閭・違禮厚葬・十有餘年・越人發之・及秦惠文武昭嚴襄五王・皆大作邱隴・多其瘞藏・咸盡發掘暴露・甚足悲也・秦始皇帝葬于驪山之河・下錮三泉・上崇山墳・其高五十餘丈・周回五里有餘・石槨爲游館・人膏爲燈燭・水銀爲江海・黃金爲鳧雁・珍寶之臧・機械之變・棺槨之麗・宮館之盛・不可勝原・多殺宮人・生薶工匠・計以萬數・天下苦其役而反之・驪山之作未成・而周章百萬之師至其下矣・項籍燔其宮室營宇・往者咸見發掘・其後牧兒亡羊・羊入其鑿・牧者持火照求羊・失火燒其藏椁・自古及今・葬未有盛如始皇者也・數年之間・外被項籍之災・內罹牧豎之禍・豈不哀哉・是故德彌厚者葬彌薄・知愈深者葬愈微・無德寡知・其葬愈厚・邱隴彌高・宮廟甚麗・發掘必速・由是觀之・明暗之效・葬之吉凶・昭然可見矣・周德既衰而奢侈・宣王賢而中興・更爲儉宮室・小寢廟・詩人美之・斯干之詩是也・上章道宮室之如制・下章言子孫之衆多也・及魯嚴公刻飾宗廟・多築臺囿・後嗣再絕・春秋刺焉・周宣如彼而昌・魯秦如此而絕・是則奢儉之得失也・陛下即位・躬親節儉・始營初陵・其制約小・天下莫不稱賢明・及徙昌陵・增埤爲高・積土爲山・發民墳墓・積以萬數・營起邑居・期日迫卒・功

費大萬百餘・死者恨于下・生者愁于上・怨氣感動陰陽・因之以飢饉・物故流離・以十萬數・臣甚惛焉・以死者為有知・發人之墓・其害多矣・若其無知・又安用大・謀之賢知則不說・以示衆庶則苦之・若苟以說愚夫淫侈之人・又何為哉・陛下慈仁篤美甚厚・聰明疏達蓋世・宜弘漢家之德・崇劉氏之美・光昭五帝三王・而顧與暴秦亂君競為奢侈・・比方邱隴・說愚夫之目・隆一時之觀・違賢知之心・亡萬世之安・臣竊為陛下羞之・惟陛下上覽明聖黃帝堯舜禹湯文武周公仲尼之制・下觀賢知穆公延陵樗里張釋之之意・孝文皇帝去墳薄葬・以儉安神・可以為則・秦昭始皇・增山厚藏・以侈生害・足以為戒・初陵之橅・宜從公卿大臣之議・以息衆庶・

石遺室論文云：「劉向論起昌陵疏，首段言自古無不亡之國，厚葬無益，可謂敢言，以一唱三歎，極有風神。其警語云：王者必通三統，明天命所授者博，非獨一姓也。又云：雖有堯舜之聖，不能化丹朱之子；雖有禹湯之德，不能訓末孫之桀紂。自古及今，未有不亡之國也。次段歷舉古來薄葬之人，皆有特識，亦以淡宕之筆出之。其警語云：夫死者無終極，而國家有廢興，故釋之之言（張釋之對漢文帝曰，使其中有可欲，雖錮南山猶有隙，使其中無可欲，雖無石槨，又何感焉）為無窮計也。又云：此聖帝明王賢君智士遠覽獨慮無窮之計也。其賢臣孝子亦承命順意而薄葬之，此誠奉安君父忠孝之至也。三段乃詳言厚葬之害，以甚足悲也，豈不哀哉，分兩次作煞筆，亦出以唱歎。末段始反復總以痛切之言，其警語云：是故德彌厚者葬彌薄，知愈深者葬愈微；無德寡知，其葬愈厚，邱隴彌高，宮廟甚麗，發掘必速。由是觀之，明暗之效，葬之吉凶，昭然可見矣。又云：陛下始營初陵，其制約小，天下莫不稱賢明；及徙昌陵，增埤爲高，積土爲山，發民墳墓，積以萬數；以死者爲有知，發人之墓，其害多矣；若其無知，又焉用大？謀之賢知則不說，以示衆庶則苦之，若苟以說愚夫淫侈之人，又何爲哉？子政文章，筆皆平實，此篇獨多姿態。」

董劉之文，其根據經術，剴切深厚如此。桂嘗謂漢之散文，可分四大派，一辭賦派，二經世派，三經術派，四史學派，其餘可爲附庸而已。辭賦派以司馬相如楊雄爲宗，其後流而爲駢文，後世古文家韓退之時或宗之；經世派以賈誼鼂錯爲魁，其流而爲駢文者陸宣公爲最，後世古文家三蘇等宗之；經術派以董仲舒劉向爲首，而後世古文家李翺曾鞏王安石輩宗之；史學家以司馬遷班固爲祖，而後世古文家韓退之歐陽修之徒，多宗司馬氏。

此外公孫宏匡衡亦以經術爲文，若京房翼奉李尋等雖經學專家，而散文非其所長矣，至於東漢無一不文以經術焉。

第六節　訓詁派之散文

西漢經學家之於經也，大抵通大義，不事章句，如賈董劉向楊雄之徒皆是也。至東漢儒者，遂爲之一變，事章句，工訓詁，如鄭興鄭衆賈逵馬融鄭玄之徒是也。西漢儒者求通大義，故多工文；東漢儒者局促于訓詁，故尠能文者；惟馬融之辭賦，最爲富麗，足以上方楊班而已。今略論鄭玄許愼二家，以見一斑焉。

後漢書鄭玄傳云：「玄字康成，北海高密人也。少爲鄉嗇夫，得休歸，常詣學官，不樂爲吏，父數怒之，不能禁；遂造太學受業，師事京兆第五元。先始通京氏易，公羊春秋，三統曆，九章算術。又從東郡張恭祖受周官、禮記、左氏春秋、韓詩、古文尚書。以山東無足問者，乃西入關因涿郡盧植，師事扶風馬融。融門徒四百餘人升堂進者五十餘生。融素驕貴，玄在門下，三年不得見乃使高業弟子傳受於玄。玄日夜尋誦，未嘗怠倦，會融集諸生考論圖緯，聞玄善算，乃召見於樓上。玄因從質諸疑義，問畢辭歸，融喟然謂門人曰：鄭生今去，吾道東矣。玄自遊學十餘年乃歸鄉里。家貧，客耕東萊，學徒相隨已數百千人。及黨事起，乃與同郡孫嵩等四十餘人俱被禁錮，遂隱脩經業，杜門不出。時任城何休好公羊學，遂著公羊墨守、左氏膏肓、穀梁廢疾。玄乃發墨守，鍼膏肓，起廢疾。休見而歎曰：「康成入吾室，操吾矛以伐我乎？初中興之後，范升陳元李育賈逵之徒，爭論古今學，後馬融答北地太守劉瓌，及玄答何休，義據通深，由是古學遂明。」今錄其戒子書如下：

戒子益恩

吾家舊貧·不爲父母昆弟所容·去廝役之吏·游學周秦之都·往來幽并兗豫之域·獲觀乎在位通人·處逸大儒·得意者咸從捧手·有所授焉·遂博稽六藝·粗覽傳記·時睹祕書緯術之奧·年過四十·乃歸供養·假田播殖·以娛朝夕·遇閹尹擅勢·坐黨禁錮·十有四年·而蒙赦令·舉賢良方正有道·辟大將軍三司府·公車再召·比牒併名·早爲宰相·惟彼數公·懿德大雅·克堪王臣·故宜式序·吾自忖度·無任於此·但念述先聖之元意·思整百家之不齊·亦庶幾以竭吾才·故聞命罔從·而黃巾爲害·萍浮南北·復歸邦鄉·入此歲來·已七十矣·宿業衰落·仍有失誤·案之禮典·便合傳家·今我告爾以老·歸爾以事·將閒居以安性·覃思以終業·自非拜國君之命·問族親之憂·展敬墳墓·觀省野物·胡嘗扶杖出門乎·家事大小·汝一承之·咨爾煢煢一夫·曾無同生相依·其勖求君子之道·研鑽勿替·敬慎威儀·以近有德·顯譽成於僚友·德行立於己志·若致聲稱·亦有榮於所生·可不深念邪·可不深念邪·吾雖無紱冕之緒·頗有讓爵之高·自樂以論贊之功·庶不遺後人之羞·末所憤憤者·徒以亡親墳壟未成·所好群書·率皆腐敝·不得於禮堂寫定·傳與其人·日西方暮·其可圖乎·家今差多於昔·勤力務時·無恤飢寒·菲飲食·薄衣服·節夫二者·尚令吾寡恨·

若忽忘不識•亦已焉哉•

後漢書儒林傳云：「許愼字叔重，汝南召陵人也。性淳篤，少博學經籍，馬融常推敬之。時人爲之語曰：五經無雙許叔重。爲郡功曹，舉孝廉，再遷除洨長，卒于家。初愼以五經傳說臧否不同，於是撰爲五經異義，又作說文解字十四篇，皆傳於世。」今錄其說文解字敍於後：

說文解字敍

敍曰•古者庖犧氏之王天下也•仰則觀象於天•俯則觀法於地•視鳥獸之文•與地之宜•近取諸身•遠取諸物•於是始作易八卦•以垂憲象•及神農氏結繩爲治•而統其事•庶業其繁•飾僞萌生•黃帝之史倉頡•見鳥獸蹏迒之迹•知分理之可相別異也•初造書契•百工以乂•萬品以察•蓋取諸夬•夬揚于王庭•言文者宣敎明化於王者朝廷•君子所以施祿及下•居德明忌也•倉頡之初作書•蓋依類象形•故謂之文•其後形聲相益•卽謂之字•文者物象之本•字者言孳乳而寖多也•著於竹帛謂之書•書者如也•以迄五帝三王之世•改易殊體•封于泰山者七十有二代•靡有同焉•周禮八歲入小學•保氏敎國子•先以六書•一曰指事•指事者視而可識•察而見意•二二是也•二曰象形•象形者畫成其物•隨體詰詘•日月是也•三曰形聲•形聲者以事爲名•取譬相成•江河是也•四曰會意•會意者比類合誼•以見指撝•武信是也•五曰轉注•轉注者建類一首•同意相受•考老是也•六曰假借•假借者本無其字•依聲託事•令長是也•及宣王大史籀著大篆十五篇•與古文或異•至孔子書六經•左丘明述春秋傳•皆以古文•厥意可得而說•其後諸侯力政•不統於王•惡禮樂之害己•而皆去其典籍•分爲七國•田疇異畮•車涂異軌•律令異灋•衣冠異制•言語異聲•文字異形•

秦始皇帝初兼天下・丞相李斯乃奏同之・罷其不與秦文合者・斯作倉頡篇中車府令趙高作爰歷篇・大史令胡母敬作博學篇・皆取史籀大篆・或頗書改・所謂小篆者也・是時秦燒經書・滌除舊典・大發吏卒興戍役・官獄職務繁・初有隸書・以趣約易・而古文由此絕矣・自爾秦書有八體・一曰大篆・二曰小篆・三曰刻符・四曰蟲書・五曰摹印・六曰署書・七曰殳書・八曰隸書・漢興有草書・尉律學僮十七已上・始試・諷籀書九千字・乃得爲史・又以八體試之・郡移大史幷課・最者以爲尚書史・書或不正・輒舉劾之・今雖有尉律・不課・小學不修・莫達其說久矣・孝宣皇帝時・召通倉頡讀者張敞從受之・涼州刺史杜業・沛人爰禮・講學大夫秦近・亦能言之・孝平皇帝時・徵禮等百餘人・令說文字未央廷中・以禮爲小學元士・黃門侍郎揚雄采以作訓纂篇・凡倉頡已下十四篇・凡五千三百四十字・群書所載・略存之矣・及亡新居攝・使大司空甄豐等校文書之部・自以爲應制作・頗改定古文・時有六書・一曰古文・孔子壁中書也・二曰奇字・卽古文而異者也・三曰篆書・卽小篆・四曰左書・卽秦隸書・秦始皇帝使下杜人程邈所作也・五曰繆篆・所以摹印也・六曰鳥蟲書・所以書幡信也・壁中書者・魯恭王壞孔子宅而得禮記尚書・春秋論語孝經・又北平侯張蒼獻春秋左氏傳・郡國亦往往於山川得鼎彝・其銘卽前代之古文・皆自相似・雖叵復見遠流・其詳可得略說也・而世人大共非訾・以爲好奇者也・故詭變正文・鄉壁虛造不可知之書・變亂常行・以燿於世・諸生競逐說字解經誼・稱秦之隸書爲倉頡時書・云父子相傳・何得故易・乃猥曰馬頭人爲長・人持十爲斗・蟲者屈中也・廷尉說律・至以字斷法・苛人受錢・苛之字止句也・若此者甚衆・皆不合孔氏古文・謬於史籀・俗儒鄙夫・翫其所習・蔽所希聞・不見通學・未嘗覩字例之條・怪舊藝而善野言・以其所知爲祕妙・究洞聖人之微恉・又見倉頡篇中幼子承詔・因曰古帝之所作也・其辭有神僊之術焉・其迷誤不諭・豈不悖哉・書曰・予欲觀古人之象・言必遵修舊文而不穿鑿・孔子曰・吾猶及史之闕文・今亡矣夫・蓋非其不知而不問・人用已私・是非無正・巧說邪辭・使天下學者疑・蓋文字者經藝之本・王政之始・前人所以垂後・後人所以識古・故曰

本立而道生·知天下之至嘖而不可亂也·今敍篆文·合以古籀·博采通人·至於小大信而有證·稽譔其說·將以理羣類·解謬誤·曉學者·達神指·分別部居·不相雜廁也·萬物咸覩·靡不兼載·厥誼不昭·爰明以諭·其偁易孟氏·書孔氏·詩毛氏·禮周官春秋左氏論語·孝經·皆古文也·其於所不知·蓋闕如也··

康成之文，信筆而書，甚不費力，近於自然派之散文，爲後來陶淵明一派所宗。叔重之文，鏤心鐫腎，頗近駢文。東漢訓詁家之散文，以二子爲最傑出矣。

第七節　碑文家之散文

兩漢金石家之文，多不著譔者姓名，蓋古例也。然其文極渾厚朴茂，唐韓愈碑文，最爲後世稱頌，而不知多本於漢碑也。漢金文如盤銘等多屬韻文，今不錄。惟碑則有銘有敍，銘雖韻文，而敍文則散文也。故今略錄一二，以見其爲周秦金石文之流變焉。

漢碑用字固多俗體，以其爲隸變也。然時亦多存古字，且緣般周鐘鼎文字之例，多用通假字，故讀漢碑不特可見文體之流變，且可以見字體之流變焉。

國三老袁君碑

君諱良・字厚卿・陳國扶樂人也・厥先舜苗・世爲封君・周之興・虞閼父典陶正・嗣滿爲陳侯・至玄孫濤塗・初氏父字・立姓曰袁・當僖公四年爲大夫・哀十一年・頗爲司徒・其卞或適齊楚・而袁生□獨留陳・當秦之亂・隱居河洛・高祖破項・實從其籍・天下既定・還宅扶樂・孝武征和三年・生曾孫幹・斬賊公先勇・拜黃門郎・封關內侯・食遺鄉六百戶・後錫金紫・僖脩城之鄉・幹薨・子經嗣・經薨・子山嗣・傳國三世・至王莽而絕・君即山之曾孫・纘神明之洪族・資天德之清則・惇綜易詩・而悅禮樂・舉孝廉郎中・謁者・將作大匠・丞相令・廣陵太守・討江賊張路等・威震徐方・謝病歸家・孝順初政・杳□□白・三府舉君・徵拜議郎・符節令・時元子光博平令・中子饗尚書郎・少子璋謁者・詔賜□□可父事・寵司以君父子俱列三臺・夫人結髮・上爲三老・使者持節安車・親□几杖之尊・袒割之養・君實饗之・後拜梁相・帝御九龍毀・引君對觀・與飯酒・賜飲宴・册曰・頃者運過遷害・災條備至・陰陽不和・寒暑不節・昔孔子制義・承奉則有與盛之福・慢期即致來告之變・朕以妙身・爲裁繼業・二九之戒・今直其際・圖記占□・慎在藩國・自先帝至德・猶有七國之謀・蓋治世者不諱其難・朕追維社稷之重・恐有交會諸國王侯・開導以驕滿之漸・令姦邪因緣生恩・相以顯選・簡練內升・昔掌荷竟・惠撫我民・故進拔授・不問助矣・典郡職重・親執經緯・隱括在手・往者王室發縱於平陽・清約藩輔・其節衎然・忠臣之義・有獻善去香・其加精微・測切防絕・朕疾心以戒・今特賜錢十萬・雜繒三十匹・玉貝劍珮・者乃・纏文印衣・無極手巾・各一・往悉乃心・勉崇協同・使宜數上・君子曰・儷賢之寵・於斯盛矣・宰縣治郡・無民不思・載八十五・以病致仕・永建六年二月戊辰卒・居罔室廬・殯于假館・昔行父平仲・小國之卿・其儉猶稱・況漢大夫・父子同升・而無環堵・不遺在明實錄之時・使前喆孤名・而君獨立・於是厥孫衛尉潞・司徒掾弘圖・遹刊石作銘・其辭曰・飛清邈・紛其麗・跨高山・鋪雲際・作帝父・拔塗臧・登華龍・眺天空・酌不揮・凱以邁・民被澤邦畿乂・才本德・曜其碣・圖煌煌・數萬世・

郎中鄭君碑

君諱因・字伯堅・著君元子也・含中和之淑質・履上仁之清操・孝友著乎・閨門・至行
立乎鄉黨・初受業於歐陽・遂窮・究于典籍・膺游夏之文學・襲冉季之政事・窮冠・仕
郡吏・諸曹掾史・主簿・督郵・五官掾・功曹・入則腹心・出則爪牙・忠以衛上・清
以自脩・犯顏謇愕・造膝佹辭・・加以好成・方類・推賢達善・逡遁退讓・當世以此服之
・犂后珍瑋・以為儲舉・先屈計掾・奉我方貢・請眇冠乎髦彥・・德能簡乎聖心・延熹
元年二月十九日・詔拜郎中・非其好也・以疾錮辭・未滿期限・從其本規・乃遭凶愍
・年廿二・[illegible]四月廿四日・遭命隕身・痛如之何・先是君大男孟子・有揚烏之才・善
性形於岐嶷・□[illegible]見於垂髦・年七歲而天・大君夭・人所共哀也・故建兆共域・配食斯
壇・以慰考妣之心・琦瑤延以為至德不紀・則鐘鼎奚銘・・昔姬國嗣武・弟述其兄・綜
極微・猷行於幾陋・猷曷敢忘・乃刊石以旌遺芳・其辭曰・於惟郎中・宜天生德・顯親
謙弟・虔恭竭力・致我義方・導我禮則・傳宣孔業・作世模則・從政事上・忠以自勖
・貫計王臨・濟夏歸服・帝用嘉之・顯拜殊特・將從雅意・色斯自得・乃遭氣災・隕
命顛沛・家失所怙・國亡忠直・附哭誰訴・印嘰號告・嗟嗟孟
子・茜而弗毓・奉我元兄・修孝罔極・魂而有靈・亦歆斯勸・

吾嘗謂金石文實可謂為純粹之美術文，金石字亦可謂純粹之美術字，蓋欲藉此以壽世者也。西漢以前之金石文多不著姓名，多不見於各家之專集，以當時尚無集也。故今於周秦與兩漢之金石文特為專章以論之。

吳闓生云：「文章之事，以金石刻為最重，其體亦最難。自退之韓氏外，殆莫有能為之者。柳州猶不失法度。至歐公而後，則盡篋古初，率意自爲，名爲誌銘，筆勢與他文無異。三蘇不喜爲碑刻，世亦知其不工。於是獨歐公碑銘至多，而尤擅大名。吾嘗謂歐公所爲碑文，皆論序傳狀類耳，實於金石體裁無與。夫文各有體要，今序書傳而用箴頌，作章奏而仿歌詩，可乎？歐公銘志之文，何以異是。嗚乎，法之不明也久矣。兒時讀韓文，喜其鷙剏瑰奇，以爲退之偉才，故獨闢蹊徑如是，後來者所當步趨而莫外也。及觀蔡中郎集，乃知碑刻之體，剏自中郎；退之特踵其法爲之，未嘗立異，顧其才高，遂乃出奇無窮耳。後得洪文惠所輯漢碑刻，益詫爲平生所未見，反覆研誦，彌月不能去手。乃知漢人碑頌，其高文至多，崇閎儁偉，非中郎一家所能概，而退之不能出其範圍。中郎雖負盛名，亦因當時風氣而爲之，非其特剏者，而金石之文固而導源於此也。蓋三代以上，銘功德於彝鼎，其詞尚簡，今存者雖多而不盡可識；石刻之文，惟岐陽之鼓，後世亦未能盡解，顧其體可意而知也。秦皇倔起，褒功立石，皆丞相斯爲之，原本雅頌，一變而爲金石之體，法律森嚴，足以範圍百世；後儒或以爲破除詩書，自我作古者非也。事未有無法而可以自立者，彼李斯寧獨異哉？繼斯而作者則孟堅燕然山銘，皆軒天拔地，壁立萬仞；豈獨二子才雄，抑金石之作，其道固若是也。碑銘如於東漢，作者不盡知其何人，要皆遵遁成軌，製作瑋異，其氣其辭，與三代彝鼎石鼓秦皇刻石肹鑾相通，無支離隔絕之誚，所存今不可多見，見者莫不光氣烱然，皆天地之鴻寶也。論者不察，輒病東漢靡弱，謂其氣萎然而盡，是豈可謂知言乎？曹氏代漢，相去未幾，所爲大饗乎禪諸碑，皆當時朝廟鉅典，而氣既剽輕，詞亦窳陋，良由操丕否德，亦篡逆之朝，執筆者固無弘毅之士也。自是以降，六朝碑志陳陳相因，一流於駢儷浮冗，無可觀覽，至退之而後起衰振懦，夐絕前載，而規橅意度，則一秉東漢之遺，可覆按也。今學者皆知韓文之奇，而於漢代諸碑熟視若無覩焉；譬如敬人之子孫，而忘其父祖可乎？」

第三章　爲文學而文學時代之散文

漢魏之際

第一節　總論

文心雕龍時序篇云：「自哀平陵替，光武中興，深懷圖讖，頗略文華。然杜篤獻誄以免刑，班彪參奏以補令，雖非旁求，亦不遐棄。及明帝疊耀，崇愛儒術，肄禮璧堂，講文虎觀，孟堅珥筆於國史，賈逵給札于瑞頌，東平擅其懿文，沛王振其通論，帝則藩儀，輝光相照矣。自安和已下，迄至順桓，則有班傅三崔，王馬張蔡，磊落鴻儒，才不時乏，而文章之選，存而不論。然中興之後，羣才稍改前轍，華實所附，斟酌經辭；蓋歷政講聚，故漸靡儒風者也。降及靈帝，時好辭製，造羲皇之書，開鴻都之賦；而樂松之徒，拓集淺陋；故揚賜號爲驩兜，蔡邕比之俳優，其餘風遺文，蓋蔑如也。自獻帝播遷，文學蓬轉；建安之末，區宇方輯；魏武以相王之尊，雅愛詩章；文帝以副君之重，妙善辭賦；陳思以公子之豪，下筆琳琅；並體貌英逸，故俊才雲蒸。仲宣委質於漢南，孔璋歸命於河北，偉長從宦於青土，公幹狥質於海隅，德璉綜其斐然之思，元瑜展其翩翩之樂，文蔚休伯之儔，于叔德祖之侶，傲雅觴豆之前，雍容衽席之上，灑筆以成酣歌，和墨以藉談笑。觀其時文，雅好慷慨，良由世積亂離，風衰俗怨，並志深而筆長，故梗概而多氣也。至明帝纂戎，制詩度曲，徵篇章之士，置崇文之觀，何劉羣才，迭相照耀。少主相仍，唯高貴英雅，顧盼合章，動言成論。于時正始餘風，篇體輕澹，而稽阮應繆，並馳文路矣。」劉師培謂此篇述東漢三國文學變遷，至爲明晰，誠學者所宜參考也。

劉師培云：「東漢之文，均尚和緩，其奮筆直書，以氣運詞，實自禰衡始。鸚鵡賦序謂衡因爲賦，筆不停輟，文不加點，知他文亦然。是以漢魏文士，多尚騁辭，或慷慨高厲，或溢氣坌涌，（孔融薦禰衡語）此皆衡文開之先也。」（孔融引禰衡文即以此啓，故融之所作，多范伯喈，惟薦衡表則效衡體，與他篇文氣不同，）劉說固是。然亦本於文心雕龍。神思篇云：「相如含筆而腐毫，楊雄輟翰而驚夢，桓譚疾感於苦思，王充氣竭於思慮，張衡研京以十年，左思練都以一紀，雖有巨製，亦思之緩也。淮南崇朝而賦騷，枚皋應召而成賦，子建援牘如口誦，仲宣舉筆似宿構，阮瑀據鞌而制書，禰衡當食而草奏，雖有短篇，亦思之速也。」彥和所舉捷速諸人，多屬建安者，可見西漢遲緩之文，至漢末而一變矣。

又云：「建安文學，革易前型，遷蛻之由，可得而說。兩漢之世，戶習七經，雖及子家，必緣經術。魏武治國，頗雜刑名，文體因之，漸趨清峻，一也；建武以還，士民秉禮，迨及建安，漸尚通侻，侻則侈陳哀樂，通則漸藻玄思，二也；獻帝之初，諸方棋峙，乘時之士，頗慕縱橫，騁詞之風，肇專於此，三也；又漢之靈帝，頗好俳詞，（見楊賜蔡邕等傳）下習其風，益尚華靡，雖迄魏初，其風未革，四也。」

又云：「文心雕龍諸書，或以魏代文學與漢不異，不知文學變遷，因自然之勢，魏文與漢不同者蓋有四焉。書檄之文，騁詞以張勢，一也；論說之文，漸事校練名理，二也；奏疏之文，質直而屏華，三也；詩賦之文，益事華靡，多慷慨之音，四也。凡此四者，概與建安以前有異，此則研究者所當知也。」（中古文學史）劉氏此論最精。蓋文章之體，各有所宜，至此時而辨別始嚴。魏文帝典論文云：「夫文本同而末異，蓋奏議宜雅，書論宜理，銘誄尚實，詩賦欲麗，此四科不同，故能之者偏也。」

兩漢之世，專欲爲文人者，惟辭賦家耳，若著散文者，則以奏疏爲最工，此則以政教爲本，而非專欲爲文者也。故兩漢之世，尚未至於爲文學而文學時代。迄乎曹魏，則文學之風始大盛，故論文之篇，子桓子建均有作製，非崇尚文學，曷克臻此？以是之故，詩賦之外，宜文宜質，亦極有體裁矣。

第二節　三曹之散文

沈約宋書謝靈運傳云：「三祖陳王，咸蓄盛藻，甫乃以情緯文，以文被質。」三祖者武帝操，文帝丕，明帝叡也。陳王者，陳思王植也。四人之中，以操丕及植爲優。

曹操　字孟德，沛國譙人，舉孝廉爲郎，黃巾起拜騎都尉，歷官至丞相，由魏國公晉封王，諡曰武，子丕受漢碑禪，尊爲太祖武皇帝。魏志曰：「漢末天下大亂，豪雄並起，而袁紹虎視四州，彊盛莫敵。太祖運籌演謀，鞭撻宇內，擥申商之法術，該韓白之奇策，官方授材，各因其器，矯情任算，不念舊惡，總御皇機，克成洪業者，惟其明略最優也，抑可謂非常之人，超世之士矣。」申商韓白二語，可以見魏武之學術，即可以見魏武之文章，亦足以觀漢魏之際之文風矣。魏武之四言詩，既籠罩一切，於三百篇外獨樹一幟，非漢人步趨三百篇者所能及，其散文亦雄偉悲壯，虎步百代。一百三家集有魏武帝集一卷。

讓縣自明本志令

孤始舉孝廉・年少・自以本非巖穴知名之士・恐爲海內人之所見凡愚・欲爲一郡守・好作政教・以建立名譽・使世士明知之・故在濟南・始除殘去穢・平心選舉・違迕諸常侍・以爲彊豪所忿・恐致家禍・故以病還・去官之後・年紀尚少・顧視同歲中・年有五十・未名爲老・內自圖之・從此卻去二十年・待天下淸・乃與同歲中始舉者等耳・故以四時歸鄉里・於譙東五十里・築精舍・欲秋夏讀書・冬春射獵・求底下之地・欲以泥水自蔽・絕賓客往來之望・然不能得如意・後徵爲都尉・遷典軍校尉・意遂更欲爲國家討賊立功・欲望封侯作征西將軍・然後題墓道・言漢故征西將軍曹侯之墓・此其志也・而遭値董卓之難・・興舉義兵・是時合兵能多得耳・然常自損・不欲多之・・所以然者・多兵意盛・與彊敵爭・倘更爲禍始・故汴水之戰數千・後還到揚州更募・・亦復不過三千人・此其本志有限也・後領兗州・破降黃巾三十萬衆・又袁術僭號於九江・下皆稱臣・名門曰建號門・衣被皆爲天子之制・兩婦預爭爲皇后・志計已定・人有勸術使遂卽帝位・露布天下・答言曹公尙在・未可也・後孤討禽其四將・獲其人衆・遂使術窮亡解沮・發病而死・及至袁紹據河北・兵勢彊盛・孤自度勢・實不敵之・但計投死爲國・以義滅身・足垂於後・幸而破紹・梟其二子・又劉表自以爲宗室・包藏奸心・乍前乍卻・以觀世事・據有荆州・孤復定之・遂平天下・身爲宰相・人臣之貴以極・意望已過矣・今孤言此・若爲自大・欲人言盡・故無諱耳・設使國家無有孤・不知當幾人稱帝・幾人稱王・或者人見孤彊盛・又性不信天命之事・恐私心相評・言有不遜之志・妄相忖度・每用耿耿・齊桓晉文・所以垂稱至今日者・以其兵勢廣大・猶能奉事周室也・論語云・三分天下有其二・以服事殷・周之德・可謂至德矣・夫能以大事小也・昔樂毅走趙・趙王欲與之圖燕・樂毅伏而垂泣・對曰・臣事昭王・猶事大王・臣若獲戾・放在他國・沒世然後已・不忍謀趙之徒隸・況燕後嗣乎・胡亥之殺蒙恬也・恬曰・自吾先人及至子孫・積信於秦三世矣・今臣將兵三十餘萬・其勢

足以背叛・然自知必死而守義者・不敢辱先人之教・以忘先王・孤每讀此二人書・未嘗不偪然流涕也・孤祖父以至孤身・皆當親重之任・可謂見信者矣・以及子植兄弟・過於三世矣・孤非徒對君說此也・常以語妻妾・皆令深知此意・孤謂之言・顧我萬年之後・汝曹皆當出嫁・欲令傳道我心・使他人皆知之・孤此言皆肝鬲之要也・所以勤勤懇懇・敘心腹者・見周公有金縢之書以自明・恐人不信之・故然・欲孤便爾委捐所典兵衆・以還執事・歸就武平侯國・實不可也・何者・誠恐已離兵爲人所禍也・既爲子孫計・又已敗則國家傾危・是以不得慕虛名而處實禍・此所不得爲也・前朝恩封三子爲侯・周辭不受・今更欲受之・非欲復以爲榮・欲以爲外援・爲萬安計・孤聞介推之避晉封・申胥之逃楚賞・未嘗不舍書而歎・有以自省也・奉國威靈・仗鉞征伐・推弱以克彊・處小而禽大・意之所圖・動無違事・心之所慮・何向不濟・遂蕩平天下・不辱主命・可謂天助漢室・非人力也・然封兼四縣・食戶三萬・何德堪之・江湖未靜・不可讓位・至於邑土・可得而辭・今上還陽夏柘苦三縣戶二萬・但食武平萬戶・且以分損謗議・少減孤之責也・

曹丕　字子桓，武帝太子，仕漢爲五官中郎將，操歿，嗣爲丞相，魏王受漢禪，改元黃初，薨諡曰文。

魏志云：「帝好文學，以著述爲務，自所勒成垂百篇。又傳諸儒撰集經傳，隨類相從，凡千餘篇，號曰皇覽。」又曰：「文帝天資文藻，下筆成章，博聞彊識，才藝兼該。」一百三家集有魏文帝集一卷。

自敍

初平之元・董卓殺主鴆后・蕩覆王室・是時四海既困中平之政・兼惡卓之凶逆・家家思亂・人人自危・山東牧守・咸以春秋之義・衞人討州吁于濮・言人人皆得討賊・于

是大興義兵・名豪大俠・富室強族・飄揚雲會・萬里相赴・兗豫之師・戰于滎陽・河內之甲・軍于孟津・卓遂遷大駕・西都長安・而山東大者連郡國・中者嬰城邑・小者聚阡陌・以還相吞併・會黃巾盛于海岱・山寇暴于并冀・乘勝轉攻・席卷而南・鄉邑望煙而奔・城郭睹塵而潰・百姓死亡・暴骨如莽・余時年五歲・上以四方擾亂・教余學射・六歲而知射・又教余騎馬・八歲而能騎射矣・以時之多難・故每征・余常從・建安初・上南征荊州・至宛・張繡降・旬日而反・亡兄孝廉子修・從兄安民遇害・時余年十歲・乘馬得脫・夫文武之道・各隨時而用・生于中平之季・長于戎旅之間・是以少好弓馬・于今不衰・逐禽輒十里・馳射常百步・日多體健・心每不厭・建安十年・始定冀州・濊貊貢良弓・燕代獻名馬・時歲之暮春・句芒司節・和風扇物・弓燥手柔・草淺獸肥・與族兄子丹獵于鄴西終日・手獲麞鹿九・雉兔三十・後軍南征・次曲蠡・尚書令荀彧奉使犒軍・見余談論之末・彧言聞君善左右射・此實難能・余言執事未覩夫項發口縱・俯馬蹄而仰月支也・彧喜・笑曰・乃爾・余曰・埒有常徑・的有常所・雖每發輒中・非至妙也・若夫馳平原・赴豐草・要狡獸・截輕禽・使弓不虛彎・所中必洞・斯則妙矣・時軍祭酒張京在坐・顧彧拊手曰善・余又學擊劍・閱師多矣・四方之法各異・唯京師為善・桓靈之間・有虎賁王越善斯術・稱于京師・河南史阿言昔與越遊・具得其法・余從阿學之精熟・嘗與平虜將軍劉勳・奮威將軍鄧展等共飲・宿聞展善有手臂・曉五兵・又稱其能空手入白刃・余與論劍良久・謂言將軍法・非也・余顧嘗好之・又得善術・因求與余對・時酒酣耳熱・方食甘蔗・便以為杖・下殿數交・三中其臂・左右大笑・展意不平・求更為之・余言吾法急屬・難相中面・故齊臂耳・展言願復一交・余知其欲突以取交中也・因偽深進・展果尋前・余卻腳鄛・正截其顙・坐中驚視・余還坐・笑曰・昔陽慶使淳于意去其故方・更授以秘術・今余亦願鄧將軍捐棄故伎・更受要道也・一坐盡歡・夫事不可自謂己長・余少曉持復・自謂無對・俗名雙戟為坐鐵室・鑲楯為蔽木戶・後從陳國袁敏學・以單攻複・每為若神・對家不知所出・告曰・若逢敏于狹路・直決耳・余于他戲弄之事少所喜・唯彈棊略盡其巧・

少為之賦・昔京師先工有馬合鄉侯・東方安世・張公子・常恨不得與彼數子者對・上雅好詩書文籍・雖在軍旅・手不釋卷・每定省從容・常言人少好學則思專・長則善忘・長大而能勤學者唯吾與袁伯業耳・余是以少誦詩論・及長而備歷五經四部・史漢諸子・百家之言・靡不畢覽・所著書論詩賦凡六十篇・至若智而能愚・勇而能怯・仁以接物・恕以及下・・以付後之良史・・

子桓文修飭安閑，與乃父之憤筆疾書，作風大別矣。他如典論論文，與吳質等書，尤為清麗卓約，吾嘗以謂魏文帝之詩文，與王右軍之書法，可同類共賞。

曹植　字子建，丕弟，年十歲餘，誦讀詩論及辭賦數十萬言，善屬文。太祖嘗視其文，謂植曰：汝倩人邪？植跪曰：言出為論，下筆成章，顧當面試，奈何倩人？時鄴銅爵臺新成，太祖悉將諸子登臺，使各為賦，植援筆立成可觀。太祖甚異之。黃初三年進侯為鄄城王，徙封東阿，又封陳，謚曰思。涵芬樓四部叢刊影印明活字曹子建集十卷。

籍田說

春耕於籍田・郎中令侍寡人為・顧而謂之曰・昔者神農氏始嘗萬草・教民種植・今寡人之與此田・・將欲以擬平治國・・非徒娛耳目而已也・夫營疇萬畝・厥田上下・經以大陌・帶以橫阡・奇柳夾路・名果被園・宰農實堂・是謂公田・此亦寡人之封疆也・日珍沒而歸館・晨未昕而即野・此亦寡人之先下也・穀蘋特疇・禾黍異田・此亦寡人之

理政也•及其息泉涌•庇重陰•懷有虞•無素琴•此亦寡人之所樂也•幽蕙荃蘅•
植之近嗜•此亦寡人之所親賢也•刺桑臭蔚•棄之乎遠疆•此亦寡人之所遠佞也•若
年豐歲登••果茂菜盛，則
臣伎小大••咸取驗焉•
封人有能以輕擊修鉤•去樹之蝎者•樹得以茂繁•中舍人曰•不識治天下者亦有蝎者
乎•寡人告之曰•昔三苗共工鯀驩兜•非堯之蝎歟•曰•諸侯之國•亦有蝎乎•寡
人告之曰•齊之諸田•晉之六卿•魯之三桓•非諸侯之蝎歟•然三國•無蝎鑿修鉤之•任
•終於齊篡晉弱•晉國以分•不亦痛乎•曰••不識爲君子者亦有蝎乎•寡人告之曰•
國有之也•宮而慢••貴而驕•殘仁賊義•甘財悅色•此亦君子之蝎也••天子勤耘•以
牧一國•大夫勤耘••以收世祿•君子勤耘•以顯令德••夫農者始於種••終於穫•澤既
時矣•苗既美矣•穢而不耘•則故爲荒嗜•
蓄豐年者期於必收•譬修道亦期於成身也•
夫凡人之爲圃•各植其所好焉•好甘者植乎薺•好苦者植乎荼
•好香者植乎蘭•好辛者植乎蓼•至於寡人之圃•無不植也•

此寓言之文，上承莊列，而秦漢已少見之；後世古文家，韓柳亦嘗爲之，柳宗元所爲，尤與子建爲近。

第三節　建安七子之散文

魏文帝典論論文云：「今之文人，魯國孔融文舉，廣陵陳琳孔璋，山陽王粲仲宣，北海徐幹偉長，陳留阮瑀元瑜，汝南應瑒德璉，東平劉楨公幹，斯七子者于學無所遺，于辭無所假，咸以自騁驥騄於千里，仰齊足而並馳，以此相服，亦良難矣。」又云：「王粲長于辭賦，徐幹時有齊氣，然粲之匹也。如粲之初征登樓槐賦征思，幹之玄猿漏卮圓扇橘賦，雖張蔡不過也。然于他文，未能稱是。琳瑀之章表書記，今之雋也。應瑒和而不壯。劉楨壯而不密。孔融體氣高妙，有過人者，然不能持論，理不勝詞，以至乎雜以嘲戲，及其所善，楊班儔也。」又與吳質書云：「觀古今文人，類不護細行，鮮能以名節自立，而偉長獨懷文抱質，恬淡寡欲，有箕山之志，可謂彬彬君子者矣；著中論二十餘篇，成一家之言，辭意典雅，足傳于後，此子為不朽矣。德璉常斐然有述作之意，其才學足以著書，美志不遂，良可痛惜。間者歷覽諸子之文，對之抆淚，既痛逝者，行自念也。孔璋章表殊健，微為繁富。公幹有逸氣，但未遒耳。其五言詩之善者妙絕時人。元瑜書記翩翩，致足樂也。仲宣獨自善於辭賦，惜其體弱，不足起其文；至於所善，古人無以遠過。昔伯牙絕絃於鍾期，仲尼覆醢於子路，痛知音之難遇，傷門人之莫逮；諸子但為未及古人，自一時之雋也。」曹植與楊德祖書亦曰：「昔仲宣獨步於漢南，孔璋鷹揚於河朔，偉長擅名於青土，公幹振藻於海隅，德璉發跡於此魏，足下高視於上京，當此之時，人人自謂握靈蛇之珠，家家自謂抱荊山之玉，吾王於是設天網以該之，頓八紘以掩之，今悉集茲國矣。然此數子，猶復不能飛軒絕跡，一舉千里。以孔璋之才，不閑於辭賦，而多自謂能與司馬長卿同風。譬畫虎不成，反爲狗也。前書嘲之，反作論盛道僕讚其文。夫鍾期不失聽，于今稱之，吾亦不能妄歎者，畏後世之嗤余也。」觀此三篇所論，則七子之作風可知矣。七子者，典論所列孔融、陳琳、王粲、徐幹、阮瑀、應瑒、劉楨，後人所號爲建安七子者也。

孔融　字文舉，孔子二十世孫。少有俊才，獻帝時爲北海相，立學校，表儒術，尋拜大中大夫。性寬容少忌，喜誘益後進，及退閑職，賓客日盈其門。常歎曰：坐上客常滿，尊中酒不空，吾無憂矣。融聞人之善若出諸己，言有可採，必演而成之；面告其短，而退稱所長；薦賢達士，多所獎進；知而未言，以爲己過。故海內英俊，皆信服之。爲曹操所忌，被誅。一百三家集有孔少府集一卷。

王粲　字仲宣，山陽高平人。獻帝西遷，粲徙長安，左中郎將蔡邕見而奇之。時邕學顯著，貴重朝廷，常車騎塡巷，賓客盈坐；聞粲在門，倒屣迎之；粲至，年旣幼弱，容狀短小，一坐盡驚。邕曰：此王公孫也，有異才，吾不如也；吾家書籍文章，盡當與之。粲善屬文，舉筆便成，無所改定，時人常以爲宿構。一百三家集有王侍中集一卷。

徐幹　字偉長，北海人，爲司空軍謀祭酒掾屬，五官將文學。

陳琳　字孔璋，廣陵人，前爲何進主簿；避難冀州，袁紹使典文章；袁氏敗，歸太祖。一百三家集有陳記室集一卷。

阮瑀　字元瑜，陳留人。少受學於蔡邕。建安中都護曹洪欲使掌書記，瑀不爲屈。太祖並以琳瑀爲司空軍謀祭酒管記室，軍國書檄多琳瑀所作也。一百三家集有阮元瑜集一卷。

應瑒　字德璉，汝南人。一百三家集有應德璉集一卷。

劉楨　字公幹，東平人。瑒楨被太祖辟爲丞相掾屬。瑒轉爲平原侯庶子，後爲五官將文學。一百三家集有劉公集一卷。

七子之散文，自以孔融爲最高，魏文稱爲氣體高妙，誠可當之而無媿；王粲次之；陳琳又次之；餘則難以伯仲矣。

汝潁優劣論　　孔融

汝南戴子高親止千乘萬騎•與光武皇帝共揖於道中•潁川士雖抗節•未有頡頏天子者也•汝南許子伯•與其友人共世俗將壞•因夜起•舉聲號哭•潁川士雖[illegible]憂時•未有能哭世者也•汝南許掾教太守鄧晨圖開稻陂•灌數萬頃•累世獲其功•夜有火光之瑞•韓元長雖好地理•未有成功見效如許掾者也•汝南張元伯身死之後•見夢范巨卿••潁川士雖有奇異•未有鬼神能譴者也•汝南應世叔讀書五行俱下•潁川士雖多聰明•未有能離婁並照者也•汝南李洪爲太尉掾•弟殺人當死•洪自劾•詣闕乞代弟命•便欲斂而死•弟用得全•潁川士雖尚節義•未有能殺身成仁如洪者也•汝南翟文仲爲東郡太守•始舉義兵以討王莽•潁川士雖疾惡•未有能破家爲國者也•汝南袁公著爲甲科郎中•上書欲治梁冀•潁川士雖襄忠謀•未有能投命直言者也•

爲劉荊州與袁譚書

王粲

天降災害•禍難殷流•初交殊族•卒成同盟•使王室震蕩•彝倫攸斁•是以智達之士•莫不痛心入骨•傷時人不能相忍也•然孤與太公•志同願等•雖楚魏絕邈•山河迴遼•戮力乃心•共獎王室•使非族不干吾盟•異類不絕吾好•此孤與太公無貳之所致也•功績未卒•太公殂隕•賢胤承統•以繼洪業•宜奕世之德•履丕顯之祚•摧嚴敵於鄴都•揚休烈於朔土•顧定疆宇•虎視河外•凡我同盟•莫不景附•何悟青蠅飛於羣旅•無忌游於二壘•使股肱分成二體•胸脅絕爲異身•初聞此問•尙謂不然•定聞信來•乃知閼伯實沈之忿已成•棄親即疑之計已決•旃旆交於中原•暴尸累於城下•聞之哽咽•若存若亡•昔三王五伯•下及戰國•君臣相弑•父子相殺•兄弟相殘•親戚相滅•蓋時有之•然或欲以成王業•或欲以定霸功•皆所謂逆取順守•而徼富強於一世也•未有棄親即異•兀其根本•而能全軀長世者也•昔齊襄公報九世之讐•士匄卒荀偃之事•故春秋美其義•君子稱其信•夫伯游之恨於齊•未若太公之忿於曹也•宣子之臣承業•未若仁君之繼統也•且君子違難不適讐國•交絕不出惡聲•況忘先人

之讎·棄親戚之好·而爲萬世之戒·遺同盟之恥哉·蠻夷戎狄·將有誚讓之言·況我族類·而不痛心邪·夫欲立竹帛於當時·全宗祀於一世·豈宜同生分謗·爭校得失乎·若冀州有不弟之傲·無慚順之節·仁君當降志辱身以濟事爲務·事定之後·使天下平其曲直·不亦爲高義邪·今仁君見憎於夫人·未若鄭莊之於姜氏·昆弟之嫌·未若重華之於象傲·然莊公卒從大隧之樂·象傲終受有鼻之封·願捐棄百痾·追攝舊義·復爲母子昆弟如初·今整勒士馬·瞻望鵠立·

諫何進召外兵

陳琳

易稱即鹿無虞·諺有掩目捕雀·夫微物尚不可欺以得志·況國之大事·其可以詐立乎·今將軍總皇威·握兵要·龍驤虎步·高下在心·以此行事·無異於鼓洪爐以燎毛髮·但當速發雷霆·行權立斷·違經合道·天人順之·而反釋其利器·更徵於他·大兵合聚·強者爲雄·所謂倒持干戈·授人以柄·必不成功·祇爲亂階·

諫曹植書

劉楨

家丞邢顒·北土之彥·少秉高節·玄靜澹泊·言少理多·眞雅士也·楨誠不足同貫斯人·並列左右·而楨禮遇殊特·顒反疏簡·私懼觀者·將謂君侯習近不肖·禮賢不足·採庶子之春華·忘家丞之秋實·爲上招謗·其罪不小·以此反側·

要而論之，魏代散文，約分兩派。一曰：悲壯派，此派自魏武開之，陳思繼之，益以富麗；凡王粲陳琳吳質之屬隨之，而皆望塵不及者也；凡六朝陸機徐庾等尙氣勢者均自此出。二曰：淸麗派，此派魏文倡之；凡阮籍繁欽之徒隨之；凡六朝之潛氣內轉，尙氣韻一派，均從此出。

第四節　吳蜀之散文

吳蜀文學，遠不及魏。然蜀之諸葛亮，有前後出師表，實千古最有名之文字。吳文之爲人傳誦者，則幾於無有。唯有韋曜之博奕論，與諸葛恪與丞相陸遜書等不過數篇而已。

諸葛亮　字孔明，琅琊陽都人，蜀漢丞相，封武鄉侯。蜀志云：「亮性長於巧思，損益連弩，木牛流馬，皆出其意；推衍兵法，作八陣圖，咸得其要；教言書奏多可觀，別爲一集。」一百三家集有諸葛亮丞相集三卷。

諸葛恪　字元遜，瑾長子也。孫權嘗問恪曰：卿父與叔父（諸葛亮）孰賢？對曰：臣父爲優。權問其故。對曰：臣父知所事，叔父不知。爲吳撫越將軍，領丹陽太守，拜大傅。

前出師表　　諸葛亮

臣亮言・先帝創業未半・而中道崩殂・・今天下三分・・益州疲弊・此誠危急存亡之秋也・然侍衞之臣・不懈於內・・忠志之士・・忘身於外者・・蓋追先帝之殊遇・欲報之於陛下也・誠宜開張聖聽・以光先帝遺德・・恢宏志士之氣・・不宜妄自菲薄・引喻失義・以塞忠諫之路也・宮中府中・俱爲一體・・陟罰臧否・不宜異同・若有作姦犯科・及爲忠善

者・宜付有司・論其刑賞・以昭陛下平明之治・不宜偏私・使內外異法也・侍中侍郎郭攸之・費禕・董允等・此皆良實・志慮忠純・是以先帝簡拔以遺陛下・愚以爲宮中之事・事無大小・悉以諮之・然後施行・必能裨補闕漏・有所廣益・將軍向寵・性行淑均・曉暢軍事・試用於昔日・先帝稱之曰能・是以衆議舉寵爲督・愚以爲營中之事・事無大小・悉以諮之・必能使行陳和穆・優劣得所也・親賢臣・遠小人・此先漢所以興隆也・親小人・遠賢臣・此後漢所以傾頹也・先帝在時・每與臣論此事・未嘗不歎息痛恨於桓靈也・侍中尚書長史參軍・此悉貞亮死節之臣也・願陛下親之信之・則漢室之隆・可計日而待也・臣本布衣・躬耕於南陽・苟全性命於亂世・不求聞達於諸侯・先帝不以臣卑鄙・猥自枉屈・三顧臣於草廬之中・諮臣以當世之事・由是感激・遂許先帝以驅馳・後值傾覆・受任於敗軍之際・奉命於危難之間・爾來二十有一年矣・先帝知臣謹慎・故臨崩寄臣以大事也・受命以來・夙夜憂歎・恐託付不效・以傷先帝之明・故五月渡瀘・深入不毛・今南方已定・兵甲已足・當獎帥三軍・北定中原・庶竭駑鈍・攘除姦凶・興復漢室・還於舊都・此臣之所以報先帝而忠陛下之職分也・至於斟酌損益・進盡忠言・則攸之禕允之任也・願陛下託臣以討賊興復之效・不效則治臣之罪・以告先帝之靈・若無興德之言・則責攸之禕允之告・以彰其慢・陛下亦宜自謀・以諮諏善道・察納雅言・深追先帝遺詔・臣不勝受恩感激・今當遠離・臨表涕泣・不知所云・

與丞相陸遜書

諸葛亮

傷敬叔傳清論・以爲方今人物彫盡・守德業者不能復幾・宜相左右・更爲輔車・上熙國事・下相珍惜・又疾世俗好相謗毀・使已成之器・中有損累・將進之徒・意不歡笑・聞此喟然・誠獨擊節・恐以爲君子不求備於一人・自孔氏門徒・大數三千・其見異者七十二人・至於子張子路子貢等・七十之徒・亞聖之德・然猶各有所短・師辟由

嗟・賜不受命・豈況下此而無所闕・且仲尼不以人所短棄其所長也・加以當今取士・宜寬於往古・何者・時務從橫・而善人單少・國家職司・常苦不克・苟令性不邪惡・志在陳力・便可獎就・淨其所任・若於小小・宜適・私行不足・皆宜闊略・不足纏貲・・且士誠不可纖論苛克・苛克則彼聖賢猶將不全・況其出入者邪・故曰以道望人則難・以人望人則易・賢愚可知・自淡末以來・中國士大夫如許子將望・所以更相謗訕・或至於禍・原其本起・非為大讎・惟坐克己不能盡如禮・而責人專以正義・夫已不如禮則人不服・責人以正義則人不堪・內不服其行・外不堪其責・則不得不相怨・相怨一生・則小人得容其間・得容其間則三至之言・浸潤之譖・紛錯交至・雖使至明至親者處之・猶難以自定・況已為隙・且未能明者乎・是故張陳至於血刃・蕭朱不終其好・本由於此而已・夫不舍小過・纖微相責・久乃至於家戶為怨・一國無復全行之士也・

石遺室論文云：「前出師表中段，的是三國時文字，上變漢京之樸茂，下開六朝之雋爽。其氣韻少能辨之者。此表云：「臣本布衣，躬耕於南陽」至「此臣之所以報先帝而忠陛下之職分也。」悲壯蒼涼，所謂聲情激越矣。三國志注引魏武故事，載建安十五年曹操令云：「孤始舉孝廉，年少欲為一郡守，好作政教，以建立名譽。故在濟南始除殘去穢，進迕諸常侍，以為彊豪所忿，恐致家禍；去官之後，年紀尚少；顧視同歲中年有五十，未名為老，內自圖之，從此卻走二十年，待天下清，乃與同歲中始舉者等耳。故以四時歸鄉里，於譙東五十里築精舍，欲秋夏讀書，冬春射獵，求底下之地，欲以泥水自蔽絕賓客往來之望，然不能得如意。後徵爲都尉，遷典軍校尉，意遂更欲爲國家討賊立功，欲望封侯，作征西將軍，然後題墓道，言漢故征西將軍曹侯之墓，此其志也。而遭值董卓之難，興舉義兵。後領兗州，破降黃巾三十萬衆。又袁術僭號於九江，後孤討禽其四將，獲其人衆，遂使術窮亡解沮，發病而死。及至袁紹據河北，兵勢強盛，幸而破紹，梟其二子。又劉表自以爲宗室，包藏奸心，乍前乍卻，以觀世事，據有荊州，孤復定之。遂平天下，身爲宰相，人臣之貴已極，意望已過矣。設使國家無孤，不知當幾人稱帝？幾人稱王？或者人見孤彊盛，又性不信天命之事，恐私心相評，言有不遜之志，妄相忖度，每用耿耿。齊桓晉文，所以垂稱至今日者，以其兵勢廣大，猶能奉事周室也。論語云：三分天下有其二，以服事殷，周之德可謂至德矣。夫能以大事小也。然欲使孤便爾委捐新典兵衆，以還執事，歸就武平侯國，實不可也。何者？誠恐己離兵，爲人新禍，既爲子孫計，又己敗則國家傾危，是以不得慕虛名而處實禍。」老橫中又時有慷慨悲歌之意。下至孫權，其與曹公牋，亦有「春水方生，公宜速去。足下不死，孤不得安」等語，見吳曆。可見當時文章風氣大同小異如此。

林傳甲云：「蜀漢昭烈帝備，當漢祚已移，擁梁益一隅，稱尊號，規模未備，文物無足稱。後世史臣，每尊蜀漢爲正統者，則因武侯出師表而重也。親賢臣，遠小人，諮諏善道，察納雅言，皆儒者純粹之精語。後出師表所謂漢賊不兩立，王業不偏安，鞠躬盡瘁，死而後已，成敗利害，非所逆覩，非社稷之臣而能若是乎？武侯自知才弱敵強，惟不安於坐以待亡，故冒險進取，光明磊落，可揭以告萬世。孔明將沒，自表後主，言臣死之日，不使內有餘帛，外有盈財，以負陛下。嗚呼，此其所以爲孔明歟？魏臣華歆王朗陳羣諸葛璋各有書與孔明，陳天命人事，欲使舉國稱藩，孔明不報書，作正議，其大義昭於天日矣。」

又云：「江左六朝，建國金陵，阻長江爲天塹，自孫氏始。孫堅蓋孫武之後，其子策始有江左，皆慱戰無前，驍健尚武。策始用文士張紘爲書絕袁術。孫權襲父兄之業，稱帝號，其文筆古雅，貴諸葛瑾之詔，讓孫皎之書，所見皆卓爾不羣。其子孫休繼立爲景帝，其答張布詔曰：孤之涉學，羣書略備，所見不少也。由此觀之，南朝天子好讀書，孫氏實啓之矣。虞翻諫獵書之簡要，駱統理張溫表之詳暢，諸葛恪與丞相陸遜書上孫奮牋之明敏條達，吳人文之可傳者也。吳楚多才，如嚴畯之好說文，闞澤陸績之善曆數，薛綜滑稽，出口成文，亦西蜀秦宓之流亞也。周瑜傳中諫以荊州資劉備疏，薦魯肅疏，皆非完璧，而雄直之氣，略可見也。吳之末造，賀邵諫孫皓書，韋曜之博奕論，華覈請救蜀表，漸近偶儷，亦皆質而不俚，足以自競於漢魏之間。孰謂南朝文士柔弱乎？」

第三編　駢文極盛時代之散文

晉及南北朝

第一章　總論

自西晉至南北朝可謂駢文詩賦極盛時代，亦即爲文學而文學之極盛時代也。晉之著名作家，有陸機、陸雲、潘岳、潘尼、張載、張協、張元、左思。鍾嶸詩品所謂晉太康中三張二陸，兩潘一左，勃爾復興，踵武前王，風流未沫，亦文章之中興也。晉宋之際，則有謝混、陶潛、湯惠休。宋則顏延之、謝靈運、傅亮、范曄、袁淑、謝瞻、謝惠連、謝莊、鮑照。齊則有王儉、王僧虔、王融、謝朓。齊梁之際，則有沈約、范雲、江淹、丘遲、任昉、劉孝綽、劉峻、王筠、柳惲、吳均、何遜。陳則有徐陵、江總之輩。文人之盛，難以更僕數。然自來論六朝文學者，莫不以詩賦駢文爲主而忽其散文。而不知六朝之散文，亦甚有足稱者。且當時文筆分途，晉書蔡謨傳云：「文筆議論，有集行世。」南史顏延之傳：「宋文帝問延之諸子能。延之曰：竣得臣筆，測得臣文。」劉勰文心雕龍云：「今之常言，有文有筆，以爲無韻者筆也，有韻者文也。」梁元帝金樓子云：「至如不便爲詩如閻纂，善爲章奏如伯松，若是之流，泛謂之筆；吟詠風謠，流連哀思者，謂之文。」然則當時之所謂文，猶今人所謂詩賦也；當時所謂筆，猶後人所謂文也。廣義言之，當時之所謂文者，猶後世所謂詩賦駢文也；當時所謂筆者，猶後世所謂散文也。唯當時之五言詩，特爲發達，駢文亦登峯造極，辭賦則由兩漢之板重而變爲雋永，由兩漢之繁富而變清豔，故論西晉六朝之文者，莫不重詩賦而忽其散文焉。

第一節　藻麗派之散文

晉代文家之最尙藻麗而能爲散文者，莫如潘陸。晉書潘岳傳，「岳字安仁，榮陽中牟人也。少以才穎見稱鄉邑，號爲奇童，謂終賈之儔也。」又云：「岳美姿儀，辭藻絕麗，尤善爲哀誄之文。」一百三家集有潘黃門集一卷。又陸機傳云：「陸機字士衡，吳郡人也。身長七尺，其聲如鐘，少有異才，文章冠世，伏膺道術，非禮不動。」又曰：「機天才秀逸，辭藻宏麗，張華嘗謂之曰：人之爲文，常恨才少，而子更患其多。弟雲嘗與書曰：「君苗見兄文，輒欲焚其筆硯。」後葛洪著書，稱機文猶玄圃之積玉，無非夜光焉；五河之吐流，泉源如一焉。其弘麗妍贍，英銳漂逸，亦一代之絕乎？其爲人所推服如此。」四部叢刊影印明正德覆宋本陸士衡文集十卷。

潘陸之文，多屬駢文。然亦有可以入於散文者，茲各錄一篇如下：

閒居賦序　潘岳

岳嘗讀汲黯傳·至司馬安四至九卿·而良史書之以巧宦之目·未嘗不慨然廢書而歎曰·嗟乎·巧誠有之·拙亦宜然·顧常以爲士之生也·非至聖無軌·微妙玄通者·則必立功立事·效當年之用·是以資忠履信以進德·修辭立誠以居業·僕少竊鄉曲之譽·忝司空太尉之命·所奉之主·即太宰魯武公其人也·舉秀才爲郎·逮事世祖武皇帝·爲河陽懷令·尚書郎·廷尉平·今天子諒闇之際·領太傅主簿·府主誅·除名爲民·俄而復官·除長安令·遷博士·未召拜·親疾·輒去官免·自弱冠涉乎知命之年·八徙官而一進階·再免·一除名·一不拜職·遷者三而已矣·雖通塞有遇·抑亦拙者之效也·昔通人和長輿之論余也·固謂拙於用多·稱多則吾豈敢·言拙則信而有徵·方今俊乂在官·百工惟時·拙者可以絕意乎寵榮之事矣·太夫人在堂·有羸老之疾·尚何能違膝下色養·而屑屑從斗筲之役乎·於是覽止足之分·庶浮雲之志·築室種樹·逍遙自得·池沼足以魚釣·舂稅足以代耕·灌園鬻蔬·以供朝夕之膳·牧羊酤酪·以俟伏臘之費·孝乎惟孝·友于兄弟·此亦拙者之爲政也·乃作閒居之賦·以歌事遂情焉·

弔魏武帝文序　陸機

元康八年・機始以臺郎出補著作・游乎祕閣・而見魏武帝遺令・愾然歎息・傷懷者久之・客曰・夫始終者萬物之大歸・生死者性命之區域・是以臨喪殯而後悲・觀陳根而絕哭・今乃傷心百年之際・興哀無情之地・意者無乃知哀之可有・而未識情之可無乎・機答之曰・夫日食由乎交分・山崩起於朽壤・亦云數而已矣・然百姓怪焉者・豈不以資高明之質・而不免卑濁之累・居長安之勢・而終嬰傾離之患故乎・夫以迴天倒日之力・而不能振形骸之內・濟世夷難之智・而受困魏闕之下・已而格乎上下者藏於區區之木・光于四表者翳乎蕞爾之土・雄心摧於弱情・壯圖終於哀志・長算屈於短日・遠迹頓於促路・嗚呼豈特瞽史之異闕景・黔黎之怪頹岸乎・觀其所以顧命家嗣・貽謀四子・經國之略既遠・隆家之訓亦弘・又云・吾在軍中持法是也・至於小忿怒・大過失・不當效也・善乎達人之讜言矣・持姬女而指季豹以示四子・曰・以累汝・因泣下・傷哉曩以天下自任・今以愛子託人・同乎盡者無餘・而得乎亡者無存・然而婉孌房闥之內・綢繆家人之務・則幾乎密與・又曰・吾婕妤妓人・皆著銅爵臺・於臺堂上施八尺牀繐帳・朝晡上脯糒之屬・月朝十五・輒向帳作妓・汝等時時登銅雀臺・望吾西陵墓田・又云・餘香可分與諸夫人・諸舍中無所爲・學作履組賣也・吾歷官所得綬著藏中・吾餘衣裘・可別爲一藏・不能者兄弟可共分之・既而竟分焉・亡者可以勿求・存者可以勿違・求與違不其兩傷乎・悲夫愛有大而必失・惡有甚而必得・智慧不能去其惡・威力不能全其愛・故前識所不用心・而聖人罕言焉・若乃繫情累於外物・留曲念於閨房・亦賢俊之所宜廢乎・於是遂憤懣而獻弔云爾・

此兩文抑塞悲怨，言愈斂而愈情張，其文法純從太史公來；文情之烈，亦後人所難到也。章炳麟謂「雄心摧於弱情，壯圖終於哀志，長算屈於短日，遠跡頓於促路，」云云，雖爲弔文，抑何似謗書也？但燾云：士衡家世在吳，累葉將相，羽翼吳運。士衡以瑚璉俊才，值國滅家喪，不能展用佐時，既以孫皓舉士委魏作辨亡論以著其得失其發憤譏訐武帝，正言若反，非無病而呻也。

第二節　帖學家之散文

吾國美術，莫高於書法。而自古以書法兼文章名者，於周秦莫如李斯；於漢莫如蔡邕；於漢以後莫如王羲之。然李蔡之書存於石刻，凡石刻之文，必爲極矜意之作，與三代鐘鼎之文正復相類；作者書者刻者無不極人工之巧而爲之也。帖學則不然，書者隨意寫之，作者隨意出之，原不期人之刻之也；故其字與文一任天而行，極自然之致，與鐘鼎石刻之文學家適極端相反。吾旣愛人工之巧，而尤愛天然之妙也。故特述此章焉。

兩晉六朝之帖學書家，以王羲之爲最。晉書王羲之傳：「羲之字逸少，幼訥於言，人未之奇；年十三，嘗謁周顗，顗察而異之；及長辯瞻，以骨鯁稱，尤善隸書，爲古今冠。」此所謂隸書，當指楷書也。羲之楷書之最著名者爲樂毅論，行書之最著名者爲蘭亭集序，草書之最著名者爲十七帖。十七帖之文則尤吾所謂任天而行者也。一百三家集有王右軍集二卷。

十七帖 節錄

十七日・先書・郗司馬未去・即日得
足下書為慰・先書以具示復數字・
吾前東・粗足作佳觀・吾為逸民之懷久矣・足下何以
方復及此・似夢中語邪・無緣言面・為歎・書何能悉・
龍保等平安也・謝之甚遲・
見卿舅可耳・至為簡隔也・
知足下行至吳・念違離不可
居・叔當西邪・遲知問・
計與足下別・廿六年於今・雖時書問・不解闊懷・省足下先後二書・但增歎慨・頃積
雪凝寒・五十年中所無・想頃如常・冀來夏秋間・或復得足下問耳・比者悠悠・如何
可
言・
吾復食久・猶為劣劣・大都比之年時・為
復可可・足下保愛為上・臨書但有惆悵・
得足下旃罽胡桃藥二種・知足下至・戎鹽乃要也・是服食所須・知足下謂須服
食・方回近之・未許・吾此志知我者希・此有成言・無緣見卿・以當一笑・
彼所須藥草・
可示當致・
青李來禽櫻桃日給滕・子皆
囊盛為佳・函封多不生・
足下所疏云・此果佳・可為致子・當種之・此種彼胡桃皆生也・吾篤
喜種果・今在田里・唯以此為事・故遠及之・足下致此子者大惠也・

瞻近無緣省苦・但有悲歎・足下小大悉平安也・云卿當來居此・喜遲不可言・想必果・言苦有期耳・亦度卿當不居京・此既避・又節氣佳・是以欣卿來也・此信旨還・具示問・

書足下別疏・具彼土山川諸奇・揚雄蜀都・左太沖三都・殊為不備悉・彼故為多奇・益令其遊目意足也・可得果當告・卿求迎・少足耳・至時示意・遲此期・真以日為歲・想足下鎮彼土・未有動理耳・要欲及卿在彼・登汶領峨眉而旋・實不朽之盛事・但言此・心以馳於彼矣・諸從竝數有問・粗平安・・唯修載在遠・音問不數・懸情司州・疾篤不果西・公私可恨・足下所云・皆盡事勢・吾無間然・諸問・想足下別具・不復一一・

云譙周有孫・高尚不出・今為所在・其人有以副此志不・令人依依・足下具示・

嚴君平司馬相如楊子雲・皆有後不・

此文絕不修飾，而味之雋永，乃古今無兩。惜今閣帖中所存諸帖，悉多斷簡，不能盡句讀耳。然其文亦似有所本。

軍策令

魏武帝

孤先在襄邑・有起兵意・與工師共作卑手刀・時北海孫賓碩來候孤・譏孤曰・當慕其大者・乃與工師共作刀耶・孤答曰・能小復能大・何害・

袁本初鎧萬領・吾大鎧二十領・本初馬鎧三百具・吾不能有十具・見其少・遂不施也・吾遂出奇破之・是時士卒練甲・不與今時等也・

夏侯淵今月賊燒卻鹿角•鹿角去本營十五里•淵將四百兵行鹿角•因使士補之•賊山上望見•從谷中卒出•淵使兵與鬥•賊逐繞出其後•兵退而淵未至•甚可傷•淵本非能用兵也•軍中呼爲白地將軍•爲督帥尚不當親戰•況補鹿角乎•

詔羣臣

魏文帝

三世長者知被服•五世長者知飲食•此言被服飲食非長者不別也•

夫珍玩必中國•夏則縑總綃繐•其白如雪•冬則羅紈綺縠•衣疊鮮文•未聞衣布服葛也•

前後每得蜀錦•殊不相似•比適可訝•而鮮卑尚復不愛也•自吳所織如意•虎頭•連璧錦•亦有金薄•蜀薄•來至洛邑•皆下惡•是爲下工之物•皆有虛名•

江東爲葛•寧可比羅紈綺縠•

前於闐王山習•所上孔雀尾萬枝•文彩五色•以爲金根車蓋•遙望曜人眼目•飲食一物•南方有諺•酢正裂人牙•時有甜耳•

新城孟太守道蜀豬豚雞鶩味皆淡•故蜀人作食•喜著飴蜜•以助味也•

眞定御梨大若拳•甘若蜜•脆若菱•可以解煩釋渴•

南方有龍眼荔枝•寧比西國蒲萄石蜜乎•酢且不如中國•今以荔枝賜將吏•啖之•則知其味薄矣•凡棗•莫若安邑御棗也•

中國珍果甚多•且復爲蒲萄說•當其朱夏涉秋•尚有餘暑•醉酒宿酲•掩露而食•甘而不餶•脆而不酢•冷而不寒•味長汁多•除煩解渴•又釀以爲酒•甘於鞠蘗•善醉

而易醜・道之已流溺咽嚥・況親食之邪・他方之果・寧有匹之者・

魏武父子此等作品，其行文在有意無意之間，疑為右軍之所本也。

晉書謂「羲之雅好服食養性，不樂在京師；初渡浙江，便有終焉之志；會稽有佳山水，名士多居之，謝安未仕時亦居焉，孫綽李充許詢支遁等皆以文義冠世，並築室東土，與羲之同好。嘗與同志宴集於會稽山陰之蘭亭，羲之自為序，以申其志。」今錄其文如下：

蘭亭集序

永和九年・歲在癸丑・暮春之初・會于會稽山陰之蘭亭・修稧事也・羣賢畢至・少長咸集・此地有崇山峻嶺・茂林修竹・又有清流激湍・映帶左右・引以為流觴曲水・列坐其次・雖無絲竹管絃之盛・一觴一詠・亦足以暢敘幽情・是日也・天朗氣清・惠風和暢・仰觀宇宙之大・俯察品類之盛・所以遊目騁懷・足以極視聽之娛・信可樂也・夫人之相與・俯仰一世・或取諸懷抱・悟言一室之內・或因寄所託・放浪形骸之外・雖趣舍萬殊・靜躁不同・當其欣於所遇・暫得於己・快然自足・曾不知老之將至・及其所之既倦・情隨事遷・感慨係之矣・向之所欣・俛仰之閒・以為陳迹・猶不能不以之興懷・況修短隨化・終期於盡・古人云・死生亦大矣・豈不痛哉・每攬昔人興感之由・若合一契・未嘗不臨文嗟悼・不能喻之於懷・固知一死生為虛誕・齊彭殤為妄作・後之視今・亦由今之視昔・悲夫・故列敘時人・錄其所述・雖世殊事異・所以興懷・其致一也・後之覽者・亦將有感於斯文・

此文雖不如十七帖之隨意着筆，然不事文彩，味自雋永也。

石遺室論文云：「六朝間散文之絕無僅有者，不過王右軍陶靖節之作數篇。而右軍蘭亭序，昭明文選及後世諸選本皆不收。論者以爲篇中連用絲竹管絃四字，絲竹卽管絃，爲重複。然此四字實本漢書張禹傳。傳云後堂理絲竹絃管，前人已據而辯之，又引莊子我無糧我無食爲證矣。其實昭明文選，多可訾議，佳篇遺漏者甚多，不足爲憑。其序陶淵明集，指其閑情一賦，以爲白璧微瑕，乃於高唐神女好色洛神諸賦，則無不選入，此何說哉？且題曰閑情，乃言防閑情之所至也。何所用其疵點乎？後世選家不選，殆自謂所選皆有關人心世道之文，合於立德立功之旨。乃歸有光寒花葬誌，自寫與妻婢調笑情狀，頗不莊雅，而姚惜抱選入古文辭類纂，曾滌生選入經史百家雜鈔，謂之何哉？豈知晉代承魏何晏王衍諸人風尚，競務淸談，大概老莊宗旨；右軍雅志高尙，稱疾去郡，誓於父母墓前，與東土人士，窮名山，泛滄海，優游無事，弋釣爲娛，宜其所言，於老莊玄旨變本加厲矣；而此序臨河興感，知一死生爲虛誕，齊彭殤爲妄作，卽仲尼樂行憂違，在川上而有逝者如斯之歎也。世人薰心富貴，顚倒得失，宜其不足以知此。昭明舍右軍而采顏延年王元長二作，則偏重駢麗之故，與平淮西碑舍昌黎而取段文昌者，命意略同也。」

第三節　自然派之散文

晉宋間之文學，最放異彩者爲陶淵明。其詩世多知之；文則駢文家既以其不穠麗而鮮及之，古文家亦以其不矜意而少選之。而不知其雅澹自然之致與其詩無二，不尙修飾，妙合自然，非深於文者不能爲也。原其所祖，則上本匡劉，近祖康成。今錄其與子儼等疏於後：

與子儼等疏

告儼俟份佚佟•天地•賦命•生必•有死•自古聖賢•誰能獨免•子夏有言•死生有命•富貴在天•四友•之人•親受•音旨•發斯談者將非窮•達不可外求•壽夭永無外請故耶•

吾年過五十•少而窮苦•每以家弊•東西遊走•性剛才拙•與物多忤•自量爲己•必貽俗患•僶俛辭世•使汝等幼而飢寒•余嘗感孺仲賢妻之言•敗絮自擁•何慚兒子•

此既一事矣•但恨鄰靡二仲•室無萊婦•抱茲苦心•良獨內愧•少學琴書•偶愛閒靜•開卷有得•便欣然忘食•見樹木交蔭•時鳥變聲•亦復歡然有喜•常言五六月中•

北窗下臥•遇涼風暫至•自謂是羲皇上人•意淺識罕•謂斯言可保•日月遂往•機巧好疏•緬求在昔•眇然如何•疾患以來•漸就衰損•親舊不遺•每以藥石見救•自恐

大分將有限也•汝輩稚小•家貧每役•柴水之勞•何時可免•念之在心•若何可言•然汝等雖不同生•當思四海皆兄弟之義•鮑叔管仲•分財無猜•歸生伍舉•班荊道舊•

鼎·遂能以敗為成·因毀立功·他人尚爾·況同父之人哉·潁川韓元長·漢末名士·身處卿佐·八十而終·兄弟同居·至於沒齒·濟北氾稚春·晉時操行人也·七世同財·家人無怨色·詩曰·高山仰止·景行行止·雖不能爾·至心尚之·汝其愼哉·吾復何言·

石遺室論文曰：『三國六朝散體文可論者甚少。鄭康成本漢末人，至三國尚存，其戒子書中有云：「顯譽成於僚友，德行立於己志，若致聲稱，亦有榮於所生，可不深念邪？可不深念邪？」末云：「家今差多於昔，勤力務時，無恤飢寒，菲飲食，薄衣服，節夫二者，尚令吾寡憾，若忽忘不識，亦已焉哉！」著墨不多，而自親切有味。康成湛深經學，故文字氣息醇茂，不務為峥嶸氣勢，極似西漢匡劉諸作。且此篇乃對子之言，尤貴樸實，自道毫無假飾，在東漢末視蔡中郎孔北海輩之腐廓，迥不相侔矣。晉陶淵明與子儼俟份佚佟疏，筆意頗相近，以其恬退不仕，與世無競同也。兩文前半篇自敍生平，尤為相似，自係陶之著意效鄭，而絕無一字蹈襲處。惟陶作較有詞采中一段云：少學琴書，偶愛閒情，開卷有得，便欣然忘食。見樹木交蔭，時鳥變聲，亦復歡然有喜。常言五六月中，北窗下臥，遇涼風暫至，自謂是羲皇上人。意淺識罕，謂斯言可保。日月遂往，機巧遂疏，緬求在昔，渺然如何？」蓋淵明工詩，故興趣橫生，而又不落纖仄，所以可貴。』

淵明散文之美者倘有五柳先生傳，桃花源記，孟府君傳等。其韵文之佳者則有歸來來辭，士不遇賦，閑情賦。南史隱逸傳云：「陶潛字淵明，或云字深明，名元亮，尋陽柴桑人。少有高志。家貧親老。起爲州祭酒，不堪吏職，少日自解歸。州召主簿，不就。躬耕自資。後爲鎮軍建威參軍，謂親朋曰：聊欲絃歌爲三徑之資可乎？執事者聞之，以爲彭澤令。義熙末，徵爲著作郎，不就。」四部叢刊影印宋巾箱本箋注陶淵明集十卷。淵明自然派之散文，後世惟唐白居易最爲近之。

第四節　論難派之散文

魏晉之間學重名理，故晉儒魯勝已注墨辯。迄於齊梁，佛法益盛，辯難之風更熾。如宋何承天之達性論、報應問、答宗居士書、顧愿定命論等，均論辯精微，無媿名家之作。而范縝之神滅論，沈約之難神滅論，尤爲佳製。公孫龍子而後，僅見之文也。

范縝　南史范縝傳，字子眞，南鄉舞陰人。縝少孤貧，事母孝謹。年未弱冠，從沛國劉瓛學，瓛甚奇之，親爲之冠。在瓛門下積年，恒芒屩布衣，徒行於路。瓛門下多車馬貴游，縝在其間，聊無恥媿。及長博通經術，尤精三禮。性質直，好危言高論，不爲士友所安。唯與外弟蕭琛善，琛名曰口辯，每服緬簡詣。仕齊爲尚書殿中郎。

沈約 字休文，吳興武康人。年十三而遭家難，潛竄會赦乃免。旣而流寓孤貧，篤志好學，晝夜不釋卷。母恐其以勞生疾，常遣減油滅火。而晝之所讀，夜輒誦之。遂博通羣籍，善屬文。仕齊官至司徒左長史征虜將軍南清河南太守。梁高祖在西邸與約游舊，建康城平，引爲驃騎司馬，將軍如故，後以勸進定策功，高祖受禪，封建昌侯，官至侍中少保。一百三家集有沈隱侯集一卷。

神滅論

范縝

或問予云·神滅·何以知其滅也·答曰·神即形也·形即神也·是以形存則神存·形謝則神滅也·問曰·形者無知之稱·神者有知之名·知與無知·即事有異·神之與形·理不容一·形神相即·非所聞也·答曰·形者神之質·神者形之用·是則形稱其質·神言其用·形之與神·不得相異也·問曰·神故非質·形故非用·不得爲異·其義安在·答曰·名殊而體一也·問曰·名旣已殊·體何得一·答曰·神之於質·猶利之於刀·形之於用·猶刀之於利·利之名非刀也·刀之名非利也·然而捨利無刀·捨刀無利·未聞刀沒而利存·豈容形亡而神在·問曰·刀之與利·或如來說·形之與神·其義不然·何以言之·木之質無知也·人之質有知也·人旣有如木之質·而有異木之知·豈非木有一人有二邪·答曰·異哉言乎·人若有如木之質以爲形·又有異木之知以爲神·則可如來論也·今人之質·質有知也·木之質·質無知也·人之質非木質也·木之質非人

質也•安有如木之質•而復有異木之知哉•問曰•人之質所以異木質者•以其有知耳•人而無知•與木何異•答曰•人無無知之質•猶木無有知之形•問曰•死人之形骸•豈非無知之質邪•答曰是無人質•問曰•若然者人果有如木之質•而有異木之知矣•答曰•死者如木而無異木之知•生者有異木之知而無如木之質也•問曰•死者之骨骼•非生之形骸邪、答曰•生形之非死邪•死形之非生形•爲已革矣•安有生入之形骸•而有死人之骨骼哉•問曰•若生者之形骸•非死者之骨骼•非死者之骨骼則應不由生者之形骸、不由生者之死骸則此骨骼從何而至此邪•答曰•是生者之形骸•變爲死者之骨骼也•問曰•生者之形骸•雖變爲死者之骨骼•豈不從生而有死•則知死體猶生體也•答曰•如因榮木變爲枯木•枯木之質•寧是榮木之體•問曰•榮體變爲枯體•枯體卽是榮體•絲體變爲縷體•縷體卽是絲體•有何別焉•答曰•若枯卽是榮•榮卽是枯•應榮時凋零•枯時結實也•又榮木不應變爲枯木•以榮卽枯•無所復變也•榮枯是一•何不先枯後榮•要先榮後枯•何也•絲縷之義•亦同此破•問曰•生形之謝•便應歘然都盡•何故方愛死形•綿歷未已邪•答曰•生滅之體•要有其次故也•夫歘而生者必歘而滅•漸而生者必漸而滅•歘而生者飄驟是也•漸而生者動植是也•有歘有漸•物之理也•問曰形卽是神者•手等亦是神邪•答曰皆是神之分也•問曰若皆是神之分•神既能慮•手等亦應能慮也•答曰•手等亦應能有痛癢之知•而無是非之慮•問曰•慮爲一爲異•答曰•知卽是慮•淺則爲知•深則爲慮•問曰•若爾應有二乎•答曰人體惟一•神何得二•問曰•若不得二•安有痛癢之知•復有是非之慮•答曰如手足雖異•總爲一人•是非痛癢•雖復有異•亦總爲一神矣•問曰•是非之慮•不關手足•當關何處•答曰•是非之慮•心器所主•問曰•心器是五藏之心非邪•答曰是也•問曰•五藏有何殊別•而心獨有是非之慮乎•答曰•七竅亦復何涉•而司用不均•問曰•慮思無方•何以知是心器所主•答曰•五藏各有所司•無有能慮者•是以心爲慮本•問曰•何不寄在眼等分中•答曰•若慮可寄於眼分•何故不寄於耳分邪•問曰•慮體無本•故可寄之眼分•眼目有本•不假寄於他分也•答曰•眼何故有本而慮無本。苟無本於我形。而可偏寄於異地。亦可張甲之情寄王乙之軀。李丙之性。託趙丁之體。然乎哉。不然也。問曰。聖人形猶凡人之形。而有凡聖之殊。故知形神異矣。答曰。不然。金之精者能昭。穢者不能昭。有能昭之精金。寧有不昭之穢質。又豈有聖人之神而寄凡人之器。亦無凡人之神而託聖人之體。是以八采重瞳。勛華之容。龍顏馬口。軒皞之狀。形表之異也。比干之心。七竅列角。伯約之膽。其大若拳。此心器之殊也。是知聖人定分。每絕常區。非惟道革羣生。乃亦形超萬有。凡聖均體。所未敢安。問曰。子云聖人之形必異於凡者。敢問陽貨類仲尼。項籍似大舜。舜項孔陽。智革形同。其故何耶。答曰。珉似玉而非玉。雞類鳳而非鳳。物誠有之。人故宜爾。項陽貌似而非實似。心器不均。雖貌無益。問曰。凡聖之殊。形器不一。可也。貫極理無有二。而丘旦殊姿。湯文異狀。神不係色。於此益明矣。答曰。聖同於心。器形不必同也。猶馬殊毛而齊逸。玉異色而均美。是以晉棘荊和。等價連城。驊騮騄驥。俱致千里。問曰。形神不二。既聞之矣。形謝神滅。理固宜然。敢問經云。爲宗廟以鬼饗之。何謂也。答曰。聖人之教然也。所以從孝子之心。而厲偷薄之意。神而明之。此之謂矣。問曰。伯有被甲。彭生豕見。墳索著其事。寧是設教而已邪。答曰。妖怪茫茫。或存或亡。彊死者衆。不皆爲鬼。彭生伯有。何獨能然。乍爲人豕。未必齊鄭之公子也。問曰。易稱故知鬼神之情狀。與天地相似而不違。又曰。載鬼一車。其義云何。答曰。有禽焉。有獸焉。飛走之別也。有人焉。有鬼也。幽明之別也。人滅而爲鬼。鬼滅而爲人。則未之知也。問曰。知此神滅。有何利用邪。答曰。浮屠害政。桑門蠹俗。風驚霧起。馳蕩不休。吾哀其弊。思拯其溺。夫竭財以赴僧。破產以趨佛。而不恤親戚。以憐窮匱者何。良由厚我之情深。濟物之意淺。是以圭撮涉於貧友。吝情動於顏色。千鍾委於富僧。歡意暢於容發。豈不以僧有多稌之期。友無遺秉之報。務施闕於周急。歸德必於在已。又惑以茫昧之言。懼以阿鼻之苦。誘以虛誕之辭。欣以兜率之樂。故捨逢掖。襲橫衣。廢俎豆。列瓶鉢。家家棄其親愛。人人絕其嗣續。致使兵挫於行間。吏空於官府。粟罄於惰遊。貨殫於泥木。所以姦宄弗勝

・頌聲尚擁・惟此之故・其流莫已・其病無限・若陶甄稟於自然・森羅均於獨化・忽焉自有・怳爾而無・來也不禦・去也不追・乘夫天理・各安其性・小人甘其壟畝・君子保其恬素・耕而食・食不可窮也・蠶而衣・衣不可盡也・下有餘以奉其上・上無爲以待其下・可以全生・可以匡國・可以霸君・用此道也・

難范縝神滅論

沈約

來論云・形即是神・神即是形・又云・人體是一・故神不得二・若如雅論・此二物不得相離・則七竅百體・無處非神矣・七竅之用既異・百體所營不一・神亦隨事而應・則其名亦應隨事而改・神者對形之名・而形中之形・各有其用・則應神中之神・亦應各有其名矣・今舉形則有四肢百體之異・屈伸聽受之別・各有其名・各有其用・言神唯有一名・而用分百體・此深所未了也・若形與神對・片不不蓋・何則形之名多・神之名寡也・若如來論・七尺之神・神則無處無形・形則無處非神矣・刀則唯刃猶利・非刃則不受利名・故刀是舉體之稱・利是一處一目・刀之與利・既不同矣・形之與神豈可妄合邪・刃昔日之刃・今鑄爲劍・劍利即是刀利・而刀形非劍形・於利之用弗改・而質之形已移・與夫前生爲甲・後生爲丙・夫人之道或異・往識之神猶傳・與夫劍之爲刀・刀之爲劍・有何異哉・又一刀之資・分爲二刀・形已分矣・而各有其爲・今取一牛之身而剖之爲兩・則飲齕之生即謝・任重之爲不分・又何得以刀之爲利・譬形之與神邪・來論謂刀之與利，即形之有神・刀則舉體是一利・形則舉體是一神・神用於體則有耳目手足之別・手之用不爲足用・耳之用不爲眼用・而利之爲用・無所不可・亦可齕蛟蛇・亦可截鴻臚・非一處偏可割東陵之瓜・一處偏可割南山之竹・若謂利之爲用・亦可得分・則足可以執物・眼可以聽聲矣・若謂刀背亦有利・兩邊亦有利・但未鍛而銛之耳・利若遷施四方・則利體無處復立・形方形直・並不得施利・利之爲用・正存一邊毫毛處耳・神之與形・舉體若合・又安得同乎・刀若舉體是利・神用隨體則分・若使刀之與利・其理若一・則髀下亦可安眼・背上亦可施鼻可乎・不可也・

若以此譬爲盡邪•則不盡•若謂本不盡邪•則不可以爲譬也•若形卽是神•神卽是形•二者相資•理無偏謝•則神亡之日•形亦應消•而今有知之神亡•無知之形在•此則神本非形•形本非神•又不可得強令如一也•若謂總百體之質謂之形•總百體之用謂之神•今百體各有其分•則眼是眼形•耳是耳形•眼形非耳形•耳形非眼形•則神亦隨百體而分•則眼有眼神•耳有耳神•耳神非眼神•神眼非耳•神也•而歸枯之體•其生已謝•已謝之生•事同木石•譬彼僵尸•永年不朽•此生同滅•生神既滅•生體猶存•形神俱謝•獨所駭惕•若夫二負之尸•經億載而不毀•單開之體•尙餘質於羅浮•神形若合•則此二士•不應神滅而形存也•來論又云•歘而生者•歘而滅者•漸而生者漸而滅者•試借子之衡•以攻子之城•漸而滅謂死者之形骸•始乎無知而至於朽爛也•若然則形之與神本爲一物•形既病矣•神亦告病•形既謝矣•神亦云謝•漸之爲用•應與形俱•形以始亡未朽爲漸•神獨不得以始未爲漸邪•來論又云•生者之形骸•變爲死者之骨骼•按如來論•生之神明•生之形骸•既化爲骨骼矣•則生之神明•獨不隨形而化乎•若附形而化•則應與形同體•若形骸卽是骨骼•則死之神明•不得異生之神既矣•向所謂死•定自未死也•若形骸非骨骼•則生神化爲死神•生神化爲死神•卽是三世•安謂其不滅哉•神若隨形•形既無知矣•形既無知•神本無質•無知但是神亡•神亡而形在•又不經通•若形雖雖無知•神尙有知•形神既不得異•則向之死形•翻復非枯木矣•

史稱「謝玄暉善爲詩，任彥昇工於筆，約兼而有之，然不能過也。」當時以詩賦儷辭爲文，以質實直書者爲筆，約蓋兼文筆之長者也。今再選沈約文二首於下，以見當時文體之嚴。

修竹彈甘蕉文

凡兼淇園貞幹臣脩竹稽首·臣聞芟夷蘊崇·農夫之善法·無使滋蔓·翦惡之大圖·未有叢苗害稼·不加窮伐者也·切尋蘇臺前甘蕉一叢·宿漸雲露·荏苒歲月·擢本盈尋·垂蔭含丈·階緣寵遇·銓衡百卉·而予奪乖爽·高下在心·每叨天功·以爲己力·風聞籍聽·非復一塗·猶謂愛憎異說·所以挂乎嚴網·今月某日·有臺西階澤蘭萱草到園同訴·自稱雖慚杞梓·頗異蒿蓬·陽景所臨·由來無隔·今月某日·巫岫歛雲·秦樓開照·乾光弘普·罔幽不矚·而甘蕉攢莖布影·獨見障蔽·雖處台階·途同幽谷·臣謂偏辭難信·敢察以情·登攝甘蕉左近杜若江蘺·依源辨覆·兩草各處·異列同款·既有證據·羌非風聞·切尋甘蕉·出自藥草·才無芬馥之香·柯條之任·非有松柏後彫之心·蓋闕葵藿傾陽之識·憑藉慶會·竊絕倫等·而得人之譽靡即·稱平之聲寂寞·遂使言樹之草·忘憂之用莫施·無絕之芳·當門之弊斯在·妨賢敗政·孰過於此·而不除戮·憲章安用·請以見事·徙根翦葉·斥出藩外·庶懲彼將來·謝此眾屈·

宋書謝靈運傳論

史臣曰·民稟天地之靈·含五常之德·剛柔迭用·喜慍分情·夫志動於中·則歌詠外發·六義所因·四始攸繫·升降謳謠·紛披風什·雖虞夏以前·遺文不覩·稟氣懷靈·理無或異·然則歌詠所興·宜自生民始也·周室既衰·風流彌著·屈平宋玉·導清源於前·賈誼相如·振芳塵於後·英辭潤金石·高義薄雲天·自茲以降·情志愈廣·王襃劉向楊班崔蔡之徒·異軌同奔·遞相師祖·雖清辭麗曲·時發乎篇·而蕪音累氣·固亦多矣·若夫平子豔發·文以情變·絕唱高蹤·久無嗣響·至于建安·曹氏基命·三祖陳王·咸蓄盛藻·甫乃以情緯文·以文被質·自漢至魏·四百餘年·辭人才子·文體三變·相如工爲形似之言·二班長於情理之說·子建仲宣以氣質爲體·並標能擅美·獨映當時·是以一世之士·各相慕習·源其飆流所始·莫不同祖風騷·徒以賞好異情·故意製相詭·降及元康·潘陸特秀·律異班賈·體變曹王·縟旨星稠·繁文綺

合・綴平臺之逸響・采南皮之高賞・遺風餘烈・事極江右・在晉中興・玄風獨扇・爲學窮於柱下・博物止乎七篇・馳騁文辭・義殫乎此・自建武暨乎義熙・・歷載將百・雖比響聯辭・波屬雲委・莫不寄言上德・託意玄珠・遒麗之辭・無聞焉耳・仲文始革孫許之風・叔源大變太元之氣・爰逮宋氏・顏謝騰聲・靈運之興會標舉・延年之體裁明密・並方軌前秀・垂範後昆・若夫敷衽論心・商榷前藻・工拙之數・如有可言・夫五色相宣・八音協暢・由乎玄黃律呂・各適物宜・欲使宮羽相變・低昂舛節・若前有浮聲・而後須切響・一簡之內・音韻盡殊・兩句之中・輕重悉異・妙達此旨・始可言文・至於先士茂製・・諷高歷賞・・子建函京之作・仲宣灞岸之篇・子荊零雨之章・正長朔風之句・並直舉胸情・非傍詩史・正以音律調韻・取高前式・自靈均以來・多歷年代・雖文體稍精・而此祕未覩・至於高言妙句・音韻天成・皆暗與理合・匪由思至・張蔡曹王・曾無先覺・潘陸顏謝・去之彌遠・世之知音者有以得之・此言非謬・如曰不然・請待來哲・

觀此所選沈文三首，難神滅論純乎筆者也；彈甘蔗文純乎文者也；謝靈運傳論介於文與筆之間者也。難神滅論專主乎理勝，言貴精刻，無取乎華辭，故宜乎筆也；彈甘蔗文，乃寓意抒情之作，味貴深長，不宜過於質直，故宜乎文也；至於靈運傳論，意在論文，直抒胸臆，故貴乎文筆之間也。六朝文人，明於文章之體用如此，豈可以宗師唐宋古文之故，而遂盡斥六朝文爲儷麗哉？

第五節　寫景派之散文

六朝散文最放異彩而爲前此所絕少者，尚有寫景之文焉。吾國寫景之詩甚早，詩三百篇中已甚多有，而寫景之文則屈宋之韻文以外，周秦諸子亦頗少見。兩漢散文，則以論事記事爲最優，寫景文則唯東漢馬第伯封禪儀記爲最善。石遺室論文曰：「東漢馬第伯封禪儀記，記光武封泰山事，爲古今雜記中奇偉之作。原書已亡，後人據續漢志、水經注、北堂書鈔、藝文類聚、初學記、白孔六帖、太平御覽諸書所引，采緝成編，但以意爲先後，中必有殘闕失次處，未遑細攷，故往往難於句讀；然無礙於其文之佳也。中一大段云：至中觀，去平地二十里，南向極望無不覩。仰望天關，如從谷底仰觀抗峯；其爲高也，如視浮雲；其峻也，石壁窅窱，如無道徑；遙望其人，端端如杆升，或以爲小白石，或以爲冰雪，久之白者移過樹，乃知是人也；殊不可上，四布偃臥石上，有頃復蘇，亦賴齋酒脯，處處有泉水，目輒爲之明；復勉強相將，行到天關，自以已至也，問道中人，言尚十餘里；其道旁山脅，大者廣八九尺，狹者五六尺；仰視巖石松樹，鬱鬱蒼蒼，若在雲中；俯視谿谷，碌碌不可見丈尺；遂至天門之下，仰視天門，窔遼如從穴中視天；直上七里，賴其羊腸逶迤，名曰環道，往往有絙索，可得而登也；兩從者扶掖，前人相牽，後人見前人履底，前人見後人項，如畫重累人矣；所謂磨胸捏石捫天之難也。初上此道，行十餘步一休，稍疲，咽脣焦，五六步一休，蹀蹀據頓地，不避涇闇，前有燥地，目視而兩腳不隨，皆摹寫逼肖處。」訖乎魏晉六朝，寫景之詩賦日工，而寫景之散文則亦日進矣。於晉則有廬山諸道人游石門詩序，宋晉之間則陶淵明之陶花源記，齊代有陶宏景，梁有吳均，北魏則酈道元之水經注，尤為巨製焉。

南史隱逸傳，「陶宏景，字通明，丹陽秣陵人也。幼有異操，得葛洪神仙傳，晝夜研尋，便有養生之志；止於句容之句曲山。一百三家集有陶隱居集一卷。」

南史文學傳，「吳均字叔庠，吳興故鄣人也。家世貧賤，至均好學有俊才。文體清拔，好事者效之，謂為吳均體。」一百三家集有吳朝清集一卷。

北史酷吏傳，「酈道元，字善長，范陽人也。歷覽奇書，撰注水經四十卷，本志十三篇，又為七聘及諸文，皆行於世。」

遊石門詩序　廬山諸道人

石門在精舍南十餘里．一名障山．基連大嶺．體絕衆阜．闢三泉之會．並立而開流．傾巖玄映其上．蒙形表於自然．故因以為名．此雖廬山之一隅．實斯地之奇觀．皆傳之於舊俗．而未覩者衆．將由懸瀨險峻．人獸迹絕．逕迴曲阜．路阻行難．故罕經焉．釋法師以隆安四年．仲春之月．因詠山水．遂杖錫而遊．於時交徒同趣三十餘人．

咸拂衣長征。悵然增興。雖林壑幽邃。而開塗競進。雖乘危履石。並以所悅為安。既至則援木尋葛。歷險窮崖。猿臂相引。僅乃造極。於是擁勝倚巖。詳觀其下。始知七嶺之美。蘊奇於此。雙闕對峙其前。重巖映帶其後。巒阜周迴以為障。崇巖四營而開宇。其中有石臺石池宮館之象。觸類之形。致可樂也。清泉分流而合注。淥淵鏡淨於天池。文石發彩。煥若披面。檉松芳草。蔚然光目。其為神麗。亦已備矣。斯日也。衆情奔悅。矚覽無厭。游觀未久。而天氣屢變。霄霧塵集。則萬象隱形。流光迴照。則衆山倒影。開闔之際。狀有靈也。而不可測也。乃其將登則翔禽拂翮。鳴猿厲響。歸雲迴駕。想羽人之來儀。哀聲相和。若玄音之有寄。雖髣髴猶聞。而神以之暢。雖樂不期歡。而欣以永日。當其沖豫自得。信有味焉。而未易言也。退而尋之。夫崖谷之閒。會物無主。應不以情。而開興引人。致深若此。豈不以虛明朗其照。閒邃篤其情耶。並三復斯談。猶昧然未盡。俄而太陽告夕。所存已往。乃悟幽人之玄覽。達恆物之大情。其為神趣。豈山水而已哉。於是徘徊崇嶺。流目四矚。九江如帶。邱阜成垤。因此而推。形有巨細。智亦宜然。迺喟然歎。宇宙雖遼。古今一契。靈鷲邈矣。荒途日隔。不有哲人。風跡誰存。應深悟遠。慨焉長懷。各欣一遇之同歡。感良辰之難再，情發於中。遂共詠之云爾。

桃花源記

陶潛

晉太元中。武陵人捕魚為業。緣溪行。忘路之遠近。忽逢桃花林。夾岸數百步。中無雜樹。芳草鮮美。落英繽紛。漁人甚異之。復前行。欲窮其林。林盡水源。便得一山。山有小口。髣髴若有光。便捨船從口入。初極狹。纔通人。復行數十步。豁然開朗。土地平曠。屋舍儼然。有良田美池桑竹之屬。阡陌交通。雞犬相聞。其中往來種作。男女衣著。悉如外人。黃髮垂髫。並怡然自樂。見漁人。乃大驚。問所從來。具答之。便要還家。設酒殺雞作食。村中聞有此人。咸來問訊。自云先世避秦時亂。率妻子

邑人・來此絕境・不復出焉・遂與外人間隔・問今是何世・乃不知有漢・無論魏晉・
此人一一爲具言・所聞皆歎惋・餘人各復延至其家・皆出酒食・停數日・辭去・此中
人語云・不足爲外人道也・旣出・得其船・便扶向路・處處誌之・及郡下・詣太守・說
如此・太守即遣人隨其往・尋向所誌・遂迷不復得路・南陽劉子驥・高尙士也・聞之
欣然規往・未果・尋病
終・後遂無問津者・

答謝中書書

陶宏景

山川之美・古來共談・高峯入雲・清流見底・兩岸石壁・五色交輝・青林翠竹・四時
俱備・曉霧將歇・猿鳥亂鳴・夕日欲頹・沉鱗競躍・實是欲界之仙都・自康樂以來・
未復有能與
其奇者・

與宋元思書

吳均

風煙俱淨・天山共色・從流飄蕩・任意東西・自富陽至桐廬一百許里・奇山異水・天
下獨絕・水皆縹碧・千丈見底・游魚細石・直視無礙・急湍甚箭・猛浪若奔・夾岸高
山皆生寒樹・負勢競上・互相軒邈・爭高直指・千百成峯・泉水激石・泠泠作響・
好鳥相鳴・嚶嚶成韻・蟬則千轉不窮・猿則百叫無絕・鳶飛戾天者・望峯息心・經綸世
務者・窺谷忘反・橫柯上蔽・在晝
猶昏・疏條交映・有時見日・

巫峽

水經注

自三峽七百里中・兩岸連山・略無闕處・重巖疊嶂・隱天蔽日・自非停午夜分・不見
曦月・至於夏水襄陵・沿泝阻絕・或王命急宣・有時朝發白帝・暮宿江陵・其間千二

百里，雖乘奔御風，不以疾也。春冬之時，則素湍綠潭，迴清倒影，絕巘多生怪柏，懸泉瀑布，飛漱其間，清榮峻茂，良多趣味。每至晴初霜旦，林寒澗肅，常有高猿長嘯，屬引淒異，空谷傳響，哀轉久絕。

凡此皆可見六朝人寫景文之工美矣。石門詩序頗與蘭亭序氣格相同，文體在乎駢散之間。桃花源記則無駢文氣味，純乎散文矣。水經注文筆清雋，與陶宏景吳均一派為近，駢多於散者也。後之古文家惟柳宗元諸記為最優。化駢為散者也。

第四編　古文極盛時代之散文

唐宋

第一章　總論

凡事盛極必衰，矯枉者必過正，此必然之勢也。文至六朝而駢儷極盛矣。誠如沈休文謝靈運傳論所謂「五色相宣，八音協暢，由乎玄黃律呂，各適物宜，欲使宮羽相變，低昂舛節；若前有浮聲，則後須切響，一簡之內，音韻盡殊，兩句之中，輕重悉異，妙達此旨，始可言文」者。由齊梁以至於初唐，益駢儷日甚矣。故北周有蘇綽之復古，北齊有顏之推之折衷，隋文帝時有李諤上書云：「臣聞古賢哲王之化人也，必變其視聽，防其嗜慾，塞其邪放之心，示以淳和之路。五教六行，爲訓人之本；詩書禮易，爲道義之門。故能家復孝慈，人知禮讓；正俗調風，莫大於此。其有上書獻賦，制誄鐫銘，皆以褒德序賢，明勳證理。苟非懲勸，義不徒然。降及後代，風教漸落。江左齊梁，其弊彌甚。貴賤賢愚，唯務吟詠；遂遺理存異，尋虛逐微，競一韻之奇，爭一字之功。連篇累牘，不出月露之形；積案盈箱，唯是風雲之狀。世俗以此相高，朝廷據茲擢士。祿利之路既開，愛尚之情愈篤。於是閭里童昏，貴游總丱，未窺六義，先製五言。至如羲皇舜禹之典，伊傅周孔之說，不復關心，何嘗入耳？以傲誕爲淸虛，以緣情爲勳績，指儒素爲古拙，用詩賦爲君子。故文筆日繁，其政日亂。良由棄大聖之規模，構無用以爲用也。」而王通之文中子事君篇，亦云：「子謂荀悅，史乎史乎！謂陸機，文乎文乎！皆思過半矣。子謂文士之行可見：謝靈運小人哉！其文傲，君子則謹。沈休文小人哉！其文冶，君子則典。鮑昭江淹古之狷者也，其文急以怨。吳筠孔珪古之狂者也，其文怪以怒。謝莊王融古之纖人也？其文碎。徐陵庾信古之夸人也，其文誕。或問孝綽兄弟？子曰：鄙人也，其文淫。或問湘東王兄弟？子曰：貪人也，其文繁。謝朓淺人也，其文捷。江總詭人也，其文虛。皆古之不利人也。子謂顏延之王儉任昉，有君子之心焉，其文約以則。」又曰：「君子哉思王也，其文深以典。房玄齡問史。子曰：古之史也辯道，今之史也耀文。問文？子曰：古之文也約以達；今之文也繁以塞。」此皆六朝時代爲文學者反今復古之言論，而爲唐代古文派之先驅者也。迄至有唐，陳子昂、蕭穎士、李華、元結輩出，益漸爲復古之說；而元結尤毅然獨立。韓柳以前工爲古文者，元結其最者已。

雖然所謂古文者，非眞復古，摹擬古人之謂也。去六朝之排偶聲律及其穠麗，而一復兩漢之淳樸，與其奇偶並用之自由而已。若句摹篇擬，陳陳相因，正古文家之大戒也。韓退之云：惟陳言之務去。又云：能者非他，能自樹立，不因循者皆是也。皆貴創作，戒摹倣之言。

自韓柳諸古文家未興之前，無所謂古文也。爲文者皆隨時尙而已。自韓柳盛倡古文，李翺，孫樵之徒繼之，至宋而歐陽、王、曾、三蘇、六家出，而古文之道益尊。自是以後，駢文古文遂判爲二途。其尊古文之甚者，且卑視駢文以爲不得與於文之例矣。故此時代，可謂之古文極盛之時代。

第一節　古文家先鋒元結之散文

唐人倡爲古文，早於韓柳，而成就甚偉者，莫如元結。結字次山，河南人。新唐書云：「少不羈，十七乃折節向學，事元德秀。」四部叢刊影印明正德本元次山集十卷，附拾遺。湛若水序其集云：「夫太上有質而無文，其次有質而有文，其次文浮其質，文浮其質，道之敝也。故林放問禮之本，孔子大之。物之生也先質而後文。故質也者生乎天者也；文也者生乎人者也。質也者先天而作者也；文也者後天而述者也。故人之於斯文也，不難於文而難於質；不難於華而難於朴；不難於巧而難於拙。余自北遊觀藝於燕冀之都，得元子而異焉，欲質不欲野，欲朴不欲陋，欲拙不欲固，卓然自成其家者也。」四庫全書總目，亦謂「結頗近於古之狂。然制行高潔，而深抱閔時憂國之心。文章戛戛自異，變排偶綺靡之習。杜甫嘗和其春陵行，稱其可爲天地萬物吐氣，晁公武謂其文如古鐘磬，不諧俗耳，高似孫謂其文章奇古，不蹈襲，蓋唐文在韓愈以前，毅然自爲者自結始，亦可謂耿介拔俗之姿矣。皇甫湜嘗題其浯溪中興頌曰：次山有文章，可惋只在碎；然長於指敍，約結有餘態；心語適相應，出句多分外；於諸作者間，拔戟成一隊。其品題亦頗近實也。」杜嘗以謂韓柳散文，純爲文集習氣；次山之作，則尙有子書之遺。近人章炳麟之文頗出於此。次山言論文，多嫉時懟俗，今錄其時化一首如下；

時化

元子閒漫叟說化化無窮極・因論諭曰・叟亦未知時之化也多於此乎・曰時爲何化・我未之記・元子曰・於戲・時之化也・道德爲嗜慾・化爲險薄・仁義爲貪暴・化爲凶亂・禮樂爲耽淫化爲侈靡・政教爲煩急化爲苛酷・叟能記於此乎・時之化也・夫婦爲溺惑所化・化爲犬豕・父子爲惛慾所化・化爲禽獸・兄弟爲猜忌所化・化爲讎敵・宗戚爲財利所化・化爲行路・朋友爲世利所化・化爲市兒・叟能記於此乎・時之化也・大臣爲賊讎所恣・忠信化爲姦謀・庶官爲禁忌所拘・公正化爲邪佞・公族爲猜忌所限・貧

智化爲傭徽•人民爲征賦所易•州里化爲禍邸•姦兕爲怨幸所追•廝皁化爲將相•翁能詔於此乎•時之化也•山澤化爲井陌•或曰盡於草木•原野化爲狴犴•或曰爾於鳥獸•江湖化爲鼎鑊•或曰暴於魚鼈•祠廟化爲官寮•或曰數於祠禱•翁能記於此乎•時之化也•情性化風俗所化無不作狙狡詐誑之心•聲呼爲風俗所化無不作諂媚僻淫之亂•顏容爲風俗所化無不作姦邪蹙促之色•翁能記於此乎•

次山記事文尤簡古有法，茲錄其大唐中興頌序如下：

中唐中興頌序

天寶十四載•安祿山陷洛陽•明年陷長安•天子幸蜀•太子即位於靈武•明年•皇帝移軍鳳翔•其年復兩京•上皇還京師•於戲•前代帝王有盛德大業者必見於歌頌•若今歌頌大業•刻之金石•非老於文學•其誰宜爲••

石遺室論文云：「唐承六朝之後，文皆駢儷。至韓柳諸家出，始相率爲散體文。號稱起衰復古。然元次山結杜子美甫已嘗爲之。次山大唐中興頌序最工，蓋學左氏傳而神似者。左傳中最有法度而無一長語者莫如開卷先經起例五十餘言，云：「惠公元妃孟子。孟子卒，繼室以聲子，生隱公。宋武公生仲子。仲子生而有文在其手，曰：爲魯夫人。故仲子歸於我，生桓公而惠公薨。是以隱公立而奉之。」首言元妃孟子，元妃正夫人，孟子子姓。宋國長女。古者諸侯嫁女於他國，以姪娣從，以備妾媵，故有孟子遂有聲子。孟子卒，故以聲子爲繼室。古者繼室非正夫人，左傳齊少姜爲晉侯繼室，其證也。隱公繼室子，本非太子；無太子則立之，有太子則不得立；適宋武公又生仲子，而有爲魯夫人之手文，此特別異兆，宋魯兩國君皆信之，故歸惠公而爲正夫人。（諸侯不再娶此變禮也）其子桓公，雖少當立，故復由仲之生敍起。婦人爲嫁曰歸，言其歸於我，明其爲嫁而非媵也。桓公既生，惠公遂薨，桓公幼，隱公於是乎攝位，一如周公攝成王故事。周公居攝，鄭氏說以爲攝位，非僅攝政也。此傳五十餘字中，所敍之人凡七：曰惠公，曰孟子、曰聲子、曰隱公、曰宋武公，曰仲子，曰桓公；其名號凡三，曰元妃，曰繼室，曰魯夫人。子以母貴，母之名正，其子之貴賤自明。其生卒凡五，曰孟子卒，曰生隱公，曰生仲子，曰桓公生，曰惠公薨，舉魯宋兩國數十年之夫婦妻妾父子兄弟父女姊妹譜系，朗若列眉，可謂簡而有法矣。元次山序云：天寶十四年，安祿山陷洛陽，明年陷長安，天子幸蜀，太子卽位於靈武。明年皇帝移京鳳翔，其年復兩京，上皇還京師。」僅四十餘字，凡言年者四，曰十四年，曰明年者二，曰其年者一；言地者七，曰洛陽，曰長安，曰蜀，曰靈武，曰鳳翔，曰兩京，曰京師；其人二而名號四，曰天子，曰太子，太子卽位而稱皇帝矣，既有皇帝而向之天子，稱上皇矣。其名稱之鄭重分明，非左傳稱元妃繼室魯夫人之義法乎。善學者之異曲同工如此。又案左傳與次山此序，卽孔子正名之義，否則名不正而言不順也。尚有前於左傳者，儀禮周公所作，觀於士昏禮，壻在家，初稱主人；（注主人壻也壻爲婦主）至女氏親迎則稱賓；至御婦車則稱壻；乘其車先亦稱壻；婦至揖婦以入，則又稱主人；入於室乃稱夫；以後乃皆稱主人；女在女氏（立於房中南面時）稱女；至奠雁時則稱婦：（由壻稱之也）以後壻御婦，車婦乘以几，婦至，揖婦以入，婦尊西南面等，到底稱婦矣。（昏禮以壻家爲主也）公羊傳女在其國稱女，在塗稱婦，入國稱夫人，卽此義。作文所以貴通經也。」

第二節　古文大家韓柳之散文

唐之古文，至韓柳而大盛。論唐之古文，不能不數韓柳；猶論漢之史家，不能不數馬班；論戰代之辭賦，不能不數屈宋也。

新唐書云「韓愈字退之，鄧州南陽人，生三歲而孤，隨伯兄會貶官嶺表，會卒，嫂鄭鞠之。愈自知讀書，日記數百千言，比長，盡能通六經百家學。性明銳，不詭隨，與人交，始終不少變。成進士後，往往知名；經愈指授，皆稱韓門弟子。每言文章自漢司馬相如太史公劉向楊雄後，作者不世出；故愈探本元，卓然樹立，成一家言。其原道原性師說等數十篇，皆奧衍宏深，與孟軻楊雄表裏，而佐佑六經云。至它人造端置辭，要爲不蹈襲前人者，然惟愈爲之沛然若有餘。至其徒李翺李漢皇甫湜從而效之，遽不及遠甚。從愈游者若孟郊張籍，亦皆自名於時。」四部叢刊影印元刊有朱文公校昌黎先生文集四十卷，外集十卷，遺文一卷。

林嘗謂韓退之之文，可分爲三類。其一爲文從字順各識職，此如五原及答李翊書，與孟尙書書之類，皆理足辭充，沛然莫禦，故語不必求奇，字不必求險，而文義深粹，自爲傑作，所謂誠於中形於外者也；此從孟子得來，韓文此類於文爲最高。其二則怪怪奇奇詰詘聱牙，此如碑銘諸作，凡譽墓之文多屬之。言之既多無物，故不能不雕辭琢句以險怪爲工；此從漢碑得來，世人稱韓文者多以此類，而亦多昧其本原。其三爲實用類，此如黃家賊事宜狀，論淮西事宜狀之類，期在時人通曉，不欲以文傳世，而文亦甚工；此從魏晉得來，魏晉言事奏疏，亦多絕去華辭也。後世實用之文最宜法此。文各有體，淺深各異，不可一律，觀昌黎之文，各殊其體，豈非深知文之體用者乎？吾嘗見今人有上書當道，而效法漢人所爲封禪典引之文句，自以爲足以頡頏昌黎者，豈非不知文體之尤者乎？

答李翊書

六月二十六日愈白·李生足下·生之書辭甚高·而其問何下而恭也·能如是·誰不欲告生以其道·道德之歸也有日矣·況其外之文乎·抑愈所謂望孔子之門牆而不入于其宮者·焉足以知是且非邪·雖然不可不爲生言之·生所謂立言者是也·生所爲者與所期者甚似而幾矣·抑不知生之志蘄勝於人而取於人邪·將蘄至於古之立言者邪·蘄勝於人而取於人·則固勝於人而可取於人矣·將蘄至於古之立言者·則無望其速成·無誘於勢利·養其根而竢其實·加其膏而希其光·根之茂者其實遂·膏之沃者其光曄·仁義之人其言藹如也·抑又有難者·愈之所爲·不自知其至猶未也·雖然學之二十餘年矣·始者非三代兩漢之書不敢觀·非聖人之志不敢存·處若忘·行若遺·儼乎其若思·茫乎其若迷·當其取於心而注於手也·惟陳言之務去·戛戛乎其難哉·其觀於人·不知其非笑之爲非笑也·如是者亦有年·猶不改·然後識古書之正僞·與雖正而不至焉者·昭昭然白黑分矣·而務去之·乃徐有得也·當其取於心而注於手也·汩汩然來矣·其觀於人也·笑之則以爲喜·譽之則以爲憂·以其猶有人之說者存也·如是者亦有年·然後浩乎其沛然矣·吾又懼其雜也·迎而距之·平心而察之·其皆醇也·然後肆焉·雖然不可以不養也·行之乎仁義之途·游之乎詩書之源·無迷其途·無絕其源·終吾身而已矣·氣·水也·言·浮物也·水大而物之浮者大小畢浮·氣之與言猶是也·氣盛則言之短長與聲之高下者皆宜·雖如是其敢自謂幾於成乎·雖幾於成其用於人也奚取焉·雖然·待用於人者·其肖於器邪·用與舍屬諸人·君子則不然·處心有道·行已有方·用則施諸人·舍則傳諸其徒·垂諸文而爲後世法·如是者其亦足樂乎·其亦無足樂也·有志乎古者希矣·志乎古必遺乎今·吾誠樂而悲之·亟稱其人·所以勸之·非敢褒其可褒·而貶其可貶也·問於愈者多矣·念生之言·不志乎利·聊相爲言之·愈

•白

石遺室論文云：「答李翺書，乃自道其文字得力所在，用蘄至於古之立言者，須合進學解參觀之，乃得韓文眞相。而皇甫湜所撰韓文公墓誌銘，不免推崇太過；李翺所撰行狀，於文章第渾括數語，未詳其工力所自也。昌黎天資近鈍，而畢生致功至深，其云「無望其速成」至「其觀於人不知其非笑之爲非笑也，如是者有年，」皆困勉實在情形，並非故作謙言。其言「養其根而竢其實，加其膏而希其光，根之茂者其實遂，膏之沃者其光曄，」卽進學解之「貪多務得，細大不捐，沈浸醲郁，含英咀華，作爲文章，其書滿家，上規姚姒，渾渾無涯，周誥殷盤，佶屈聱牙，春秋謹嚴，左氏浮夸，易奇而法，詩正而葩，下逮莊騷，太史所錄，子雲相如，同工異曲；」皇甫湜所謂「及其酣放，豪曲快字，陵紙怪發，鯨鏗春麗，驚耀天下；」李翺所謂「深於文章，每以爲自揚雄之後，作者不出其所爲文，未嘗效前人之言，而固與之並」者也。蓋昌黎雖倡言復古，起八代駢儷之衰；然實不欲空疎固陋，文以艱深，注意於相如子雲，是其本旨。其云「識古書之正僞，」至「其皆醇也，然後肆焉，」又云氣水也，言「浮物也，」至「氣盛則言之短長與聲之高下者皆宜，」卽進學解所謂「記事者必提其要，纂言者必鈎其元，張皇幽眇，尋墜緒之茫茫，獨旁搜而遠紹，障百川而東之，迴狂瀾於既倒；」皇甫湜所謂「茹古涵今，無有端涯，渾渾灝灝，不可窺校；」李翺祭韓侍郎文所謂「撥去其華，得其本根，開合怪駭，驅濤擁雲」者也。其「氣水也，言浮物也」數語，譬喻曲肖，作散文者斷莫能外。蓋多讀書，多見事，理足而識見有主，然後下筆吐辭之際，淺深反正，四通八達，百折不離其宗，如山之有脈，如水之有源，如木之有本；則峯巒之高下，港汊之短長，枝葉之疏密，無不有自然之體勢。蘇詩所謂一一皆可尋其源者也。昌黎專喻以水，則求其造語之妙，言氣而未言理耳。言氣而理亦在其中，此即韓文之短長高下皆宜處。必兼言理則質實而乏語妙矣。」

韓退之之文，多原本經子史。桂作札韓證韓諸篇，於韓文之本原疏證甚詳，文繁今不錄。今人李澍讀吾書而來書商論云：「昔人嘗謂韓文杜詩無一字無來歷，論韓文之來歷，昌黎於進學解已一一自述之矣。然其奧詞強句，取材於諸子百家而出於自述之外者，亦復不少。惟力爭上流，取其材而不循其轍，故不見有諸子之駁雜，第見其正大光明，有泰山巖巖之氣象耳。今得執事證韓篇悉心披繹，眞乃金鍼度人。然弟亦有一說焉。韓文黃陵廟碑，用訓詁體，似注疏；河南府同官記造古辭語，如易林；送李愿歸盤谷序，如包公理樂志論；送廖道士序，含伯益山海經；燕喜亭記，似踐阼之十七銘；科斗書記，括說文之九千字；假王碑之寫恢奇，引穆天子傳；賀表等之述功德，效嶧山碑文；送窮文，同揚子之逐貧；訟風伯，仿子建之誥咎；祭柳子厚文，則運用莊列；送孟東野序，則發源梓人；送幽州李端公序，則摹擬曲臺記；到潮州任上謝表則點竄封禪書；與李翊書執事以爲本於莊子，誠是矣，然其大旨實從孟子知言養氣二節生出；原道古之時一段，執事謂本於墨子，亦是矣，然其主意即從孟子闢許行並耕答公都子問好辨二章脫化。蓋其讀三代兩漢之書，含英咀華，傾芳瀝液，發而爲文，故一篇之內，屢見叠出，有數處相似；一段之中，參伍錯綜，有數語相似；既不可捉摸，亦難以枚舉。至於老泉之張方平畫像記，似韓文之鄆州谿堂詩序，永叔之與張秀才第二書，似韓文之原道；子固顏魯公祠堂記，如伯夷頌之峭折；李翺復性書，同五原篇之深遠；則又薪盡火傳，啓發後人不少矣。可見前賢爲文，未嘗不互相規仿，正不獨子厚韋使君新堂記之取語取法於莊子胠篋篇；廬陵醉翁亭記之落句取法於易經雜卦篇也。竊謂人之不能爲文，多苦於記性之不強，苟能將古人數百卷之書，博觀而愼取，融會而貫通。上者師其意，下者師其詞，未有不能爲文者。若其高下淺深之故，亦仍視其胸中所得爲如何耳。」李君之說，而可謂深知原委者。

昌黎記事文之最工者為畫記，茲錄之如下，以見其體.

畫記

雜古今人物小畫共一卷•騎而立者五人•騎而被甲載兵立者十人•一人騎執大旗前立•騎而被甲載兵且下牽者十人•騎且負者二人•騎執器者二人•騎擁田犬者一人•騎而牽者二人•騎而驅者三人•執羈靮者二人•騎而下騎馬臂隼而立者一人•騎而驅涉者二人•徒而驅牧者二人•坐而指使者一人•甲胄手弓矢鈇鉞植者七人•甲胄執幟植者十人•負者七人•偃寢休者二人•甲胄坐睡者一人•方涉者一人•坐而脫足者一人•寒附火者一人•雜執器物役者八人•奉壺矢者一人•舍而具食者十有一人•挹且注者四人•牛牽者二人•驢驅者四人•一人杖而負者•婦人以孺子載而可見者六人•載而上下者三人•孺子戲者九人•凡人之事三十有二•為人大小百二十有三•而莫有同者焉•馬大有九匹•於馬之中又有上者•下者•行者•牽者•涉者•陸者•翹其顧者•鳴者•寢者•訛者立者人立者齕者飲者溲者陟者降者痒磨樹者噓者嗅者喜相戲者怒相踶齧者秣者騎者驟者走者載服物者載狐兔者•凡馬之事二十有七•為馬大小八十有三而莫有同者焉•牛大小十一頭•橐駝三頭•驢如橐駝之數而加其一焉•隼一•犬羊狐兔麋鹿共三十••旃車三兩•雜兵器弓矢旌旗刀劍矛楯弓服矢房甲胄之屬•缾盂簦笠筐筥錡釜飲食服用之器•壺矢博奕之具•二百五十有一•皆曲極其妙•貞元甲戌年•余在京師•甚無事•同居有獨孤生申叔者•始得此畫•而與余彈棊•余幸勝而獲焉•意甚惜之•以為非一工人之所能運思•蓋藂集眾工人之所長耳•雖百金不願易也•明年出京師•至河陽•與二三客論畫品格•因出而觀之•座有趙侍御者•君子人也•見之戚然•若有感然•少而進曰•噫•余之手摸也•亡之且二十年矣•余少時常有志乎茲事•得國本•絕人•

事而模得之・遊閩中而喪焉・居閒處獨・時往來余懷也・以其始爲之勞而夙好之篤也・今雖遇之・力不能爲之・且命工人存其大都焉・余既甚愛之・又感趙君之事・因以贈之・而記其人物之形狀與數而時觀之・以自釋焉・

吳曾祺云：「古之善狀物者，首推周官考工記一篇，每舉一物而人之未及見者不啻口眎手摹而心知其意；而用字之古雅，可爲後來詞學家之祖。此書雖不出周公之手，然必漢世之通人，決無疑義。他如內則之善言食品，投壺之詳載藝事，亦庶幾焉。後之能仿而爲者不可多見，惟韓文公畫記一篇，學者推之，以爲從考工記脫出。以余所覽，今人文集絕少此種題目，豈匿其短而不之作耶？若明人歸有光之石記，其末段作形況之詞，蓋自知力所不及，而欲以偏師取勝。惟魏學洢之核舟記最爲工絕；次則國朝（指清朝）人薛福成之觀巴黎油畫記，亦略得其大意。」

石遺室論文云：『韓退之畫記方望溪以爲周人以後無此種格力。然望溪亦未言與周文何者相似也。案退之此記，亢敍許多人物，從尚書顧命脫化出來。顧命云：「二人雀弁執惠，立於畢門之內，四人綦弁執戈上刃夾兩階戺，一人冕執劉，立於東堂，一人冕執鉞，立於西堂，一人冕執戣，立於東垂，一人冕執瞿，立於西垂，一人冕執銳，立於側階，」中間一段又從考工記梓人職脫化出來。梓人職云：

「天下之大獸五脂者膏者羸者羽者鱗者，又外骨內骨，卻行，仄行，連行，紆行，以脰鳴者，以注鳴者，以旁鳴者，以翼鳴者，以股鳴者，以胸鳴者，謂之小蟲之屬。」又其於數數數數有言，如記帳簿，不畏人議其冗長者，又從史記曹世家專敘攻城下邑之功，如記帳簿，千餘言皆平鋪直敘，惟用兩三處小結束。如盡定魏地凡五十二城，定齊凡得七十餘縣，末云凡下二國，縣一百二十二，得王二人，相三人，將軍六人，大莫敖郡守司馬侯御史各一人。退之學而變化之，何嘗必周以前哉？」

與韓退之同時而文名差相埒者有柳宗元。宗元字子厚，韓昌黎柳子厚墓志銘云：「子厚少精敏，無不通達。逮其父時，雖少年，已自成人，能取進士第，嶄然見頭角，衆謂柳氏有子矣。其後以博學宏詞授集賢正字，儁傑廉悍，議論證據今古，出入經史子，踔厲風發，率常屈其座人，名聲大振，一時皆慕與之交，諸公要人爭欲令出我門下，交口薦譽之。」又云：「居閑益自刻苦，務記覽爲詞章，汎濫停蓄，爲深博無涯涘，而自肆於山水間。」昌黎之稱子厚，可謂至矣。子厚亦足以當之無愧。四部叢刊影印元刊本增廣釋音唐柳先生文集四十三卷，別集二卷，外集二卷，附錄一卷。

子厚之文，論辨體多從韓非得來。山水記多從水經注得來。其封建論足以與韓之原道相抗。其辨列子論語辨等足與韓之讀儀禮讀荀子相抗。其山水記則遠勝於韓，而碑文則不及韓，然所爲諸傳則又非韓所能及矣。若與人書札，則兩家俱有得於司馬子長，而韓則陽而動，柳則陰而靜，斯所以異耳。寓言文亦足與韓相敵，而意或刻於韓。要之此二家實未易妄分高下，柳文以游記及寓言爲最工。玆各錄一篇如下：

臨江之麋

臨江之人・畋得麋麑・畜之・入門・羣犬垂涎・揚尾皆來・其人怒・怛之・自是日抱就犬・習示之・使勿動・稍使與之戲・積久・犬皆如人意・麋麑稍大・忘己之麋也・以爲犬良我友・抵觸偃仆・益狎・犬畏主人・與之俯仰甚善・然時啖其舌・三年・麋出門外見外犬在道甚衆・走欲與爲戲・外犬見而喜且怒・共殺食之・狼藉道上・麋至死不悟・

此外有黔之驢，永某氏之鼠，均同一類，在韓集中爲雜說之馬及獲麟解等。而柳文寫意深刻，筆墨削峭，近人陳三立實近之。

游黃溪記

北之晉・西適也・東極吳・南至楚越之交・其間名山水而州者以百數・永最善・環永之治百里・北至于浯溪・西至于湘之源・南至于瀧泉・東至于黃溪東屯・其間名山

水而村者以百數・黃溪最善・黃溪距州治七十里由東屯南行六百步・至黃神祠・祠之上兩山牆立・丹碧之華葉駢植・與山升降・其缺者為崖・峭巖窟水之中・皆小石平布・黃神之上・揭水八十步・至初潭・最奇麗・殆不可狀・其略若剖大甕・側立千尺溪水即焉・黛蓄膏渟・來若白虹・沉沉無聲・有魚數百尾・方來會石下・南去又行百步・至第二潭・石皆巍然臨峻流・若頦頷斷齶・其下大石雜列・可坐飲食・有鳥赤赤烏翼・大如鵠・方東嚮立・自是有南數里・地皆一狀・樹益壯・石益瘦・水鳴皆鏘然・又南一里・至大冥之川・山舒水緩・有土田・始黃神為人時・居其地・傳者曰・黃神王姓・莽之世也・莽既死・神更號黃氏・逃來・擇其深峭者潛焉・始莽嘗曰・余黃虞之後也・故號其女曰黃皇室主・黃與王聲相邇・而又有本・其所以傳言者益驗・神既居是・民咸安焉・以為有道・死乃俎豆・為立祠・後稍徙近乎民・今祠在山陰溪水上・元和八年五月十八日・既歸為記・以啟後之好游者・

石濱實論文云：「文有顯然摹擬，頗見其用之恰當者，史記西南夷列傳首云：「西南夷君長以什數，夜郎最大：其西靡莫之屬以什數，滇最大；自滇以北君長以什數，邛都最大：此皆魋結，耕田，有邑聚。其外西自同師以東，北至楪榆，名為嶲昆明，皆編髮，隨畜遷徙無常處，毋君長，地方可數千里；自嶲以東北，君長以什數，徙筰都最大；自筰以東北，君長以什數，冉駹最大；其俗或土著，或移徙。在蜀之西，自冉駹以東北，君長以什數，白馬最大，皆氐類也。此皆巴蜀西南外蠻夷也。」傳末復總結云：「西南夷君長以百數，獨夜郎滇受王印，滇小邑，最寵焉。」柳子厚游黃溪記首段直摹擬云：「北之晉，西適豳，東極吳南至楚越之交，其間名山水而州者以百數，永最善；環永之治百里，北至於浯溪，西至於湘之源，南至於瀧泉，東至於黃溪東屯，其間名山水而村者以百數，黃溪最善。」此雖摹擬顯然，然小變化之，各見其布置之法也。」

又云：「柳子厚遊黃溪記有云：「南去又行百步至第二潭，石皆巍然，臨峻流，若頦頷齗齶，其下大石離列，可坐飲食，有鳥赤首烏翼，大如鵠，方東嚮立。」姚鼐氏云：朱子謂山海經所紀異物有云東西嚮者，蓋以有圖畫在前故也。此言最當。子厚不悟，作山水記效之，蓋無謂也。後人又以此等爲工而效法者益失之矣。」噫此正姚氏之不悟也。姚氏據朱子說而未細心讀此記上下文，致不知子厚之故作狡獪愚弄後人也。案山海經言某嚮立者亦只一處，海內西經云：昆侖南淵深三百仞，開明獸身大類虎而九首皆人面，東鄉立昆侖，開明西有鳳凰鸞鳥，皆戴蛇踐蛇，膺有赤蛇，開明北有視肉，珠樹文玉樹，」此自指圖象言，朱子之言不誤也。子厚所記「有鳥赤首烏翼大如鵠，方東嚮立，」固特仿山海經。然山海經係載此處行產之物，柳文乃記此時此處所見之物。故於東嚮立上，加一方字，移步換形矣。且上文有例在也，上文言有魚數百尾，方來會石下，亦加一方字。可見皆就當日所目擊者記之，非呆仿山海經致成笑柄也。試問古樂府之孔雀東南飛，亦必指圖象乎？姚氏粗心將兩方字忽略讀過，致有此失言。姚氏譏子厚無謂，子厚有知，能不齒冷。桐城自望溪方氏好駁柳文，姚氏亦吹毛求疵矣。」

又云：「桐城人號稱能文者，皆揚韓抑柳，望溪訾之最甚，惜抱則微詞，不知柳之不易及者有數端，出筆遣詞，無絲毫俗氣，一也；結構成自己面目，二也；天資高，識見頗不猶人，三也；根據具言人所不敢言，四也；（如封建論之類，甚至如河間婦人傳則大過矣）記誦優，用字不從抄撮塗抹來，五也。此五者頗爲昌黎所短。昌黎長處在聚精會神，用功數十年，所讀古書在在擷其菁華，在在效法，在在求脫化其面目；然天資不高，俗見頗重，自負見道，而於堯舜孔孟之道，實模糊出入；故其自命因文見道之作，皆非其文之至者；其文之工者第一傳狀碑志，第二贈序，第三雜記，第四序跋，第五乃書說論辨。柳文人皆以雜記爲第一，雖方姚不能訾議，蓋於古書類能探取其精鍊處也。游黃溪記中云：「由東屯行六百步至黃神祠，祠之上兩山牆立，如丹碧之華葉駢植，與山升降。其缺者爲崖，峭巖窟水之中，皆小石平布。黃神之上，揭水八十步，至初潭，最奇麗，殆不可狀，其略若剖大甕，側立千尺，溪水積焉。黛蓄膏停，來若白虹，沈沈無聲。有魚數百尾，方來會石下。南去又行百步，至二潭，石皆巍然，臨峻流，若頦頷斷齶。其下大石離列，可坐飲食，有鳥赤首烏翼，大如鵠，方東嚮立。自是又南行數里，地皆一狀，樹益壯，石益瘦，水鳴皆鏘然。又南一里，至大冥之川，山舒水緩，有土田。」案兩山牆立以下，略狀得出，黛蓄十二字出以研鍊，爲詞賦語，皆山木並寫。至後樹益壯數句，乃由遠寫至近，此章法也。凡奇麗山水至將盡處，多筋脈舒緩，蓄黛四字從金膏水碧來。永州萬石亭記略云：「御史中丞崔公來莅永州，閒日登城北墉，臨於荒野藂翳之隙，見怪石特出，度其下必有殊勝。步自西門，以求其墟，伐竹披奧，欹仄以入；綿谷跨谿，皆大石旁立，渙若奔雲，錯若置碁，怒者虎鬭，企者烏厲；抉其穴則鼻口相呀，搜其根則蹄股交峙，環行卒愕，疑若搏噬。於是刳闢朽壤，翦焚榛薉，決澮溝，導伏流，散爲疎林，洄爲清池，寥廓泓渟，若造物者始判清濁，效奇於茲地，非人力也。乃立游亭，以宅厥中，直亭之西，石若掖分，可以眺望，其上青壁斗絕，沈於淵源，莫究其極。自下而望，則合乎攢巒，與山無窮。」案始言萬石來路，企者烏厲等，效斯干詩；石若掖分以下，分左右上下言之，以亭爲主也。

桂按柳州文爲桐城派所抑久矣。得石遺先生爲之平反，可謂語語切當，柳州有知，當許爲知己也。

第三節　韓門難易兩派之散文

前節述韓文謂有二派，其一爲文從字順者，其一爲尚怪奇者。前者辭近平易，後者則辭尚艱險也。韓門李翺實宗前派，皇甫湜可謂屬後一派。新唐書李翺傳云：「李翺字習之，始從昌黎韓愈學文章，辭致渾厚，見推當時。」四部叢刊影印明刊本李文公集十八卷。皇甫持正傳云：「皇甫湜字持正，裴度辟爲判官。度修福光寺，將立碑文，求文於白居易。湜怒曰：近捨湜而遠取居易，請從此辭。度謝之。湜即請斗酒，飲酣，援筆立就，度贈以車馬繒綵甚厚？湜大怒曰：自吾爲顧況集序，未常許人，今碑文三千字，三縑，何遇我薄邪？度笑曰：不羈之才也。從而酬之。」四部叢刊影印宋刊本皇甫持正文集六卷。習之論文，以謂「義深則意遠，意遠則辭辯，辭辯則氣直，氣直則辭盛。」又謂「古之人能極於工而已，不知其詞之對與否易與難也。」答朱載言書 持正於文，則謂「意新則異於常矣。異於常則怪矣，詞高則出衆，出衆則奇矣。虎豹之文不得不炳於犬羊。鸞鳳之音不得不鏘於烏鵲。金玉之光不得不炫於瓦石。非有意光之也，迺自然也。必崔嵬然後爲岳。必滔天然後爲海。明堂之棟必撓雲霓。驪龍之珠必固深泉。」——答李生第一書　於此可以見二氏之主張矣。

故正議大夫行尚書吏部侍郎上柱國賜紫金魚袋贈禮部尚書韓公行狀

李翱

公諱愈字退之·昌黎某人·生三歲父没·養於兄會舍·及長讀書·能記他生之所習·年二十五·上進士第·汴州亂·詔以舊相·東都留守董晉·爲平章事·宣武軍節度使·以平汴州·晉辟公以行·遂入汴州·得試秘書省校書郎·爲觀察推官·晉卒·公從晉喪以出·四日而汴州亂·凡從事之居者皆殺死·武寧軍節度使張建封奏爲節度推官·得試太常寺協律郎·選授四門博士·遷監察御史·爲幸臣所惡·出守連州陽山令·政有惠於下·及公去·百姓多以公之姓以命其子·改江陵府法曹軍·入爲權知國子博士·宰相有愛公文者·將以文學職處公·有爭先者·搆公語·以非之·公恐及難·遂求分司東都·權知三年·改眞博士·入省·分司都官員外郎·改河南縣令·日以職分辦於留守及尹·故軍士莫敢犯禁·入爲職方員外郎·華州刺史奏華陰縣令柳澗有罪·遂將貶之·公上疏請發御史·辦曲直·方可處以罪·則下不受屈·既柳澗有犯·公由是復爲國子博士·改比部郎中·史館修撰·轉考功郎中·修撰如故·數月·以考功知制誥·上將平蔡州·先命御史中丞裴公度使諸軍以視兵·及還奏兵可用·賊勢可以滅·顛與宰相意忤·既數月·盜殺宰相·又害中丞不克·中丞微傷·馬逸以免·遂爲宰相·以主東兵·自安祿山起范陽·陷兩京·河南北七鎮節度使·身死則立其子·作軍士表以請·朝廷因而與之·及貞元季年·雖順地節將死·多卽軍中取行軍副使將校以授之節·習以成故矣·朝廷之賢·恬於所安·以術不用兵爲貴·議多與裴丞相異·惟公以爲盜殺宰相而遂息兵·其爲懦甚大·兵不可以息·以天下力取三州·尚何不可·與發丞相議合·故兵遂用·而宰相有不便之者·月滿·遷中書舍人·賜緋魚袋·後竟以他

事故太子右庶子•元和十二年秋以兵老久屯•賊未滅•上命裴丞相為淮西節度使以招討之•丞相請公以行•於是以公兼御史中丞•賜三品衣魚•為行軍司馬•從丞相居於郾城•公知蔡州精卒•悉聚界上•以拒官軍•守城者率老弱•且不過千人•亟白丞相•請以兵三千人間道以入•必擒吳元濟•丞相未及行•而李愬自唐州文城壘•提其卒以夜入蔡州•果得元濟•蔡州既平•布衣柏耆以計謁公•公與語•奇之•遂白丞相•曰•淮西滅•王承宗膽破•可不勞用眾•宜使辯士奉相公書•明禍福以招之•彼必服•丞相然之•公令柏耆口占為丞相書•明禍福•使柏耆袖之以至鎮州•承宗果大恐•上表請割德棣二州以獻•丞相歸京師•公遷刑部侍郎•歲餘•佛骨自鳳翔至•傳京師諸寺•時百姓有燒指與頂以祈福者•公奏疏言•自伏羲至周文武時•皆未有佛•而年多至百歲•有過之者•自佛法入中國•帝王事之壽不能長•梁武帝事之最謹•而國大亂•請燒棄佛骨•疏入•貶潮州刺史•移袁州刺史•百姓以男女為人隸者•公皆計傭以償其直而出歸之•入遷國子祭酒•有直講能說禮而陋容•學官多豪族子•擯之不得共食•公命吏曰•召直講來與祭酒共食•學官由此不敢賤直講•奏儒生為學官•日使會講••生徒多奔走聽說•皆喜曰•韓公來為祭酒•國子監不寂寞矣•改兵部侍郎•鎮州亂•殺其帥田宏正•征之不可•遂以王廷湊為節度使•詔公往宣撫•既行•眾皆危之•元稹奏曰•韓愈可惜•穆宗亦悔•有詔令至境觀視•無必於入•公曰•安有受君命而滯留自顧•遂疾驅•入•廷湊嚴兵拔刃弦弓矢以逆•及館•甲士羅於庭•公與廷湊監軍使其人就位•既坐•廷湊言曰•所以紛紛者•乃此士卒所為•本非廷湊心•公大聲曰•天子以為尚書有將帥材•故賜之以節•豈不知公共健兒語未得•乃大錯•甲士前奮言曰•先太史為國打朱滔•滔遂敗走•血衣皆在•此軍何負朝廷•乃以為賊乎•公告曰••兒郎等且勿語•聽愈言•愈將為兒郎已不記先太史之功與忠矣•若猶記得•乃大好•且為逆與順利害•不能遠引古事•但以天寶來禍福•為兒郎等明之•安祿山史思明李希烈梁崇義朱滔朱泚吳元濟李師道•復有若子若孫在乎•亦有居官者乎•眾皆曰無•又曰•田令公以魏博六州歸朝廷•為節度使•後至中書令•父子皆授旌節•子與孫雖

在幼童者亦為好官•窮富極貴•寵榮耀天下•劉悟李佑皆居大鎮•王承元年始十七•亦仗節•此皆三軍耳所聞也•衆乃曰•田宏正刻此軍•故軍不安•公曰•然•汝三軍亦害田令公身•又殘其家矣•復何道•衆乃讙曰•侍郎語是•侍郎語是•廷奏恐衆心動•遽麾衆散出•因泣謂公曰•侍郎來•欲令廷湊何所為•公曰•神策六軍之將•如牛元翼比者不少•但朝廷顧大體•不可以棄之耳•而尚壽久圍之何也••廷湊曰•即出之•公曰•若眞耳•則無事矣•因與之宴而歸•而牛元翼果出•及還•於上前盡奏與廷湊及三軍語•上大悅曰•卿直向伊如此道•由是有意欲大用之•王武俊瞻太師•呼太史者燕趙人語也•轉吏部侍郎•凡令吏皆不饋聽出入•或問公•公曰•人所以畏鬼者•以其不能見也•鬼如可見•則人不畏矣•選人不得見令史•故令史勢重•聽其出入則勢輕•改京兆尹兼御史大夫•特詔不就御史臺謁•後不得引為例•六軍將士皆不敢犯•私相告曰•是尚欲燒佛骨者•安可忤•故盜賊止•遇旱•米價不敢上•李紳為御史中丞•械囚送府•使以尹杖杖之•公曰•安有此•使歸其囚•是時紳方幸•宰相欲去之•故以臺與府不協為請••出紳為江西觀察使•以公為兵部侍郎•紳既復留•公入謝•上曰•卿與李紳爭何事•公因自辨•數日復為吏部侍郎•長慶四年得病•滿百日假•既罷•以十二月二日卒於靖安里第•公氣厚性通•論議多大體•與人交•始終不易•凡嫁內外及交友之女無主者十人•幼養於嫂鄭氏•及嫂歿•為之期服以報之•深於文章•每以為自揚雄之後•作者不出•其所為文未嘗效前人之言而固與之並•自貞元末•以至於茲•後進之士•其有志於古文者莫不祖公以為法•有集四十卷•小集十卷••及病•遂請告以罷•每與交友言既終以處妻子之語•且曰•某伯兄德行高•曉方藥•食必視本草•年止於四十二•某疏愚•食不擇禁忌•位為侍郎•年出伯兄十五歲矣•如又不足•於何而足•且獲終於牖下•幸不至失大節•以下見先人•可謂榮矣•享年五十七•贈禮部尚書•謹具任官事迹如前•請牒考功下太常定諡•幷牒史館•謹•狀

其敘說王廷湊一段，蓋幾於語體文矣。皇甫持正則一反之。繆荃孫云：「湜韓門弟子，句奇語重，不離師法，而瑣琢艱深，或格格不能自達其意，較之同時文人，固已起出流輩。

韓文公墓誌銘

皇甫湜

長慶四年八月・昌黎韓先生既以疾免吏部侍郎・書諭湜曰・死能令我躬所以不隨世磨滅者惟子・以爲嗚・其年十二月丙子遂薨・明年正月・其孤昶・使奉功緒之錄・繼訃以至・三月癸酉・葬河南河陽・乃哭而敘銘其墓・其詳將揭之於神道碑云・先生諱愈・字退之・後魏安桓王茂六代孫・祖朝散大夫桂州長史諱叡素・父祕書郎贈尚書左僕射諱仲卿・先生七歲好學・言出成文・及冠恣爲書以傳聖人之道・人始未信・既發不掩・聲震業光・衆方驚爆而萃排之・乘危將顚・不懈益張・卒大信於天下・先生之作・無圓無方・至是歸工・抉經之心・執聖之權・尚友作者・跂邪觝異・以扶孔氏・存皇之極・知與罪・非我計・茹古涵今・無有端涯・渾渾灝灝・不可窺校・及其酣放・豪曲快字・凌紙怪發・鯨鏗春麗・驚耀天下・然而栗密窈眇・章妥句適・精能之至・入神出天・嗚呼極矣・後人無以加之矣・姬氏已來・一人而已矣・始先生以進士三十有一仕・歷官・其爲御史尚書郎中書舍人・前後三貶・皆以疏陳治事・廷議不隨爲罪・常惋佛老氏法・潰聖人之隄・乃唱而築之・及爲刑部侍郎・遂章言憲宗迎佛骨非是任爲身恥・震怒天顏・先生處之安然・就貶八千里海上・嗚呼古所謂非苟知之允蹈之者邪・吳元濟反・吏兵久屯無功・國溷將疑・衆懼恟恟・先生以右庶子兼御史中丞行軍司馬・宰相軍出潼關・請先乘遽至汴・感說都統・師乘遂和・卒擒元濟・王廷湊反・圍牛元翼於深・救兵十萬・望不敢前・詔擇庭臣往諭・衆慄縮・先生勇行・元稹言於上曰・韓愈可惜・穆宗悔・馳詔無徑入・先生曰・止君之仁・死臣之義・遂至賊營麾其衆・責之・賊惶汗伏地・乃出元翼・春秋美臧孫辰告糴于齊・以爲急病・校其難

易•執爲宜變•嗚呼•先生眞古所謂大臣者耶•還拜京兆尹•歛禁軍帖•旱縱•驕悍臣之鉞•再爲吏部侍郎•薨•年五十七•贈禮部尚書•先生與人洞朗軒闢•不施戟級•族姻友舊不自立者•必待我然後衣食嫁娶喪葬•平居雖•寢食未嘗去書•怠以爲枕•餐以飴口•講評孜孜•以磨諸生•恐不完美•遊以詼笑嘯歌•使皆醉義忘歸•嗚呼可爲樂易君子•鉅人者矣•夫人高平君范陽盧氏•孤前進士昶•壻左拾遺李漢•集賢校理樊宗懿•次女許嫁陳氏•三女未笄•銘曰•維天有道•在我先生•萬頸佇延•生廟以行•令望絕邪•瘝此四方•惟塈有文•飛徽戲千•先生起之•焯役于前•張義爲仁•耿照充天•有如先生•而合亙年•按我章書•經紀大環•嗟不時施•呂極後昆•嘻噫永歸•奈知之悲•

石遺室論文云：「李文純正不矜奇，而讀之時時令人動色，自不平衍。皇甫文造語簡鍊，時復鉤章棘句，句法常用倒裝，而此碑志尙無鉤輈格磔處。李於庭湊一節，敍之最詳，最著力，昌黎一生可傳事無過於此，諫佛骨表猶其次也。而唐書昌黎傳，即用李文，而昌黎千古矣。即論其爲文章一段，看似淡淡，實未嘗不著力，言簡括而意鄭重也。不知當時何以碑志兩文均以屬皇甫？殆昌黎平日本善相如子雲，以皇甫之鉤章棘句爲能似之，故均使皇甫執筆歟？皇甫於墓志著力論昌黎文章，其云：「抉經之心，執聖之權，渾渾灝灝，不可窺校，精能之至，入神出天，姬氏以來，一人而已。」皆未免太過，昌黎當不起。其餘敍諭庭湊處，皆言抗聲數責，賊衆懼伏，似非實情。果爾，昌黎將不得免爲顏眞卿孔巢父之續，故唐書不取也。」

高澍然云：「昌黎之文廣博易良，余於韓文故言之詳矣。而習之先生其廣博稍遜，其易良則似有進焉。蓋昌黎取源孟子，而匯其全，故廣博與易良並；先生取源論語，而得其一至，故廣博雖不如而易良亦非韓所有也。譬諸天地之氣，其穆然太虛沖和昭融者，論語之易良也；其淵然不滓，高朗夷曠者，孟子之易良也。二者微有區別焉。學之者當無差等乎哉？故余於昌黎猶爲公好，於先生若爲私嗜。然每展卷如嘗異味，必求厭飫，又恐其難再得，不肯遽盡，留以待再享，其愛惜之至如此，誠不自知其然也。」

高氏之言是也。桂嘗論之，韓氏之議論文出乎孟子，而習之之議論文則本乎論語；出乎孟子故浩氣流轉而氣勢雄奇，本乎論語則韻味雅淡而氣象雍容，韓文之好，人易知，猶魯公之書人易識也；李文之佳，人難知，猶二王之字人難識也。若皇甫持正則學韓之奇而未至焉者，不足與論乎此矣。

介乎難易之間爲孫樵。樵字可之，四部叢刊影印閒靑堂刊本孫樵集十卷，自序謂家本關東，代襲簪纓，藏書五千卷，常自探討，幼而工文，得之眞訣。又嘗自謂樵嘗得爲文眞訣於來無擇，來無擇得之於皇甫持正，皇甫持正得之於韓吏部退之。與友論文書其爲文亦主奇，與皇甫持正同，故云：「鸞鳳之音必傾聽。雷霆之聲必駭心。龍章虎皮是何等物？日月五星是何等象？儲思必深，摛辭必高；道人之所不道，到人之所不到；趨怪走奇，中病歸正；以之明道則顯而微，以之揚名則久而傳；前輩作者正如是。譬玉川子月蝕詩，楊司成華山賦，韓吏部進學解，馮常侍清河壁記，莫不拔地倚天，句句欲活，讀之如赤手捕長蛇，不施控騎生馬，急不得暇，莫可捉搦；又似遠人入太興城，茫然自失，詎比十家縣，足未及東郭，日以極西郭耶？與王霖秀才書然其文終比持正爲較平易。樵之文以梓潼移江記與元路新記爲最奇。然石遺室論文云：「二記雖間有詰詘處，然視樊宗師則平易甚。視皇甫持正亦差易也。大略可之之文，若賦銘碑對各體，多用僻字；餘作記事論事者，往往似杜牧之；尙有數篇傳作可觀者。」王應麟曰：「東坡謂學韓退之不至爲皇甫湜，學湜不至爲孫樵。」朱新仲曰：「樵乃過湜，如書何易於褒城驛壁田將軍邊事復佛寺奏等，皆謹嚴得史法，有裨治道。」杜以朱說爲然矣。

梓潼移江記

浩綿于鄞·迫城如蟠·淫潦漲秋·狂瀾陸高·突堤嚙涯·包城蕩墟·歲殺州民·以爲官憂·滎陽公始至·則思所以洗民患·廉聞前觀察使欲鑿江東壖地別爲新江·使東北

注•流五里復匯而東•即堤墟•舊江使水道與城相遠•以薄江怒•途命盍吏發卒三千•跡其前謀•役興三月•功不可就•有謁於榮陽公曰•公開新江•將抉民臺•然江勢不可決•訛言不可絕•公將何以終之•榮陽公曰•吾欲厚其途以勸其卒可乎•對曰•譏卒賴厚直•民惜其田以顧得•不可•榮陽公曰•吾欲餞其將以勸其卒可乎•對曰•代之將者必苦吾卒•卒若叛•不可•榮陽公曰奈何•對曰•夫民可與樂終•難與圖始•鬪自役興已來•彼其民曰•夏王鞭促萬鐘•以導百川•今果能改夏王跡耶•非徒無功•抑有後災•羣疑泰綿•民心蕩搖•前時觀察使欲鑿新江•中輟議而罷•豈病此耶•公卽能先堤民言•新江可度日而決也•榮陽公諾•又明日杖殺左右有所貳事•鞭官吏有所阻政者•遂下令曰•開新江非我家事•將脫鄭民於魚禍耳•民敢橫議者死•蜀民以榮陽公嘗為京兆•旣憚其猛•及是•民心大懍•羣舌如斬•未幾而新江告成•榮陽公數出臨觀•班賞罷卒•已而歎曰•民言不堤•新江其不決耶•經江長步一千五百•闊十分其長之二•深七分其闊之一•盤堤旣隆•盤江途墟•凡得田五百畝•其年七月•水果大至•雖踰防稽陸•不能病民•其績宜何如哉•榮陽公旣以上聞•有司劾其不先白•詔奪俸錢一月之半•樵嘗為褒城驛記•恨所在長吏不肯出毫力以利民•及觀榮陽公以開新江受譴•豈立事者亦未易耶•是歲開成五年也•

第四節　矯枉派之散文

凡辭賦駢文家之散文，有不能脫其本家之習氣者，如司馬相如揚雄之所為是也。凡散文家之辭賦，亦有不能脫其本家之習氣者，如董仲舒司馬遷之士不遇賦是也。蓋所學染旣深，各有本色，勢不易變也。然亦有矯枉過正，與本色絕異者，如漢之班固，辭賦家也，其文則駢文之祖也，其書秦始皇本紀後云：

孝明皇帝十七年十月十五日乙丑・・周歷已移・・仁不代母・・秦直其位・呂政殘虐・然以諸侯十三・并兼天下・極情縱欲・養育宗親・三十七年・・兵無所不加・制作政令・施於後王・蓋得聖人之威・河神授圖・據狼狐・蹈參伐・佐政驅除・距之稱始皇・始皇既歿・胡亥極愚・酈山未畢・復作阿房・以遂前策・云凡所為貴有天下者・肆意極欲・大臣至欲罷先君所為・誅斯去疾・任用趙高・痛哉言乎・人頭畜鳴・不威不伐惡・不篤不虛亡・距之不得留・殘虐以促期・雖居形便之國・猶不得存・子嬰度次得嗣・冠玉冠・佩華紱・車黃屋・從百司・謁七廟・小人乘非位・莫不怳忽失守・偷安日日・獨能長念却慮・父子作權・近取於戶牖之間・竟誅猾臣・為君討賊・高死之後・賓婚未得盡相勞・餐未及下咽・酒未及濡脣・楚兵已屠關中・真人翔霸上・素車嬰組・奉其符璽以歸帝者・鄭伯茅旌鸞刀・嚴王退舍・河決不可復壅・魚爛不可復全・賈誼司馬遷曰・・向使嬰有庸主之才・僅得中佐・山東雖亂・秦之地可全而有・宗廟之祀未當絕也・・秦之積衰・天下土崩瓦解・雖有周旦之材・無所復陳其巧・而以責一日之孤・誤哉・俗傳秦始皇起罪惡・胡亥極・得其理矣・復責小子・云秦地可全・所謂不通時變者也・紀季以酅・春秋不名・吾讀秦紀・至於子嬰車裂趙高・未嘗不健其決・憐其志・嬰死生之義備矣・

宋范曄駢文大家也，其後漢書自序云：

吾少嬾學問・晚成人年三十許・政始有向耳・自爾以來・轉為心化推老將至者亦當未已也・往往有微解・言乃不能自盡・為性不尋注書・心氣惡小・苦思便憒悶・口機又

不調利·以此·無談功·至於所通解處·皆自得之於胸臆耳·文章轉進·但才少思難·所以每於操筆·其所成篇·殆無全稱者·常恥作文士·文患其事盡於形·情急於藻·義牽其旨·韻移其意·雖時有能者·大較多不免此累·政可類工巧圖繢·竟無得也·常謂情志所託·故當以意爲主·以文傳意·以意爲主則其旨必見·以文傳意則其詞不流·然後抽其芬芳·振其金石耳·此中情性旨趣·千條百品·屈曲有成理·自謂頗識其數·嘗爲人言·多不能賞·意或異故也·性別宮商·識清濁·斯自然也·觀古今文人·多不全了此處·縱有會此者·不必從根本中來·言之皆有實證·非爲空談·年少中謝莊最有其分·手筆差易·文不拘韻故也·吾思乃無定方·特能濟難·適輕重所稟之分·猶當未盡·但多公家之言·少於事外遠致·以此爲恨·亦由無意於文名故也·本未關史書·政恆覺其不可解耳·既造後漢·轉得統緒·詳觀古今著述及評論·殆少可意者·班氏最有高名·既任情無例·不可甲乙·辨後贊於理近無所得·唯志可推耳·博贍不可及之·整理未必愧也·吾雜傳論·皆有精意深旨·既有裁味·故約其詞句·至於循吏以下·及六夷諸序論·筆勢縱放·實天下之奇作·其中合者·往往不減過秦篇·嘗共比方班氏所作·非但不愧之而已·欲徧作諸志·前漢所有者悉令備·雖事不必多·且使見文得盡·又欲因事就卷內發論·以正一代得失·意復未果·贊自是吾文之傑思·殆無一字空設·奇變不窮·同含異體·乃自不知所以稱之·此書行故應有賞音者·紀傳例爲舉其大略耳·諸細意甚多·自古體大而思精·未有此也·恐世人不能盡之·多貴古賤今·所以稱情狂言耳·吾於音樂聽功不及自揮·但所精非雅聲爲可恨·然至於一絕處亦復何異邪·其中體趣·言之不盡·弦外之意·虛響之音·不知所從而來·雖少許處·而旨態無極亦嘗以授人·士庶中未有一毫似者·此永不傳矣·吾書雖小小有意·筆勢不快·餘竟不成就·每愧此·

其文之質木無文，古峭詰詘如此，與其所作辭賦駢文，豈非如出兩人之手乎？在唐之文家，亦有類此者，如杜甫李商隱是也。今各錄一首如下：

秋述

杜甫

秋杜子臥病長安旅次·多雨生魚·青苔及榻·常時車馬之客·舊雨來今雨不來·昔襄
陽龐德公·至老不入州府·而揚子雲草元寂寞·多爲後輩所褻·近似之矣·嗚呼·冠
冕之窟·名利卒卒·雖朱門之塗泥·士子不見其泥·矧抱疾窮巷之多泥乎·子魏子獨
踽踽然來·汗漫其僕·夫夫又不假蓋·不見我病色·適與我神會·我棄物也·四十無
位·子不以官遇我·知我處順故也·子挺生者也·無矜色·無邪氣·必見用則風后力
牧是已·文章則子游子夏是已·無邪氣故也·得正始故也·噫·所不至于道者·時或
賦詩如曹劉·談話及衛霍·豈少年壯志·未息俊邁之機乎·子魏子今年以進士調選·
名隸東天官·告余將行·既縫裳·既聚糧·東人怵惕·筆札無敵·謙謙君子·若不得
已·知祿仕此始·吾
黨惡乎無述而止·

劉乂

李商隱

右一人字乂·不知其所從來·在魏與焦濛閒冰田游善任氣·重義·大驅·有擊力·讐
出入市井·殺牛及犬豕·羅網鳥雀·亦或時飲酒殺人·變姓名遁去·會赦得出·後流
入齊魯·始讀書·能爲歌詩·然恃其故時所爲·輒不能俯仰貴人·穿屐破衣·從尋常
人乞丐酒食爲活·聞韓愈善接天下士·步行歸之·既至·賦冰柱雪車二詩·一旦居盧
同孟郊之上·變宗師·以文自任·見乂拜之·後以爭語不能下諸公·因持愈金數斤去·
曰·此諛墓中人得耳·不若與劉君爲壽·愈不能止·復歸齊魯·乂之行固不在聖賢中·
廝之列·然其能面道人短長·不畏卒禍·及得其服
義·則又彌縫勸諫·有若骨肉·此其過人無眼·

其古拙拗折，戛戛獨造，如兩漢以上文也，殆與班范之作爲一類矣。舊唐書杜甫傳云：「杜甫字子美，本襄陽人，後徙河南鞏縣。甫天寶初，應進士不第；天寶末獻三大禮賦，元宗奇之。」李商隱傳云：「天寶末詩人，甫與李白齊名。」清仇兆鰲杜詩詳注凡詩二十三卷雜文二卷。又云：「李商隱字義山，懷州河內人。商隱能爲古文，不喜偶對；從事令狐楚幕，楚能章奏，遂以其道授商隱，自是始爲今體章奏，博學強記，下筆不能自休，尤善爲誄奠之辭；與太原溫庭筠，南郡段成式齊名，號三十六；文思清麗，庭筠過之，而俱無持操，恃才詭激，爲當塗所薄，名宦不進，坎壈終身。」然則商隱固原工古文之學者。然亦當時駢文之風漸盛而矯枉過正者也。四部叢刊鐵琴銅劍樓藏舊鈔本李義山文集五卷。

第五節　艱澀派之散文

開韓昌黎古文之風而爲文務爲艱澀者，爲樊宗師，皇甫湜，孫樵。而樊宗師爲尤最。韓愈樊紹述墓志銘云：「紹述諱宗師，自祖及紹述之世，皆以軍謀堪將帥策上第以進。紹述無所不學，於辭於聲天得也。」又云：「從其家求書得書號魁紀公者三十卷，曰樊子者又三十卷，春秋集傳十五卷，表牋狀箴書序傳記誌說倫今文贊銘凡二百九十一篇，道路所遇及器物門里雜銘二百二十，賦十，詩七百一十九，曰多矣哉！古未嘗有也。然而必出於己，不蹈襲前人一言一句，又何難也？必出入仁義，其富若生畜，萬物必具，海含地負，放恣橫從，無所統記，然而不煩於繩削而無不合也。嗚呼，紹述於斯文，可謂至於斯極者矣。」退之之推許紹述，可謂至矣。然樊文今只傳二篇而已。陶宗儀輟耕錄云：「唐南陽樊宗師字紹述，所譔絳守居園池記，艱深奇澀，讀之往往昧其句讀，況義乎哉？韓文公謂其文不蹈襲前人一言一句，觀此記則誠然矣。」今錄其全文於下，以見天下竟有此一類之文也。

絳守居園池記

絳即東雍·（雍去聲）為守·（去聲）理所·稟參（所今切）實沈分·（分去聲）氣蓄兩河潤·有陶唐冀遺風餘思·（思去聲）晉韓魏之相剝剖·世說總其土田士人·今無磽（口交切）雜擾·宜得地形勝·瀉水施法·豈新田又蒹猥·不可居·州地或自有興廢·（州字或屬上句）人因得附為奢儉·將為守悅致平理與·（與平聲）益侈心耗物害時·與·（與平聲）自將失敎孰華·終披夷不可知·陴緬（音陴睨也緬綖作緬）孤顛·跒倔（上苦下切下渠勿切）玄武踞·守居割有北·自甲辛苞太池泓·橫硤旁·潨中癸次·木腔暴三丈·餘（或屬上句）涎玉沫珠·子午梁貫亭·四瀾漣·虹蜺雄雌·穹鞠劇鑑·（時忍切）礙偎（胡[illegible]切）島抵·（音池）淹淹委委·（平聲）渉離縱·（莫牛切）蘿蔦翠蔓紅刺相拂綴·南連軒井·陴中湧曰香·承守寢睟（雖遂切）思·西南有門曰虎豹·左畫虎搏·（補各切）立·萬力千氣·底（音旨）發·彘匿地·努肩腦口牙

快抗・電火雷虱黑山震將合・布胡人鬍・黃帑〔於元切〕累〔力追切〕珠・丹碧錦燠
・身力靈鞞楊絹・〔上刀切〕白豹玄班・飲距掌牌・意相得・東南有亭日新・前舍〔
音頜〕曰槐・有槐扆〔盧器切〕讀・鬍鬱蔭後頭・渠決決緣池西直南折縣赴・可宴可
衙・又虫蔫渠曰・望月・〔鬱音軒〕又□慈弱角池・研塗曰柏・有柏蒼青官士・擁列
淇槐朔友・境〔鉏衙切〕陰洽色・北俯渠・憧憧來・刮綴面河・巽闕〔縫作隔〔間・
黃原玦天・汾水鈎帶・白言謡・行且艮間・遼闊青綮・近樓盆井闉黯肅寮・可四時合
奇七・觀雲風霜露雨雪・所爲〔去聲〕發生收斂賦歌哼・正東曰許塘・遵瀕河游望・
堵翻碧激・光文切錢梁深撓撓〔奴巧切〕收窮・正北曰風隱・乘撚左右・隱鋭北回逡
芳・墐〔徒計切〕振〔刀計切〕〕譏墉・御渠歃池・南循檻・録涯致・較龍鉤牽・賓龜
濺燧〔蒺猛切一音睥〕文文章章・陰欲〔呼合切〕蹩〔都念切〕讞・〔呼括切〕煙濆
藹菜桃李陶叢・神君仙人衣裳雅治・可會脫赤熱・西北曰鰲・嶸〔音歹〕京・開治〔
吁來切一諸・虛明茫茫・遨隱須耳・可大客旅鐘鼓樂・提壓鞶巖・佰〔音弼〕池家渠
・憎乖憐園・三西曰白濱・荅〔鳥外切〕深憐梨・素女雪舞肖俏・水擊披・聯聯〔直
郭切〕千輻・迤酉引東去長巖・挾檳埒・〔埒音劣〕日卯酉〔日或作自〕樵途隝徑幽
委・蟲鳥繁蜒人・風日燈火之・鐵夜漏滁詭嬈〔魚毀切〕絢化・大小亭銅池渠間・走
池隄上亭後前・陴梁墉・如連山擊峯擁・垣高下如原隰隄谿壑・水引古・自源三十里
・翳□青絕礎堦・爲〔或作其〕池灘沼渠灤濂〔音叢〕瀑終出・汩汩〔于寒功音骨非
〕衡衡哇曰阡陌間・入汾・巨樹木・資七悍水沮・〔將頹切〕宗族盛茂・旁蔭遠映錦
□交葉枝香・瑰麗從〔上下可通作一句〕絕他郡・考其鸞亭沼池之增・蔬蒙壬才奚鷄
以奇意相勝・至今過客尚往往有指可創起處・余退常吁・後其能無・果有不・〔音否
〕補建者地由於煬・及〔當作反〕者雅文安・〔席雅裴文安二人〕發士築爲拒・幾〔
平盤〕附於污宮・水本於正平軌・病井補生物物瘠・引古・沃漭人使・幾附於河渠・
嗚呼・爲附於河渠則可・爲附於汧宮其可・
嗟以蘊故君子・長慶三年五月十七日記・

此等文體蓋上法古鐘鼎文字，而下法班固書秦始皇本紀後者也。全學此等文，固屬無用。然偶一讀之，以期洗去俗滑，亦未始不無小補也。

李肇國史補云：「元和之後，文筆則學奇於韓愈，學澁於宗師。退之作樊墓誌稱其爲文不剽襲，觀絳守居園池記誠然，亦太奇澁矣。本朝王晟劉忱皆爲之注解，如瑤翻碧瀲，蒐眼灝耳等語，皆前人所未道也。」

歐陽修跋云：「元和文章之盛極矣，其奇怪至於如此。」又詩云：「嘗聞紹述絳守居，偶來登覽周四隅。異哉樊子怪可吁，心欲獨去無古初。窮荒探幽入無有，一語詰曲百盤紆。孰云已出不剽襲？句斷欲學盤庚書。（一云文言附雅不訓詁，幾欲舌辭从象胥。）荒煙古木蔚遺墟。我來嗟祇得其餘。柏槐端莊偉大夫，蒼顏鬱鬱老不枯。靚容新麗一何姝？清池翠蓋擁紅蕖。胡麕虎搏豈足道，記錄細碎何區區？宓氏八卦畫河圖，禹湯臯夔暨唐虞，豈不古奧萬世模。嫉世妓好習卑污，以奇矯薄駭羣愚。用此猶得追韓徒。我思其人爲躊躇！作詩聊謔爲坐娛。」

孫之騄云：「余幼時讀輟耕錄，喜樊紹述絳守居園池記，識其句讀，知韓昌黎生蓄萬物，放恣橫從之語，爲不虛。所稱趙伯昂箋註與無名氏註解者，有兩本，求之數十年竟不獲。後見唐詩紀事又得綿州越王樓詩序一篇，俱苦無註解，可釋其義。今年秋，得沈裕註本，內載趙吳許三家註，燦然可觀已。然急於自衒，多删易舊文，漸失本來，余病其弗完，爲補綴數十條，釐爲二卷，傳之人間，俾幽經秘籙勿致湮滅，亦韓子不忍奇寶橫棄道側之意也。嗚呼，元和之際，文章之盛極矣，其怪奇至於如此。韓子稱紹述集若干卷詩文千餘篇，今所存纔兩篇耳。以文之多若是，其獨出古初無所剽襲又若是，而今昔往來人讀者蓋鮮。老子曰：知希我貴。知我希故我貴也。楊子雲著太玄，曰：後世復有子雲則知我矣。夫異代桓譚，子雲已灼然俟之身後，如欲強蚩蚩拙目共讀樊集，恐巴人倡和，天下皆是。陽春高而莫續。妙聲絕而不尋。非病其晦澀，則以爲無用之文耳。誰爲精討錙銖，覈量文質乎？」

第六節　淺易派之散文

天下事物，苟非中庸，必有相對。文章亦然。有主難者，必有主易者；有主深者，必有主淺者。故有樊紹述之艱深；必有白樂天之淺易。惟淺易與草率不同，第一要件卽在眞切。眞切則文字雖淺易而意味實深長，此實爲最高之文境。反是，則可謂以艱深之字文其淺陋耳。白樂天之文，自來論文者不選：而吾則以爲陶淵明以後一人而已。新唐書本傳，「白居易，字樂天。其先蓋太原人，後徙下邽。敏悟絕人，工文章。未冠謁顧況，況吳人，恃才少所許可，見其文，自失曰：吾謂斯文遂絕，今復得子矣。又云：居易於文章精切，然最工詩，初頗以規諷得失，及其多，更下偶俗好，至數千篇，當時士人爭傳，雞林行賈售其國相，率篇易一金，甚僞者相輒能辨之。初與元稹酬詠，故號元白；稹卒，又與劉禹錫齊名，號劉白。其始生七月能展書，姆指之無兩字，雖試百數不差。九歲暗識聲律，其篤於文章，蓋天稟然。」四部叢刊影印日本活字本白氏文集七十一卷。

樂天之文蓋學陶淵明，其醉吟先生傳即擬五柳先生傳而能擴充之者也。學者若病其略有摹擬之迹，則試問韓退之送窮文摹擬楊子雲之逐貧，豈能略無形跡邪？

醉吟先生傳

白居易

醉吟先生者•忘其姓字鄉里官爵•忽忽不知吾爲誰也•宦遊三十載•將老•退居洛下•所居有池五六畝•竹數千竿•喬木數十株•臺榭舟橋•具體而微•先生安焉•家雖貧不至寒餒•年雖老未及耄•性嗜酒•耽琴淫詩•凡酒徒琴侶詩客多與之遊•遊之外•懷心釋氏•通學小中大乘法•與嵩山僧如滿爲空門友•平泉客韋楚爲山水友•彭城劉

岁得爲詩友·安定皇甫朗之爲酒友·每一相見·欣然忘歸·洛城內外六七十里間·凡觀寺丘墅有泉石花竹者靡不遊·人家有美酒鳴琴者靡不過·有圖書歌舞者靡不觀·自居守洛川·暨佈衣家·以宴盛召者·亦時時往·每良辰美景·或雪朝月夕·好事者相過·必爲之先拂酒罍·次開篋詩·酒既酣乃自援琴操宮聲·弄秋思一遍·若興發命家僮調法部絲竹合奏霓裳羽衣一曲·若歡甚又命小妓歌楊柳枝新詞十數章·放情自娛酩酊而後已·往往乘興屨及鄰·杖於鄉·騎遊都邑·肩舁適野·舁中置一琴一枕·陶謝詩數卷·舁竿左右懸雙酒壺·尋水望山·率情便去·抱琴引酌·興盡而返·如此者凡十年·其間日賦詩·六千餘首·歲釀酒約數百斛·而十年前後賦釀者不與焉·妻孥弟姪慮其過也·或譏之·不應·至於再三·乃曰·凡人之性·鮮得中·必有所偏好·吾非中者也·設不幸吾好·而貨殖焉·以至于多藏潤屋·賈禍危身·奈吾可·設不幸吾好博弈·一擲數萬·傾財破產·以致于妻子凍餒·奈吾何·設不幸吾好藥·損衣削食·鍊鉛燒汞·以至于無所成·有所誤·奈吾何·今吾幸不好彼而自適于杯觴諷詠之間·放則放矣·庸何傷乎·不猶愈於好彼三者乎·此劉伯倫所以聞婦言而不聽·王無功所以遊醉鄉而不還也·遂率子弟入酒房·環釀甕·箕踞仰面·長吁太息曰·吾生天地間才與行不逮於古人遠矣·而富於黔婁·壽於顏淵·飽於伯夷·樂於榮啓期·健於衛叔寶·幸甚幸甚·餘何求哉·若捨吾所好·何以送老·因自吟詠懷詩云·抱琴榮啓樂·縱酒劉伶達·放眼看青山·任頭生白髮·不知天地內·更得幾年活·從此到終身·盡爲閑日月·吟罷自哂·揭甕撥醅·又引數杯·兀然而醉·既而醉復醒·醒復吟·吟復飲·飲復醉·醉吟相仍·若循環然·由是得以夢身世·雲富貴·幕席天地·瞬息百年·陶陶然·昏昏然·不知老之將至·古所謂得全於酒者·故自號爲醉吟先生·于時開成三年·先生之齒六十有七·鬚盡白·髮半禿·齒雙缺·而觴詠興猶未衰·顧謂妻子云·今之前·吾適矣·今之後·吾不自知其與何如·

其他最佳之文尚有與元九書答戶部崔侍郎書等，均意興灑然，甚得自然之妙者也」

第七節　晚唐五代之散文

唐之韓柳雖大倡古文，然自晚唐以後，李商隱溫庭筠段成式之徒，爲文尙四六，號爲三十六體，而文格益日衰。新唐書云：「唐有天下三百年，文章無慮三變。高祖大宗，大難始夷，沿江左餘風，絺句繪章，揣合低昂，故王楊爲之伯。玄宗好經術，羣臣稍厭雕琢，索理致，崇雅黜浮，氣益雄渾，則燕許擅其宗。是時唐興已百年，諸儒爭自名家，大曆貞元間，美才輩出，擩嚌道眞，涵泳聖涯，於是韓愈倡之，柳宗元李翺皇甫湜等和之，排逐百家，法度森嚴，抵轢晉魏，上軋漢周，唐之文完然爲一王法，此其極也。」此論唐三百年之文，王楊爲一體，燕許爲一體，然皆駢文也；韓柳爲一體，則散文也。自晚唐以後之文學，則可論者惟詩詞而已，散文駢文俱不足論矣。至於五代十國，則所可論者唯詞而已，即詩亦已不足論。蓋國勢日衰，干戈擾攘之際，士旣不得從容於學，而偸生避難，僅存於鋒鏑之間者，亦苟瞻旦夕，惟恐後時。時勢之衰落旣足以促士氣之銷沈，而士氣之銷沈更足以增時勢衰落，互相因果，而文章學術乃彌益不足論矣。故晚唐五代之散文，歷代文家，乃絕少語及之者焉。

林傳甲云：「司馬炎滅蜀漢，而匈奴劉淵昌言復讎；朱溫篡唐，而沙陀李存勗昌言嗣統。中原有亂，他族乘之，漢族因之衰落，漢文亦因而萎靡。六朝時中原雖亂，江左正統猶存，其文物尚能自立。五代時中原既非正統，而江南又裂爲數國焉。唐末羅隱懷才不試，好爲寓言，出以過激，每不中理，然亦晚唐之後勁，吳越文人所仰景望也。錢鏐爲吳越王時，撰杭州羅城記，涉筆閒雅，亦有淵渾之氣。南唐主李昪舉用儒吏，戒廷臣勿言用兵，其詔辭雖淵然可誦，適以肖東晉南宋偏安之計耳。其臣張義方，江文蔚，歐陽廣，潘佑之文，徐鍇徐鉉之學，視梁陳江淹徐庾輩，文不及而學則過之矣。蜀之馮涓，韋莊，杜光庭，閩之徐寅，黃滔，楚之丁思覲，文學斐然，亦不讓梁陳文士也。惟中原經沙陀契丹之蹂躪，文物蕩盡，李繼岌李嚴之文，曾不如北魏邢溫之什一。惟王朴平邊策，視蘇綽之大誥，則遠過之矣。五代武人多以彥名，而名士寥落如晨星，漢族式微，則漢文亦絕矣。數往察來，可不懼乎？南唐其能保國家者乎？」

又云：「宋人修五代史，未列儒林文苑諸傳，流俗遂疑爲五季之衰，不但無治化之文，且並詞章之士亦少，此何足以知五代乎？五代時周王朴之平邊策，南唐歐陽廣論邊鎬必敗書，皆質實無華，有裨治化。詞人才士，如羅隱梁震韓偓之流，苟全性命於亂世，亦皭然不滓也。蜀主孟氏，偏安之主也，刻石戒百官曰，爾俸爾祿，民膏民脂，下民易虐，上天難欺。今刻石偏海內，不能易其一字焉。此非治化之文歟？五代士人最無恥者莫如馮道；雖然，馮道於治化有偉大之功焉。唐長興三年，始刻九經板，馮道請之也。近人讀古書視之宋如拱璧，五代本則罕聞焉。馮道請國子監鏤板，大啓學界之文明焉。後世聚珍縮影日漸發明，圖籍風行，學者便之，治化益臻明備，君子不以馮道爲人而廢其法也」

二二二

今錄王朴文一首以見五代散文之一斑：

平邊策

唐失道而失吳蜀・晉失道而失幽并・觀所以失之之由・知所以平之之術・當失之時・君暗政亂・兵驕民困・近者姦於內・遠者叛於外・小不制而至于僭・大不制而至于濫天下離心人不用命・吳蜀乘其亂・而竊其號・幽并乘其間而據其地・平之之術・在乎反唐晉之失而已・必先進賢退不肖以淸其時・用能去不能以審其財・恩信號令以結其心・賞功罰罪以盡其力・恭儉節用以豐其財・徭役以時以阜其民・俟其倉廩實・器用備・人可用而舉之・彼方之民・知我政化大行・上下同心・力彊財足・人安將和・有必取之勢・則知彼情狀者願爲之間諜・知彼山川者願爲之先導・彼民與此民之心同・是與天意同・與天意同則無不成之功・攻取之道・從易者始・當今惟吳易圖・東至海・南至江・可撓之地二千里・從少備之先撓之・備東則撓西・備西則撓東・彼必奔走以救其弊・奔走之間・可以知彼之虛實・衆之彊弱・攻虛擊弱・則所向無前矣・勿大舉但

以輕兵撓之・彼人怯弱・知我師入其地・必大發以來應・數大發則民困而國竭・一不大發則我獲其利・彼竭我利・則江北諸州乃國家之所有也・既得江北・則用彼之民・揚我之兵・江之南亦不難平之也・如此則用力少而收功多・得吳則桂廣皆爲內臣・岷蜀可飛書而召之・如不至則四面並進・席卷而蜀平矣・吳蜀平・幽可望風而至・唯幷必死之寇・不可以恩信誘・必須以彊兵攻・力已竭・氣已喪・不足以爲邊患・可爲後圖・方今兵力精練・器用具備・羣下知法・諸將用命・一稔之後・可以平邊・臣書生也・不足以講大事・至于不達大體・不合機變・惟陛下寬之・

第八節　宋古文六家之散文

宋史文苑傳云：「自古創業垂統之君，卽其一時之好尙，而一代之規橅可以豫知矣。藝祖革命，首用文吏而奪武臣之權，宋之尙文，端本乎此。太宗眞宗，其在藩邸，已有好學之名；及其卽位，彌文日增。自時厥後，子孫相承，上之爲人君者無不典學，下之爲人臣者自宰相以至令錄無不擢科；海內文士，彬彬輩出焉。國初楊億劉筠，猶襲唐人聲律之體；柳開穆修，志欲變古而力弗逮；廬陵歐陽修出，以古文倡；臨川王安石，眉山蘇軾，南豐曾鞏起而和之，宋文日趨於古矣。南渡文氣不及東都，豈不足以觀世變歟？」此論宋三百餘年之文學雖甚略，然其言宋初之文沿襲唐人聲律之體，與唐初之文沿襲江左之駢儷體正同而宋之有柳開穆修爲歐陽之先鋒，亦與唐之有元結柳冕爲韓柳之先鋒正同，韓之後有李翺皇甫湜等亦與歐陽之後有王曾三蘇等正同也。

宋六家固不能出於韓柳範圍。然若角其短長，則宋六家之傳記遠不及唐五家（韓柳李皇甫孫）之瑰奇；論議之文則韓柳以外，唐三家遠不如宋六家之條暢動聽。

石遺室論文云：「大略宋六家之文，歐公敍事長於層累鋪張，多學漢人鼂錯貴粟重農疏，淮南王安諫伐閩越書，班孟堅漢書各傳而濟以太史公傳贊之抑揚動盪；曾子固專學匡劉一路；蘇明允揣摩子書，與長公多得力於孟子；荆公除萬言書外，各雜文皆學韓，且專學其逆折拗勁處。桐城人之自命學韓，專學此類。蓋荆公詩亦學韓，間規及杜也。」

歐陽修　宋史歐陽修傳云：「歐陽修字永叔，廬陵人，四歲而孤，母鄭守節自誓，親誨之學。家貧至以荻畫地學書。幼敏悟過人，讀書輒成誦。及冠，嶷然有聲。宋興且百年，而文章體裁猶仍五季餘習，鎪刻駢偶，淟涊弗振，士因陋守舊，論卑氣弱。蘇舜元舜欽柳開穆脩輩，咸有意作而張之，而力不足。脩游隨得唐韓愈遺稿於廢書簏中，讀而心慕焉；苦志探賾，至忘寢食，必欲并轡絕馳而追與之並；舉進士，試南宮第一，擢甲科，調西京推官；始從尹洙游，爲古文，議論當世事，迭相師友；與梅堯臣游，爲歌詩相倡和；遂以文章名冠天下。」四部叢刊影印元刊居士集五十卷，外集二十五卷，外制集三卷，內制集八卷，表奏書啓四六集七卷，奏議集十八卷，雜著述十九卷等。

石遺室論文云：「文章之有姿態者，尙書惟有秦誓，禮記則三年問，實荀子也。檀弓作態太甚，左傳則滋多矣。莊子之送君者皆自崖而返，君自此遠矣二語，風神絕世。太史公則各傳贊皆以姿態見工，而五帝本紀項羽本紀二贊，尤有神，傳文則莫如伯夷列傳。世稱歐陽公文爲六一風神，而莫詳其所自出。世又稱歐公得殘本韓文，肆力學之。其實昌黎文有工夫者多，有神味者少。有神味者惟送董邵南序藍田縣丞廳壁記；若送李愿歸盤谷序則至塵下者；送楊少尹序，亦作態太甚；其滑調多爲八股文家所摹，切不可學；與孟東野書亦韓文之有風神者，然兩用知吾心樂否也，尙嫌作態。意無淺深，筆無輕重，句無長短也。歐公文實多學史記，似韓者少。」

又云：「永叔以序跋雜記爲最長，雜記尤以豐樂亭記爲最完美。起一小段已簡括全亭風景，乃橫插滁於五代干戈之際，得勢有力。然後說由亂到治，與由治回想到亂，一波三折，將實事於虛空中摩盪盤旋，此歐公平生擅長之技，所謂風神也。今滁於江淮一小段，與修之來此一段，歸結到太平之可樂，與名亭之故，收煞皆用反繳筆爲佳。」

又云：「歐公有美堂記，與豐樂亭峴山亭二記，爲雜記中最工者。醉翁亭記則論者以爲俗調矣。其實非調之俗，乃辭意過於圓滑，與送李愿序氣味相似，殊不可學耳。然起云「環滁皆山也，其西南諸峯林壑尤美，望之蔚然而深秀者瑯琊也。山行六七里，漸聞水聲潺潺而瀉出兩峯之間者釀泉也。峯回路轉有亭翼然臨於泉上者醉翁亭也，」一起數句頗自俊爽。學公穀只學此一段而止，餘另換別調，亦不討厭。若柳子厚爲之，當不全篇摹倣，遊黃溪記惟首段仿史記，其證也。」

又云：有美堂記，中間言金陵錢塘皆僭竊於亂世，而錢塘獨盛於金陵之故，才思橫溢，極似漢人文字。曾子固道山亭記，從淮南王諫伐閩越書脫化出來，正其類也。峴山亭記亦以一起特勝，中間抑揚處正學史記傳贊，豈皆自喜其名之甚二句爲道著二子心坎。姚惜抱以爲神韻縹緲，如所謂吸風飲露蟬蛻塵壒者，絕世之文也。此皆知其然而不知其所以然之語，極似鍾伯敬詩歸之評唐人詩妙處；至譽之太過，抑無論矣。

有美堂記

嘉祐二年•龍圖閣直學士尚書吏部郎中梅公•出守於杭•於其行也•天子寵之以詩•於是始作有美之堂•蓋取賜詩之首章而名之•以為杭人之榮•然公之甚愛斯堂也•雖去而不忘•今年自金陵遣人走京師•命予誌之•其請至六七而不倦•予乃為之言曰••夫舉天下之至美與其樂•有不得而兼焉者多矣•故窮山水登臨之美者•必之乎寬閒之野•寂寞之鄉•而後得焉•覽人物之盛麗•誇都邑之雄富者•必據乎四達之衝•舟車之會•而後足焉•蓋彼放心於物外•而此娛意於繁華•二者各有適焉•然其為樂•不得而兼也•今夫所謂羅浮天台衡嶽洞庭之廣•三峽之險•號為東南奇偉秀絕者•乃皆在乎下州小邑•僻陋之邦•此幽潛之士•窮愁放逐之臣之所樂也•若乃四方之所聚•百貨之所交•物盛人眾•為一都會•而又能兼有山水之美•以資富貴之娛者•惟金陵錢塘•然二邦皆僭竊於亂世•及聖宋受命•海內為一•金陵以後服見誅•今其江山雖在•而頹垣廢址•荒煙野草•過而覽者•莫不為之躊躇而悽愴•獨錢塘自五代時•知尊中國•效臣順•及其亡也•頓首請命•不煩干戈•今其民幸富完安樂•又其俗習工巧•邑屋華麗•蓋十餘萬家•環以湖山•左右映帶•而閩商海賈•風帆浪舶•出入於江濤浩渺•煙雲杳靄之間•可謂盛矣•而臨是邦者•必皆朝廷公卿大臣•若天子之侍從•又有四方遊士•為之賓客•故喜占形勝•治亭榭•相與極遊覽之娛•然其於所取•有得於此者•必有遺於彼•獨所謂有美堂者•山水登臨之美•人物邑居之繁•一寓目而盡得之•蓋錢塘兼有天下之美•而斯堂者•又盡得錢塘之美焉•宜乎公之甚愛而難忘也•梅公清慎•好學君子也•視其所好•可以知其人焉•

大氐歐陽之文善於吞吐夷猶，最工言情之作，近代唐蔚芝先生之文近之。

曾鞏　宋史曾鞏傳云：「曾鞏字子固，建昌南豐人；生而警敏，讀書數百言，脫口輒誦；年十二試作六論，援筆而成，甫冠，名聞四方。歐陽修見其文奇之。中嘉祐二年進士。」四部叢刊影印元刊本元豐類稿十八卷，附錄一卷。

林傳甲云：「江右章貢之湊，多古文家。自歐陽公起於廬陵以後，未幾王安石興於臨川，曾子固出於南豐，遂極一時之盛。唐宋八家宋得其六，眉山三蘇與江右各得其半焉。安石與鞏締交之情，見於安石答段縫書曰：鞏文學論議，在某交游中不見可敵。其心勇於適道，不可以刑禍利祿動也。安石祭曾博士易古文，則鞏之父也。故當時學者稱二人曰曾王。曾鞏傳曰：安石得志後，遂與之異。蓋安石以新法致黨禍，爲宋儒所不韙。惟其文勁爽峭直，如其其爲人焉。其最長者莫如上神宗書，其最短莫如讀孟嘗君傳書後，皆傳誦於世，所謂氣盛則言之長短皆宜也。曾王之文有極相似者，如子固之墨池記，荊公之芝閣記，皆寂寥短章，使人味之雋永，此曾王之所長也。朱子云：熹未冠而讀曾南豐先生之文，愛其詞嚴而理正，洵子固之定評。曾王之異同，在於所持之理，其詞氣固未嘗歧異也。」

石遺室論文云：「曾子固謝杜相公書，述其父病卒，受杜公之恩，自醫藥以至歸櫬，種種關切，路云：「明公雖不可起而寄天下之政，而愛育天下之人才，不忍一夫失其所之道出於自然，而推行之，不以進退，而鞏獨幸遇明公於此時也；在喪之中，不敢以世俗淺意，越禮進謝；喪除又維大恩之不可名，空言不足陳；徘徊迄今，一書之未進，顧其慙生於心無須臾廢也。伏維明公，終賜亮察。夫明公存天下之義而無有所私，則鞏之所以報於明公者，亦惟天下之義而已。誓心則然，未敢謂能也。以上可謂眞性情道義之文矣。所謂亦惟天下之義者，自勉爲君子，稱得受此待遇。誓心二語，謙而得體；幸遇明公一層，下語最有分寸有身分，隱隱見得杜公與曾氏，有道義之感，非濫於恩施，與偏徇私情。」

又云：「蓄道德能文章一語，爲宋以來乞銘其祖父者循例之通詞。子固以此語推崇歐公，在既得碑銘之後，則尤爲非諂矣。蓋乞銘於當代作者易爲過當之推崇，子固之推崇，非不至，而歐公實足以當之。且擡高歐公，正所以擡高自己祖父，而說到祖父處，須無溢美，則在下語有分寸，行文有遠勢也。感激語分作兩層，云況其子孫也哉，況鞏也哉，鞏非人子孫乎，見其不等尋常之子孫也。鞏之不等尋常子孫者，卽在遇蓄道德能文章者而後乞銘，而蓄道德能文章者又肯爲之銘也。前半之反面盤旋，皆所以取此勢耳。」

寄歐陽舍人書

鞏頓首載拜舍人先生・去秋人還・蒙賜書及所撰先大父墓碑銘・反覆觀誦・感與慚并・夫銘誌之著於世義近於史・而亦有與史異者・蓋史之於善惡無所不書・而銘者・蓋古之人有功德材行志義之美者・懼後世之不知・則必銘而見之・或納於廟・或存於墓・一也・苟其人之惡・則於銘乎何有・此其所以與史異也・其辭之作・所以使死者無有所憾・生者得致其嚴・而善人喜於見傳・則勇於自立・惡人無有所紀・則以愧而懼・至於通材達識・義烈節士・嘉言善狀・皆見於篇・則足為後法・警勸之道・非近乎史・其將安近・及世之衰・人之子孫者一欲褒揚其親・而不本乎理・故雖惡人皆務勒銘以誇後世・立言者既莫之拒而不為・又以其子孫之所請也・書其惡焉則人情之所不得・於是乎銘始不實・後之作銘者常觀其人・苟託之非人・則書之非公與是・則不足以行世而傳後・故千百年來公卿大夫至於里巷之士・莫不有銘・而傳者蓋少・其故非他・託之非人・書之非公與是故也・然則孰為其人・而能盡公與是歟・非畜道德而能文章者無以為也・蓋有道德者之於惡人則不受而銘之・於眾人則能辨焉・而人之行・有情善而迹非・有意奸而外淑・有善惡相懸而不可以實指・有實大於名・有名侈於實・猶之用人・非畜道德者惡能辨之不惑・議之不徇・不惑不徇・則公且是矣・而其辭之不工・則世猶不傳・於是又在其文章兼勝焉・故曰非畜道德而能文章者無以為也・豈非然哉・然畜道德而能文章者・雖或並世而有・亦或數十年或一二百年而有之・其傳之難如此・其遇之難又如此・若先生之道德文章・固所謂數百年而有者也・先祖之言行卓卓・幸遇而得銘・其公與是・其傳世行後無疑也・而世之學者・每觀傳記所著古人之事・至其所可感・則往往衋然不知涕之流落也・況其子孫也哉・況鞏也哉・其追睎祖德而思所以傳之之由・則知先生推一賜於鞏・而及其三世・其感與報・宜若何而圖一・抑又思若鞏之淺薄滯拙・而先生進之・先祖之屯蹶否塞以死・而先生顯之・則世之魁閎豪傑不世出之士・其誰不願進於門・潛遁幽抑之士・其誰不有望於世・善誰不為而惡誰不愧以懼・為人之父祖者孰不欲教其子孫・為人之子孫者孰不欲寵榮其父祖・此數美者一歸於先生・既拜賜之辱・且敢進其所以然・所諭世族之次・敢不承教而加

詳悉·憒甚不宜·

王安石　宋史王安石傳云：「王安石字介甫，撫州臨川人；少好讀書，一過目終身不忘。其屬文動筆如飛，初若不經意，既成見者皆服其精妙；友生曾鞏攜以示歐陽修，修爲延譽，擢進士上第。」四部叢刊影印明刊臨川先生文集一百卷。

介甫之文。蓋以禮家而兼法家之精神者。其上皇帝書，實爲賈生以後奏疏第一篇文字，固非深於經術而能善變者不能爲其他諸文亦極拗折淩厲，近代古文家陳石遺先生之文，其拗折處似之，而出以雅淡，一變介甫淩厲之面目。

答司馬司諫書

某啓·昨日蒙教·竊以爲與君實游處相好之日久·而議事每不合·所操之術多異故也·雖欲強聒·終必不蒙見察·故略上報·不復一一自辨·重念蒙君實視遇厚·於反覆不宜鹵莽·故今具道所以·冀君實或恕也·蓋儒者所爭·尤在於名實·名實已明·而天下之理得矣·故今君實所以見教者·以爲侵官·生事·征利·拒諫·以致天下怨謗也·某則以爲受命於人主·議法度而修之於朝廷·以授之於有司·不爲侵官·舉先王之政以興利除弊·不爲生事·爲天下理財·不爲征利·闢邪說·難壬人·不爲拒諫·至於怨誹之多·則固前知其如此也·人習於苟且非一日·士大夫多以不恤國事同俗自媚於衆爲善·上乃欲變此·而某不量敵之衆寡·欲出力助上以抗之·則衆何爲而不洶洶然·盤

庚之遷·胥怨者民也·非特朝廷士大夫而已·盤庚不爲怨者故改其度·度義而後動·是而不見可悔故也·如君實責我以在位久·未能助上大有爲·以膏澤斯民·則某知罪矣·如曰今日當一切不事事·守前所爲而已·則非某之所敢知·無由會晤·不任區區向往之至·」

蘇洵　宋史文苑傳云：「蘇洵字明允，眉州眉山人。年十七，始發憤爲學；歲餘舉進士，又舉茂才異等，皆不中；悉焚常所爲文，閉戶益讀書，遂通六經百家之說，下筆頃刻數千言；至和嘉祐間，與其二子軾轍皆至京師，翰林學士歐陽修上其所著書二十二篇，既出，士大夫等傳之，一時學者競效蘇氏爲文章。」四部叢刊影印嘉祐集十五卷。

林傳甲云「或傳蘇洵嘗挾一書誦習，二子亦不得見，他日竊視之，則戰國策也。軾轍兄弟，少年有才，皆習於其父之業，長於議論，各有峥嶸氣象；及其成也，子瞻爲文愈奇，子由爲文愈淡。或譏子由未足列於八家，特附父兄之驥，亦非無因也。今合觀老蘇之嘉祐集，大蘇之東坡集，小蘇之欒城集，雖氣息略同，而面目小異，知子瞻子由皆不藉父兄而傳也。蘇過爲名父之後，其颶風賦，思子臺賦，亦稱於世，詩書之澤深矣。蘇氏同時文人黃庭堅，秦觀，張耒，晁補之，畢仲游諸家文體，多類蘇氏，亦一時風氣爲之也。」

石遺室論文云：「蘇明允衡論以第二篇御將爲千古不易之論，關於天下亂注意將者至爲重大，此正老泉學孟子之顯證。蓋論事設譬，莫善於孟子，以事理有難明，借譬一事，則易明也。莊子則離奇俶詭，尤多以寓言出之，但文理奧曲，不如孟子之明白，盡人可曉也。此篇主意分賢將才將爲二種，御賢將當以信，御才將當以智；又分大才將小才將爲二種，將曰御才將尤難。次段以能蹄能觸者譬難御之才將，又以養騏驥養鷹分譬御大才將小才將不同之處；又歷舉古來才將以證明之。中段又歷舉漢高之御韓信，彭越，黥布，及樊噲，滕公，灌嬰以證明之，方非泛論，文勢方不平弱。」

御將

人君御臣•相易而將難•將有二•有賢將•有才將•而御才將尤難•御相以禮•御將以術•御賢將之術以信•御才將之術以智•不以禮不以信是不爲也•不以術不以智是不能也•故曰御將難•而御才將尤難•六畜其初皆獸也•彼虎豹能搏能噬•而馬亦能蹄•牛亦能觸•先王知能搏能噬者不可以人力制•故殺之•殺之不能•驅之而後已•蹄者可馭以羈紲•觸者可拘以楅衡•故先王不忍棄其才•而駿天下之用•如曰是能蹄•是能觸•當與虎豹幷殺而同驅•則是天下無騏驥•終無以服乘耶•先王之選才也•自非大奸劇惡如虎豹之不可以變其搏噬者•未嘗不欲制之以術•而全其才以適於用•況爲將者又不可責以廉隅細謹•顧其才何如耳•漢之衞霍趙充國•唐之李靖李勣•賢將也•漢之韓信黥布彭越•唐之薛萬徹侯君集•盛彥師•才將也•賢將旣不多有•得才者而任之可也•苟又曰是難御•則是不肖者而後可也•結以重恩•示以赤心•美田宅•

饗飲饌·歆童舞女以極其口腹耳目之欲·而折之以威·此先王之所以御才將者也·近之論者或曰將之所以畢智竭力·犯霜露·蹈白刃而不辭者·冀賞耳·爲國家者不如勿先賞以邀其成功·或曰賞所以使人·不先賞人不爲我用·是皆一隅之說·非通論也·將之才固有大小·傑然於庸將之中者才小者也·傑然於才將之中者才大者也·才小志亦小·才大志亦大·人君當觀其才之小大而爲制御之術·以稱其志·一隅之說·不可用也·夫養騏驥者·豐其芻粒·潔其羈絡·居之新閑·浴之清泉·而後責之千里·彼騏驥者其志常在千里也·夫豈以一飽而廢其志哉·至於養鷹則不然·獲一雉·飼以一雀·獲一兎·飼以一鼠·彼知不盡力於擊·則其勢無所得食·故然後爲我用·才大者騏驥也·不先賞之是養騏驥者饑之而責其千里·不可得也·才小者鷹也·先賞之·是養鷹者飽之而求其擊搏·亦不可得也·是故先賞之說·可施之才大者·不先賞之說·可施之才小者·雖而用之可也·昔者漢高帝一見韓信·而授以上將·解衣衣之·推食哺之·一見黥布而以爲淮南王·供具飲食如王者·一見彭越而以爲相國·當是時·三人者未有功於漢也·厥後追項籍垓下·與信越期而不至·捐數千里之地以畀之·如棄敝屣·項氏未滅·天下未定·而三人者已極富貴矣·何則·高帝知三人者之志大·不極於富貴·則不爲我用·雖極於富貴·而不滅項氏·不定天下·則其志不已也·至於樊噲滕公灌嬰之徒則不然·拔一城·陷一陣·而後增數級之爵·否則終歲不遷也·項氏已滅·天下已定·樊噲滕公灌嬰之徒·計首戰之功而後爵之通侯·夫豈高帝至此而嗇哉·知其才小而志小·雖不先賞不怨·而先賞之則彼將泰然自滿·而不復以立功爲事故也·噫·方韓信之立於齊·蒯通武涉之說未去也·當是之時而奪之·漢其殆哉·夫人豈不欲三分天下而自立者·而彼則曰漢王不奪我齊也·故齊不捐則韓信不懷·韓信不懷·則天下非漢之有·嗚呼·高帝可謂知大計矣·

蘇軾

宋史蘇軾傳云：「蘇軾字子瞻，眉州眉山人；生十年，父洵游學四方，母程氏親授以書，聞古今成敗，輒能語其要；程氏讀東漢范滂傳，慨然太息，軾請曰：軾若為滂，母許之否乎？程氏曰：汝能為滂，吾顧不能為滂母邪？比冠博通經史，屬文日數千言；好賈誼陸贄書，既而讀莊子，歎曰：吾昔有見口未能言，今見是書，得吾心矣。方時文磔裂詭異之弊勝，主司歐陽修思有以救之，得軾刑賞忠厚論，驚喜欲擢冠多士，猶疑其客曾鞏所為，但置第二；復以春秋對義居第一，殿試中乙科；後以書見修，修語梅聖俞曰：吾當避此人出一頭地。聞者始譁不厭，久乃信服。」四部叢刊影印宋刊本經進東坡文集市略六十卷。

超然臺記

凡物皆有可觀·苟有可觀·皆有可樂·非必怪奇偉麗者也·餔糟啜醨·皆可以醉·果蔬草木·皆可以飽·推此類也·吾安往而不樂·夫所為求福而辭禍者·以福可喜而禍可悲也·人之所欲無窮·而物之可以足吾欲者有盡·美惡之辨戰乎中·而去取之擇交乎前·則可樂者常少·而可悲者常多·是謂求禍而辭福·夫求禍而辭福·豈人之情也哉·物有以蓋之矣·彼遊於物之內·而不遊於物之外·物非有大小也·自其內而觀之·未有不高且大者也·彼挾其高大以臨我·則我常眩亂反覆·如隙中之觀鬬·又烏知勝負之所在·美惡橫生·而憂樂出焉·可不大哀乎·予自錢塘移守膠西·釋舟楫之安·而服車馬之勞·去雕牆之美·而庇采椽之居·背湖山之觀·而行桑麻之野·始至之日·歲比不登·盜賊滿野·獄訟充斥·而齋廚索然·日食杞菊·人固疑予之不樂也·處之期年·而貌加豐·髮之白者·日以反黑·予既樂其風俗之淳·而其吏民亦安予之拙

也•於是治其園囿•潔其庭宇•伐安邱高密之木以修補破敗•爲苟完之計•而園之北•因城以爲臺者舊矣•稍葺而新之•時相與登覽•放意肆志焉•南望馬耳常山•出沒隱見•若近若遠•庶幾有隱君子乎•而其東則盧山•秦人盧敖之所從遁也•西望穆陵•隱然如城郭•師尙父齊桓公之遺烈•猶有存者•北俯濰水•慨然太息•思淮陰之功•而弔其終•臺高而安深而明•夏涼而冬溫•雨雪之朝•風月之夕•予未嘗不在•客未嘗不從•擷涼蔬•取池魚•釀秫酒•瀹脫粟而食之•曰樂哉遊乎•方是時予弟子由適在濟南•聞而賦之•且名其臺曰超然•以見予之無所往而不樂者•蓋遊於物之外也•

杜按子瞻此文蓋深有得於莊子者。石遺室論文云：「古人文字凡關地理者每言四至，禹貢言東漸於海，西被於流沙，朔南暨聲教訖於四海，左傳言東至於海，西至於河，南至於穆陵，北至於無棣，又言薄姑商奄吾東土也，巴濮楚鄧吾南土也，云云，皆言其盛時也。若崤之戰，蹇叔送其子曰：崤有二陵焉，其南陵夏后皐之墓也，其北陵文王之所辟風雨也，必死是間，余收爾骨焉。則望古灑淚之辭。東坡本之以作凌虛臺記云：嘗試與公登臺而望，其東則秦穆之祈年橐泉，其南則漢武之長楊五柞，其北則隋之仁壽，唐之九成也，計其一時之盛，閎極偉麗堅固而不可動者，豈特百倍於臺而已哉？又本之以作超然臺記云：南望馬耳常山，出沒隱見，若近若遠，庶幾有隱君子乎？而其東之盧山，秦人盧敖之所從遁也；西望穆陵，隱然如城郭，師尙父齊桓公之遺烈猶有存者；北俯濰水，慨然太息，思淮陰之功，而弔其不終。又本之以作赤壁賦曰：東望夏口，西望武昌。皆撫今弔古，感慨係之；但屢用之，亦足取厭。」

蘇轍　宋史蘇轍傳云：「蘇轍字子由；年十九，與兄軾同登進士科，又同策制舉。性沉靜簡潔，為文汪洋澹泊似其為人，不願人知之而秀傑之氣，終不可掩，其高處殆與兄軾相迫。」四部叢刊影印明活字本欒城集五十卷後集二十四卷三集十卷。

上樞密韓太尉書

太尉執事·轍生好為文·思之至深·以為文者氣之所形·然文不可以學而能·氣可以養而致·孟子曰·我善養吾浩然之氣·今觀其文章·寬厚宏博·充乎天地之間·稱其氣之小大·太史公行天下·周覽四海名山大川·與燕趙間豪俊交遊·故其文疏蕩·頗有奇氣·此二子者·豈嘗執筆學為如此之文哉·其氣充乎其中而溢乎其貌·動乎其言而見乎其文·而不自知也·轍生十有九年矣·其居家所與遊者·不過其鄰里鄉黨之人·所見不過數百里之間·無高山大野可登覽以自廣·百氏之書·雖無所不讀·然皆古人之陳跡·不足以激發其志氣·恐遂汨沒·故決然捨去·求天下奇聞壯觀·以知天地之廣大·過秦漢之故都·恣觀終南嵩華之高·北顧黃河之奔流·慨然想見古之豪傑·至京師·仰觀天子宮闕之壯·與倉廩府庫城池苑囿之富且大也·而後知天下之巨麗·見翰林歐陽公·聽其議論之宏辯·觀其容貌之秀偉·與其門人賢士大夫遊·而後知天下之文章聚乎此也·太尉以才略冠天下·天下之所恃以無憂·四夷之所憚以不敢發·入則周公召公·出則方叔召虎·而轍也未之見焉·且夫人之學也·不志其大·雖多而何為·轍之來

也於山見終南嵩華之高•於水見黃河之大且深•於人見歐陽公•而猶以爲未見太尉也•故願得觀賢人之光耀•聞一言以自壯•然後可以盡天下之大觀•而無憾矣•轍年少•未能通習吏事•嚮之來非有取於斗升之祿•偶然得之•非其所樂•然幸得賜歸待選•使得優游數年之間•將歸益治其文且學爲政•太尉苟以爲可教而辱教之•又幸矣•

宋六家之文體，歐陽最長於言情，子固介甫長於論學，三蘇長於策論。其後朱子繼南豐之作，爲道學派之文。三蘇之文，至葉適陳亮等流爲功利派之文矣。

要而論之，宋六家之文，雖不能出韓柳之範圍；然亦略有變態。自來以散文而最善言情者，於戰代有莊周，言哲理而長於情韻；於漢有司馬遷，述史事而擅於風神。自此以外，多莫能逮。至六朝有文筆之分，則言情者屬文，說理者屬筆；文卽詩賦駢文，筆卽今之散文也。至唐韓退之倡爲古文，雖名爲起八代之衰，而文筆分途，實亦尚沿六朝之習。故昌黎散文言情者不多，而多於韻文出之。至宋之歐陽六一，而後上追司馬，雖氣象大小不侔，而風情獨絕。於是六朝所認爲筆者，亦變而爲文矣。故歐陽散文，幾無一不善言情，無一不工神韻。曾王三蘇，亦受其影響。世徒怪昌黎散文不工言情者，殆未知此中關鍵者也。

第九節　道學家之散文

自劉勰文心雕龍首原道一篇有云：「爰自風姓，暨於孔氏，玄聖創典，素王述訓，莫不原道心以敷章，研神理而設教，取象乎河洛，問數乎蓍龜，觀天文以極變，察人文以成化；然後能經緯區宇，彌綸彝憲，發輝事業，彪炳辭義；故知道沿聖以垂文，聖因文而明道，旁通而無滯，日用而不匱。易曰：鼓天下之動者存乎辭。辭之所以能鼓動天下者，迺道之文也。」此已主張文以載道之說，爲唐以來提倡古文家者所本。且其意亦以爲非文則無以見道，則文尤明道者所不能不先貴者也。至宋道學家出，始以文爲翫物喪志。程子曰：「聖賢之言不得已也。蓋有是言則是理明，無是言則天下之理有闕焉。如彼耒耜陶冶之器，一不制，則生人之道有不足矣。聖賢之言，雖欲已得乎？然其包涵盡天下之理，亦甚約矣。後之人始執卷則以文章爲先，平生所爲動多於聖人。然有之無所補，無之靡所闕，乃無用之贅言也。不止贅而已，既不得其要，則離眞失正，反害於道，必矣。問作文害道否？曰：害也。凡爲文不專意則不工。若專意則志局於此，又安能與天地同其大也。書曰：翫物喪志。爲文亦翫物也。呂與叔有詩云：學如元凱方成癖，文似相如始類俳。獨立孔門無一事，只輸顏氏得心齋。此詩甚好。古之學者惟務養情性，其他則不學。今爲文者專務章句悅人耳目，既務悅人，非俳優而何？曰：古者學爲文否？曰：人見六經便以爲聖人亦作文，不知聖人亦攄發胸中所蘊，自成文耳，所謂有德者必有言也。曰：游夏稱文學，何也？曰：游夏亦何嘗秉筆學爲詞章。且如觀乎天文以察時變，觀乎人文以化成天下，此豈詞章之文也？」（見二程全書）而朱子亦云：「言或可少而德不可無。有德而有言者常多；有德而不能言者常少。學者先務亦勉於德而已矣。」皆主重道輕文，於是道學家遂有語錄一體。然程朱之文亦自工，而朱子尤得曾南豐之法。

程頤　宋史道學傳，「程頤字正叔，年十八，上書闕下，欲天子黜世俗之論，以王道爲心；游太學，見胡瑗，問顏子所好所學，頤因答曰：學以至聖人之道也。瑗得其文，大驚異之，即延見處以學職。」

周易傳序

易變易也·隨時變易以從道也·其爲書也廣大悉備·將以順性命之理·通幽明之故·盡事物之情·而示開物成務之道也·聖人之憂患後世·可謂至矣·去古雖遠·遺經尚存·而前儒失意以傳言·後學誦言而忘味·自秦而下·蓋無傳矣·予生千載之後·悼斯文之湮晦·將俾後人沿流而求源·此傳所以作也·易有聖人之道四焉·以言者尚其

辭•以動者尚其變•以制器者尚其象•以卜筮者尚其占•吉凶消長之理•進退存亡之道備•於辭•推辭考卦•可以知變•象與占在其中矣•君子居則觀其象而玩其辭•動則觀其變而玩其占••得其辭不達其意者有矣•未有不得於辭而能通其意者也•至微者理也•至著者象也••體用一源•顯微無閒•觀會通以行其典禮•則辭無所不備•故善學者求言必自近•易於近者非知言者也•予所傳者辭也•由辭以得其意•則在乎人焉•

然辭不能不尚，亦程氏之所共認者也。

朱熹　宋史道學傳，「朱熹字元晦，一字仲晦，徽州婺源人。熹幼穎悟，甫能言，父指天示之曰：天也。熹問曰，天之外何物？父異之，就傳授以孝經，一閱題其上曰，不若是非人也。嘗從羣兒戲沙上，獨端坐以指畫沙，視之八卦也。年十八，貢於鄉中紹興八年進士。」四部叢刊影印明刊朱文公集一百卷續集十一卷別集十卷。

論語要義目錄序

魯論語二十篇•古論語二十一篇•齊論語二十二篇•魏何晏等集漢魏諸儒之說••就魯論篇章•考之齊古•爲之注•本朝至道咸平閒•又命翰林學士邢昺等取皇甫侃疏•約而修之•以爲正義•其於章句訓詁•名器事物之際•詳矣•熙寧中神祖垂意經術•始置學官•以幸學者•而時相父子•逞其私智•盡廢先儒之說•妄意穿鑿•以利於天下之人••而塗其耳目•一時文章豪傑之士••蓋有知其是非而微然不爲之下者•顧其所以爲說•又未能卓然不叛於道•學者趨之••是猶舍夷貉而適戎蠻也•當此之時••河南二程

先生・獨得孟子以來不傳之學于遺經・其所以教人者亦必以是為務・然其所以言之者則異乎人之言之矣・熹年十三四時・受其說于先君・未通大義・而先君棄諸孤・中間歷訪師友以為未足・於是編求古今諸儒之說合而編之・誦習既久・益以迷眩・晚親有道・竊有所聞・然後知其穿鑿支離者固無足取・至干其餘・或引據精密・或解析通明・非無一辭一句之可觀・顯其于聖人之微意・則非程氏之傳矣・隆興改元・屏居無事・與同志一二人從事於此・慨然發憤・盡刪餘說・及其門人朋友數家之說・補緝訂正・以為一書・目之曰論語要義・蓋以為學者之讀是書・其文義名物之詳・當求之注疏・有不可略者・若其要義・則於此其庶幾焉・學者第熟讀而深思之・優游涵泳・久而不捨・必將有以自得於此・本既立矣・諸家之說・有不可廢者・徐從而觀之・則其支離詭論・亂經害性之說・與夫近世出入離遁・似是而非之辨・皆不能為吾病・嗚呼・聖人之意其可以言傳者具於是矣・不可以言傳哉亦豈外乎是哉・深造而自得之・特在夫學者加之意而已矣・因取凡要義名氏大概具列如左・而序其意云・

觀二子之文，其粹然醇雅，藹然中和如此，非德性涵養之功深者，烏能至是哉。

朱璘云，兩程子間有所作，如易傳春秋諸序，理確詞嚴，古雅絕倫，惜乎其存者尚少。至考亭文公，天縱之才，起而集諸儒之大成，幼讀二程遺書，既有得於斯道：生平箋注經傳，校正諸儒之書，無不極其精核。今讀其文章，諸體具備，微之天人性命之理，顯之禮樂文物之原，上之朝廷之建白，下之師友之答問，蓋無一不極探其原本而詳示以用功之要。其文字之工，眞如清廟之瑟，一唱三歎，使人往復流連，不能自已。

第十節　民族主義派之散文

文之最足感人者莫如激於忠義之情者，蓋愛國之心，本乎良知，所謂此心同此理同也。吾國自古以來，爲愛國而奮鬪，最忠勇最熱烈者莫若宋之岳飛、文天祥、陸秀夫、謝枋得、鄭思肖諸人，蓋此諸人既本忠愛之誠，亦以異族欲僭主中華，本春秋攘夷之義，非其種者務鋤而去；故其文章皆可歌可泣，足以廉頑立懦，是天地間之正氣所寄，吾民族最可貴之文也。而歷代選文論文者多不及之，是可怪也。惜以限於篇幅，不能多所論列，略論述兩三人以見一斑而已。

岳飛宋史岳飛傳云「岳飛字鵬舉，相州湯陰人。世力農，父和能節食以濟饑者，有耕者侵其地，割而與之，貰其財者不責償。飛生時有大禽若鵠，飛鳴室上，因以爲名。未彌月，河決內黃，水暴至，母姚抱飛坐甕中，衝濤及岸得免，人異之。少負節氣，沈厚寡言，家貧力學，尤好左氏春秋、孫吳兵法。生有神力，未冠，挽弓三百斤，弩八百石，學射於周同，盡其術，能左右射。同死，朔望設祭於其家，父義之，曰：汝爲時用，其徇國死義乎？」宋史論之曰：「西漢而下，若韓、彭、絳、灌之爲將，代不乏人，求其文武全器，仁智並全，如宋岳飛者一代豈多見哉？史稱關雲長通春秋左氏，然未嘗見其文章。飛北伐軍至汴梁之朱僊鎮，有詔班師，飛自爲表答詔，忠義之言，流出肺腑，眞有諸葛孔明之風；而卒死於秦檜之手。蓋飛與檜勢不兩立；使飛得志，則金仇可復，宋恥可雪；檜得志，則飛有死而已。昔劉宋殺檀道濟，道濟下獄，嗔目曰：自壞汝萬里長城。高宗忍自棄其中原，故忍殺飛。嗚呼，寃哉，嗚乎寃哉？」四庫總目岳武穆遺文一卷。

岳飛詩詞均工。其滿江紅一詞，久已膾炙人口。其文則世鮮讀之，而不知其散文亦甚工也。

五嶽祠盟記

自中原板蕩・夷狄交侵・余發憤河朔・起自相臺・總髮從軍・歷二百餘戰・雖未能遠入荒夷・洗蕩巢穴・亦且快國讐之萬一・今又提一旅孤軍・振起宜興建康之城・一鼓敗虜・恨未能使匹馬不回耳・故且養兵休卒・蓄銳待敵・嘗激士卒・功期再戰・北踰沙漠・喋血虜廷・盡屠夷種・迎二聖歸京闕・取故土下版圖・朝廷無虞・主上奠枕・余之願也・河朔岳飛題・

廣德軍金沙寺壁題記

余駐大兵宜興・沿幹王事過此・陪僧僚謁金仙・徘徊暫憩・遂擁鐵騎千餘・長驅而往・然俟立奇功・殄醜虜・復三關・迎二聖・使宋朝再振・中國安強・他時過此・得勒

金石・不勝快哉・紹炎四年四月十二日河朔岳飛題・

永州祁陽縣大營驛題記

權湖南帥岳飛・被旨討賊曹成・自桂嶺平蕩巢穴・二廣湖湘・悉皆安妥・痛念二聖・遠狩沙漠・天下靡寧・誓竭忠孝・賴社稷威靈・君相賢聖・他日掃清胡虜・復歸故國・迎兩宮還朝・寬天子宵旰之憂・此所志也・顧蜂蟻之羣・豈足爲功・過此因留於壁・紹興二年七月初七日・

文天祥　宋史文天祥傳云「文天祥字宋瑞，又字履善，吉之吉水人也。體貌豐偉，美皙如玉，秀眉而長目，顧盼燁然。自爲童子時，見學宮所祠鄉先生歐陽修，楊邦乂，胡銓像，皆謚曰忠，卽欣然慕之曰：沒不俎豆其間，非夫也。」

又云：「自古志士欲信大義於天下者，不以成敗利鈍動其心。君子命之曰仁，以其合天理之正，卽人心之安爾。商之衰，周有代德，盟津之師，不期而會者八百國；伯夷叔齊以兩男子欲扣馬而止之，三尺童子知其不可。他日孔子賢之則曰求仁而得仁。宋至德祐亡矣，文天祥往來兵間，初欲以口舌存之；事既無成，奉兩孱王，崎嶇嶺海，以圖興復，兵敗身執，留之數年，如虎兕在柙，百計馴之，終不可得。觀其從容伏質，就死如歸，是所欲有甚於生者，可不謂之仁哉？」四部叢刊影印明刊本文山先生集二十卷。

指南錄後序

德佑二年正月十九日・予除名丞相兼樞密使都督諸路軍馬・時北兵已迫修門外・戰守遷皆不及施・縉紳大夫士萃於左丞相府・莫知計所出・會使轍交馳・北邀當國者相見・衆謂予一行爲可以紓禍・國事至此・予不得愛身・意北亦尚可以口舌動也・初奉使往來無留北者・予更欲一覘北・歸而求救國之策・於是辭相印不拜・翌日以資政殿學士初至北營・抗辭慷慨・上下頗驚動・北亦未敢遽輕吾國・不幸呂師孟構惡於前・賈行慶獻諂於後・予羈縻不得還・國事遂不可收拾・予自度不得脫・則直前詬虜帥失信・數呂師孟叔姪爲逆・但欲求死・不復顧利害・北雖貌敬・實則憤怒・二貴酋名曰館餘・夜則以兵圍所寓舍・而予不得歸矣・未幾賈餘慶等以祈請使詣北・北驅予并往・・伴而不在使者之目・予分當引決・然而隱忍以行・昔人云・將以有爲也・至京口得間奔眞州・即具以北虛實告東西二閫・約以連兵大舉・中興機會・庶幾在此・留二日維揚帥下逐客之令・不得已變姓名・詭蹤跡・草行路宿・日與北騎相出沒於長淮間・窮餓無聊・追購又急・天高地迥・號呼靡及・已而得舟・避渚洲・出北海・然後渡揚子江・入蘇州洋・展轉四明天台・以至永嘉・嗚呼・予之及於死者不知其幾矣・詆大酋當死・罵逆賊當死・與貴酋處二十日爭曲直・屢當死・去京口挾匕首以備不測・幾自頸死・經北艦十餘里・爲巡船所物色・幾從魚腹死・眞州逐之城門外・幾徬徨死・如揚州過瓜州揚子橋・竟使遇哨無不死・揚州城下進退不由・殆例送死・坐桂公塘土圍中・騎數十過其門・幾落賊手死・賈家莊幾爲巡徼所陵迫死・夜趨高郵迷失道・幾陷死・質明避哨竹林中・邏者數十騎・幾無所逃死・至高郵制府檄下・幾以捕係死・行城子河出入亂屍中・舟與哨相後先・幾邂逅死・至海陵如高沙・常恐無辜死・道海安如皋・凡三百里・北與寇往來其間・無日而非可死・至通州幾以不納死・以小舟涉

二七〇

鯨波出・無可奈何・而死固付之度外矣・・嗚呼・生死・晝夜事也・死而死矣・而境界危惡・層見錯出・非人世所堪・痛定思痛・・痛何如哉・予在患難中・間以詩記所遭・今存其本不忍廢・道中手自抄錄・使北營・留北關外・爲一卷・發北關外・歷吳門毗陵・渡瓜洲・復還京口・爲一卷・脫京口・趨眞州揚州高郵泰州通州爲一卷・自海道至永嘉來三山爲一卷・將藏之於家・使來者讀之・悲予志焉・嗚呼・予之生也幸・而幸生也何爲・所求乎爲臣・主辱臣死有餘僇・所求乎爲子・以父母之遺體行殆而死有餘責・將請罪於君・君不許・請罪於母・母不許・請罪於先人之墓・生無以救國難・死猶爲厲鬼・以擊賊・義也・賴天之靈・宗廟之福・修我戈矛・從王于師・以爲前驅・雪九廟之恥・復高祖之業・所謂誓不與賊俱生・所謂鞠躬盡力死而後已・亦義也・嗟夫・若予者・將無往而不得死所矣・向也使予委骨於草莽・予雖浩然無所愧怍・然微以自文於君親・君親其謂予・何・誠不自意返吾衣冠・重見日月・使旦夕得正邱首・復何憾哉・復何憾哉・是年夏五・改元景炎・廬陵文天祥自序其詩・名曰指南錄・

獄中家書

父少保樞密使都督信國公批付男陞子・汝祖革齋先生・以詩禮起門戶・吾與汝生父及汝叔・同產三人・前輩云・兄弟其初一人之身也・吾與汝生父・俱以科第通顯・汝叔亦致簪纓・使家門無虞・骨肉相保・皆奉先人遺體以終于牖下・人生之常道也・不幸宋遭陽九・・廟社淪亡・吾以備位將相・義不得不殉國・汝生父與汝叔・姑全身以全宗祀・惟忠惟孝・各行其志矣・吾二子・長道生・次佛生・・佛生之于亂離・尋聞已矣・道生汝兄也・以病沒于惠之郡治・汝所見也・嗚呼痛哉・・吾在朝陽・聞道生之禍・哭于庭・復哭于廟・即作家書報汝生父・以汝爲吾嗣・兄弟之子曰猶子・吾子必汝・義之所出・心之所安・祖宗之所享・鬼神之所依也・及吾陷敗・居北營中・・汝生父書自惠陽來・曰・陞子宜爲嗣・謹奉朝陽之命・及來廣州・爲死別・復申斯言・傳云・不孝無後爲大・・吾雖孤子於世・然吾革齋之子・汝革齋之孫・吾得汝爲嗣・不爲無後矣・吾委

身社稷•而復道不孝之責•賴有此耳•汝性質閒爽•志氣不羣•必能以學問世吾家•吾為汝父•不得面日訓汝誨•汝于六經•其專治春秋•觀聖人筆削褒貶輕重內外••而得其說•以為立身行己之本•識聖人之志•則能繼吾志矣•吾網中之人•引決無路•今不知死何日耳•禮狐死正丘首•吾雖死萬里之外•豈頃刻而忘南嚮我•吾一念已注于汝•死有神明••厥惟汝歆••仁人之事親也•事死如事生•事亡如事存••汝念之哉••歲辛巳元日書于燕獄中•

鄭思肖

鄭思肖字憶翁又字所南連江人，初名某，宋亡乃改思肖，卽思趙也所南以太學生，應博學弘詞科。元兵南下，宋社既墟，適意緇黃，稱三外野人。善畫蘭，宋亡，爲蘭不著土根；或叩其故，則曰地已爲番人奪去，汝猶未知邪？有文集一卷。

文丞相敍

國之所與立者非力也•人心也•故善觀人之國家者•惟觀人心何如耳•此固儒者尋常迂闊之論•然萬萬不踰此理•今天下崩裂•忠臣義士•死於國者極慷慨激烈•何啻百數••曾謂漢唐末年有是夫•於是可以覘國家氣數矣•藝祖曰•宰相須讀書人••大哉王言••直驗于三百年後•丞相文公天祥•才略奇偉•臨大事無懼色•不敢易節•德佑一年乙亥夏•遭韃深追內地•公時居鄉•挺然作檄書•盡傾家貲•糾義吉贛鄉兵三萬人勤王•除浙西制置使•九月•至平江開閫•十一月•朝廷召公以浙西制置使勤王•入行在•二年丙子正月•韃兵犯行在皋亭山•丞相陳宜中奔•請三宮不肯遷駕••即潛挾二王奔浙東•韃僞丞相伯顏闖而心變•意欲直入屠弒京城•在朝公卿咸驚懼••衆慫恿文公使韃軍前•與虜語•朝廷假公以丞相名•及出•一見逆臣呂文煥•即痛數其罪•又見逆臣范文虎•亦痛數其罪•文煥文虎意俱怒•導見虜酋伯顏•公竟據中坐胡床••叩面

睢目・燃鬚翹足・倨傲談笑・虜酋伯顏問其爲誰・公曰大宋丞相文天祥・伯顏責不行胡跪之禮・公曰・我南朝丞相・汝北朝丞相・丞相見丞相・不跪・遂終不屈・其他公獨朔士見虜酋或跪或拜・賣國乞命・獨公再三與讎酋伯顏慷慨辨論・尚以理折其罪・辯析夷夏之分・語意旁不失國體・深反覆論文煥之逆・伯顏竟解文煥兵權・又沮過伯顏直入屠弑虜掠京城百姓之凶・伯顏怒終敬・爲其所留・不復縱入京城・竟挾北行・至京口・賊酋阿朮勸丞相諸使親札諭維揚降譴・獨文公不肯署名・虜酋暫留公京口虜館・時維揚堅守城壁・與賊酋阿朮據京口對壘・虜賊禁江禁夜把路把巷、甚嚴密・公問關百計・擄金買監絆者之心・寓意同監絆虜酋・往來妓館・褻狎買笑・意甚相得相忘・又得架閣杜滸相與爲謀・二月晦・夜遁出城・偷渡江・登眞州岸・偷歷賊寨・勞若歟涉難嘗・時全太后幼帝北狩・將道經綵揚・公欲借維揚・小兵與賊戰・邀奪二宮還行內・公叫揚州城・揚州疑公不納・復西行叫眞州城・郎差軍送東往泰州・由海而南・南北之人悉以公爲神・朝廷重拜爲右丞相・又於汀濟間募士卒萬餘人・勸叛臣易正大・驅馳二三年・最炎三年・戕在戊寅十一月・潮陽縣値賊・服腦子不死・爲賊所擒・終不屈節・談笑自若・賊以刀脅之・笑曰・死末事也・此豈可赫大丈夫耶・讐伸義受之・賊逼公作書說張少保世傑叛南歸北・公曰・我既六不孝・又教人不孝父母耶・不從其說・賊擒公至幽州・見僞丞相博羅等不跪・衆虜控持・獨膝捺足・必欲其跪・則據紫地上・叱罵曰・此利法耳・豈禮也・賊命通事譯其語・謂公曰・不肯投拜・有何嘗說・公曰・天下事有興有廢・自古帝王及將相・滅亡誅戮・何代無之・我今日忠於大宋・社稷至此・何說・汝賊翟早殺我則舉矣・賊曰・語止此・汝道有興有廢・古時嘗有人臣將宗廟城郭土地付與別國了又逃去・有此人否・公曰・汝詔我前日爲宰相奉國與人而後去之耶・奉國與人是賣國之臣・賣國者有所利而爲之・去之者非賣國者也・我前日奉旨使汝伯顏軍前・被伯顏執我去・我本當死・所以不死者・以度宗之二太子在浙東・老母在廣・故爲去之之圖爾・賊曰・德祐嗣君非爾君耶・公曰吾君也・賊冈棄嗣君別去立二王・如何是忠臣・公曰・德祐嗣君・吾君也・不幸失國・當此之時·社稷爲重·君爲輕·我立二王爲宗廟社稷計·所以爲忠臣也·從懷帝愍帝而北者非忠臣·從元帝爲忠臣·從徽宗欽宗而北者非忠臣·從高宗爲忠臣·賊曰·二王立得不正·是篡也·公曰·景炎皇帝度宗長子·德佑嗣君之親兄·如何是不正·登極于德祐已去之後·如何是篡·陳丞相奉二王出宮·具有太皇太后聖旨·如何是無所授命·天與之·人與之·雖無傳受之命·推戴而立·亦何不可·賊曰·你既爲丞相·若奉三宮走去·方是忠臣·不然則引與伯顏決勝負·方是忠臣·公曰·此語可責陳丞相·不可責我·我不當國·故也·賊曰·汝立二王·曾爲何功勞·公曰·國家不幸喪亡·我立君以存宗廟·存一日則一日盡臣子之責·何功勞之有·賊曰·既知不可爲·何必爲·公曰·人臣事君如子事父·父不幸有疾·雖明知不可爲·豈有不下藥之理·盡吾心爾·若不可救則命也·今日我有死而已·何必多言·賊曰·汝要死·我不教汝死·必欲汝降而後已·公曰·任汝萬死萬生·燬煉試觀我變邪不變耶·我大宋之精金也·焉懼汝賊犂之彝火邪·汝至死·我而止·而我之不變者初不死也·叨叨語千萬規·汝只有夷狄·我只是大宋丞相·殺我即殺我·遲殺我我之罵愈烈·昔人云·薑桂之性到死愈辣·我亦曰·金石之性·要終愈硬·公後又云·自古中興之君·如少康以遺腹子興于一旅一成·宣王承厲王之難·匿於周公之家·召周二相立以爲王·幽王廢宜臼·立伯服爲太子·犬戎之亂·諸侯迎之·宜臼是爲平王·漢光武興於南陽·蜀先主帝巴蜀·皆是出於推戴·如唐肅宗卽位靈武·不稟命于明皇·似類于篡·然功在社稷·天下後世無貶焉·禹傳益·不傳啓·天下之人皆曰啓吾君之子也·謳歌訟獄者歸之·漢文帝卽是平勃諸臣所立·豈有高祖惠帝呂后之命·春秋亡公子入爲國君者何限·齊桓晉文是也·誰謂奔去者不當立·前日汝賊來犯大杞·理不容太子避·二王南奔勢也·得程嬰公孫杵臼輩·出存趙氏·爲天下立綱常主·揆諸理而不謬·又當復問有無授命耶·惜乎先時不曾以此數事歷歷詳說·與賊曾一聽·此皆公首陷幽州之語·公始被賊搶·欲一見忽必烈大罵就死·譏淺竟不令見忽必烈·因叛臣青陽留夢炎說忽必烈曰·若殺之則全彼爲萬世忠臣·不若活之·徐以術誘其降·庶幾郎主可爲盛德之王·忽必烈深善其說·故公

數數大肆罵詈。忽必烈知而容忍之。必欲以術陷之於叛而後已。數使人以術規刺耳語。公始終一辭曰。我決不變也。但求早殺我爲上。賊歷遣舊與公同朝之士。密誘化其心。公曰。我惟欲得五事。曰剮曰斬曰鋸曰烹曰投於大水中。惟不自殺耳。賊又勸太皇傳諭說公降韃。公亦不聽。諸叛臣在北。嫉其忠烈。與賊通謀。害設機穽奪其志。公卒不陷彼計。反明以語韃衆會盡伏其智。且俾有人羣然同六經子史奇書釋老等遷難之事。令墮於窘。懲衆謀折其短誤。公朗然辯析議論。了無不通。強肆者皆屈。北人有敬公忠烈。求詩求字者俱至。迅筆書與悉不吝。公妻妾子女先爲賊所虜。後賊俾公妻妾子女來哀哭勸公叛。公曰。汝非我妻妾子女也。果曰眞我妻妾子女。嘗肯叛而從賊耶。弟璧來亦如是辭之。璧已受僞爵。贊以韃紗四百貫遺。兄公曰此逆物也。我不受。璧漸而卷歸。後公竟如風狂狀。言語更烈。一見韃之酋長必大叱曰。去。有南人往謂。公問汝來何以。曰來求北地勾當。公即大叱之曰去。是人數日復來謁。已忘其人曾來。復問曰。汝來何以。是人曉公意惡韃賊。給對曰。特來見公。餘無他焉。公意則審笑。垂問如舊親識。他日是人復來。公又忘之矣。叛臣留夢炎等皆罵曰風漢。北人指曰餓漢。千百人曲說其降。公但曰我不曉降之事。虜酋曰。足跪于地則曰降。公曰。我素不能跪。但能坐也。賊曰。跪後受爵祿富貴之樂。豈不爲榮。何必自取憂苦。公曰。既爲大宋丞相。當復效汝賊蠻帶牌而爲犬耶。或強以虜笠覆公頂上。則取而溺之。曰。此溺器也。德祐八年冬。忽有有人謀刺忽必烈。賤渠不果。被賊殺。或謂久留公。終必生變。非利於韃。忽必烈數遣叛臣留夢炎等堅逼公歸逆。語忽必烈曰。韃靼不足爲我相。惟文公可以爲之。得其降則以相與之。公曰。汝輩從逆謀生。我獨謀盡節而死。生死殊塗。復何說。大宋氣數尚在。汝望大逆至此。亦何面目見我。遂唾。夢炎等去之。會有中山府辭往者告于忽必烈。曰。漢人等欲挾文丞相擁德祐嗣君爲主。倡義討汝。忽必烈取文公至。問之。公慨然受其事。曰。是我之謀也。請全太后德祐嗣君至。則實無其事。公見德祐嗣君。即大慟而拜。且曰。臣留坐下甚深。陛下亦如是耶。謂嗣君亦從事於胡服也。忽必烈始甚怒公。然忽必烈意尚慕公忠烈。猶留公降•彼再三說諭公數忽必烈五罪•詞旨甚峻•忽必烈問公欲何如•公曰惟要死耳•又問欲如何死•公曰刀下死•忽必烈意欲釋之•俾公爲僧•尊之曰國師•或爲道士•尊之曰天師•又欲縱之歸鄉•公曰三宮蒙塵•未還京師•我忍歸•忍生耶•但求死而已•且痛罵不止•諸酋咸勸殺之•毋致日後生事•忽必烈始令殺之•公聞受刑•歡喜踴躍•就死行步如飛•臨下刃之際•忽必烈又遣人諭公曰•降我則令汝爲頭丞相•不降則殺汝•公曰不降•且繼之以罵•及再俟忽必烈報至•始殺公•公之神爽已先飛越矣•及斬•頸間微湧白骨•剖腹而視•但黃水•剖心而視•心純乎赤•忽必烈取其心肺與衆分食之•昔公天庭擢第•唱名第一•出而拜親•革齋先生留京師•病已亟•命之曰•朝廷策士•擢汝爲狀頭•天下人物可知矣•我死汝惟盡心報國家•母夫人遺德•遭變故•逃避入廣•又嘗教公盡忠•故公始終不違父母之訓•盡死于國家•無二心焉•公自號三了道人•謂儒而大魁•仕而宰相•事君盡忠也•忠臣孝子大魁宰相古今惟公一人•南人嶷公忠烈者•已據公之哭母詩•母嘗教我忠•我不違母志•及泉曾相見•鬼神共歎喜之語•作鬼神歎喜圖•私相傳翫•公在急難中•嘗終日不語•冥然默坐•若無縈心者•五載陷虜•千辛萬折•雖殫述其苦•事事合道•言言皆經••一以相去遠•二以人畏禍•不肯傳•百僅聞其一二•累經摧挫之餘•老氣崢嶸•視初時愈勁•時作歎詩自遺•皆許身殉國之辭•間見數篇•雖有才學•然怪其筆力不能操予奪之柄•氣索意沮•深疑其語•後乃知叛臣在彼諛虜嫉公•或傷其歎詩•揚北軍氣燄•眇我朝孤殘•憐餘喘不得復生之語•流播四方•損公壯節•公自德祐二年•陷虜北行•行作指南集•錄炎三年廬陷•作指南後集•公筆以授戲俊癰•文公自敘本末•有稱號曰六國•日丞相•又自稱曰天祥•皆非公本語•舊本皆直斥虜酋名•不奪其僭僞語•親者不可不辨•必敵于賊者畏禍易爲乎語耳•詩之劉曰罵試者亦以是不傳•禮部郎中鄧光薦蹈海•爲賊鉤取•文公與之同患難•頗多唱和•杜許嘗除侍郎•海中殺賊頗夥•後以戰死•公之家人•皆落賊手•獨妹氏更不汝嫁賊曹•謂我兄如此•我寧忍耶•惟流落無依•欲歸廬陵•賊未縱其還鄉•公名天祥•字宋瑞•號文山•廬陵人•父名儀•號革

齋•公被禽後•已卯歲往北道閒作祭文遣溪•禮詣廬陵革齋先生墓下爲祭處•仍俾姪升立爲嗣•公寶祐四年年二十一歲•閒廷對爲大魁•四十一歲拜丞相•亂後出處大略如此•識之識也•人而皆公也•天下何慮哉•意甚欲持權衡筆•詳著忠臣傳•苦耳目錮•不下生有事業文章•未悉其實•未敢輕•恩肯不獲識公面•今見公之精忠大義•是亦不摭•常躬直筆•使千載後逆者彌縮•忠者彌芳•爲後世臣子龜鑑歟•敢下筆•然闕爲公作傳者甚有其人•今諒等所聞一二•助他日太史採

觀此等文，其民族主義何等熱烈？讀之而猶不振憤，豈夫也邪？原夫吾華夏之民族主義，實始於軒轅。史稱黃帝披山通道，未嘗寧居；東至於海，登丸山及岱宗；西至於空桐，登雞頭；南至於江，登熊湘；北逐葷粥，合符釜山。索隱云：「葷粥，匈奴別名也。」至唐虞之世，蠻夷猾夏，舜使皋陶爲士以治之。「靡室靡家，玁狁之故；不遑啓居，玁狁之故。」此美文王代玁狁之詩也。「戎狄是膺，荊舒是懲，則莫我敢承，」此美周公攘夷狄之詩也。此我國盛世民族主義之文學也。至齊桓相管仲，亦攘夷狄以尊周室。故孔子稱齊桓之功，而贊管仲之烈。曰：「微管仲，吾其披髮左衽矣。」春秋之美桓公卽本此志。故曰：春秋攘夷之書也。後世民族主義之文學，蓋莫不本於春秋。故史稱岳飛好左氏春秋，而文天祥獄中與子書，亦欲令其專治春秋，豈無故哉？

第五編　以八股爲文化時代之散文

明清

第一章　總論

遼金元以異族僭主中國，士氣銷沈，文學本無特色。金雖有趙秉文、王若虛、元好問、元雖有王惲，趙孟頫、劉因、袁桷、姚燧、虞集、楊載、揭徯斯輩，然求其古文之能與宋賢抗手者殆無之矣。金元惟曲可謂特放異彩，詩亦鮮有大家，散文更不足論矣。明太祖驅逐異族，還我河山，士氣爲之一振，故明初古文家如宋濂、劉基諸人之文，皆雄偉博大，足以覘國運也。

林傳甲云：「明初文臣，宋濂爲首，其文昌明雅健，自中節度。濂學於吳萊、柳貫、黃溍，皆元末之傑士。劉基與濂齊名，爲文神鋒四出，閎深肅括。方孝孺受業於濂，氣最盛而養未至。危素之文，演迤澄泓，而人不足重。解縉通博，永樂大典即出其手。明初洪永之間其文體精實，略可見矣。自楊榮楊士奇以雍容平易爲臺閣體，柄國既久，摹倣者遂流爲膚廓，是時文人惟王鏊學蘇學韓，雖爲時文，亦根柢古文也。李夢陽厭臺閣體之冗沓，起而復古。何景明之流，和之以艱深鉤棘，爲秦漢之法，而七子之體遂風行一世。然是時王守仁之文，博大昌達，足以砥柱中流。既而後七子繼起，李攀龍王世貞爲之冠。其高華偉麗，斑駁陸離，直可抗楊馬，揖李杜。王弇州山人四部稿尤風行一世，俗子稱其篇章裁割成語，亦覺絢爛奪目。及其久則成腐敗。故爲袁宏道艾南英所譏。歸有光出而爲明白曉鬯之文，庶幾乎無弊矣。然其文惟留意於抑揚頓挫間，亦無謂也。有明諸家得失互見，論古文者僅錄歸熙甫一人，亦未允矣。」

林氏之論亦可謂簡括。然吾以謂明之文學詩與文多不外因襲前人，不特不能過之，且遠不相及。惟傳奇八股，爲其所創造。而八股尤爲普遍。降至清代，取士仍用八股。故明清兩代，實可謂爲以八股爲文化之時代焉。此時代之古文，實受八股之影響不少；蓋無人不浸淫漸漬於八股之中，自不能不深受其陶化也。

王士禎池北偶談云：『予嘗見一布衣，盛有詩名，而其詩實多有格格不達處。以問汪鈍翁，汪云：

此君坐未解爲時文故耳。時文雖無與於詩古文，然不解八股則理路終不分明。近見王暉玉堂嘉話一條云：「鹿菴先生言作文字當從科舉中來，不然而汗漫披猖，是出不循戶也。」亦與此意同。」梁章鉅制義叢話於載池北偶談條下亦云：「此論實塙不可易。今之作八韵律詩者，必以八股之法行之。且今之工於作奏疏及長於作官牘文書，亦未有不從八股格法來，而能文從字順各識職者也。」

章炳麟云：「注疏者八股之先河；明清之奏議，八股之支派也。」蓋注疏釋經，八股文爲衍釋四子書及五經之義理；故注疏外式異八股，而內函爲八股之所自出；明清奏議，爲八股之餘事，故明清奏議，形體異八股，而精神實爲八股之支流。

第一節　明眞復古派前後七子之散文

明自開國之初，劉基宋濂文尚豪縱。其後文字獄屢興，士氣亦漸萎靡。永樂成化之間，楊士奇楊榮楊溥之徒，所作號稱臺閣體，益逶迤緩懦。至弘正間，李夢陽始倡言文必秦漢，詩必盛唐，非是者弗道；與何景明、徐禎卿、邊貢、朱應登、顧璘、陳沂、鄭善夫、康海、王九思、等號十才子；又與景明、禎卿、貢、海、九思、王廷相號七才子；皆睥睨一世。此復古運動固臺閣體之反響，實亦八股文之反響也。蓋自成化以後，八股文盛行之際，文士於四子書與八股文之外，可以不讀他書。凡所爲散文駢文，無非空疏飣餖，故李何輩思有以矯之，使人知四書外尚有古書，八股外尚有古文也。然李何等之文，皆襲貌遺神，不過優孟衣冠而已。故正德以後，王愼中唐順之等提倡韓柳歐曾等八大家之文以矯之，海內靡然從風。則嘉靖之間又有李攀龍者，謂文自西京，詩自天寶而下，俱不足觀，於明獨推李夢陽；與謝榛，王世貞、宗臣、梁有譽、徐中行、吳國倫、稱七才子，以與王愼中等八家派相持，皆欲步趨秦漢，而固爲詘詰其詞，晦滯其意者也。是爲古文之眞復古派。其與韓柳之提倡復古，爲恢復西漢以前文體之解放者，不翅東西之相反焉。前後七子之文多，不能詳論，茲略述二李，見一斑焉。

李夢陽　明史李夢陽傳云：「李夢陽字獻吉，慶陽人；母夢日墮懷而生，故名夢陽。夢陽才思雄鷙，卓然以復古自命。弘治時宰相李東陽主文柄，天下翕然宗之。夢陽獨譏其萎弱，而後人有譏夢陽詩文者，則謂其模擬剽竊，得史遷少陵之似，而失其眞云。」四庫總目空同集六十六卷。

李攀龍　明史李攀龍傳云：「李攀龍字于鱗，歷城人；九歲而孤，家貧自奮於學；稍長為諸生，與友人許邦才，殷士儋學為詩歌，已益厭訓詁學；日讀古書，里人共目為狂生。」四庫總目滄溟集三十卷，附錄一卷。

禹廟碑

李夢陽

李子遊於禹廟之臺·覽長河之防··孤·哉牧宮··平沙四漫·避盼故流··北盡碣石··九派渾洪·雲草浩浩·於是愴然而悲·曰·嗟乎·予於是知王·嗣之功也·嗣之功驪·久之
疑·王之功忘·久之思·昔者禹之治水也·導川為陸·易馭為寧·地以之平·天以之成·去巢就廬·而粒而畊·生生至今者固其功也·所謂萬世永賴者也·然問之畊者弗
知·粒者弗知·廬者弗知·陸者弗知·故曰王之功忘·譬之天生物而生忘之泳者忘其川·棲者忘其枝·民者忘其聖人·非忘之也·不知之也·不知自忘·及其當也·號呼
而祈恤·於是智者則指之所從來·而廟者興矣··河盟津東也·壁曠肆悍·勢猶建瓴·隴壖一決·數郡魚鼈·於是昏墊之民·飼匐諂廟·稽首號曰·王在·吾奚役斯·所謂甌
也·故不忘不大·不思不深·深莫如地·大莫如王·天之道也·嗣者非不功也·然不能使之不忘·而不能使之不疑·何也·不忘者小·小則近·近則淺·淺則疑·如秦穆
賜食善馬肉者酒是也·夫天下未聞有廟桓文者也·故曰·予縱禹廟而知王嗣之功也·或問湯文不廟·李子曰·聖人各有其至·堯仁舜孝·禹功湯義·文王之忠·周公之才
·孔子之學·是也·夫功者切於當者也·大衮以當故是故獨廟禹·是時監察御史澧州王子曾·按江南·登蠡四顧·乃亦愴然而悲曰·嗟乎·予於是而知功之言微也·晉少
也覽·瞀臨州城·眺滄徼·南目大梁之墟·乃今歷三河·覽淮泗·極洪流而盡滔滔·使非有神者主之·桑而海者·久矣·尚能粒耶·耕耶·廬耶·能·馭者寧耶·川者陸耶·嗟乎

予於是而知功之言徵也·所謂微禹吾其魚者耶·所謂美哉勳而不德者耶·於是飭所司葺其廟·而屬李子碑焉·王子名湊·以嘉靖元年春按江南·明年秋代去·乃李子則爲迎送神辭三章·俾祭者歌之以佑焉·其辭曰·

天門兮顯闢·赫赫兮雲吐·窮黃屋兮陸離·綴槐鞞兮上下·宛若來兮儵不見·不見兮奈何·望美人兮徒怨苦·橫四海兮怒波·絙絃兮鏜鼓·神不來兮誰怒·執河伯兮顯戮·飭陽侯兮清路·靈罹靈兮來至·風冷冷兮堂戶·舞我兮我酹·尸既飽兮顏酡·惠我人兮乃土乃粒·日云莫兮尸奈何·風九河兮濤莫雲·隱隱兮雷雨·王駕鳳兮驂文魚·龍翼翼兮兩旗·悵佳期兮離壓·心有愛兮易離·愛君兮思君·肴芳兮酒芬·君歸來兮庇吾民·

太華山記

李攀龍

經曰·太華之山·削成而四方·其高五千仞·其廣十里·蓋指華中削成而四方者俯·四方之外未之盡華山也·自縣南十里入谷·逶迤上二十里·抵削成北方壁下·乃谷·卽四南出·不可行·行東北大壑中·壑中一峽·裁容人左右穿受不滿足穿受手如決吻·人上出如自井中者·千尺·曰千尺峽·北不至十步復得一峽百尺·人上出如前峽·曰百尺峽·則東南行·崖往往如覆墩出入穿其容中行穿中穿如仄輪牙也·崖絕爲橋者二所·出北徑雲叢峯·東南得大阪·可千尺·人從其峽中踰衡上·阪窮爲棧·五步·顧見嶂中如一耦一隊··新發諸耜矣·嶂中穿如峽中·峽中衡如嶂中·峽中之繘垂·嶂中之繘倚·皆自殺也·棧北得崖徑丈·人仄行於穿手在決吻中左右代相受·踵二分垂在外·足以菇則蹈膝也·足已吐是以趾任身也·北不至十步·崖乃東折·得路尺許於崖剝中·人虵崖南行·耳如屬垣者二里·剝窮復西出崖上行·則積穿三丈·有崖從北來·踐北崖上·腹高三丈自踐首南行崖如前·劖中躬耳瞰耳矣·三里而近·爲蒼龍嶺·嶺廣尺有咫·長五百丈·崖東西深數千仞·人莫敢睨視·是韓生所稱擲嶺須騎行者

矣•雖令得拾級行哉•足欲置之置•先嘗一足於級上•置也•然後更置一足•其所置足猶若設入石中者•猶人人不自困•躡闖進也•級窮得崖•跌馬高三丈•一隅西北出•入從其隅上南一里•得崖又盡數•不可以穿繞自級也•是皆所謂懸度矣•不至百步西北•背大石出崖下•西南上二里•得松林五樹•稱五將軍•崖上者不見杪•崖下者不見本•從懸中望見松•如樹莢也•西一里•有大石如百斛囷•不知何來•客於此横路而處險之•為穿徑二十所•西南百步•得巨靈掌•在削成東北方壁上•不盡壁五丈許•人不得至•掌二丈許•掌形覆其摶•北引如三尊之巘•從懸中望見掌•即五指參差出壁上也•又西南百步•諸削成四方上矣•西南望削成四方中•東北望所從削成道•道從東北隅出二十里•是餘於雲臺峯•猶杓之在斗矣•削成上四方顧其中•汗也•上宮在汗中西南•玉井在上宮前五尺許•水出於其上•滑於其下•東北淫大坎•凡二十八所•北注壁下•壁下注道中一穴•北出•水從上羃之也•四壁之穴•各在一搏•上宮東南上三里許•得明星玉女祠•含神竅稱明星玉女持玉蝶•乃祠在大石上•大石長十丈許•祠前轆折•折下有穴•穴有石•石如馬折南五丈•坎如盎者五所•如臼者一所•水方濟濟也•下從祠東南峽中行二里•得池二所•大如輪•東南行三里•望見衛叔卿之博臺•在別嶺•為埒不盡•崖尺•中如砥可坐十人•崖南北崖繘綴也•欲度者先握崖自懸崖中•乃跖崖自沃令就繘•不得繘還跖崖•自沃得而後釋所自懸繘也•此即秦昭王使人施鉤梯處也•西南上三里許得一峽如括•曰•天門•門西出為棧•而銅柱峽不能尺長二十丈•棧窮穿井下三丈•窾旁出•復西行為棧•而銅柱一池在石室中•不可澗也•天門旁有壑•如叔瘤之壑•南望三公山三峯•如食前之豆•是白帝之所傷百神也•從上望壁下大谿•谿肆無景•即日中窈窈爾•久之•一山其未若鏃矢•頓即失之矣•是為南峯•別出南壁上•東峯出東南隅壁上•西峯出西北隅壁上•從下望之•五千仞一壁矣•攀龍曰•余既達削成四方中•不復知天不可升矣•余夫善載庶肉朽骨者乎•及備三峯望中原•見黃河從塞外來•下窺大壑•精氣之所出入•又未嘗不爽然自失也•

自來論明文者多貶詞。惟今人錢基博明代文學自序云：「自來論文章者多侈譚漢魏唐宋，而罕及明代；獨會稽李慈銘極言明人詩文，超絕宋元，恆躒而未有勘發。自我觀之，中國文學之有明，其如歐洲中世紀之有文藝復興乎？明太祖開基江淮，以逐胡元，還我河山，用夏變夷，右文稽古，士大夫爭自濯磨，而文則奧博排奡，力追秦漢，以矯歐蘇曾王之平熟。而宋濂劉基，驊騮開道，以著何李王李之先鞭。詩則雄邁高亮，出入漢魏盛唐，以救宋詩之粗硬，芟元風之纖濃。而高啓李東陽，從先繼軌，以爲何李王李開山。曲則明太祖導揚高則誠琵琶一記，盡洗胡元古魯兀剌之風，而易之以南詞之纏綿頓挫。至八股文則利祿之途，俗稱時文者也。然唐順之，歸有光，縱橫軼蕩，則以古文爲時文，力求返虛入渾，積健爲雄；雖與詩古文體氣不同，而反本修古一也。然則明文學者實宋元文學之極王而厭，而漢魏盛唐之拔戟復振，彈古調以洗俗響，厭庸腐而求奧衍，體制儘別，歸趣無殊。此則僕師心自得，而明史序文苑傳者之所未及知也。顧論文者則狃桐城家言之緒論，而亟稱歸氏，妄庸七子。不知明有何李之復古，以矯唐宋八家之平熟；猶唐有韓柳之復古，以救漢魏六朝之縟靡；有往必復，亦氣運之自然。明有唐順之，歸有光，輩振八家之墜緒，以與七子相撐拄；不過如唐之有裴度段文昌等與韓州爲異，以揚六朝之頹波耳。而一代文章之正宗固別有在也。又論者以錢謙益文爲穢雜，此亦拾桐城家之唾餘而不免求全之毀。錢氏以明代文章鉅公，而冠遜清貳臣傳之首，人品自是可議；至於極推歐陽修以爲眞得太史公血脈，而下開歸氏；又翹歸氏以追配唐宋大家，因校刻震川集而序之，以發其指。然後知桐城家言之治古文，由歸氏以踵歐陽而闚太史公；姚鼐遂以歸氏上繼唐宋八家，而爲古文辭類纂一書；胥出錢氏之緒論，有以啓其塗轍也。特其爲文章盛氣縟語，錯綜奇偶，七子之習，湔洗不盡，自與桐城之清眞雅潔，而得歸氏之潔適者異趣。然以視湘鄉曾國藩之爲文，從姚鼐入手而益探源揚馬，複字單誼，雜厠其間，務爲厚集其氣，使聲采炳煥，而戛焉有聲者，何必不與錢氏後先同符？錢氏從王李入而不從王李出，湘鄉從姚氏入而不從姚氏出，自出變化，以不姝暖於一先生之言，亦何必此之爲是而彼之爲非？然世論不敢薄湘鄉，而務集謗於錢氏，多見其不知類也。」錢說可爲明文一吐氣矣。然其論李夢陽云：「不懈及古，力求拔俗，大率類是；然不免琱琢傷元氣，未能渾成天然。楊士奇李東陽以嘽緩見餘力，而或懦不能以自振，蕪不能以自裁。李夢陽何景明以生奧得古致，而卒澀不能以自運，格不能以自吐。儻知此之所以得，即徵彼之所爲失，亦文章得失之林也。」論王世貞與李攀龍云：「世貞之與攀龍，摹擬秦漢同而所爲摹擬則異。攀龍祇剽其字句；世貞得其胎息；然七子之學，得於詩者較深，得於文者頗淺。故其詩多自成家，而古文則鉤章棘句，剽襲秦漢之面貌者，比比皆是，故不獨一攀龍。」則於明文亦多不滿之詞也。

第二節　反七子派之散文

有明一代之散文，可分爲七派。一曰開國派，劉基宋濂之徒主之。二曰臺閣派，楊士奇楊榮之徒主之。三曰秦漢派，亦可名曰眞復古派，前後七子是也。四曰八家派，亦可名曰反七子派，唐順之，茅坤，歸有光之徒主之。五曰獨立派，不旁古人，自寫胸臆，陳白沙王守仁之徒主之。六曰公安派，袁安道宏道之徒主之，七曰竟陵派，鍾惺譚元春之徒主之。開國派近於叫囂，臺閣派過於腐庸；公安竟陵，學太無根；苟非專研明代文學史者，皆可以勿論也。前後七子之文，欲復秦漢，固優孟衣冠，然與八家派互相角逐，亦明代文學史最大之關鍵也。前後七子之得失，前節已略論之，今進而論八家派焉。八家派受前七子文必秦漢之反響，而以唐宋八家矯之，始之者爲王愼中，繼之者爲唐順之，茅坤，而歸有光集其大成焉。

王愼中　明史文苑傳「字道思，晉江人；四歲能誦詩，十八舉嘉靖五年進士，授戶部主事，尋改禮部祠祭司。時四方名士唐順之、陳束、李開先、趙時春、任瀚、熊過、屠應峻、華察、陸銓、江以達、曾忭輩、咸在部曹。愼中與之講習，學大進。愼中爲文，初主秦漢，謂東京下無可取；已悟歐曾作文之法，乃盡焚舊作，一意師仿，尤得力於曾鞏。順之初不服，久亦變而從之。壯年廢棄，益肆力古文，演迤詳贍，卓然成家，與順之齊名，天下稱之曰王唐。」四庫總目遵巖集二十五卷。

唐順之　明史唐順之傳：「字應德，武進人；生有異禀，稍長，洽貫羣籍；年三十，舉嘉靖八年會試第一，改庶吉士，調兵部主事，引疾歸；久之，除吏部，十二年秋，詔選朝官爲翰林，乃改順之編修，校累朝實錄事，將竣，復以疾告。以吏部主事罷歸，永不復敍。至十八年，選宮僚，乃起故官，兼春坊右司諫：與羅洪先、趙時春請朝太子，復削籍歸，卜築陽羨山中，讀書十餘年，中外論薦，並報寢。倭躪江南北，趙文華出視師，疏薦順之，起南京兵部主事，父憂未終，不果出；免喪，召爲職方員外郎，進郎中，出覈薊鎮兵籍，還奏缺伍三萬有奇，見兵亦不任戰，因條上便宜九事，總督王忬以下，俱貶秩；尋命往南畿浙江視兵，與胡宗憲協謀討賊。順之以禦賊上策，當截之海外，縱使登陸，則內地咸受禍；乃躬泛海，自江陰抵蛟門大洋，一晝夜行六七百里，從者咸驚嘔，順之意氣自如。倭泊崇明三沙，督舟師邀之海外，斬馘一百二十，沉其舟十三，擢太僕少卿。宗憲言順之權輕，乃加右通政。順之聞賊犯江北，急令總兵官盧鏜拒三沙，自率副總兵劉顯馳援，與鳳陽巡撫李遂大破之姚家蕩。賊窘退巢廟灣，順之薄之，殺傷相當。遂欲列圍困賊，順之以爲非計，麾兵薄其營，以火礮攻之，不能克；三沙又屢告急，順之乃復援三沙，督鏜顯進擊，再失利；順之憤，親躍馬布陣，賊構高樓望官軍，見順之軍整堅壁不出；顯請退師，順之不可，持刀直前，去賊營百餘步；鏜顯懼失利，固要順之還，時盛暑居海舟兩月，遂得疾，返太倉。李遂改官南京，即擢順之右僉都御史，代遂巡撫。順之疾甚，以兵事棘，不敢辭，渡江，賊已爲遂等所滅。淮揚適大饑，條上海防善後九事。三十九年春汛期至，力疾泛海，度焦山至通州卒，年五十四。順之於學無所不窺，自天文樂律地理兵法弧矢勾股壬奇禽乙，莫不究極原委，盡取古今載籍，剖裂補綴，區分部居，爲左右文武儒稗六編，傳於世；學者不能測其奧也。爲古文洸洋紆折，有大家風。」四部叢刊影印明刊本荊川先生文集十七卷。外集三卷。

與茅鹿門書

夫兩漢以下文之不如古者·豈其所謂繩墨轉折之精之不盡如哉·秦漢以前儒家者有儒家本色·至於老莊家有老莊本色·縱橫家有縱橫本色·名家墨家陰陽家皆有本色·雖其爲術也駁而莫不皆有一段千古不可磨滅之見·是以老家必不肯剿儒家之後·縱橫必不肯借墨家之談·各自其本色而鳴之爲言·其所言者其本色也·是以精光注焉·而其言必遂不泯於世·唐宋而下文人·莫不語性命·談治道·滿紙炫然·一切自託於儒家·然非其涵養畜聚之素·非眞有一段千古不可磨滅之見·而影響剿說·蓋頭竊尾·如貧人借富人之衣·莊農作大賈之飾·極力裝做·醜態盡露·是以精光枵焉·而其言遂不久湮廢·然則秦漢而上·雖爲老墨名法雜家之說而猶傳·今諸子之書是也·唐宋而下·雖其一切語性命談治道之說而亦不傳·歐陽永叔所見唐四庫書目百不存一焉者是也·後之文人欲以立言爲不朽計者·可以知所用心矣·

茅坤　明史文苑傳，「字順甫，歸安人，嘉靖十七年進士。坤善古文，最心折唐順之。順之喜唐宋諸大家文，所著文編，自韓柳歐三蘇曾王八家外無所取。故坤選八大家文鈔，其書盛行海內，鄉里小生，無不知茅鹿門者；鹿門，坤別號也。」著有白華樓藏稿等。

八大家文鈔總序

孔子之繫易曰·其旨遠·其辭文·斯故所以教天下後世爲文者之至也·然而及門之士·顏淵子貢以下·並齊魯間之秀傑也·或云身通六藝者七十餘人·文學之科·並不得與·而所屬者僅子游子夏兩人焉·何哉·蓋天生賢哲·各有獨稟·譬則泉之溫·火之燹·石之結綠·金之指南·人於其間以獨稟之氣·而又必爲之專一·以致其至·伶倫之

於音・稗竃之於占・養由基之於射・造父之於御・扁鵲之於醫・僚之於丸・秋之於奕・彼皆以天縱之智・加之之以事一之學・而獨得其解・斯間以之擅當時而名後世・而非他所得而相雄者・孔子沒而游夏輩各以其學授之諸侯之國・已而散逸不傳・而秦人焚經坑學士而六藝之旨幾輟矣・漢興・招亡經・求學士・而鼂錯賈誼仲董舒司馬遷劉向楊雄班固輩始稍稍出・而西京之文號爲爾雅・崔蔡以上・非不矯然龍驤也・然六藝之旨流失・魏晉宋齊梁陳隋唐之間・文日以靡・氣日以弱・強弩之末・且不及魯縞矣・而況於穿札乎・昌黎韓愈首出而振之・柳柳州又從而和之・於是始知非六經不以讀・非先秦兩漢之書不以觀・其所著書論序記碑銘頌諸辯什・故多所獨闢門戶・然大較雖尊六藝之遺・略相上下・而羽翼之者・貞元以後・唐且中墜・沿及五代・兵戈之際・天下寥遲久・宋興百年・文運天啓・於是歐陽公修從隋州故家覆瓿中・偶得韓愈書・二說而好之・而天下之士始知通經博古爲高・而一時文人學士彬彬然附離而起・蘇氏父子兄弟及曾鞏王安石之徒・其間才旨小大・音響緩急・雖屬不同・而要之於孔子所刪六籍之遺・則共爲習而戶眇之者也・由今觀之・譬則世之走驟騁騏驥於千里之間・而中及二百里・三百里而輟者有之矣・謂途之竊而轅之轉則非也・世之操觚者往往謂文章與時相高下・而唐以後且薄不足爲・噫抑不知文以道相盛衰・時非所論也・其間工不工・則又係乎斯人者之臬與其專一之致否如何耳・如所云・則必太羹酒元之倘・茅英士甚之陳・而三代而下・明堂玉帶雲桑縩樽之設・皆醉枝也已・孔子之所謂其實遜・郎不詭於道也・其辭文郎道之燦然若彙綷者之曲而布也・斯固庖犧以來人文不易之統也・而豈世之云乎哉・我明宏治正德間・李夢陽起北地・豪傑輻湊・已振詩聲・復揭文軌・而曰吾左吾史與漢矣・已而又曰・吾黃初建安矣・以予觀之・特所謂調林之雄耳・其於古六藝之遺・得無湛浮瀁濫而互相剽裂已乎・予於是手錄韓公愈柳公宗元歐陽公修蘇公洵軾轍曾公鞏王公安石之文・而稍批評之・以爲操觚者之券・題之曰八大家文鈔・家各有引・條疏如左・嗟乎八君子者・不敢遴謂蓋得古六藝之旨・而予所批評・亦不敢自以得八君子者之深・要之大義所揭・指次點綴・或於道不相已・

圖書之以貽世之知我者•

歸有光　明史文苑傳「字熙甫，崑山人；年九歲，能屬文；弱冠盡通四書五經三史諸書。嘉靖十八年，舉鄉試，八上春官不第。徙居嘉定安亭江上，讀書談道、學徒常數百人，稱爲震川先生。四十四年始成進士。有光爲古文原本經術，好太史公書，得其神理。時王世貞主文壇，有光方相抵排，目爲妄庸巨子，世貞大憾；其後亦心折有光，爲之讚曰：千載有公，繼韓歐陽，余豈異趣，久而自傷。其推重如此。」四部叢刊影印康熙刊本震川先生集卅卷，別集十卷，附錄一卷。

項脊軒記

項脊軒舊南閣子也•室僅方丈•可容一人居•百年老屋•塵泥滲漉•雨澤下注•每移案•顧視無可置者•又北向不能得日•日過午已昏•余稍爲修葺•使不上漏•前闢四窗•垣牆周庭•以當南日•日影反照•室始洞然•又雜樹蘭桂竹木於庭•舊時欄楯•亦遂增勝•借書滿架•偃仰嘯歌•冥然兀坐•萬籟有聲•而庭堦寂寂•小鳥時來啄食•人至不去•三五之夜•明月半牆•桂影斑駁•風移影動•珊珊可愛•然余居於此•多可喜•亦多可悲•先是庭中通南北爲一•迨諸父異爨•內外多置小門牆•往往而是•東犬•西吠•客踰庖而宴•雞棲於廳•庭中始爲籬•已爲牆•凡再變矣•家有老嫗•嘗居於此•嫗先大母婢也•乳二世•先妣撫之甚厚•室西連於中閨•先妣嘗一至•嫗每謂余曰•某所而母立於茲•嫗又曰•汝姊在吾懷•呱呱而泣•娘以指叩門扉曰•兒寒乎•欲食乎•吾從板外相爲應答•語未畢•余泣•嫗亦泣•余自束髮讀書軒中•

一日大母過余·曰·吾兒久不見若影·何竟日默默在此·大類女郎也·比去·以手闔門·自語曰·吾家讀書久不效·兒之成·則可待乎·頃之·持一象笏至·曰·此吾祖太常公宣德間執此以朝·他日汝當用之·瞻顧遺跡·如在昨日·令人常號不自禁·軒東故嘗爲廚·人往從軒前過·余扃牖而居·久之·能以足音辨人·軒凡四遭火·得不焚·殆有神護者·項脊生曰·蜀清丹穴·利甲天下·其後秦皇帝築女懷清臺·劉玄德與曹操爭天下·諸葛孔明起隴中·方二人之昧昧於一隅也·世何足以知之·余區區處敗屋中·方揚眉瞬目·謂有奇景·人知之者·其由謂與埳井之蛙何異·余既爲此志·後五年·吾妻來歸·時至軒中·從吾問古事·或憑几學書·吾妻歸寧·述諸小妹語曰·聞姊家有閣子·且何謂閣子也·其後六年·吾妻死·室壞不修·其後二年·余久臥病無聊·乃使人復葺南閣子·其制稍異於前·然自後余多在外·不常居·庭有枇杷樹·吾妻死之年所手植也·今已亭亭如蓋矣·

王拯書此記後曰：「往時上元梅先生在京師，與邵舍人懿辰輩過從，論文最懽，而皆嗜熙甫文。梅先生嘗謂舍人與余曰：君等嗜熙甫文孰最高，而余與邵所舉輒符，聲應如響，蓋項脊軒記也。乃大笑。日者友人又以此文示余者曰：讀是文久，有不可解者，徐指文中「余既爲此志」句，問所由。余曰：此文後跋語耳，而著錄者誤與文一。友人顧未之信，將以質梅先生，未果也。按文「余既爲此志」後百十四字，歷敘記文以後十餘年事，語尤悽愴，與文境適相類，刻本又聯屬之，人因第賞其文，而遂不察其爲後跋語耳。志與記義本通，所謂此志既記文也。文自首至「余居此多可喜亦多可悲」句，記軒中景物。自「庭中通南北爲一」至「爲籬爲牆凡再變」句，記軒之沿革。自「家有老嫗」至「瞻顧遺跡如昨日事令人長號不自禁」句，記軒中遺事。其後又足以「軒前故嘗爲廚」及「軒凡四遭火得不焚殆有神護者」數言，乃記軒者畢矣。「項脊生曰」下，「余既爲此志」句上，則文之後論，例如志之有銘，傳之贊，而騷之亂也。中引蜀清居丹穴，諸葛孔明臥隆中二事，竊以自比。然則熙甫之志非將欲大有爲於當時者耶。蜀清其後秦皇帝爲築臺，孔明輔劉玄德與曹操爭天下，皆事振爍於當時而名施後世，而其始在丹穴與隆中，熙甫所謂昧昧一隅人莫有知之者。誠與熙甫處敗屋中揚眉瞬目謂有奇景人謂陷井之蛙者同。獨熙甫窮老荒江，晚得一第，僅官令倅至寺丞，曾不得以有所設施於世，以與蜀媜懷淸孔明隆中事業頡頏，至獨以其文章爲一代之雄耳。顧自文章言，則自元明以來，上下數百年間，莫與並者；雖不得以比跡隆中，亦豈懷淸寡女積鏹之豪之所可及者哉？余又歎夫熙甫之文，流傳至數百年，其爲人所最歎賞如此記者，而其著錄舛謬若此，而人多忽之，毋亦吾儕讀書鹵莽之一端耶？熙甫自謂作此記後五年，妻始來歸，然則此記之作其年未冠時乎？何成就如熙甫，而其通集之文未有能高出乎少小時之所爲者耶？梅先生言文人方出手時，當其至者大致已定；年與學進，推擴之耳；其至之處，不能有加，不其信歟？憶與梅先生別久，舍人輩亦星散，追維講益，不可復得；因讀熙甫此文而並志之，以志慨云。」

曾國藩書歸氏文集後云；「近世綴文之士，頗稱述熙甫，以為可繼曾南豐王半山之為文；自我觀之，不同日而語矣，或又與方苞氏並舉，抑非其倫也。蓋古之知道者，不妄加毀譽於人；非特好直也，內之無以立誠，外之不足以信後世，君子恥焉，自周詩有崧高烝民諸篇，漢有河梁之詠，沿及六朝，餞別之詩，動累卷帙。於是有為之序者。昌黎韓氏為此體特繁，至或無詩而徒有序，駢拇枝指，於義為已侈矣。熙甫則未必餞別而贈人以序，有所謂賀序者，謝序者，壽序者，此何說也？又彼所為抑揚吞吐情韻不匱者，苟裁之以義，或皆可以不陳；浮芥舟以縱送於蹏涔之水，不復憶天下有曰海濤者也；神乎味乎，徒詞費耳。然當時頗崇茁軋之習，假齊梁之雕琢，號為力追周秦者，往往而有；熙甫一切棄去，不事塗飾而選言有序：不刻畫而足以昭物情，與古作者符，而後來者取則焉，不可謂不智已！人能弘道，無如命何？藉熙甫早置身高明之地，聞見廣而情志闊，得師友以輔翼，所詣固不竟此哉？」

曾氏之於歸文可謂論之切當者矣。杜嘗謂前後七子之文，固不免為秦漢偽體。八家派矯之，雖頗有眞氣；是其所長，然其體亦已小，只宜於家常小事，呢喃兒女語，如所爲項脊軒記寒花葬志等，且不免有小說氣矣。蓋專以神韻相尚，亦必至如此。譬之於詩，只宜作五七言絕句而已。

第三節　明獨立派之散文

吾國自明以來，論文者多狃於成見，以謂文非學秦漢，卽當學唐宋。而自明前後七子摹擬秦漢失敗之後，卽秦漢亦不敢言；惟以八家爲極則。八家之中，尤以歐陽之神韻，三蘇之從橫爲上乘。學歐陽所以便於八股，習三蘇者所以利於策論。一言以蔽之，皆爲科舉之計而已。而獨立不倚之士，其所爲文，不摹擬唐宋，亦不倣效秦漢，卓然自成一體者，往往被所謂古文家者詆爲不成家數。故雖有傑作，竟見遺於庸夫之目，可勝慨哉！吾觀有明一代，如陳白沙王陽明兩先生之文，浩氣流行，不傍古人壁壘。讀其文往往令人感激，忠義之氣悠然而生，而自古之論文者罕及焉，何邪？茲以其能絕去依傍，不爲古人輿臺，故名曰獨立派。

陳獻章　明史儒林傳：「字公甫，新會人。舉正統十二年鄉試，再上禮部不第。從吳與弼講學，居半載歸。讀書窮日夜不輟，築陽春臺，靜坐其中，數年無戶外跡。久之，復游太學，祭酒邢讓試和楊時此日不再得詩一編，驚曰：龜山不如也。颺言於朝，以爲眞儒復出。由是名震京師。獻章之學以靜爲主，其教學者但令端坐澄心，於靜中養出端倪。或勸之著述，不答。嘗自言曰：吾年二十七，始從吳聘君學，於古聖賢之書無所不講，然未知入處；比歸白沙，專求用力之方，亦卒未有得。於是舍繁求約，靜坐久之，然後見吾心之體，隱然呈露，日用應酬，隨吾所欲，如馬之御勒也。其學灑然獨得，論者謂有鳶飛魚躍之樂。蘭谿姜麟至以爲活孟子云。」四庫總目白沙集九卷。

慈元廟碑

世道升降・人之任其責者君臣是也・予少讀宋史・惜宋之君臣・當其盛時・無精一學學問・以誠其身・無先王政教・以彰天下・化本不立・時措莫知・雖有程明道兄弟不見用於時・迹其所爲・高不過漢唐之間・仰視三代以前・師傳一尊而王業盛・默歆既出而世道亨之君臣・何如也・南渡之後・惜其君非撥亂反正之主・雖有其臣・任之弗事・邪議得以間之・大志弱而易撓・大義隱而弗彰・是敵玩讎・國計日非・往往坐失機會・卒不能成恢復之功・至於善惡不分・用捨倒置・刑賞失當・怨憤生禍・和議成而兵益衰・歲幣多而民愈困・如久病之人・氣息奄奄・以及度宗之世・則不復惜・爲之掩卷出涕・不忍復觀之矣・孔子日・人之生也直・罔之生也倖而免・劉文靖廣之以詩曰・臣綱一紊國風深・人道方乖鬼境侵・生理本直宜綱玩・蓍龜萬古在人心・噫斯書也・判善惡於一言・決興亡於萬代・其天下國家治亂之符驗歟・宋室播遷・慈元殿

草創于邑之崖山・宋亡之日・陸丞相負少帝赴水死矣・元師退・張太傅復至崖山・遇慈元后問帝所在・慟哭曰・吾忍死萬里・間關至此・正爲趙氏一塊肉耳・今無望矣・投波而死・甚可哀也・崖山近有大忠廟・以祀文相國陸丞相張太傅・弘治辛亥冬十月・今戶部侍郎前廣東右布政華容劉公大廈・行部至邑・與予泛舟崖山・吊慈元故址・始議立祠於大忠之上・邑著姓趙思仁請具土木・公許之・予贊其決曰・祠成當爲公記之・未幾公去爲都御史・修理黃河・委其事府通判顧君叔龍・已寅冬祠成・是役也・一朝而集・制命不由於有司・所以立大宋・愧頑俗・而輔名教・人心之所不容已也・碑於祠中・使來者有所觀感・・弘治已巳未夏・予病小愈・尚未堪筆硯・以有督府鄧先生之命・念慈元落落・東山作祠之言・久未闡於天下・力疾書之・愧其不能工也・

白沙尚有題崖山奇石陰詩云：忍奪中華與外夷，乾坤回首重堪悲：鐫功奇石張洪範，不是胡兒是漢兒，學中嘗有奇石楊木，其文爲宋張弘範滅宋於此。蓋白沙居近崖門，每登臨奇石，憑弔宋帝與張陸諸臣殉國處，見張洪範紀功之銘，乃爲冠一宋字于其上以醜之；更於石陰題一詩，卽此詩也。白沙又有崖山弔陸公祠詩云：傷心欲寫崖山事，惟看東流去不回，草木暗隨忠魄盡，江淮長爲節臣哀，精神貫日華夷見，氣脈淩霜天地開，耿耿聖旌何處是，英靈抱帝海濤隈，此外尚有崖山大忠祠詩，崖山泊舟奇石下風雨夜作詩，與李世卿同游崖山詩，所以屢詩不一詩者，蓋上承宋代民族主義派文學之精神，而下開明末民族主義派之文學，如瞿稼軒陳元孝諸先生所爲者也。陳元孝舟泊崖山詩云：山木蕭蕭風更吹，兩崖雲雨至今悲，一聲杜宇啼荒殿，十載仇人拜古祠，海水有門分上下，江山無地限華夷；停舟我亦艱難日，愧向蒼苔讀舊碑，蓋元孝爲巖野先生之子，巖野既殉國，搜捕元孝甚急故有停舟我亦艱難日之句。其詩於夷夏之防，可謂一篇之中三致意矣。

王守仁　明史王守仁傳：「字伯安，餘姚人。守仁娠十四月而生，祖母夢神人自雲中送兒下，因名雲。五歲不能言，異人拊之，更名守仁，乃言。年十五訪客居庸山海關，時闌出塞，與諸屬國夷角射，縱觀山海形勝。弱冠舉鄉試，學大進，顧益好言兵，且善射。登宏治十二年進士，授兵部主事。」又云：「王守仁始以直節著，比任疆事，提弱卒從諸生埽積年逋寇，平定宸濠，終明之世，文臣用兵制勝，無如守仁者也。當危疑之際，神明愈定，智慮無遺，雖由天資高，其亦有得於中者焉。」四部叢刊影印明隆慶刊本王文成公全書三十八卷。

與毛憲副

昨承遣人喻以禍福利害・且令勉赴太府請謝・此非道誼深情・決不至此・感激之至・言無所容・但差人至龍場陵侮・此自差人挾勢擅威・非太府使之也・龍場諸夷與之爭鬭・此自諸夷憤慍不平・亦非某使之也・然則太府固未嘗辱某・某亦未嘗傲太府・何所得罪而遽請謝乎・跪拜之禮・亦小官常分・不足以爲辱・然亦不當無故而行之・不

當行而行・與當行而不行・其為取辱一也・廢逐小臣・所守以待死者忠信禮義而已・又棄此而不守・禍莫大焉・凡禍福利害之說・某亦嘗講之・君子以忠信為利・禮義為福・苟忠信禮義之不存・雖祿之萬鍾・爵以侯王之貴・君子猶謂之禍與害・如其忠信禮義之所在・雖剖心碎首・君子利而行之・自以為福也・況於流離竄逐之微乎・某之居此・蓋瘴癘蠱毒之與處・魑魅魍魎之與遊・日有三死焉・然而居之泰然・未嘗以動其中者・誠知生死之有命・不以一朝之患而忘其終身之憂也・太府苟欲加害・而在我誠有以取之・則不可謂無憾・使吾無有以取之・而橫罹焉・則亦瘴癘而已爾・蠱毒而已爾・魑魅魍魎而已爾・吾豈以是而動吾心哉・・執事之諭・雖有所不敢承・然因是而益知所以自勵・不敢苟有所隳墮・則某也受教多矣・不敢不頓首以謝・・

陽明此文，殆可謂浩然之氣，至大至剛，以直養而無害，可以塞天地之間者矣。其文眞可與孟子並讀。

第四節　清代桐城派之散文

劉師培云：「明代末年，復社幾社之英，以才華相煽，敷為藻麗之文。順康之交，易堂諸子，競治古文，而藻麗之作易為縱橫。若商邱侯氏，大興王氏，劉氏所為之文，悉屬此派。大抵馳騁其詞，以空辯相矜，而言不軌則，其體出于明允子瞻；或以為得之蘇張史遷，非其實也。餘姚黃氏亦以文學著名，早學縱橫，尤長敍事；然失之於蕪，辭多枝葉；且段落區分，牽連鈎貫，仍蹈明人陋習；浙東學者多則之。季野榭山咸屬良史，惟斐然成章，不知所裁；然浩瀚明暢，亦近代所罕覯也。時江淮以南，吳越之間，文人學士，應制科之徵，大抵涉獵書史，博而不精，諳于目錄詞章之學，所爲之文，以修潔擅長，句櫛字梳，尤工小品。然限於篇幅，無奇偉之觀。竹垞次耕，其最著者也。鈍翁漁洋牧仲之文，亦屬此派。下追雍乾，堇甫太鴻，猶沿此體，以文詞名浙西，東南名士咸則之；流派所衍，固可按也。望溪方氏，摹仿歐曾，明于呼應頓挫之法，以空議相演；又敍事貴簡，或本末不具，舍事實而就空文；桐城文士多宗之，海內人士亦震其名；至謂天下文章莫大乎桐城。厥後桐城古文傳于陽湖金陵，又數傳而至湘贛西粵，然以空疏者爲之，則枯木朽荄，索然寡味，僅得其轉折波瀾。惟姬傳之丰韵，子居之峻拔，滌生之博大雄奇，則又近今之絕作也。若治經之儒，或治古文家言，或治今文家言，及其爲文，遂各成派別。東原說經，簡直高古，逼近毛傳，辭無虛設，一矯冗長之習；說理記事之作，創意造詞，寖以入古。唐宋以降，罕見其匹。後之治古學者咸宗之。雖詁經考古遠遜東原，然條理秩如，以簡明爲主，無復枝蔓之詞，若高郵王氏，儀徵阮氏是也。故朴直無文，不尚藻繪，屬辭比事，自饒古拙之趣。及掇拾者爲之，則勦襲成語，無條貫之可尋，修徵引之繁，味行文之法，此其弊也。常州人士喜治今文家言，雜采讖緯之書，用以解經，即用之入文。故新奇詭異之詞，足以悅目。且江南之地，詞曲尤工，哀怨淸遒，近古樂府，故常州之文亦詞藻秀出，多哀艷之音，則以由詞曲入乎之故也。莊氏文詞深美閎約，人所鮮知。其以文詞著者，則陽湖張氏，長州宋氏，均工綿邈之文；其音則哀而多思，其詞則麗而能則；蓋徵材雖博，不外讖緯詞曲二端。若曲阜孔氏，亦工儷詞，雖所作出宋氏之上，然旨趣略與宋氏同，則亦治今文之故也。近人謂治公羊者必工文，理或然歟？若夫旨乖比興，徒尙麗詞，朝華巳謝，色澤空存：此其弊也。數派以外，文派尤多。江都汪氏，熟於史贊，爲文別立機杼，上追彥升；雖字酌句斟，間逞姿媚；然修短合度，動中自然；秀氣靈襟，超軼塵壒；於六朝之文，得其神理；或以爲出于左傳國語，殆譽過其實。厥後荊溪周氏，編輯晉略，效法汪氏，此一派也。邵陽魏氏，仁和龔氏，亦治今文之學。魏氏之文明暢條達，然刻意求新，故雜奇語以駭俗流。龔氏之文，自矜立異，語羞雷同，文氣佶聱，不可卒讀，或語求艱深，旨意轉晦，此特玉川之流耳；或以爲出于周秦諸子，則擬焉不倫，此又一派也。若夫簡齋稚威仲瞿之流，以排奡自矜，雖以氣運辭，千言立就，然假亂而無序，泛濫而無歸，華而不實，外強中乾；或怪誕不經，近于稗官家言；文學之中，斯爲僞體，不足以言文也。近代文學之派別，大約若此。然考其變遷之由，則順康之文，大抵以縱橫文淺陋；制科諸公，博覽唐宋以下之書，故爲文稍趨于實。及乾嘉之際，通儒輩出，多不復措意于文；由是文章日趨于朴拙，不復發于性情。然文章之徵實，莫盛于此時；特文以徵實爲最難，故枵復之徒，多託于桐城之派，以便其空疏；其富于才藻者，則又日流于奇詭，此近世文體變遷之大略也。近歲以來，作文者多師龔魏，則以文不中律，便于放言，然襲其貌而遺其神。其墨守桐城文派者，亦囿於義法，未能神明變化。故文學之衰，至近歲而極。文學既衰，故日本文體因之輸入於中國。其始也譯書撰報，據文直譯，以存其眞；後生小子，厭故喜新，競相效法。夫東籍之文，冗蕪空衍，無文法之可言。乃時勢所趨，相習成風，而前賢之文派，無復識其源流，謂非中國文學之厄歟？」

劉氏所列清代文派雖衆，然其足以卓然自成家者，古文家則桐城派與陽湖派，經學家則古文之考據與今文之詞章是也。今敍散文，故姑舍後二者而論前二者。

桐城派之文，源於明之歸有光，前已言之矣。當時師事有光者有崑山張應武沈孝，嘉定邱集李汝節潘士英。至清私淑有光者有長洲汪琬，泰州張符驤；而長州彭紹升則宗之尤甚，自號爲知歸子；

而與紹升相切劘者有長洲彭績薛起鳳；又巴陵吳敏樹則非議桐城而亦宗師歸氏者也、桐城方苞亦耆歸氏，以爲言之有序者爲文，陽言左馬義法，而實亦陰宗歸氏之抑揚，惟根底較深，不似歸氏之陋；故遂爲清代桐城文派之開宗。時師事苞者有方朸、張尹、劉大櫆；與大櫆友善而深得方苞義法者有姚範，皆桐城人也。又有天津王又樸、大興王兆符、歙縣程崟、無錫劉齊、高密單作哲、昌平陳浩、上海曹一士、吳江沈彤，皆師事方苞；而彤湛于經術，其文尤粹；彤再傳爲靑浦王昶，則古文家而兼考據家者也。其私淑方苞者有沅陵吳大廷，大廷弟子有湘鄉劉蓉與曾國藩、吳敏樹、郭嵩燾以古文相切劘，此皆方氏之適傳也。傳劉大櫆之學者，有歙縣吳定程晉芳金榜，榜竝受經學於江永戴震；而桐城姚鼐亦親受文法於大櫆及姚範，其成就尤在方劉之上，所撰古文辭類纂一書，士人尤服其精鑒；門下有婁縣姚椿，上元梅曾亮管同，桐城方東樹、李宗傳、劉開、姚瑩、方績，新城陳用光、無錫秦瀛、宜興吳德旋、陽湖李兆洛，皆最有文名；同子嗣復宗傳弟子山陰宗稷辰，曲阜孔憲彝，亦傳姚氏之學；瀛又傳其學於同邑安詩、武康徐熊飛，用光傳於壽陽祁寯藻。其私淑姚鼐者有嘉興錢儀吉，儀吉從弟泰吉，湘鄉曾國藩。國藩嘗自謂粗解古文由姚氏啓之，列姚氏於聖哲畫象三十二人中，可謂備極推崇矣。然曾氏爲文，實不專守姚氏法，頗銘鑄選學於古文；故爲文詞藻濃郁，實拔戟自成一軍。湖南言古文者，繼曾文之後，有長沙王先謙，爲文專宗姚氏，粹然一出於雅，撰續古文辭類纂一書，取精用宏，論者謂足繼姚氏而無媿，此皆姚氏之嫡傳也。傳國藩之學者有溆浦向師棣，遵義黎庶昌，無錫薛福成，福保，南豐劉庠，武昌張裕釗，桐城吳汝綸；而裕釗汝綸尤高才博學。傳吳德旋之學者有永福呂璜，宜興吳詩、武進吳鋌、歙縣王國棟、陽湖吳承宗、婺源程德賚。呂璜再傳於平南彭昱堯，及德旋子吳瑾。傳姚椿之學者有吳江沈日富、陳壽熊，平湖顧廣譽，秀水楊象濟，婁縣張爾耆。傳梅曾亮之學者有南豐吳嘉賓、馬平王拯、善化孫鼎臣、臨桂朱琦、龍啓瑞、代州馮志沂、長沙周壽昌、漢陽劉傳瑩、武進楊珍彝、瑞安孫衣言；而南皮張之洞復學於從舅朱琦。傳方東樹之學者，有桐城戴鈞衡、方宗誠、馬起升、馬三俊；而歙縣汪宗沂復學於方宗誠。傳李兆洛之學者，有陽湖蔣彤、辥子衡、楊夢篆、江陰夏煒如、承培元、王燧、懷寧鄧傳密。皆姚氏之支與流裔也。傳張裕釗吳汝綸之學者，有武強賀濤、新城王樹枏、泰興朱銘盤、濰縣孫葆田、通州范當世、桐城馬其昶、姚永樸、永概，此皆曾氏之支與流裔也。當姚氏倡古文極盛之時，有武進張惠言惲敬，亦學爲古文，世所稱陽湖派者也。然陸祁孫七家文鈔序云：「吾常自荊川之歿，此道中絕，後有作者，復趨於岐途以要一時之譽。乾隆間錢伯坰魯思，親受業於海峯之門，時時誦其師說於其友惲子居張臯文。二子者始盡弃其考據駢儷之學，專以治古文。」則陽湖派亦未始不源於桐城也。傳張惠言之學者，有惠言弟琦、武進董士錫陸耀遹陸繼輅湯洽、富陽周凱、羅梅、歙縣江承之、金式玉、山陰楊紹文、吳吳育；而錢唐戴熙又從周凱受業；陽湖董祐誠、則從陸耀遹受業。傳惲敬之學者，有武進謝士元、謝嵋，而私淑惲敬者有陽湖方詮，金匱秦臻。此遜清一代爲古文散文者之大略也。然則謂桐城派古文實左右遜清一代之文學，豈過言邪？然要而論之，清代之散文家，足以卓然特立者，亦不過數人而已，曰方苞、曰劉大櫆、曰姚鼐、曰張惠言、曰惲敬、曰梅曾亮、曰曾國藩、曰張裕釗、曰吳汝綸。而其言論足以支配一代者，又不過四人，曰方苞、曰劉大櫆、曰姚鼐、曰曾國藩。

方苞　字鳳九，一字靈臯，號望溪，桐城人，康熙丙戌進士，官禮部右侍郎。爲古文取法昌黎，謹嚴簡絜，氣韻深厚，力尚質素，多徵引古義，擇取義理于經，有中心惻怛之誠。尤精義法，言必有物，有序。論文不喜班孟堅柳子厚，嘗條舉其短而力詆之。見桐城文學淵源考，四部叢刊影印戴氏刊本方望溪先生全集十八卷，集外文十卷，補遺二卷。

古文義法約選序

古文所從來遠矣·六經語孟·其根源也·得其枝流而義法最精者莫如左傳史記·然各自成書·具有首尾·不可以分剟·其次公羊穀梁傳·國語國策·雖有篇法可求·而皆通紀數百年之言與事·學者必覽其全而後可取精焉·惟兩漢書疏·及唐宋八家之文·篇各一事·可擇及尤而所取必至約·然後義法之精可見·故於韓取者十二·於歐十一·餘六家或二十三十而取一焉·兩漢書疏則百之二三耳·學者能切究於此·而以求左史公穀語策之義法·則觸類而通矣·雖然·此其末也·先儒謂韓子因文以見道·而其自稱則曰學古道·故欲兼通其辭·羣士果能因是以求六經語孟之旨·而得其所歸·躬蹈仁義·自勉於忠孝·則立德立功·以仰答我皇上愛育人材之至意者·皆基於此·是則余為是編以助流政教之本志也夫·

一三傳國語國策史記為古文正宗·然皆自成一體·學者必熟復全書而後能辨其門徑·入其奧窔·故是編所錄·惟漢人散文及唐宋八家專集·俾承學治古文者先得其津梁·然後可溯流窮源·盡諸家之精蘊耳·

一·周末諸子·精深閎博·漢唐宋文家·皆取精焉·但其著書主於指事類情·汪洋自恣·不可繩以篇法·其篇法完具者間亦有之·而體製亦別·故概弗採錄·覽者當自得之·

一·在昔議者·皆謂古文之衰自東漢始·非也·西漢惟武帝以前之文·生氣奮動·偶儷排宕·不可方物·而法度自具·照宣以後·則漸覺繁重滯澀·惟劉子政傑出不羣·然亦繩趨尺步·盛漢之風邈無存矣·是編自武帝以後至蜀漢·所錄僅三之一·然尚有以事宜講問·過而存之者·

一、韓退之云・漢朝人無不能爲文・今觀其書疏吏牘類皆雅飭可誦・茲所錄僅五十餘篇・蓋以辨古文氣體必至嚴・乃不雜也・卽得門徑・必縱橫百氏・而後能成一家之言・退之自言貪多務得・細大不捐是也・

一・古文氣體・所貴清澄無滓・澄清之極・自然而發其光精・則左傳史記之瑰濃郁是也・始學而求古求典・必流爲・明七子之僞體・故於客難解嘲答賓戲典引之類・皆不錄・雖相如封禪書亦姑置焉・蓋相如天骨超俊・不從人間來・恐學者無從窺尋・而妄摹其字句・則徒敝精神於蹇淺耳・

一・子長世表年表月表序・義法精深變化・退之子厚讀經子・永叔史志論・其源並出於此・孟堅藝文志七略序・淳實淵懿・子固序羣書目錄・介甫序詩書周禮義・其源並出於此。概勿編輯・以史記漢書治古文者・必觀其全也・獨錄史記自序・以其文雖載家傳後・而別爲一篇・非史記本文耳・

一・退之永叔介甫・俱以誌銘擅長・但序事之文・義法備於左史・退之變左氏之格調・而陰用其義法・永叔摹史記之格調・而曲得其風神・介甫變退之之壁壘・而陰用其步伐・學者果能探左史之精蘊・則於三家誌銘無事規橅・而自與之化矣・故於退之誌銘・奇崛高古精深者皆不錄・錄馬少監柳柳州二誌・皆變調・頗膚近・蓋誌銘宜實徵事跡・或事跡無可徵・乃敘述久故交親・而出之以感慨・馬誌是也・或別生議論・可興可觀・柳誌是也・於永叔獨錄其敘述親故者・於介甫獨錄其別生議論者・各三數篇・其體製皆師退之・俾學者知所從入也・

一・退之自言所學在辨古書之眞僞・與雖正而不至焉者・蓋黑白之不分・則所見爲已者亦眞自也・子厚文筆古雋・而義法多疵・歐蘇曾王亦間有不合・故略指其瑕・俾瑜者不爲揜耳・

一・易詩書春秋及四書・一字不可增減・文之極則也・降而左傳史記韓文・雖長篇句字可薙芟者甚少・其餘諸家雖擧世傳誦之文・義枝辭冗者或不免矣・未便刪去・姑鉤劃於旁・俾觀者別擇焉・

觀方氏之言，其旨雖不一，其最要者，亦重八家以矯七子而已。

劉大櫆字耕南，一字才甫，號海峯，桐城人，雍正己酉壬子副榜，官黟教諭。師事方苞，受古文法。所爲詩古文詞，才高筆峻，能包古人之異體，鎔以成其體。學者經其指授，多以詩文成名。撰海峯詩集十一卷文集八卷。見桐城文學淵源考

論文偶記

行文之道・神爲主・氣輔之・曹子桓蘇子由論文・以氣爲主・是矣・然氣隨神轉・神渾則氣灝・神遠則氣逸・神偉則氣高・神變則氣奇・神深則氣靜・故神爲氣之主・至專以理爲主則未盡其妙・蓋人不窮理讀書則出詞鄙倍空疏・人無經濟則言雖累牘・不適於用・故義理書卷經濟者・行文之材料・神氣音節者・行文之能事也・

文章最要氣盛・然無神以主之・則氣無所附・蕩乎不知其所歸・神氣者・文之最精處也・音節者文之稍粗處也・字句者文之最粗處也・然予謂論文而至於字句・則文之能事盡矣・蓋音節者神氣之迹也・字句者音節之規也・神氣不可見・於音節見之・音節無可準・於字句準之・

音節高則神氣必高・音節下則神氣必下・故音節爲神氣之迹・一句之中・或多一字・或少一字・一字之中・或用平聲・或用仄聲・同一平仄字・或用陰平陽平上聲去聲入

聲・則音節迴異・故字句為音節之矩・積字成句・積句成章・積章成篇・合而讀之・音節見矣・歌而詠之・神氣出矣・迎人論文不知有所謂音節者・至語以字句・必笑以為末事・此論似高實謬・作文若字句・安頓不妙・豈復有文字乎・凡行文字句短長抑揚高下・無一定之律・而有一定之妙・可以意會・不可以言傳・學者求神氣而得之音節・求音節而得之字句・思過半矣・其要只在讀古人文字時・設以此身代古人說話・一吞一吐・皆由彼而不由我・爛熟後我之神氣即古人之神氣・古人之音節都在我喉吻間・合我喉吻者便是與古人神氣音節相似處・自然鏗鏘發金石・唐人之體校之漢人微露圭角・少渾噩之象・然陸離璀璨・猶似夏商鼎彝・宋人文雖佳而萬怪惶惑處少矣・荊川云・唐之韓猶漢之司馬・宋之歐曾二蘇・猶唐之韓・此自其同者言之耳・然氣味有厚薄・力量有大小・時代使然・不可強也・然學者宜先求其同而後別其異・不宜伐其異而不知其同耳・文貴奇・所謂珍愛者必非常物・然有奇在字句者・有奇在意思者・有奇在筆者・有奇在邱壑者・有奇在氣者・有奇在神者・字句之奇不足為奇・氣奇則真奇矣・讀古人文於起滅轉接之間・覺有不可測識處・便是奇氣・文貴高・窮理則識高・立志則骨高・好古則調高・文貴大・道理博大・氣脈洪大・邱壑遠大・邱壑中必峯巒高大・波瀾闊大・乃可謂之遠大・文貴遠・遠必含蓄・或句上有句・或句下有句・或句中有句・或句外有句・說出者少・不說出者多・乃可謂遠・文貴簡・凡文筆老則簡・意真則簡・辭切則簡・理當則簡・味淡則簡・氣蘊則簡・品貴則簡・神遠而含藏不盡則簡・故簡為文章盡境・文貴疏・凡文力大則疏・宋畫密・元畫疏・顏柳字密・鍾王字疏・孟堅文密・子長文疏・凡文氣疏則縱・密則拘・神疏則逸・密則勞・疏則生・密則死・文貴變・易曰・虎變文炳・豹變文蔚・又曰・物相雜故曰文・故文者變之謂也・一案之中篇篇變・一篇之中段段變・一段之中句句變・神變氣變境變音變節變句變字變・唯昌黎能之・文貴瘦・須從瘦出・而不宜以瘦名・蓋文至瘦則筆能屈曲盡意・而言無不遂・然

以復名則文必狹隘·公毅韓非王半山之文·極高峻難識·學之有得·儷當捨去·文貴華·華正與樸相表裏·以其華美故可貴重·所惡於華者恐·其近俗耳·所取於樸者·謂其不著粉飾耳·不著粉飾而精彩濃麗自左傳莊子史記而外·其妙不傳·文貴參差·天之生物·無一無偶·而無一齊者·故雖排比之文·亦以隨勢屈曲貫注爲佳·文貴去陳言昌黎論文以去陳言爲第一要義·樊宗師誌銘云·惟古於詞必己出·降而不能乃剽賊·後皆指前公相襲·自漢迄今用一律·今人行文反以用古人成語·自謂有出處自矜爲典雅·不知其爲竊也·剽賊也·文字是日新之物·若陳陳相因·安得不爲腐臭·原本古文意義·到行文時卻須重加鑪造一樣言語·不可便直用古人·此謂去陳言未嘗不換字·卻不是換字法·行文最貴品藻·無品藻不成文字·如曰渾曰浩曰雄曰奇曰頓挫曰跌宕之類·不可勝數·然有神上事·有氣上事·有體上事·有色上事·有聲上事·有味上事·有識上事·有情上事·有才上事·有格上事·有境上事·須辨之甚明·文章品藻最貴者曰雄曰逸·歐陽子逸而未雄·昌黎雄處多逸處少·太史公雄過昌黎·而逸處更多於雄處·所以爲至·

姚鼐　字姬傳，一字夢穀，桐城人，乾隆癸未進士，官刑部郎中，記名御史。方康雍時，方苞以古文名天下。同邑劉大櫆姚範繼之，鼐親受文法于劉姚，本所聞於家庭師友間者，益以自得，治之益精，所得臻古人勝境。所爲文高簡深古，才斂於法，氣蘊於味，尤近司馬遷韓愈。見桐城文學淵源考　四部叢刊影印原刊本惜抱軒文集十六卷，詩集十卷。

復魯絜非先生書

桐城姚鼐頓首·絜非先生足下·相知恨少·晚遇先生·接其人·知爲君子矣·讀其文·非君子不能也·往與程魚門周書昌·論古今才士·惟爲古文者最少·苟爲之·必傑士也·況爲之專且善如先生者乎·辱書引義謙而見推過當·非所敢任·鼐自幼迄衰·獲侍賢人長者·爲師友·剝取見聞·加臆度爲說·非眞知文·能爲文也·奚辱命之哉·蓋虛懷樂取者君子之心·而誦所得以正於君子·亦鄙陋之志也·鼐聞天地之道·陰陽剛柔而巳·文者天地之精英·而陰陽剛柔之發也·惟聖人之言·統二氣之會而弗偏·然而易詩書論語所載·亦間有可以剛柔分矣·値其時其人·告語之體各有宜也·自諸子而降·其爲文無弗有偏者·其得於陽與剛之美者·則其文如霆·如電·如長風之出谷·如崇山峻崖·如決大川·如奔騏驥·其光也·如杲日·如火·如金鏐鐵·其於人也·如憑高視遠·如君而朝萬衆·如鼓萬勇士而戰之·其得於陰與柔之美者·則其文如升初日·如清風·如雲·如霞·如煙·如幽林曲澗·如淪如漾·如珠玉之輝·如鴻鵠之鳴而入寥廓·其於人也漻乎其如歎·邈乎其如有思·暖乎其如喜·愁乎其如悲·觀其文·諷其音·則爲文者之性情形狀舉以殊焉·且夫陰陽剛柔其本二端·造物者糅而氣有多寡進絀則品次億萬·以至於不可窮·萬物生焉·故曰一陰一陽之爲道·夫文之多變·亦若是也·糅而偏勝可也·偏勝之極·一有一絕無·與夫剛不足爲剛·柔不足爲柔者·皆不可以言文·今夫野人孺子聞樂·以爲聲歌絃管之會兩·苟善樂者聞之·則五音十二律·必有一當·接於耳而分矣·夫論文者豈異於是乎·宋朝歐陽曾公之文·其才皆偏於柔之美者也·歎公能取異已者之長而時濟之·曾公能避所短而不犯·觀先生之文殆近於二公焉·抑人之學文·其功力所能至者·陳理義必明當·布置取舍繁簡廉肉不失法·吐辭雅馴不業而巳·古今至於此者蓋不數數得·然尙非文之至·文之至者通於神明·人力不及施也·先生以爲然乎·惠寄之文·刻本固當見與·鈔本謹封還·然鈔本不能勝刻者·諸體中書疏贈序爲上·記事之文次之·論辨又次之·鼐亦竊識數語於其間·未必當也·梅崖集果有逾人處·恨不識其人·郎君令甥皆美才·未易量·聽所好恣爲之·勿拘其途可也·於所寄文輒妄評說·勿罪勿罪·

曾國藩 字伯涵，號滌生，湘鄉人，道光戊戌進士，官武英殿大學士，一等毅勇侯。論文私淑方苞姚鼐，所為文研究義理，精通訓詁，以禮為歸，抑意造言，浩然直達，意欲效法韓歐，輔益以漢賦之氣體。

桐城文學淵源考 四部叢刊影印原刊本曾文正公詩集三卷文集三卷。

日記八則

古文之道•謀篇布勢•是一段最大工夫•書經左傳每一篇空處較多•實處較少•旁面較多•正面較少•精神注於眉宇目光•不可周身皆眉•到處皆目也•綫索要如蛛絲馬跡絲不可過粗•跡不可太密也•

為文全在氣盛•欲氣盛全在段落清•每段分束之際•似斷不斷•似咽非咽•似呑非呑•似吐非吐•古人無限妙境•難於領取•每段張起之際•似承非承•似提非提•似突非突•似紆非紆•古人無限妙用•亦難領取•

奇辭大句•須得瑰瑋飛騰之氣•驅之以行•凡堆重處皆化為空虛•乃能為大篇•所謂氣力有餘於文之外也•否則氣不能舉其體矣•

吾嘗取姚姬傳先生之說•文章之道•分陽剛之美•陰柔之美•大抵陽剛者氣勢浩瀚•陰柔者韻味深美•浩瀚者•噴薄而出之•深美者•吞吐而出之•就吾所分十一類言之•論著類詞賦類宜噴薄•序跋類宜吞吐•奏議類哀祭類宜噴薄•詔令類書牘類宜吞吐•傳誌類敘記類宜噴薄•典志類雜記類宜吞吐•其一類中微有區別者•如哀祭類雖宜噴薄•而祭郊社祖宗則宜吞吐•詔令類雖宜吞吐•而檄文則宜噴薄•書牘雖宜吞吐•而論事則宜噴薄•此外各類•皆可以是意推之•

往年余思古文有八字訣・曰雄直怪麗・澹遠茹雅・近於茹字似更有所得・而音響節奏須一和字爲主・因將澹字改作和字・嘗慕古文境之美者約有八言・陽剛之美曰・雄直怪麗・陰柔之美曰・茹遠潔適・蓄之數年・而余未能發爲文章・略得八美之一・以副斯志・是夜將此八言者・各作十六字讚之・至次日辰刻作畢・附錄如左・

雄　劃然軒昂・盡棄故常・跌宕頓挫・捫之有芒・

直　黃河千曲・其體仍直・山勢如龍・轉換無迹・

怪　奇趣橫生・人駭鬼眩・易玄山經・張韓互見・

麗　青春大澤・萬卉初葩・詩騷之韻・班揚之華・

茹　衆義輻湊・吞多吐少・幽獨咀含・不求共曉・

遠　九天俯視・下界聚蚊・寤寐周孔・落落寡羣・

潔　冗意陳言・類字盡芟・慎爾褒貶・神人共監・

適　心境兩閒・無營無待・柳記歐跋・得大自在・

閱韓文送高閑上人・所謂機應於心・不挫於物・姚氏以爲韓公自道作文之旨・余謂機應於心・熱極之候也・莊子養生主之說也・不挫於物・自慊之候也・孟子養氣章之說

也・不拄於物者體也・道也・本也・機應於心者用也・技也・末也・韓子之於文技也・進乎道矣・余昔年鈔古文・分氣勢識度情韻趣味爲四屬・擬再鈔古近體詩亦分爲四屬・而別增一機神之屬・機者・無心遇之・偶然觸之・姚惜抱謂文王周公繫易彖辭爻辭・非取象亦偶觸於其機・假令易一日而爲之・其機之所觸少變・則其辭之取象亦少異矣・余嘗歎爲知言・神者・人功與天機相湊泊・如卜筮之有餘辭・如左傳諸史之有童謠・如佛書之有偈語・其義在可解不可解之間・古人有所託諷・如阮嗣宗之類・故作神語以亂其辭・唐人如太白之豪・少陵之雄・龍標之逸・昌谷之奇・及元白張王之樂府・亦往往多神到機到之語・即宋世名家之詩・亦皆人巧極而天工錯・徑路絕而風騷通・蓋必可與言機・可與言神・而後極詩之能事・余鈔詩擬增此一種・與古文微有異同・

曾氏以詩重在機，與爲文異，而不知文亦有機焉，其機異，文亦不得不異也。

統觀方劉姚曾之持論，雖高，其自爲實多不逮。雖比於明之唐歸有過之無不及，然欲其上比宋六家則瞠乎後矣。此無他，八股有以害之也。吳敏樹歸震川文集別鈔序云：「嗚呼！自四子書之文興，而文章不及於古，豈人才固使然哉？天下能爲文章之士，必皆有聰敏傑特非常之才；而是人者自其少時，固已學爲四子書之文；而其爲文之道，亦誠有可以自盡其心而有未易可窮之致；乃其心固猶不安於是，則又時時習爲傳記序論之作以追逐唐宋之能者，而與之後先；雖足以名於一時，而其氣力亦衰減矣。」此予所以錄震川歸氏之文，而爲之三歎也。蓋明朝始以四子書之文取士，而其文莫盛焉。三百年間傳者數十家，而震川歸氏爲之雄，而明之言古文者亦未有如歸氏者也。余觀歸氏之文，遠宗乎司馬，近迹乎歐曾，其爲學精博而其意見亦絕高，豈區區甘爲帖括者；徒以老困場屋，而從遊請業之徒，舍是亦無問焉者，故出其餘而遂絕一代矣。至其古體之文，乃其所盡意以爲，然擬之古人，猶若不逮。借使歸氏不生於明，而出於唐貞元宋慶曆之間，無分其力，而窮一生以成其文，豈在李翺曾鞏之後哉」？

歸氏爲明八股文大家，以其餘力而爲古文。至清方苞，私淑有光。而其力亦盡於八股。其進四書文選表云：「竊惟制義之興，七百餘年，所以久而不廢者，蓋以諸經之精蘊匯涵於四子之書，俾學者童而習之，日以義理浸灌其心，庶幾學識可以漸開，而心術羣歸於正也。臣聞言者心之聲也，古之作者其人格風規，莫不與其人性質相類，而況經義之體，以代聖人賢人之言。自非明於義理，揭經史古文之精華，雖勉焉以襲其貌，而識者能辨其僞，過時而湮沒無存矣。其間能自樹立，各名一家者，雖所得有淺有深，而其文具存，其人之行身植志亦可概見。使承學之士，能由是而正所趨，是誠所謂有關氣運者也。」其重視八股如此。龍啓瑞紹濂制藝序云：「時文中如有明之唐歸金陳，本朝（指清）

之方靈皋、李安溪、陸稼書張素存、其人皆不僅以時文見，而天下之善爲時文者無以過之。」又朱約齋先生時文序云：「昔姚姬傳先生謂經義可爲文章之至高，而士乃視之甚卑，因欲率天下爲之。」凡此均可以見桐城派鉅子之工於八股，以八股爲性命，而其古文特八股之餘事耳。

第五節　清維新以後之散文

清自光緒維新以後，政治學術爲之丕變，文人作風亦爲之丕變。如梁啓超譚嗣同唐才常輩，其尤彰著者也。然其文過於叫囂，一瀉無餘；可以風行於一時，而不可以行於久遠；可以謂之政論家，而不可以謂之文學家也。其雖爲政論而又長於古文者，則惟康有爲與嚴復二人焉。

康有爲　原名祖詒，字廣廈，號長素，南海人，受業於同縣朱次琦。然其詩文實得力於龔自珍，而才氣魄力過之。戊戌維新變政，蓋有爲所主動者也。自珍本從李宗傳受古文法，宗傳又師事姚鼐。然桐城古文義法，至自珍已盡破藩籬，爲文横恣透快，霸才已甚，有爲更變本加厲焉。

歐洲十一國游記序

特盡大地萬國之山川國土政教藝俗文物·而盡攬掬之·采別之·綴吸之·豈非凡人之所同願哉·于大地之中·其尤文明之國士十數·凡其政教藝俗文物之都殷郁美·盡攬掬而采別擷吸之·又淘其粗惡而萃其英華焉·豈非人之尤所同願邪·朕史弱之征爪哇也·吾以爲二十五萬里·元卓术太子之入欽察也·馬行三年乃至·博望鑿空·玄奘西游·當衛路未通·汽機未出之世·山海阻深·歲月遭漫·以大地之汜涯·而人力之短薄也·雖哥侖布墨志領岌頓曲之遠志毅力·而足跡所探游者·亦有阨矣·然則欲攬掬也·孰從而攬之·故夫人之生也·視其遇也·芸芸衆生·閱億萬年遇禁變種族部落交爭之世·屈辟鄉窮山之地·足跡不出百數十里者·蕓皆是矣·進而生萬里文明之大國·而舟車不通·亦云由觀大九洲而游瀛海·吾華諸先詩·蕘皆遺恨于是·則雖聽明卓絕·亦爲區域所限·英帝印度之哉·南海康有爲以生·在意王統一之歲三年·德法戰之哉十二年也·所遇何時哉·汽船也·汽車也·電線也·云三者縮大地促交通之神具也·汽船成于我生之前五十年·汽車成于我生之前三十年·電線成于我生之前十年·而萬物變化之祖·爲瓦特之機器·亦不過先我八十年·凡歐美之新文明具·皆發于我生百年之內外耳·華大地百年之英靈·竭蕊化萬億之心精·粹奏薈萃·發揚攝鳴·旁魄浩瀚·積極光晶·進百千萬億之泉流而成江河湖海·以注于康有爲之生世·大陳設以供斂之·偉康有爲肆其雄心·縱其人跡·窮其目力·供其廣長之舌·大饕餮而吸飲焉·自四十年前·既攬掬華夏致千年之所有·七年以來·汗漫四海·東自日本·美洲·南自安南還暹柔佛吉德蘇遜吉冷爪哇緬甸哲孟雄印度錫蘭·西自阿剌伯埃及意大利瑞士奧地利匈牙利丹墨瑞典荷蘭比利時德意志法蘭西英吉利·環周而復之美·嗟乎康有爲雖悉博好奇·探賾研精·而何能窮極大地之奇珍絕勝·置之眼底足下·攬之饜抱·若此哉·縮地之神具·文明之新製·不自我先·不自我后·特製竭作以效勞貢獻于我·我幸不貴不賤·亡所不入·亡所不睹·偉我之耳目聞見·有以遠軼于古之聖哲人·天之厚我乎何其至也·夫中國之員警方足·以四五萬萬計·才哲如林·而閉慮內地·不能窮天地之大觀·若我之游踪者·殆未有焉·而獨生康有爲于不先不后之時·不貴不賤

之地•巧縱其足跡目力心思•使徧大地•豈有所私而得天幸哉•天其或哀中國之病而思有以藥而竊之邪•其將令其攬萬國之華實•考其性質色味•別其良楛•察其宜不•製以爲方•采以爲藥•使中國服食之而不誤於醫邪•則必擇一能若不死之神農•使之偏嘗百草•而后神方大藥可成•而沈痾乃可起邪•則是天縱之遠遊者•乃天賞之大任••則又既皇既恐•以憂以懼•慮其弱而不勝也•雖然天既強使之爲先覺•以任斯民矣•雖不能勝•亦既二十年來耆役貧而藏之矣•萬木森森•百果具緜•左捋有擷•大嚼橫吞•其安能不別良楛察宜不審方製藥以饋于我四萬萬同胞哉•方病之殷•當緊診•雖杳之時•我國民分甘而同味焉•其可以起死回生補精益氣以延年增壽乎•吾之謂然•人其不然邪•其果然邪•吾于歐也•尙有俄羅斯突厥波斯西班牙葡萄牙未至也•于美也則中南美洲未窺•而非洲未入焉•其大島若澳洲古巴檀香山小呂宋蘇祿文萊未過•則吾于大地之藥草•尙未盡嘗•而製方豈能謂其不謬邪•抑或懸劣之醫將可以不誤•或不龜手之藥可以治•宗國•而猶有待于偏遊邪•康有爲曰•吾猶待于后偏遊以畢吾書業••今歐洲十一國遊既畢•不敢自私•先疏記其略•以請同胞分嘗一臠焉••吾爲廚人而同胞坐食之••吾爲鬻工而同胞遊覽也••其亦不棄諸•

嚴復，字又陵，一字幾道，侯官人，派赴英國學海軍。歸國後，從吳汝綸學爲古文。嘗長北京大學。譯有天演論、原富、羣己權界、穆勒名學、法意、羣學肄言等書，爲近代譯文之冠。蓋嘗以爲譯事有三難，必於信達雅三者兼備而後可以無媿云。

天演論導言一

赫胥黎獨處一室之中•在英倫之南•背山而面野•檻外諸境•歷歷如在几下•乃縣想二千年前•當羅馬大將愷徹未到時••此間有何景物•計惟有天造草昧•人功未施•其

稽徵人境者•不過幾處荒墳•散見坡陀起伏間•而灌木叢林•蒙茸山麓•未經刪治如今日者則無疑也•怒生之草•交加之藤•勢如爭長相雄•各據一坏壤土•夏與畏日爭•冬與嚴霜爭•四時之內•飄風怒吹•或西發西洋•或東起北海•旁午交扇•無時而息•上有鳥獸之踐啄•下有蟻蝝之齧傷•憔悴孤虛•旋生旋滅•菀枯頃刻•莫可究詳•是離離者亦各盡天能•以自存種族而已•數畝之內•戰事熾然•彊者後亡•弱者先絕•年年歲歲•偏有留遺•未知始自何年•更不知止於何代•苟人事不施於其間•則莽莽榛榛•長此互相吞併混逐蔓延而已•而詰之者誰耶•英之南野•黃芩之種爲多•此自未有紀載以前•革衣石斧之民所采擷踐踏者•茲之所見•其苗裔耳•邃古之前•坤輿未鑿•英倫諸島•乃屬冰天雪海之區•此物能寒•法當較今尤茂•此區區一小草耳•若跡其祖始•遠及洪荒•則三古以還年代方之•猶瀼滴之水比諸大江•不啻小支而已•故事有決無可疑者•則天道變化•不主故常是已•特自皇古迄今•爲變蓋漸•淺人不察•遂有天地不變之言•實則今茲所見•乃自不可窮詰之變動而來•京垓年歲之中•每每員輿•正不知幾移幾換•而成此最後之奇•且繼今以往•陵谷變遷•又屬可知之事•此地學不刊之說也•假其驚怖斯言•則索證正不在遠•試向立足處所•掘地深逾尋丈•將逢蜃灰•以是蜃灰•知其地之古必爲海•蓋蜃灰爲物•乃贏蚌脫殼積而成•若用顯鏡察之•其掩旋尚多完具者•使是地不前爲海•此恆河沙數贏蚌者•胡從來乎•滄海風塵•非誕說矣•且地學之家•歷驗各種殭石•知動植庶品•率皆遷有變遷•特爲變至微•其遷極漸•即假吾人彭聃之壽•而亦由暫觀久•潛移弗知•是猶蟪蛄不識春秋•朝菌不知晦朔•遽以不變名之•眞瞽說也•故知不變一言•決非天運•而悠久成物之理•轉在變動不居之中•是當前之所見•經廿年卅年而革爲可也•更二萬年三萬年而革亦可也•特據前事•推將來•爲變方長•未知所極而已•雖然•天運變矣•而有不變者行乎其中•不變惟何•是名天演•以天演爲體•而其用有二•曰物競•曰天擇•此萬物莫不然•而於有生之類爲尤著•物競者•物爭自存也•以一物以與物物爭•或存或亡•而其效則歸於天擇•天擇者物爭爲而獨存•則其存也必有其所

以存‧必其所得於天之分‧自致一己之能‧與其所遭值之時與地‧及凡周身以外之物力‧有其相謀相劑者焉‧夫而後獨免於亡‧而足以自立也‧而自其效觀之‧若是物特為天之所厚‧而擇焉以存也者‧夫是之謂天擇‧天擇者擇於自然‧雖擇而莫之擇‧猶物競之無所爭‧而實天下之至爭也‧斯賓塞爾曰‧天擇者存其最宜者也‧夫物既爭存矣‧而天又從其爭之後而擇之‧一爭一擇‧而變化之事出矣‧

此文殆與明清間之善為古文者無異，而其涵理則一新，故譽之者以為可以自成一子，蓋亦無甚媿焉。其最篤守桐城義法者，則有馬其昶、姚永概永樸，與陳三立等。三立尤高才老壽，以詩文名海內，世多稱其詩，吾以為文更勝於為詩也。三立字伯嚴，號散原，光緒丙戌進士，官吏部主事，戊戌變政，三立與有力焉。著散原精舍文存。

雜說三

陳三立

崦廬之豎子‧問語余曰‧西山有豺出食人‧數月於茲矣‧聞之乎‧始食耕者‧留其股以去‧後食行者於道‧又食二小兒‧又食一老婦人‧余曰‧盍召獵者擊之‧易易耳‧豎子曰‧豺不可得而擊之‧余詰之‧豎子曰‧豺所食一兒‧吾戚也‧其母痛且懟‧白族謀擊豺者‧族畏豺‧忍不敢發‧遂告其鄰之長‧議當擊之‧然以所食鄰兒也‧猶豫未即決‧乃走謁於里正‧哭甚哀焉‧里正熟視而無視也‧掩耳而不欲聞也‧曰‧豺所出沒‧非吾罪‧職不當過問‧不得已‧衝闔而請於吏‧吏勢之老儒‧其老儒以為豺神獸也‧食人必神意‧擊則怒神‧禍不測也‧故曰豺不可得而擊也‧余仰而歎曰‧嗟乎‧豺之當擊‧與擊之之易也‧凡有血氣皆知之‧不待龜卜而筮占之也‧然自有族之畏不敢發

者・鄙之長猶豫不即決者・里正職不當過問者・老儒為神獸者・而後豺乃縱橫噬突・不可復制・視今猶蠱而愈烈・其勢不得不出於終其食人之一途也・且夫豺既終於食人而不止矣・必以食人自貢於天下・愈將無所往而不食人・即彼族之畏不敢發者・鄙之長猶豫不即決者・里正職不當過問者・老儒為神獸者・恐且次第亦盡食之・無異豺前者之食人也・蔭翠相與豢豺・而安於豺・甘受豺食人之禍者・必至於此也・豈子既退・明旦果洶洶入曰・豺又食一人矣・

其文寓意深刻，吾每讀之，不知涕之無從也。有國者可不知所戒乎？其不守桐城義法而法無不合，傲兀自喜足之為晚清之冠者，有沈曾植。曾植字乙盦，又號寐叟，吳興人。張爾田序其詞，所謂吳興公以鴻碩廣覽，負斯文之寄於貞元絕續之交，延祖宗養士之澤且十餘年者也。於學無所不窺，而尤長西北地理，罷官後，曾長南洋大學云。

曼陀羅寱詞自序

九年立憲之詔下・而乾坤之一毀一成而不可變・沈子於是更號曰睡翁・不忍見・不能醒也・而所聞於古人所謂綴得一分百姓受一分症者・晨夕往來於胸臆・又時時念遜荒古訓・自號曰遜齋・綴之而不可得・強以所不欲為而不能・太息請解職不遂・而仍不免槌牀頓足揚眉瞬目之責・睡與遜兩不稱矣・清宵白月・平旦高樓・古事今情・國圖身遇・茫茫然惘惘然・瞿瞿盱盱然・若有言・若不敢言・夫其不可正言者猶將可微言之・不可莊語者猶將以譎語之・不可以顯譬者猶將隱譬之・微以合・譎以文・隱以辨・莫詞若矣・張皋文氏董晉卿氏之說・沈子所夙習也・心於詞・形形色色・無非詞・有感則寄之・寄已棄之・不忍更視也・[illegible]一歲而世變・飄搖翻旋・久忘之矣・丁巳春・兒

子檢敝篋得之·寫出之·屏諸案几·猶不忍視也·戊午移居·復見之·乃署其端曰·僾詞·如彼遡風·亦孔之僾·民有肅心·荓云不逮·其當日情事耶·次其年其事可見·然終不忍次·非諱也·悲未賤也·戊午十一月谷隱居士·

其受業於沈氏而又私淑曾國藩者，爲吾師唐蔚芝先生。先生名文治，號茹經，蔚芝其字也；太倉人，官農工商部右侍郎署尚書；辭官後，長南洋大學以古文爲天下倡，性情文章，均近歐陽修。著有茹經堂文集，茹經堂奏稿。今講學於無錫，老而彌劬云。

夢游詩經館

戊午冬至日門人劉長該等邀余午飯·已微醺矣·同人吳君叔盤復邀余夜飲·老則沈君叔逵等皆在焉·暢敘逾醉·歸途臥·夢至一處·若滬上味蒓園然·門閉短牆·余意中以爲是五經館也·甫入內·燈樓臺殿閣·峰峙無數·門左有門者數人·曰·唐先生來矣·恍惚有人導余行·入後花有踵至者·曰·請先入詩經館政治門·余問詩經分門若于·導行者則曰·政治門在樂歌門之旁·途至一處·堂似北向·屋五大楹·輝煌金碧·東牆懸隸書數幅·則四牡皇華言也·余遂入東廳室·見東壁懸一聯云·有馮有翼有孝有德·不競不絿不剛不柔·導行者指示之曰·此政治學也·余賞歎曰·此眞天然佳聯·導行者曰·先生喜對聯·可召掌衛風者來·俄一女子入·全身皆白絹衣·胸前有金繡衛風二字·余漫謂之曰·汝善對乎·女子曰·然·余曰·吾醉矣·既醉以酒·既飽以德·女子應曰·毋逝我梁·毋發我笱·余詫曰·此夢境耶·我當以夢事屬題·即曰·維熊維羆·維虺維蛇·女子應曰·如金如錫·如圭如璧·余恍惚欲有以難之·漫然曰·我有一柄離之對·汝必不能矣·即曰·弗躬弗親·庶民弗信·女子向余一笑·曰·是

不雖·不忮不求·何用不滅·余大佩服·方贊歎間·女子曰··我有一事·請質先生·豈不附思·溴莫致之·即論語所引豈不附思·室是遠而之意·胡孔子一刪之一存之乎·
·余於此詩實未究心·忽覺然日·女子不能歸窩·其情眞··朋友不能過從·其詞僞·一眞而一僞·聖人所以一刪之一存之·見立心之貴乎誠也··女子頷首冃然··當是時·
·余聞四而皆歌詩聲··恍惚如聞在公裁燕四字·音節特淸越··余歎曰·美哉人間能得幾同聞·郎遽然而醒··亟追憶之·始悟女子所言·皆衞風也··歸以稟家大人·謂斯地
也殆卽聰娘福地與·斯人也豈卽康成詩婢與·越十餘日·此夢尙盤旋於胸中不能去·因屬筆記之·

其以詩文與沈氏切劘，既不反對桐城，而亦不以桐城爲足者，爲吾師陳石遺先生。先生名衍，字叔伊，石遺其號也；清末，曾教授北京大學，現與唐蔚芝先同講學無錫國學館；爲文峻絜拔俗。著有石遺室詩集，石遺室文集。

皆山樓記

環樓皆山·樓之能盡其才者也··而求諸里巷闤溢屋宇鱗比之中·則樓之才往往而屈·吾四圍之樓·崇不過丈有三尺··吾正屋之崇五乎前者且二丈有二尺·而翠山往往而獻狀·
不受拒于前屋之屋山··能騎危以自進·何哉·凡人之自卑視崇··漸遠則崇者漸卑·于是視其尤遠者則反是··今吾樓丈有三尺··加人焉崇丈有八九尺··以視二丈有二尺之屋
山·固以卑視崇也·然吾樓之距屋山·則三丈有奇·二者相爲乘除·則屋山之崇于樓者値·樓之遠屋山者多矣·雖在里巷闤溢屋宇鱗比中·吾自有不闤溢鱗比者·故塵之
能盡其才·亦吾之能盡塵之才也·

其不入宗派，而鼓吹民族主義最熱烈者，有黃節。黃節字晦聞，順德人，弱冠受業於簡竹居之門。後以國勢日蹙，遂走滬上，與章炳麟、劉光漢、黃賓虹、鄧實諸人倡國學保存會，辦國粹學報，以鼓吹革命爲己任。著有黃史。晚教授北京大學，以詩名於時。茲錄其黃史一篇如下：

鄭思肖傳

鄭思肖·字憶翁·又字所南·閩之連江縣人也·初名某·宋亡·乃改思肖·卽思趙·憶翁與所南·皆寓意云·祖誠·卒枝江縣主簿·父震字菊山·淳祐間道學君子·爲安定和靖兩書院山長·景定壬戌卒於吳·母樓·女弟·爲比丘尼·名得四·所南太學生·擧學鴻詞科·侍父游吳·爲寓公·元兵南下·叩闕·上太皇太后幼主疏·辭切直·忤當道·不報·宋社既墟·適意編黃·稱三外野人·終身不娶·而其眷眷君父·愛國國闕種之志·一形之於詩·遻徐子方游熟云·不知今日月·但夢宋山川·題鄭子封寓舍云·此世但除君父外·不曾別受一人恩·寒菊云·寧可枝頭抱香死·不曾吹落北風中·皆沉痛可以看見其志·善畫蘭·宋亡·爲蘭不著土根·無所憑藉·或叩其故·則曰·地已爲番人奪去·汝猶未知耶·歲時伏臘·輒野哭·南向拜·人莫測識·聞北語必掩耳疾走·坐臥不北向·於戲·其種族之痛·蓋無往而不寓焉·可哀已·所南自謂中歲陽於儒·晚乃游於釋·今觀其所學·則通夫天體地文與夫人身解剖之學·而於地文之說·尤多所發明·其言曰·天形圖·故能範圍造化中大全之體·則以日至天頂爲午·日入地底爲子·地體偏·僅能涵載天運內小半之體·則以極南爲午·極北爲子·地外地之全體則在大海中·隨春夏秋冬四游而有準·山亦地也·爲陽中之陰而峙·水亦地也·爲陰中之陽而流·東土水勢雖東流·東海潮勢則西上·潮者海水還歸尾閭之底·爲潮落·大海氣脈吸而入也·尾閭外之水·湧出大海之上·爲潮長·大海氣脈呼而

出也・良以望夕之見・受陽光正滿・則望夕之陽潮・直至子時盛而正滿・潮日之月・
退陰魄正滿・則晦日之陰潮直至午時正盛而正滿・熱・知夫大地之下・皆一重土一重泉・
相同・層員萬氣・支體萬脈・柔順鞏固・變化流躍・斜迴其轉・互錯鎖・深運其纖・
密藥齋・張布玄網・經絡地根・非金非石・非土非水・千千萬萬之經纖緯織・綿亘持
抱幾千萬億里無邊大地・懸浮於無邊大海之上・以之爲地・其妙未嘗不根通也・土性
土脈土色土味土聲・水性水脈水色・水味水聲・石性石脈石色石味石聲・一一不同・
各地所産爲歎・所生草木・以至種種方物・其狀其性・一一不同・地氣通・一方之水
土俱甘香暖潤・人物亦清正賢慧・鬼神鳥獸亦成若・萬物亦盛多・一切色一切聲一切
氣亦俱清・地氣塞・一方之水土俱苦澀枯寒・人物亦愚陋惡逆・鬼神鳥獸亦不寧・萬
物亦衰之・一切色一切聲一切氣亦俱澀・天地之體猶人也・人之水臟之下極熱・不熱
下足以化諸食・不足以運諸世事・地之水輪之下極熱・不熱不足以縮諸水・不足以消
諸陰氣・人第不見身內支脈・節節自條理・竟以此身爲塊然之肉・不見地底支脈井井
有條理・亦竟以大地爲塊然之土・殊不知天地人物皆有文理・煙霧冰斷・壁裂瓦兆・
尙有文理・謂之地獨無文理乎・所南地文學之設如此・距今七百年上・泰西地文學尙
未發明・而所南乃持之有故・嘗之成理如此・嗟夫・使所南可以致用於時・其發明將
何如・又使後之人繇其說而發明・則吾國之科學將何如・而天下乃忽之・所南晚好說
佛・嘗曰・我成道・大衆不成道・我不願獨先成道・我安・大衆不安・我決不敢獨安
・其諸佛說所謂有一衆生不成佛・我誓不成佛者邪・充所南之心・則雖舍已以利奪・
猶必甘之也・故其憤世嫉讒・甘自滅絕・不欲使其身爲世所有・乃至貸其所居・以濟
人・舍其田於僧刹・僅留數畝衣食・復謂其佃曰・我死則汝主之・蓋不以期爲矣・當
是時・趙孟頫才名重當世・所南惡其以宋宗室而受元官・痛絕之・子昂數往請見・不可
得・而嘗與天目本中峯禪林之白眉說法・流寓於吳之萬壽報恩閣寺中・疾亟屬其友唐
東嶼曰・思肖死矣・爲書一碑曰・大宋不忠不孝鄭思肖・語訖而絕・年七十有八・所
南畫以其不能死國・而又不娶無後・故出於此邪・自爲像・贊云・不忠可誅・不孝可斬

•可懸此頭•於洪洪荒荒之表•以爲不忠不孝之榜樣•其眷懷故國•庵不仕元•又抱種族之痛•而欲自斬其血食•故出於此也•嘗榜所居曰本穴世界•析本之十而加於穴則大宋云•又嘗著大無工十空經一卷•去空之工而加十又大宋云•造語奇澀•如庚詞不可解•自題其後曰•臣思肖嘔三斗血•方能辦此•後有巨眼識之•又著釋氏施食心法一卷•太極祭煉一卷•翠餘集一卷•文集一卷•自敘一百二十圖詩一卷•與菊山先生詩集并傳•後四百年•吳郡承天寺眢井中•得鐵函•內心史一卷•姑蘇楊廷樞云•其文有似銘者•似偶者•似讖者•似贊詞者•問不可解•而中原左袒之悲•反覆無已•鄭全祖望云•所南別有錦線集•明崇禎中爲存•槃洲先生皆見之•今求之不得•但從永樂大典中得其奇零者云•黃史氏曰•於戲•如所南者可哀也•所南嘗著無弦處士說•甚善夫晉陶潛之爲人•典午之夢•義熙以還•滿月不堪•吾何以觀•所南以哀淵明•而吾轉以哀所南•所南其不忠不孝之人哉•所南既自絕其嗣•女弟復爲比丘尼•天地雖大•變爲日窟•若不欲留其餘裔以供臣妾於異族•悲夫•天下之不可以忠孝言也•非我類者不入我倫•非與•所南心史曰•□□行中國事•嘗如□□一旦忽能人語•衣其毛尾•發其四蹄•三尺童子見之必曰•□□之妖•不敢稱之曰人•黃史氏曰•讀所南心史者而哀焉•或曰其爲忍僞也•吾何忍僞之•地文學之入中國•當世異爲•而顧失之所南•雖然吾知所南貞此才•使猶生於今•其甘自放棄而不爲用固猶是云爾•百世以下•知所南者僅矣•乃使姚樞許衡吳澄劉秉忠漿硯顏軒蜀•施榮號於無窮也•宜哉•

其力反桐城，而以魏晉爲尚者。則有章炳麟。炳麟原名絳，字太炎，又字枚叔，以排滿革命顯於時；爲文好用古字，文自唐詩自宋皆所不滿。或以爲頗似明七子，炳麟則曰：七子之弊不在宗唐而祧宋也，亦不在效法秦漢也，在其不解文義，而以吞剝爲能，不辨雅俗而以工拙爲準。吾則不然，先求訓詁，句分字析，而後敢造詞也；先辨體裁，引繩切墨，而後敢放言也。此其所以異於明之七子也。論者以爲非誇焉。著太炎文錄等。

癸卯獄中自記

上天以國粹付余，自炳麟之初生，迄于今茲，三十有六歲，鳳鳥不至，河不出圖，惟余以不任宅其位，繄素王素臣之迹是踐，豈直抱殘守闕而已，又將官其財物，恢明而光大之，懷未得遂，纍于仇國，惟金火相革歟，則猶有繼述者，至于支那閎碩壯美之學，而遂斬其統緒，國故民紀，絕于余手，是則余之罪也。

其以素王自任如此。論者謂清末有章炳麟康有爲二人，一爲古文學家，一爲今文學家；一爲排滿黨魁，一爲保皇黨魁；學行相反，而皆以聖人自許，康且自號長素，抑亦異矣。

中華民國二十六年五月初版

大

中國文化史叢書 中國散文史一册 (85644)

每册實價國幣貳元貳角
外埠酌加運費匯費

著作者 陳柱
主編者 王雲五 傅緯平
發行人 王雲五 上海河南路
印刷所 商務印書館 上海河南路
發行所 商務印書館 上海及各埠

一一三三上

王雲五　傅緯平　主編

中國文化史叢書第二輯

書名	著者	冊數	定價（元）
中國目錄學史	姚名達	一	一·六〇
中國倫理學史	蔡元培	一	一·〇〇
中國道教史	傅勤家	一	一·二〇
中國稅制史	吳兆莘	二	三·〇〇
中國政治思想史	楊幼炯	一	二·〇〇
中國水利史	鄭肇經	一	一·六〇
中國救荒史	鄧雲特	一	一·六〇
中國教育思想史	任時先	二	三·〇〇
中國日本交通史	王輯五	一	一·五〇
中國婦女生活史	陳東原	一	一·四〇

書名	著者	冊數	定價（元）
中國訓詁學史	胡樸安	一	一·六〇
中國音韻學史	張世祿	二	二·八〇
中國漁業史	李士豪 屈若搴	一	一·七〇
中國建築史		一	二·〇〇
中國音樂史	陳清泉譯	一	一·五〇
中國韻文史	王鶴儀編譯	二	三·四〇
中國散文史	陳柱	一	二·二〇
中國俗文學史	鄭振鐸	二	三·〇〇
中國地理學史	王庸	一	二·〇〇
中國疆域沿革史	顧頡剛	一	二·二〇

商務印書館印行